Susan Mallery

Dulces palabras de amor

~.~

El seductor seducido

Tiffany™

Editado por Harlequin Ibérica.
Una división de HarperCollins Ibérica, S.A.
Avenida de Burgos, 8B - Planta 18
28036 Madrid

© 2024 Harlequin Ibérica, una división de HarperCollins Ibérica, S.A.
N.º 173 - 1.11.24

© 2013 Susan Mallery, Inc.
Dulces palabras de amor
Título original: Three Little Words

© 2006 Harlequin Enterprises ULC
El seductor seducido
Título original: Prodigal Son
Publicados originalmente por Harlequin Enterprises, Ltd.
Estos títulos fueron publicados originalmente en español en 2014 y 2006

I.S.B.N.: 978-84-1074-213-0
Depósito legal: M-19288-2024
Impreso en España por: BLACK PRINT
Fecha impresión Argentina: 30.4.25
Distribuidor para México: Distribuidora Intermex, S.A. de C.V.
Distribuidores para Argentina: Interior, DGP, S.A. Alvarado 2118. Cap. Fed./Buenos Aires y Gran Buenos Aires, VACCARO HNOS.

ÍNDICE

DULCES PALABRAS DE AMOR

SUSAN MALLERY

Para Jenel, mi maravillosa asistente, sin la que estaría perdida. En serio. Tú me mantienes centrada y organizada. Te ocupas de todas esas cosas locas que acompañan al mundo de la escritura para que yo pueda zambullirme en mis historias. Sin ti habría mucha menos magia en Fool's Gold y, muy probablemente, un libro menos al año. Gracias por todo lo que haces.

Querido Ford:

No puedo creer que mi hermana haya sido tan tonta de ponerte los cuernos con tu mejor amigo dos semanas antes de vuestra boda. Como te enrolaste tan de repente en la Marina, no tuve ocasión de confesártelo en persona. Sé que solo tengo catorce años, pero te amo. Te amaré siempre y te escribiré todos los días. O por lo menos una vez a la semana. Lloré sin parar cuando te fuiste. Maeve se enfadó. Decía que estaba montando una escena. Le planté cara y le dije que era una zorra por haberte engañado. Luego me metí en un lío por insultar a mi hermana. Pero no me importa. Ojalá no hubieras tenido que irte. De verdad que te amaré siempre, Ford. Te lo prometo. Cuídate mucho, ¿de acuerdo?

Querido Ford:

¡Voy a ir al baile de promoción! Ya sé que solo estoy en segundo, pero Warren me lo ha pedido y le he dicho que sí. Mi madre está casi más emocionada que yo. Vamos a ir a San Francisco a comprarme un vestido. Mi abuela me ofreció un traje de dama de honor de su tienda. ¡Ay, Dios! Qué ocurrencia. Pero mi madre estuvo genial y dijo que podíamos comprar uno en unos grandes almacenes. ¡Ja! Te mandaré una foto mía con el vestido. Cuídate mucho, ¿vale?

Querido Ford:

Ya sé que hace tiempo que no te escribo. Fue horroroso. El baile, digo. Warren no era como yo pensaba y se emborrachó. Sus amigos y él habían alquilado habitaciones en un hotel. Yo creía que íbamos a una fiesta, ya sabes, pero él tenía otros planes. Dijo que pensaba que yo lo había entendido. ¿Qué les pasa a los tíos con el sexo? Explícamelo, por favor. Ya sé que no me contestas nunca, pero cuando lo hagas. Le di una patada como me enseñó mi padre y entonces él vomitó encima de mi vestido, lo que me hizo vomitar a mí. Ojalá hubieras estado tú aquí para llevarme al baile. Cuídate mucho, ¿vale?

Querido Ford:

Siento haber tardado tanto en escribirte otra vez. Mi abuelita ha muerto. No estaba enferma ni nada de eso. Simplemente un día no se despertó. Parece que no puedo dejar de llorar. La echo muchísimo de menos. Mi madre está triste y es muy duro, la verdad. Estoy intentando ayudarla, hacer mis tareas y preparar la cena un par de noches por semana. A veces, cuando me estoy divirtiendo con mis amigos, me siento culpable. Como si se supusiera que no puedo volver a sonreír. Mi madre me llevó a comer fuera y me dijo que tenía suerte de ser una adolescente. Ojalá estuviera segura de que tiene razón. Espero que estés bien. Me preocupo por ti, ¿sabes?

Querido Ford:

Voy a graduarme. Te adjunto una fotografía porque, no sé... ¿Es raro que te escriba? Nunca me contestas, y no pasa nada. Ni siquiera sé si lees estas cartas. Pero lo hago porque, en cierto modo, todavía te echo de menos. Escribirte se ha convertido en una costumbre. El caso es que voy a ir a la Universidad de California-Los Ángeles. Pienso licenciarme en Marketing. Mi madre sigue empeñada en que haga Empresariales, pero con mi capacidad para las matemáticas, todos sabemos que eso es imposible. Estoy ilusionada y feliz, pero sigo echando de menos a mi abuela. ¿Estás en Irak? A veces, cuando oigo las noticias sobre la guerra en la tele, me pregunto dónde estás.

Querido Ford:

Me encanta la universidad. Solo para que conste. Westwood es alucinante y maravilloso y casi todos los fines de semana vamos a la playa. Estoy saliendo con un surfero, Billy. Me está enseñando a hacer surf. No voy a clase tanto como debería, pero pronto me pondré al día. Me he puesto mechas y estoy morena, y mi vida nunca había sido tan genial. Todo me encanta. Espero que todo vaya bien también por allí.

Querido Ford:

La Escuela Universitaria de Fool's Gold no está tan mal. Echo de menos a mis amigos y Westwood, pero esto también está bien. Mis padres siguen sin hablarme excepto para echarme largas charlas semanales acerca de lo desilusionados que están conmigo porque no fuera lo bastante madura para sacar adelante el curso en Los Ángeles. Me siento fatal por haber sido tan tonta y tan irresponsable, pero decirlo no me evita los sermones. Aun así, sé que me los merezco. Billy rompió conmigo hace un par de semanas. No me sorprende. No tenía madera de novio formal, que digamos. Voy a concentrarme en mis clases y a esforzarme por ser más madura. A veces pienso que tú te fuiste a la guerra más o menos con mi edad. Debió de ser increíblemente duro. Sigo intentando aprender a valerme por mí misma. Pienso mucho en ti y confío en que estés bien y a salvo.

Querido Ford:

Tengo trabajo en Nueva York. ¿Te lo puedes creer? Un trabajo en marketing. ¿Sabes cuántos estudiantes de marketing se gradúan cada año? Como un millón, y hay unos dos trabajos aproximadamente, ¡y uno me lo han dado a mí! ¡A mí! Mi madre y yo vamos a ir a buscar apartamento. He estado mirando en Internet y básicamente lo que puedo permitirme es un piso de veinte metros cuadrados con un baño. Pero no me importa. Es Nueva York. Voy a ir de verdad. La pequeña Isabel de Fool's Gold va a ir a la Gran Manzana. Por cierto, ¿sabes por qué llaman así a Nueva York? ¿Por qué es como una manzana? No estoy segura de que estés recibiendo estas cartas, pero quería darte la buena nueva. Puede que algún día, cuando estés en Estados Unidos, vengas a visitarme.

Querido Ford:

Perdona que no te haya escrito en tanto tiempo. He estado liadísima. Estamos trabajando en una campaña para una nueva marca de tequila. Va a emitirla la MTV y estoy muy metida en el proyecto. Es súperemocionante. Estoy conociendo a toda clase de gente ¡y hasta voy a ir a los Premios MTV! Me encanta Nueva York y me encanta *mi trabajo, aunque aquí salir con chicos es tan rollo como me habían dicho. Hay demasiadas chicas solteras. Pero yo no desespero. Me apasiona mi trabajo y, si un tío no me trata bien, lo dejo. Oye, fíjate: por fin me he hecho mayor. Vi a tu madre la última vez que estuve en casa y dice que estás bien. Me alegro. El mes pasado, cuando fue la Semana de la Flota, me acordé de ti. Espero que esté bien, Ford.*

Querido Ford:

Eric es el chico del que ya te hablé. Trabaja en Wall Street y es muy mono y divertido. Y listo también. Uno de sus amigos me ha dejado caer que está a punto de pedirme que me case con él, lo cual es muy emocionante, claro. El caso es que no sabe que te escribo. Lo sé, lo sé, tú nunca contestas y esto es más bien como si escribiera mi diario, pero de todos modos creo que tengo que parar. Porque cuando te escribo, no solo escribo una entrada en un diario. También me pregunto cómo eres ahora y qué haces. Ha pasado una eternidad. Diez años. Maeve sigue trayendo niños al mundo cada par de años. Estoy segura de que ya la habrás olvidado. Al menos, eso espero. Sé que sigues sirviendo a nuestro país. Nadie sabe qué haces, pero no puedo evitar pensar que a veces corres peligro. Ya no soy esa niña de catorce años que juró amarte para siempre, pero, aunque parezca una tontería, un pedazo de mi corazón siempre será tuyo. Cuídate mucho, Ford. Adiós.

1

–Qué desastre –dijo Isabel Beebe mientras agitaba la boquilla de la vaporeta.

–Lo siento muchísimo –le dijo Madeline, e hizo una mueca al mirar la parte delantera del vestido de novia.

–Las futuras novias son muy decididas –Isabel levantó las capas delanteras del vestido blanco y las colgó con sumo cuidado del tendedero portátil que había en la trastienda de la boutique. Con un vestido así, con múltiples capas de vaporosa gasa, tendría que ir de dentro afuera.

Isabel apuntó el vapor hacia las arrugas. Una novia emocionada había querido averiguar si su potencial vestido de novia era cómodo para sentarse. Así que se había sentado. Media hora, mientras hablaba por teléfono con una amiga. Y ahora había que planchar la muestra a la perfección para la siguiente clienta a la que pudiera interesarle.

–¿La próxima vez se lo impidió? –preguntó Madeline.

Isabel negó con la cabeza.

–Ojalá pudiéramos, pero no. Las novias son frágiles y muy emotivas. Mientras no rocíen con pintura los vestidos o agarren unas tijeras, deja que se sienten, que den vueltas y que bailen a su gusto. Estamos aquí para servir.

Enseñó a Madeline cómo sujetar la gasa para que el vapor la traspasara por igual y luego le habló de las diferentes capas y del tiempo que había que dejar secar el vestido antes de volver a colocarlo con los demás.

–Ayuda pensar en cada vestido de novia como en una princesa muy delicada –dijo con una sonrisa–. Con una familia muy endogámica. En cualquier momento puede ocurrir una catástrofe. Nosotras estamos aquí para impedirlo.

Madeline solo llevaba tres semanas trabajando en Vestidos de Novia Luna de Papel, pero Isabel ya le había tomado cariño. Siempre llegaba temprano y tenía una paciencia infinita con las novias y sus madres.

Isabel le pasó la vaporeta.

–Te toca.

Estuvo observando hasta asegurarse de que Madeline sabía lo que hacía y luego regresó a la parte delantera de la tienda. Repuso zapatos de muestra, enderezó un par de velos y luego cedió a lo inevitable y reconoció que estaba intentando ganar tiempo. Lo que había que hacer, había que hacerlo. Posponerlo no cambiaba nada. Pero ojalá hubiera sido así.

Tras respirar hondo para darse ánimos, entró en el despachito, agarró su bolso, regresó a la trastienda y sonrió a Madeline.

–Vuelvo dentro de una hora.

–De acuerdo. Hasta luego.

Isabel salió de la tienda y caminó decidida hacia su coche. Fool's Gold era tan pequeño que normalmente iba a todas partes andando, pero su destino de ese día estaba lo bastante lejos para tener que ir en coche. Además, si iba en coche llegaría antes y podría escapar limpiamente. Si las cosas salían mal, no quería tener que salir corriendo como un conejo asustado. Aun así, no podía hacerlo con sus tacones de ocho centímetros. Con el coche, podría levantar una nube de grava y humo al largarse, como en las películas.

—Las cosas no van a salir mal —se dijo—. Van a salir de maravilla. Ya lo estoy visualizando: va a ser grandioso —estuvo a punto de cerrar los ojos, pero se acordó de que estaba conduciendo—. Llevo puesta mi diadema de grandeza.

Torció a la izquierda en la Octava, luego a la derecha y, antes de estar lista, se sorprendió entrando en el aparcamiento de CDS.

CDS, Cerberus Defense Sector, era la nueva empresa de seguridad del pueblo. Entrenaban guardaespaldas y ofrecían clases de defensa personal y otras cosas muy viriles. Isabel no estaba al tanto de los detalles. En su opinión, el ejercicio y ella, cuanto más se evitaran el uno a la otra, tanto mejor.

Aparcó junto a un coche muy potente que parecía de los años sesenta, un enorme Jeep negro con llamas pintadas y una Harley monstruosa. Su Prius parecía absolutamente fuera de lugar allí, además de diminuto.

Cerró los ojos e intentó visualizar, pero tenía el estómago tan revuelto que le entraron ganas de vomitar.

—Esto es una idiotez —declaró, y abrió los ojos—. Puedo hacerlo. Puedo tener una conversación razonable con un viejo amigo.

Solo que Ford Hendrix no era un viejo amigo y la conversación iba a versar sobre por qué, a pesar de su promesa de amarlo eternamente, de los diez años que había pasado escribiéndolo y de las fotografías que le había mandado, Ford parecía tenerle miedo. Porque Isabel pensaba que quizá se lo tuviera. Solo un poco.

Dudaba que él fuera a reconocerlo. Ford había sido un SEAL. Ella sabía que, además, había formado parte de un grupo especial aún más mortífero. Y sabía también que había vuelto a Fool's Gold hacía casi tres meses y que, en todo ese tiempo, habían logrado evitarse el uno al otro. Pero eso ya no era posible.

–No soy una acosadora –dijo, y luego gruñó. Mala forma de empezar una conversación. Y, además, así no conseguiría que la creyera–. Da igual –masculló y salió del coche.

Se detuvo para alisarse el vestido negro. Era entallado sin ser ceñido, y la hacía más delgada. Con lo que le gustaba la ropa, cualquiera habría pensado que estaría obsesionada con hacer ejercicio para poder embutirse en trajes de diseño. Pero pasa Isabel la llamada de la galleta era muy difícil de ignorar. Así pues, había desarrollado la habilidad de esconder sus curvas y seguir pareciendo elegante. O eso se decía ella.

Se ajustó las mangas, se detuvo para sacudirse un poco de polvo de los zapatos y se preparó para enfrentarse al león en su guarida. O al guerrero en su caverna. O lo que fuese.

Entró en CDS. No había nadie en el mostrador de recepción, así que echó a andar por un pasillo siguiendo el sonido de la música y de extraños golpes. Vio unas puertas abiertas de par en par y al cruzarlas se encontró en el gimnasio más grande que había visto nunca.

El techo debía de tener diez metros de alto. En un

extremo de la sala, colgaban cuerdas de las vigas del techo. Había toda clase de máquinas de ejercicios que daban miedo, sacos de boxeo, pesas y otras cosas cuyo nombre desconocía. En el centro de la nave, una mujer menuda de pelo largo y moreno recogido en una coleta estaba luchando con un hombre mucho más grande. Luchando con él y tal vez incluso ganándole.

Llevaban los dos cascos protectores y tenían las manos envueltas con cinta adhesiva. Isabel tardó un momento en reconocer a su amiga Consuelo Ly.

La vio soltar una patada. El tipo se movió, pero no fue lo bastante rápido. El talón de Consuelo le golpeó en la corva, y se desplomó. Isabel hizo una mueca, pero entonces el desconocido se levantó como un rayo y agarró a Consuelo por el cuello, haciéndole una llave. Ella comenzó a agitar los brazos y las piernas intentando darle una patada o un puñetazo. Le clavó el codo en la cintura. Él gruñó, pero no la soltó.

—Sabéis lo que estáis haciendo, ¿verdad? —preguntó Isabel—. ¿Va a salir herido alguien? ¿Debo llamar a emergencias?

El hombre se giró hacia ella. Consuelo, no. Un segundo después, él estaba tumbado en el suelo, boca arriba, y Consuelo le apretaba la garganta con el pie.

—Mamón —dijo al quitarse el casco protector. Miró con enfado a su víctima—. ¿Cuando estás en una misión eres así de tonto?

—Normalmente, no.

Consuelo le tendió la mano. El tipo la agarró y ella lo ayudó a levantarse y luego se volvió hacia Isabel.

—Gracias. Te debo una.

—No quería distraeros —dijo Isabel—. Pero tú eres tan pequeña y él tan...

El hombre se quitó el casco y se volvió hacia ella. Isabel sintió que la boca se le quedaba seca y que su estómago daba un brinco. Tuvo la sensación de que se había puesto pálida o roja, y confió en que fuera lo primero. Sería menos humillante.

Él metro ochenta y cinco de puro músculo, en camiseta y pantalones de chándal, era tan guapo como recordaba. Sus ojos eran igual de oscuros, su cabello igual de espeso. Aquellos catorce años sin duda habían cambiado a Ford Hendrix por dentro. Por fuera, estaba mejor que antes.

Todavía lo recordaba de pie en el cuarto de estar de sus padres, encarándose con su hermana. A Isabel le habían dicho que se quedara en su cuarto, pero había salido a escondidas para escuchar. Se recordaba agachada en el pasillo, llorando, mientras el hombre al que amaba como solo podía amar un corazón de catorce años le preguntaba a Maeve por qué le había engañado y si de veras quería a Leonard.

Maeve también había llorado y se había disculpado, pero le había dicho que era todo cierto. Que iba a romper con él, que debería habérselo dicho hacía semanas. Puesto que faltaban menos de diez días para su boda, Isabel no pudo estar más de acuerdo. Luego habían seguido discutiendo, él había gritado y, finalmente, se había marchado.

Isabel había salido corriendo detrás de él, le había suplicado que no se fuese. Pero Ford la había ignorado y había seguido caminando. Dos días después, se había enrolado en la Marina y había dejado Fool's Gold. Ella, por su parte, le había declarado su amor en una infinita sucesión de cartas, pero no había vuelto a encontrarse con él cara a cara hasta ese preciso instante.

Ford nunca había contestado a sus cartas. Ni a una sola de ellas.

—Hola, Ford —dijo Isabel.

–Isabel.

Consuelo los miró a ambos.

–Vale –dijo por fin–. Percibo tensión. Me largo de aquí.

Isabel sacudió ligeramente la cabeza para intentar despejarse.

–No hay tensión. Yo estoy libre de tensiones. Soy prácticamente un fideo cocido –apretó los labios. ¿Era posible que aquella afirmación sonara más estúpida? ¿Un fideo cocido?

Consuelo le lanzó una mirada que afirmaba a las claras que haría bien en visitar una clínica psiquiátrica, agarró dos toallas de un montón que había junto al tatami, lanzó una a Ford y se marchó.

Ford se limpió la cara. Después se echó la toalla al hombro.

–¿Qué te trae por aquí?

Excelente pregunta.

–He pensado que debíamos hablar. Como vamos a ser vecinos...

Él levantó una ceja.

–¿Vecinos?

–Sí. La semana pasada alquilaste el apartamento de encima del garaje de mis padres. No te he visto entrar ni salir, y he pensado que quizá era porque estabas evitándome –respiró hondo–. He vuelto unos meses a Fool's Gold para hacerme cargo de la tienda de mis padres mientras están de viaje. Quieren vender Luna de Papel y les estoy ayudando a poner al día el inventario, y quizá también la decoración. Como solo estoy aquí temporalmente y ellos están dando la vuelta al mundo, era lógico que me alojara en su casa. Así que supongo que también estoy cuidándoles la casa.

Porque cuidarles la casa sonaba mucho mejor que

tener veintiocho años y haber vuelto a casa de sus padres.

–Me dijeron que habían alquilado el apartamento de encima del garaje, pero no a quién. Acabo de enterarme de que el inquilino eres tú, lo cual está muy bien porque no eres un asesino en serie, y no me gustaría vivir al lado de uno.

Él levantó la otra ceja y su expresión cambió de tibio interés a confusión. Seguramente era hora de que fuera al grano.

–Lo que intento decir es que ya no tengo catorce años. No soy esa locuela que juraba estar enamorada de ti. He pasado página y no tienes que tenerme miedo.

Las cejas de Ford se relajaron y una comisura de su boca se curvó hacia arriba.

–No tenía miedo.

Su voz sonó firme y segura, su media sonrisa era muy sexy, y era el tío más guapo de la historia del universo. A Isabel no le cabía ninguna duda. Porque mientras estaba allí, todos los nervios de su cuerpo le susurraban cosas acerca de aquel hombre que estaba tan cerca. Por norma, no era de las que creían en la atracción instantánea. Siempre había pensado que el interés sexual requería un contacto mental antes de que se diera el contacto físico. Pero tal vez se equivocase.

–Eso está muy bien –dijo lentamente–. No quiero que pienses que soy una acosadora. No lo soy. Te he olvidado por completo.

–Mierda.

Ella se quedó mirándolo.

–¿Cómo has dicho?

La media sonrisa se convirtió en una sonrisa entera.

–Era el único tío de mi unidad que tenía una acosadora. Me hice famoso por eso.

Isabel sintió que le ardían las mejillas y comprendió que se había puesto colorada.

–No –susurró–. No le dijiste a nadie lo de mis cartas.

La sonrisa se borró.

–No, no se lo dije a nadie.

«¡Menos mal!».

–Pero ¿las recibiste?

–Sí. Las recibí.

¿Y? ¿Y? ¿Las había leído? ¿Le gustaban? ¿Les daba alguna importancia?

Esperó, pero Ford no dijo nada.

–Vale –murmuró–. Entonces, está todo claro. Tú, eh, no corres peligro a mi lado y no me estás evitando ni nada parecido.

–Sí.

–¿Sí, no me estás evitando?

–Sí.

¿Era ella, o costaba hablar con él?

–Me alegro de que lo hayamos aclarado. ¿El apartamento está bien? Le eché un vistazo antes de que te instalaras. No sabía que eras tú, lo cual fue muy raro. Aunque ahora que lo pienso, me pregunto si mis padres no me lo dijeron a propósito. Por lo de... antes.

–¿Te refieres a tu promesa de quererme para siempre? ¿La promesa que rompiste? –preguntó él con una sonrisa.

–En realidad no era una promesa –protestó ella.

–Para mí sí.

Isabel vio un brillo divertido en sus ojos oscuros.

–Vamos, por favor. Casi no sabías quién era. Estabas locamente enamorado de mi hermana y ella... –se tapó la boca–. Perdona. No quería decir eso.

Ford se encogió de hombros.

–Fue hace mucho tiempo –se acercó a ella–. Me olvidé de Maeve mucho más deprisa de lo que debería. Puede que lo hiciera mal, pero tomó la decisión correcta para los dos.

–¿No sigues enamorado de ella?

–No –titubeó, como si fuera a decir algo más. Después agarró la toalla y se la apartó del hombro–. ¿Algo más? Tengo que ducharme.

«¿Quieres que te ayude?».

Apostaría a que estaba fantástico en la ducha, todo mojado y cubierto de jabón. Y, en fin, desnudo. Lo cual era realmente extraño, porque no recordaba la última vez que había fantaseado con el cuerpo de un hombre. No le interesaba mucho el sexo. Prefería una conversación tranquila a la pasión, y las carantoñas al manoseo. Naturalmente, eso explicaba en gran medida qué había salido mal entre ella y su ex.

–Un viaje interesante –comentó Ford.

–¿Perdón?

–Has pasado de imaginarme desnudo a algún otro sitio.

Se quedó boquiabierta.

–No te estaba imaginando... así. ¿Qué dices? Jamás haría eso –se puso muy colorada–. Sería de mala educación.

Aquella sonrisa sexy volvió a aparecer.

–Mentir también lo es. Pero descuida. Me lo tomaré como un cumplido –levantó un hombro–. Es por el peligro. Saber que soy un tipo enigmático y peligroso me hace irresistible.

El Ford que ella recordaba era divertido, coqueto y encantador, pero también era un chico de pueblo. Sin experiencia. Sin una historia a sus espaldas.

El hombre que tenía delante se había curtido en

la guerra. Seguía siendo encantador, pero tenía razón en cuanto a su atractivo: había en él algo indefinible que le daba ganas de seguirlo a la ducha y al mismo tiempo de echar a correr.

Consiguió tragar saliva.

—¿Quieres decir que las mujeres te desean?

—Constantemente.

—Qué fastidio para ti.

—Estoy acostumbrado. Considero mi deber patriótico cuidar de ellas.

Isabel sintió que se le abría la boca.

—¿Tu deber?

—Mi deber patriótico. Sería antiamericano descuidar a una mujer necesitada.

Isabel entornó los párpados. Ya no tenía que preocuparse de que Ford se sintiera incómodo con ella. O de que las cartas le hubieran molestado. Sin duda pensaba que tenía derecho a ellas.

—Solo para que quede claro —añadió—, superé lo tuyo.

—Ya me lo has dicho. No vas a amarme para siempre. Es decepcionante.

—Sobrevivirás.

—No sé. Soy sorprendentemente sensible.

—Por favor... Como si fuera a creérmelo.

Ford hizo una mueca.

—¿Te estás burlando de un héroe?

—Con cada fibra de mi ser.

—Pues más vale que no se entere mi madre. Todavía está intentando convencerme de que permita que el Ayuntamiento celebre un desfile en mi honor. No le gustaría saber que no valoras mi sacrificio personal.

—¿Te refieres a la misma madre que alquiló una caseta en el festival del Cuatro de Julio para buscarte novia?

Por primera vez desde que había entrado en el

gimnasio, Isabel vio un destello de incomodidad en la mirada de Ford.

–La misma –murmuró–. Gracias por recordármelo.

–Aceptaba solicitudes.

–Sí, ya me lo dijo –se removió y volvió la cabeza como si buscara la salida.

Ahora fue ella quien sonrió.

–No eres tan fortachón cuando se trata de tu madre, ¿eh?

Ford masculló un juramento.

–Sí, bueno, demándame si quieres. No puedo evitarlo. Es mi madre. ¿Tú puedes enfrentarte a la tuya?

–No –reconoció ella–. Pero la mía está al otro lado del mundo, así que puedo hacerme la dura.

–Lo mismo hacía yo cuando estaba en otro continente. Ahora he vuelto.

Isabel casi se apiadó de él. Casi.

–Te propongo un trato –dijo impulsivamente–. Tú dejas de hablar de cómo seduces a mujeres para cumplir con tu deber de soldado, y yo no volveré a hablar de tu madre.

–Hecho.

Se miraron el uno al otro. Isabel seguía teniendo presente lo guapo y fuerte que era, pero estaba mucho menos nerviosa. Tal vez porque había descubierto su debilidad. Sabiendo eso, estaban empatados.

–Entonces, ¿todo claro? –preguntó–. ¿Las cartas, mi hermana, tu madre, todo?

Ford asintió con la cabeza.

–Clarísimo –su mirada se afiló–. Tú no presentaste la solicitud, ¿verdad?

Isabel sonrió.

–¿Para ser tu esposa? No, no la presenté. Técnicamente, no reunía los requisitos. Como no voy a quedarme en el pueblo permanentemente...

–Qué suerte la tuya.

Isabel se fingió preocupada.

–Vamos, Ford, no te preocupes. Estoy segura de que te encontrará a alguien. Una buena chica que sepa valorar tu carácter generoso.

–Muy graciosa –hizo una pausa y volvió a sonreír–. En cuanto a esa ducha...

–Gracias, pero no.

Isabel agitó la mano y se dirigió a la puerta. El encuentro no había ido como imaginaba, ni mucho menos, pero se marchaba con la convicción de que Ford no seguiría evitándola. Suponiendo que la hubiera estado evitando alguna vez. Y no tenía que preocuparse: no pensaba que estuviera acosándolo.

Llegó al pasillo. Consuelo salió del vestuario con una bolsa de gimnasia en una mano y las llaves del coche en la otra.

–¿Habéis acabado? –preguntó.

–Se ha restaurado el orden.

Consuelo era una de esas mujeres menudas que siempre la hacían sentirse como si fuera toda brazos y piernas, con unos pies largos como botes. El hecho de que fuera capaz de someter a un caimán haciéndole una llave debería haber hecho que Isabel se sintiera más femenina, pero curiosamente no fue así. Quizá porque, en el caso de Consuelo, los músculos eran muy sexis.

–¿Crees que debo creerte? –preguntó su amiga–. Llevas casi todo el verano evitando a Ford.

–Lo sé y ha sido una tontería por mi parte. Debería haber hablado antes con él.

–Ya –Consuelo suspiró–. No irás a empezar a seguirlo ahora, ¿verdad? Porque es lo que tienden a hacer las mujeres. También aparecen en su cama sin previa invitación. Aunque él no suele decirles que se vayan.

–Ya me he enterado. Es su deber patriótico satisfacerlas a todas.

–No pareces enfadada.

–No lo estoy. El tipo del que me enamoré no era este Ford. Era dulce, divertido y cariñoso. Esta versión más madura es todo eso, y además sexy.

Consuelo aguardó.

–No es mi tipo –añadió Isabel–. Demasiado llamativo. A mí me gustan los tíos discretos, listos y reflexivos. Todo ese rollo de la atracción sexual está muy sobrevalorado.

Aunque habría estado bien ver a Ford en la ducha, se dijo fugazmente. Sería excitante. Pero estaba segura de que su interés se debía más a la curiosidad que al deseo.

–Tú has tenido relaciones sexuales, ¿verdad? –preguntó Consuelo–. ¿Más de una vez, quiero decir?

–Claro. Estuve casada. Está bien. Pero para mí no es uno de los grandes alicientes de la vida. Ford es un ligón y yo no soy una ligona. Aunque conmigo no ha intentado nada.

Consuelo la miró de arriba abajo.

–Puede que lo haga, con el tiempo. Quizás él no sea tu tipo, pero tú sí eres el suyo, eso está claro.

–¿Le gustan las rubias?

Consuelo torció la boca.

–Le gustan las mujeres.

Isabel tenía amigas en Nueva York a las que les encantaba la emoción de la caza. El sexo era importante para ellas, lo cual estaba bien. Pero ella era distinta. Quería alguien con quien hablar. Alguien con quien pudiera salir.

Posiblemente por eso había acabado estando con Eric, pensó con tristeza. Se llevaban genial, tenían los mismos intereses. Habían trabado una amistad maravillosa. Pero, por desgracia, los dos habían cometido el error de tomarla por otra cosa.

—Tengo que volver al trabajo —dijo—. Esta tarde vienen dos novias a probarse vestidos. ¿Comemos juntas esta semana?

—Claro.

Ford Hendrix podía desaparecer meses enteros en las montañas de Afganistán. Podía vivir a un kilómetro de un pueblo sin que nadie descubriera que estaba allí. Había viajado por todo el mundo sirviendo a su país, había combatido, matado y resultado herido. Más de una vez había mirado a la muerte cara a cara y había vencido. Pero nada en sus catorce años de carrera militar lo había preparado para enfrentarse a aquella mujer terca y decidida que era su madre.

—¿Estás saliendo con alguien? —le preguntó Denise Hendrix mientras llenaba una taza de café recién hecho y se la pasaba.

Eran apenas las seis de la mañana. Normalmente, Ford ya se habría ido a trabajar, pero ahora era un civil y ya no tenía que empezar el día de madrugada. Al entrar tambaleándose en la cocina, había descubierto que su madre se había presentado en su casa y había empezado a hacer café. Sin previo aviso.

Recorrió con la mirada el pequeño apartamento amueblado que había alquilado e intentó comprender lo que pasaba.

—Mamá, ¿te he dado una llave?

Su madre sonrió, preparó otra taza para ella y se acomodó en la mesita del rincón.

—Marian me dio llaves del apartamento y de la casa antes de que John y ella se fueran de vacaciones. Por si pasaba algo.

–¿Que yo no sepa prepararme el café, por ejemplo?

–Estoy preocupada por ti.

Él también estaba preocupado. Preocupado por que volver a casa hubiera sido un error.

Al llegar, se había instalado en la casa familiar porque era lo más fácil. Pero más de una vez, al despertar, se había encontrado a su madre revoloteando a su alrededor. Ella no podía saber, claro, que con su entrenamiento militar no soportaba bien que la gente merodeara a su alrededor mientras dormía.

Así que se había mudado a una casa con Consuelo y Angel. Solo que Angel y él eran demasiado competitivos para convivir, y otra vez se había visto obligado a cambiar de casa. En realidad, Consuelo había amenazado con destriparle si no lo hacía, pero eso prefería ignorarlo. En una pelea limpia, podía ganar a Consuelo. El problema era que Consuelo nunca jugaba limpio.

Había encontrado el apartamento perfecto, o eso le había parecido. Cerca del trabajo, tranquilo y lejos de su madre.

Se sentó frente a la mujer que lo había traído al mundo y le tendió la mano. Ella pestañeó.

–¿Qué?

–La llave.

Denise tenía unos cincuenta y cinco años. Era guapa, tenía el pelo y los ojos claros. Había sobrevivido a seis hijos, entre ellos trillizas, y a la muerte de su marido. Un par de años atrás se había enamorado de un tipo al que conocía del instituto. O de después, quizá. Las hermanas de Ford le habían escrito para hablarle del romance de su madre. Por lo que a él respectaba, su madre llevaba más de una década siendo una viuda fiel. Si encontraba a alguien en aquella etapa de su vida, se alegraba por ella.

–¿Te refieres a la llave de...?

–Del apartamento –remachó él–. Dámela.

–Pero, Ford, soy tu madre.

–Hace tiempo que sé quién eres. Mamá, no puedes seguir así. Agobiándome. Tienes nietos. Ve a darles la lata a ellos.

Los ojos de Denise se llenaron de emoción.

–Pero has estado fuera tanto tiempo... Casi nunca venías a casa. Tenía que viajar a otros sitios para verte, y ni siquiera me dejabas que fuera a visitarte a menudo.

Quiso decirle que la culpa la tenía ella. Por agobiarlo. Sabía que era el más pequeño de los chicos, pero hacía tiempo que era mayor.

–Mamá, era un SEAL. Sé cuidar de mí mismo. Dame la llave.

–¿Y si te la dejas dentro? ¿Y si hay una emergencia?

Ford no dijo nada. Siguió mirándola fijamente. No era más amenazadora que un Kalashnikov, y él se había enfrentado a muchos en su vida.

–Está bien –dijo Denise débilmente. Sacó una llave del bolsillo de sus vaqueros y la dejó sobre su palma.

Ford, que la conocía, sintió el impulso de preguntarle si había hecho una copia. Pero decidió esperar. De momento, bastaba con saber que no iba a presentarse cuando menos se lo esperara.

–Seguramente quieres que me vaya –susurró Denise.

–No seas mártir, mamá. Te quiero. Estoy en casa. ¿No puedes conformarte con eso?

Ella sorbió por la nariz y asintió.

–Tienes razón. Me alegro de que estés en casa y de que vayas a quedarte en Fool's Gold. Te daré un par de días para que te instales y luego te llamaré. Podemos ir a comer o puedes venir a casa a cenar. ¿Qué te parece?

—Perfecto.

Su madre se levantó. Ford la rodeó con el brazo y la besó en la coronilla. Se dirigieron a la puerta. Ella la abrió y salió al pequeño rellano de lo alto de la escalera. Ford apenas había inhalado el dulce aroma de la libertad cuando se volvió hacia él.

—¿Has tenido tiempo de echar un vistazo a esos archivos que te envié? —preguntó—. Hay algunas chicas encantadoras.

—Mamá... —dijo en tono de advertencia.

Denise lo miró de frente.

—No, cariño. Llevas demasiado tiempo solo. Tienes que casarte y fundar una familia. Te estás haciendo mayor, ¿sabes?

—Yo también te quiero —dijo mientras la empujaba suavemente y cerraba la puerta antes de que pudiera decir algo de lo que acabaría arrepintiéndose.

—Quiero que te cases, Ford —gritó su madre a través de la puerta cerrada—. Tengo las solicitudes en mi ordenador si quieres echarles un vistazo. Están en una hoja de cálculo para que puedas ordenarlas por distintos criterios.

Seguía gritando cuando Ford llegó al dormitorio y también cerró esa puerta.

2

Isabel giró con el carro de la compra por un pasillo y comprendió que su falta de inspiración le traería problemas más tarde. Si no decidía qué quería cenar, un par de horas después se moriría de hambre. Pedir una pizza a las ocho y media y comérsela entera era fatal para sus caderas y sus muslos. Recordando que las mujeres de su familia tenían tendencia a adquirir forma de pera a medida que envejecían, se dirigió a la sección de verduras y escogió una bolsa de ensalada. Genial. Tenía ensalada y vino tinto y un recipiente de helado muy pequeñito. Elementos dispares que no componían una cena.

Se encaminó decidida hacia la sección de carnicería, sin saber qué haría cuando llegara allí. Al doblar la esquina, estuvo a punto de chocar con otra persona.

–Perdón –dijo automáticamente, y se descubrió mirando unos ojos oscuros–. Ford...

Él sonrió. Era la misma sonrisa seductora y parsimoniosa que había empleado antes. La que hacía que le costara respirar. Isabel se dijo que Ford lanzaba aquella sonrisa como cáscaras de cacahuete vacías en un partido de fútbol, pero aun así sintió una opresión en el pecho. Lo cual era muy extraño. Ella nunca se había echado a temblar en presencia de un hombre.

—Hola —dijo él, y levantó su cesta—. Estoy haciendo la compra.

—Yo también —miró el paquete de filetes y las seis latas de cerveza—. ¿Eso es para ti una cena?

—Tú llevas helado y vino tinto.

—Y ensalada —puntualizó—. Soy mucho más frugal.

—Eres un conejo. Y además pasas hambre —sonrió de oreja a oreja—. El otro día vi una barbacoa en tu patio. ¿Por qué no unimos recursos?

Una oferta tentadora.

—Quieres el helado y el vino.

—Sí, pero también me comeré la ensalada por ser amable.

—Típico de un tío. ¿Sabes usar la barbacoa? Es grande y parece complicada.

Él levantó una ceja.

—Nací sabiendo. Lo llevo en el ADN.

—Qué pérdida de material genético.

Sin saber cómo, echaron a andar. Isabel no recordaba haber tomado la decisión de aceptar su proposición, pero allí estaban, en la fila para pagar. Cinco minutos después estaban en el aparcamiento, camino de sus coches.

Llegaron primero al de Ford.

—¿Ese es tu coche? ¿En serio? —preguntó ella mirando el Jeep negro.

—Es un clásico.

Ella señaló la pintura dorada del costado.

—Tiene llamas. Los Jeeps son coches muy fiables, tienen una larga historia. ¿Por qué torturas al tuyo así?

—¿No te gusta? ¿Por qué no? Las llamas molan.

–No. El coche de Consuelo mola. El tuyo da un poquitín de vergüenza.

–Lo compré justo después de que tu hermana me dejara plantado por mi mejor amigo. No sabía lo que hacía.

–Eso fue hace catorce años. ¿Por qué no lo has vendido? –le preguntó ella.

–Nunca lo conduzco y está en perfecto estado. Cuando decidí volver aquí, Ethan lo puso a punto.

–Se habrá sentido avergonzado de que lo vieran con él –bromeó Isabel, aunque sabía que el hermano de Ford habría estado encantado de ayudarlo–. ¿Angel no lleva una Harley?

Ford arrugó el ceño al oírla mencionar a su socio.

–¿Cómo lo sabes?

–Cuesta no fijarse en un tipo como él, vestido de cuero negro y conduciendo una moto por Fool's Gold.

–Tú tienes un Prius –repuso Ford–. No eres quién para hablar.

–¿Lo dices porque conduzco un coche seguro, discreto y respetuoso con el medio ambiente?

–Típico de una mujer –masculló él.

La ayudó a meter en el coche la compra, que consistía en una sola bolsa. Podría haberlo hecho ella sola, pero aun así era agradable que lo hiciera un hombre en su lugar. Eric siempre había apoyado su deseo de igualdad, y la dejaba acarrear su mitad de las bolsas cuando iban a hacer la compra. Lo cual era absolutamente justo, se recordó. Aunque no fuera especialmente romántico.

Ford la siguió en su coche hasta casa. Isabel aparcó en el camino de entrada. Él aparcó a su lado y bajó del Jeep.

–Voy a meter la cerveza en la nevera –dijo–. Enseguida bajo y empiezo a hacer la carne.

–Estupendo.

Isabel entró en su casa y lo puso todo sobre la encimera de la cocina. Aquella parte de la casa estaba casi en sombras. Encendió la luz del techo. Los armarios de roble solo tenían un par de años y los azulejos amarillos que recordaba de su infancia habían sido sustituidos por granito.

Pensó un momento en correr al cuarto de baño para acicalarse un poco. Había pasado todo el día en la tienda y estaba segura de que tenía el rímel corrido y el pelo aplastado. Además, su vestido era muy soso. No solo había trabajado en Nueva York, donde vestir de negro era prácticamente obligatorio, sino que ahora trabajaba en una tienda de trajes de novia. Era importante parecer profesional y jamás eclipsar a la novia. En su armario abundaban los vestidos negros, sencillos y elegantes, perfectos para una oficina, pero no tanto para una cita.

Aunque, de todos modos, no iba a ponerse un vestido de noche ni nada parecido. Al final, se conformó con quitarse los tacones y subirse las mangas del vestido. A fin de cuentas, solo iba a cenar con su vecino. No había por qué emperifollarse. Además, hasta hacía solo un par de días, el último recuerdo que Ford tenía de ella era el de una chica de catorce años que corría tras él calle abajo, sollozando y suplicándole que no se fuera. Después de aquello, casi cualquier cosa habría sido una mejora.

Vació su bolsa y guardó el helado en el congelador. Tardó tres minutos en poner la mesa fuera. Estaba a punto de ponerse a preparar la ensalada cuando volvió Ford.

–Tengo tres mensajes de mi madre –gruñó al acercarse a la encimera y abrir un cajón. Rebuscó entre varios abrelatas, cucharas de medir y espátulas hasta que encontró el sacacorchos. Después sacó dos copas de vino de un armario–. Quiere hablar de las candidatas.

A Isabel le interesaba más por qué se manejaba tan bien en aquella cocina. ¿Acaso se colaba en su casa mientras ella no estaba? ¿Estaba...?

Maeve, pensó de pronto. Había salido tres años con su hermana y pasaba muchas horas allí cada semana. Se había quedado a menudo a cenar y solía ayudar a su hermana a poner la mesa. Aunque la cocina había sido remodelada, la disposición de los muebles seguía siendo la misma. Los cubiertos seguían estando en el cajón de arriba, junto a la pila, y los vasos encima del lavavajillas.

–¿Las candidatas a futura esposa? –preguntó.

–Esas.

–¿Te has molestado en conocer a alguna? Puede que sean encantadoras.

Ford le lanzó una mirada que daba a entender que el sacacorchos tenía más cerebro que ella.

–No –contestó con firmeza–. No me interesa nadie capaz de rellenar una de esas solicitudes.

–Eres muy crítico y tu madre solo intenta ayudarte.

–¿Estás compinchada con ella? –preguntó Ford–. ¿Tenéis un plan para torturarme?

–No. La tortura, si la hay, es un agradable efecto colateral.

–Muy graciosa. No recuerdo que fueras tan descarada hace catorce años. Me gustabas más entonces –sirvió el vino tinto que había comprado Isabel y le pasó una copa.

–Entonces no me conocías –repuso ella–. Era la hermana pequeña de tu novia. Casi no me hablabas.

–Teníamos una relación especial que no requería una comunicación convencional.

Isabel se rio.

–Qué cara tienes.

Sus ojos oscuros se arrugaron, divertidos.

–No eres la primera que me lo dice –acercó su copa a la de ella–. Por mí, por haber cometido la idiotez de volver a casa.

–Irás acostumbrándote a vivir aquí y tu madre se calmará.

–Eso espero. Sé que está emocionada por tenerme otra vez en casa, pero esto es ridículo.

Isabel pensó en la época posterior a la marcha de Ford, cuando había creído que iba a rompérsele el corazón.

–Casi nunca venías por el pueblo. ¿Era por Maeve?

Ford se apoyó contra la encimera.

–Al principio sí –reconoció–. Pero no venía sobre todo porque estar con mi familia era demasiado complicado. Querían meterse en todo, especialmente mi madre. Entré en los SEAL al tercer año, y fue muy intenso. No podía hablar de lo que hacía ni contarles adónde iba. Opté por lo más fácil: evitar la situación –bebió un sorbo de vino–. Maeve hizo bien al romper conmigo. Cuando pasó, te habría dicho que iba a echarla de menos toda la vida. Pero pasadas unas semanas, me di cuenta de que ella tenía razón. Éramos unos niños, jugábamos a estar enamorados. Supongo que con Leonard encontró a su media naranja.

Isabel intentó descubrir alguna emoción en sus palabras. No sabía si de veras no le importaba que su exnovia se hubiera casado con el tipo que se había interpuesto entre ellos.

–Llevan ya doce años casados –comentó.

–Lo más impresionante es lo de los niños. ¿Cuántos tiene ya?

–Cuatro, y otro en camino.

Ford lanzó un juramento.

–¿Tantos? No sabía que Leonard fuera tan padrazo.

–Yo tampoco. Ahora es contable. Ha montado su propia empresa y tiene varios clientes impresionantes. Le va muy bien.

–Más le vale, teniendo tantos hijos. ¿Qué tal te sientes teniendo tantos sobrinos?

–Puede ser agobiante –dijo, aunque en realidad había vivido en Nueva York los seis años anteriores y durante ese tiempo había visto poco a su familia. Además, no hablaba mucho con su hermana. Estaban las dos muy ocupadas, y nunca habían tenido gran cosa en común.

De pronto se sintió culpable y pensó que tenía que llamar a Maeve para ir a hacerle una visita.

–¿Estás bien? –preguntó Ford, observándola.

–Sí. Tú no eres el único que tiene problemas familiares.

–Seguramente, pero soy el único que tiene una madre capaz de montar un chiringuito en una feria con el único fin de encontrarnos novia a mi hermano y a mí.

Isabel se rio.

–En eso tienes razón.

Prepararon la cena en un abrir y cerrar de ojos. Además de los filetes, Ford aportó dos patatas. Isabel las metió en el microondas y luego preparó la ensalada. Llevó fuera las copas de vino mientras Ford calentaba el grill y hacía la carne.

–Puedes usar la barbacoa cuando quieras –comentó ella–. No me molesta.

Ford dio la vuelta a los filetes y cerró la tapa.

–Gracias. Puede que te tome la palabra.

–¿Tanto te gusta la carne? –preguntó ella.

Él sonrió.

–La carne y el fuego. Y la cerveza –tomó su copa–. O el vino.

Isabel lo observó, fijándose en sus anchos hombros y su sonrisa desenfadada. Buscó algún indicio de que estuviera recuperándose aún de su paso por el ejército, de que lo que había visto le hubiera dejado profundas cicatrices, pero no vio ninguno. Si tenía fantasmas, eran de los que solo veía él.

–¿Te gustaba ser un SEAL? –preguntó.

–Sí. Me gustaba formar parte de un equipo. Y también no saber nunca qué iba a pasar a continuación.

–Certeza y variedad. Dos componentes claves de la felicidad.

Él levantó las cejas. Isabel se encogió de hombros.

–Soy licenciada en marketing, pero también estudié algo de psicología. A la gente le gusta sentirse segura. Cuesta divertirse si pasas hambre o no tienes techo. Pero también nos gusta la variedad. Los cambios positivos reactivan el cerebro.

–Guapa y lista. Impresionante.

Isabel se dijo que era un coqueto nato y que era idiota si creía algo de lo que le dijera. Pero aun así sintió un cosquilleo.

–¿Por qué te retiraste?

–Los últimos cinco años estuve en una fuerza conjunta. Misiones de peso, pero muy estresantes.

–¿Y peligrosas?

Ford sonrió.

–Mi segundo nombre es «Peligro».

Ella sonrió.

–Estoy segura de que no es cierto, y puedo comprobarlo fácilmente. No tengo más que preguntárselo a una de tus hermanas.

–Qué asco de pueblos pequeños –bebió un sorbo de vino–. El trabajo era muy intenso y tenía que viajar constantemente. Cambió el equipo. Pasado un tiempo, empecé a quemarme. Justice nos llamó para proponernos lo de CDS, y dije que sí.

–¿Te preocupaba volver a casa?

–Me preocupaba mi madre –hizo una mueca–. Con razón.

Porque sería más fácil si no tuviera familia o no se llevara bien con ella. Costaba decirle que no a una madre tan cariñosa y dispuesta a ayudar como Denise.

–Deberías mandarla a hacer un crucero alrededor del mundo –propuso Isabel–. A mí me funcionó.

–Ojalá quisiera ir –fijó la mirada en su cara–. ¿Y tú? ¿Has vuelto porque te has divorciado?

–Ajá. El papeleo ha terminado, así que ya soy una mujer libre.

–¿Estás bien?

–Sí. Eric y yo no hemos litigado. Teníamos un apartamento, él me compró mi parte y ahora dispongo de ese dinero para montar mi propia empresa.

–¿La que piensas crear cuando vendáis Luna de Papel?

–Sí. Así que todo ha salido a pedir de boca.

–¿No le guardas rencor? –preguntó él.

Había contado tantas veces la versión casi verídica de la historia, que las palabras le salieron automáticamente:

–No. Eric es un tipo estupendo, pero nos fuimos distanciando. Estamos mejor siendo amigos.

Ford se volvió para echar un vistazo a la carne, dio la vuelta a los filetes y cerró la tapa.

–Suena todo muy civilizado –comentó–. Mejor que odiarse mutuamente al final.

Eso habría requerido más energía de la que ninguno de los dos estaba dispuesto a invertir en su relación de pareja, pensó Isabel con tristeza.

–Te admiro por cómo has manejado la situación –añadió Ford.

Pero Isabel no se merecía aquel cumplido. Abrió la boca para decirle que no tenía importancia, pero lo que dijo fue:

–Yo pensaba que iba todo bien. Pensaba que teníamos un matrimonio fantástico. Éramos grandes amigos. Los fines de semana íbamos a restaurantes, a galerías de arte o a liquidaciones de muebles de particulares. Él apoyaba mis aspiraciones y yo las suyas.

Su vida sexual había sido prácticamente nula, pero como el sexo no era importante para ella, eso no le molestaba. En cierto modo había sido liberador.

–Me gustaba pasar tiempo con él –agregó–. Era sencillo –hizo una pausa–. Pero no era amor.

–No lo parece, desde luego –dijo Ford con calma.

Isabel lo miró y apartó los ojos antes de dejar la copa sobre la mesa de jardín. Sujetaba con tanta fuerza la copa que temió romperla.

–Se enamoró de otra persona –reconoció, recordando todavía la impresión que se había llevado al enterarse.

Eric la había hecho sentarse, la había agarrado de las manos y le había confesado que estaba enamorado.

–Estaba tan emocionado, tan feliz... Tenía una energía que no le había visto nunca. Creo que eso me impresionó más que su infidelidad. El entusiasmo. Conmigo nunca se había comportado así.

–Era gay.

Volvió a mirar bruscamente a Ford, intentando no quedarse boquiabierta.

–¿Cómo lo sabes?

—Ningún hombre heterosexual va a una liquidación de muebles.

Isabel dejó escapar una risa estrangulada.

—Claro que van, pero tienes razón. Se enamoró de un hombre. Me dijo que no le había pasado nunca, pero yo no sabía si podía creerle.

¿Cómo era posible que Eric no lo supiera? ¿Cómo había podido mentirle todos esos años? Se había visto obligada a afrontar el fin de su matrimonio y a preocuparse por su salud. Si Eric la había engañado con una persona, ¿quién le decía que no había habido otras?

Todos los análisis habían dado negativo, y había podido dejar de preocuparse por las enfermedades de transmisión sexual, pero aun así había tenido que asumir que su matrimonio había acabado.

—Lo echaba de menos —reconoció—. Éramos amigos y se marchó. Tuve que descubrir qué hacer a continuación. Sonia y yo siempre habíamos hablado de abrir una tienda juntas y de pronto empezamos a hacer planes de verdad. Vine aquí a ayudar a mis padres, a ganar algún dinero y a solucionar el resto de las cosas —respiró hondo—. No lo vi venir. Eso es lo que más me costó asumir. No tenía ni idea. Rara vez hacíamos el amor, pero yo pensaba que cada pareja era distinta. A él no le interesaba mucho el sexo y a mí me parecía bien. Solo que ¿y si era por mí?

—Si es gay, no es por ti. Le pasaría lo mismo con cualquier mujer —Ford la observó con amistosa preocupación—. Tú no hiciste nada malo —añadió—. No fue sincero contigo, ni consigo mismo. Eso no es culpa tuya.

—Supongo que no.

Él le puso la mano bajo la barbilla y la obligó suavemente a levantar la cabeza para mirarla a los ojos.

–No hay «supongo» que valga.

–¿Y si se volvió gay por mí?

Ford sonrió.

–Qué va.

–Eso no lo sabes. Puede que fuera tan mala en la cama que se hizo gay.

–No creo que funcione así. Siento desilusionarte, pero no tienes tanto poder.

Qué amable estaba siendo, pensó Isabel. Tierno y dulce. De pronto le dieron ganas de inclinarse contra él.

–Me siento como una idiota. Como si tuviera que haberme dado cuenta.

–Confiabas en él, Isabel. Creías en él y te utilizó.

–Haces que suene tan sencillo...

–Porque lo es –volvió a sonreír–. Yo siempre tengo razón.

–Por favor... –sintió que empezaba a sonreírle.

–Eso está mejor –se inclinó hacia delante y la besó ligeramente en los labios.

Fue un beso muy breve. Más para consolarla que para seducirla. Aun así, Isabel notó un vuelco en las entrañas. Se dijo que era por culpa del vino, aunque apenas había bebido un trago, y de la vergüenza que había pasado. Nadie sabía lo de Eric. Se sentía tan humillada que no había querido contárselo a nadie. De pronto se preguntaba por qué había sido tan remisa a confiar en las personas que la querían.

–Gracias –dijo cuando él se enderezó–. Por escucharme y no reírte.

–Tu historia no tiene gracia.

–Me refería a que no te rieras de mí, no conmigo.

–No es mi estilo –repuso Ford.

¿Cuál era su estilo? ¿Quién era aquel hombre que conducía un coche ridículo y aseguraba ser un don divino para las mujeres, y que sin embargo le ofrecía consuelo y sabía qué tenía que decir exactamente? Antes de que pudiera preguntar, él se volvió para mirar los filetes.

–Ya casi están hechos –dijo.

–Voy a buscar las patatas y la ensalada.

Entró en la casa y respiró hondo. Se sentía mejor por haber dicho la verdad. Como si el secreto de por qué se había divorciado fuera un peso que la oprimiera.

Lo que no le había dicho era que la tristeza que sentía se debía a que había perdido a un amigo. No a un marido, ni a un amante. No tenía la sensación de haber roto con el amor de su vida. Lo que significaba que su matrimonio había sido una farsa desde el principio y que, por alguna razón, ella no se había dado cuenta.

Ford se recostó en su silla y apoyó los pies sobre el escritorio.

–Dos cuentas más –dijo, señalando con la cabeza las carpetas que había sobre la mesa.

Consuelo le apartó las botas del escritorio.

–Eres un presumido. Odio a los presumidos.

–Se me da bien mi trabajo –puntualizó él, y bebió un sorbo de café.

Angel puso cara de pena.

–Tú te llevas la gloria porque estás en ventas. Los demás nos esforzamos tanto como tú.

–¿Tú oyes algo? –le preguntó Ford a Justice–. Noto un zumbido en la oreja.

Justice se apartó de su ordenador portátil y abrió las carpetas. Echó una ojeada a los e-mails impresos y a los contratos firmados.

En CDS se dividían la carga de trabajo a partes iguales: Justice, que había montado el negocio, coordinaba todas sus actividades y lo mantenía todo en orden. Consuelo se encargaba de las clases y el entrenamiento. Angel diseñaba programas de seguridad específicos para sus clientes, y Ford se ocupaba de las ventas.

–No empieces –dijo Justice suavemente mientras revisaba los documentos. Era alto y de espaldas anchas, y el único de ellos que llevaba traje. Ford, Angel y Consuelo vestían pantalones de faena y camisetas, la de Consuelo de tirantes.

–Muy bien –comentó Justice al levantar la vista. Se volvió hacia Angel–. Me pondré en contacto con las empresas para saber qué necesitan exactamente. Luego podrás empezar a diseñar los programas.

Angel pareció molesto.

–¿Cómo lo haces? Consigues clientes nuevos casi todas las semanas, y abrimos hace solo un mes –le dijo a Ford.

–¿Tienes celos? Se me da bien lo que hago.

–No me hagáis separaros –dijo Consuelo.

–Yo tengo estilo, chaval –añadió Ford, haciendo caso omiso–. Estilo de verdad.

El plan de negocio de CDS constaba de tres partes. Un primer tipo de clientes pertenecía ya al sector de la seguridad. CDS proporcionaba entrenamiento avanzado para operativos de seguridad y entrenamiento básico para nuevos empleados. Para la mayoría de las empresas, era más barato contratar a terceros para hacerse cargo de la instrucción.

Su segunda fuente de ingresos procedía de clientes corporativos que buscaban una experiencia única de consolidación de equipos. Utilizando el pueblo como punto de venta, Ford presentaba la idea de una serie sencilla de ejercicios de supervivencia para acrecentar la confianza en el seno de un grupo. La mayoría de las empresas escogían las semanas de los festivales para celebrar sus ejercicios: los empleados llegaban el lunes y sus familias se reunían con ellos el miércoles. Al final, había un gran abrazo de grupo y bailaban juntos la conga. O algún rollo parecido.

La tercera fuente de ingresos eran las clases que daban a la gente del pueblo. Defensa personal y entrenamiento básico. Era bueno para el pueblo y bueno para CDS, y eso era lo único que le importaba.

—Tú no tienes estilo —refunfuñó Angel—. Fíjate en ese cacharro que conduces.

—Es un clásico.

—Es una vergüenza para los Jeeps de todas partes. La empresa debería venir a quitártelo.

El comentario de su amigo le hizo pensar en lo que había dicho Isabel. Lo que le hizo pensar en la noche anterior y en cómo la había besado.

Había sido agradable. Más que agradable. Había querido estrecharla en sus brazos y hacer mucho más que besarla. En algún momento, mientras él estaba fuera, la hermanita de su exnovia se había hecho mayor. Ahora era una mujer divertida, sexy y completamente fuera de su alcance. Isabel tenía problemas íntimos que resolver, y él no salía con mujeres problemáticas. Además, era de las que se comprometían, y eso tampoco era para él. Pero aun así uno podía soñar.

—Si podemos volver al asunto que nos ocupa —dijo Justice mientras revisaba su agenda—. Angel está teniendo más trabajo del que puede asumir.

—Gracias a mí —Ford sonrió—. Qué bueno soy, maldita sea.

Consuelo puso los ojos en blanco.

–No le pidáis que me ayude –dijo Angel–. Ni se os ocurra.

–No puedes diseñar tú solo todo el currículum –le recordó Justice–. Por lo menos al principio, cuando todo es nuevo. Todos tenemos que ayudar.

–Sobre todo, yo –dijo Ford.

Angel se abalanzó hacia él. Cayeron al suelo, forcejeando y lanzándose puñetazos. Pero ninguno de los dos pegaba muy fuerte.

–¿Hemos acabado? –preguntó Consuelo.

–Eso parece –respondió Justice, y se volvió hacia su ordenador.

Angel tiró a Ford un par de veces al suelo e intentó agarrarlo por el cuello con el brazo. Ford se giró y consiguió apartarse, pero su amigo volvió a tumbarlo. Consuelo agarró su café y pasó por encima de ellos.

Al llegar a la puerta se detuvo y miró hacia atrás.

–El festival Maá-zib es dentro de poco. El plato fuerte es un hombre que se arranca el corazón con un cuchillo. Voy a ofreceros voluntarios a los dos para el sacrificio. No os molestéis en darme las gracias.

3

Ford comenzó a bajar las escaleras del garaje. Miró hacia la cocina y se preguntó si Isabel se habría levantado ya. Era temprano para un civil, y sabía que la tienda no abría hasta las diez o las once, así que no tenía por qué haberse levantado. Curiosamente, sintió ganas de entrar de todos modos, preparar café y esperarla. Un impulso que no podía explicar ni justificar. Supuso que ella se asustaría tanto por su aparición inesperada como él por la de su madre.

Había ciertos factores de su vuelta a casa que le estaban resultando más difíciles de afrontar de lo que esperaba. Su madre, no: Denise era tan pesada como siempre. Ford sabía que lo que hacía lo hacía por amor, pero la verdad era que aquella mujer necesitaba un hobby. Había visto a sus hermanos y estaban bien. Habían sido muy discretos. Le habían dado la bienvenida, pero no parecían preocuparse mucho por él, ni lo agobiaban. Sus hermanas eran otro cantar, y no le apetecía mucho ir a verlas.

Con Isabel era distinto. Estar con ella era divertido. Podía relajarse y disfrutaba oyéndola hablar o bromeando con ella. Seguramente por las cartas. Le había escrito durante años. La había visto crecer, había tenido acceso a sus secretos y había dormido mejor sabiendo que, mientras él estaba en el infierno, seguía habiendo gente buena en el mundo.

Dudaba que ella supiera lo que habían significado sus cartas para él. Que sus palabras lo habían mantenido con los pies firmemente anclados en el suelo. Nunca contestaba y, con el tiempo, las cartas habían ido cambiando. Se habían convertido en una especie de diario, más que en una correspondencia. Eso también le había gustado.

Se había reído de las cosas divertidas y lo había sentido por ella cuando había sufrido. Él también había cambiado y, en cierto modo, era como si hubieran pasado juntos por todo aquello.

Verla era distinto a leer sobre ella. Era mejor. La Isabel adulta era mucho más interesante que su versión adolescente. Era lo bastante guapa para tentarlo, pero, como se recordaba constantemente, no debía intentar nada con ella. No tenía madera de novio, y ella se merecía un buen tipo. Él era más bien para pasar un rato. Sentía lo de su ex. Tenía que haber sido un golpe muy duro. Si había algo que...

Se detuvo en mitad de la escalera.

Había alguien junto al Jeep. Algo se había movido y luego se había parado, como si quien estuviera allí intentara mantenerse oculto entre las sombras. Ford se puso alerta. Echó mano de su arma, y entonces recordó que estaba en Fool's Gold y que no iba armado.

Ningún problema. Se encargaría de su asaltante a la antigua usanza.

Continuó bajando las escaleras, con cuidado de no hacer ruido. Rodeó el Jeep y se acercó al tipo por detrás. Tuvo que hacer un esfuerzo para bajar los brazos al reconocerlo.

–¿Leonard?

Leonard dio un respingo.

–¡Ford! Me has asustado.

Tenía el pelo oscuro y gafas. Llevaba pantalones de vestir, camisa blanca y corbata.

Ford vio un todoterreno blanco aparcado en la calle y dedujo que había una americana pulcramente doblada en el asiento de atrás. O, peor aún, colgada de una percha.

Leonard le tendió la mano.

–Me alegro de verte. Bienvenido a casa.

–Gracias –se estrecharon las manos–. ¿Qué haces aquí?

Leonard se subió las gafas.

–He pensado que debíamos hablar. Tenemos que solventar nuestras diferencias.

Ford contuvo la risa.

–De eso hace mucho tiempo, hombre. No hay nada que discutir.

–No estoy de acuerdo. Estuvo mal hacer lo que hice –su expresión se volvió culpable–. Maeve y tú estabais prometidos. No tenía derecho a meterme en medio. Eras mi mejor amigo –se aclaró la voz–. Nunca me he perdonado por haberte hecho daño.

Ford recordaba lo perplejo que se había sentido al encontrar a Maeve con Leonard. Estaba seguro de que había sufrido, pero de eso hacía mucho tiempo. Era como recordar una película que había visto, en lugar de revivir una emoción pasada.

–Ganó el mejor.

–No dijo Leonard muy serio–. Yo no soy el mejor. No puedo serlo hasta que te pida disculpas y tú las aceptes –cuadró los hombros–. Deberíamos habértelo dicho. Deberíamos haberte explicado que nos estábamos enamorando.

–Sí, deberíais. Pero ya lo hicisteis y ahora estamos en paz, ¿de acuerdo?

Leonard sacudió la cabeza.

–No. No basta con eso. Maeve y yo éramos jóvenes y estúpidos. Tienes que comprenderlo.

–Lo comprendo –también empezaba a prever un dolor de cabeza.

–Ahora estamos casados, claro, tenemos cuatro hijos y otro en camino, pero ¿y qué? Que seamos felices no significa que hiciéramos bien. Te mereces una satisfacción.

Ford suspiró.

–¿Ah, sí?

Leonard se acercó a él.

–Pégame.

Ford sofocó un gruñido.

–¿En serio?

–Sí. Pégame. Así estaremos en paz.

–Te agradezco el ofrecimiento, pero sé realista: soy un SEAL altamente entrenado. No te conviene pelearte conmigo.

–No voy a pelearme contigo. Voy a quedarme aquí quieto porque me porté mal contigo. Pégame. Sé aceptar mi castigo. Me lo merezco.

Ford se preguntó cuánto tiempo había estado Leonard esperando aquel momento, planeándolo. Entonces se dio cuenta de que conocía la respuesta: catorce años. Vio determinación en los ojos de su amigo y comprendió que no había otra alternativa.

–Está bien –dijo lentamente–. Si estás seguro.

Leonard asintió con la cabeza y se quitó con cuidado las gafas.

–Estoy listo.

Ford sacó su móvil y llamó a emergencias.

–Servicio de emergencias de Fool's Gold. ¿Tiene alguna emergencia de la que informar?

–Hay un hombre inconsciente en el suelo. Manden una ambulancia.

–¿Qu...? –Leonard fue a decir algo, pero no le dio tiempo a acabar la frase: Ford le dio un puñetazo, y él cayó redondo al suelo.

Kent se dirigió al edificio de CDS. Era una nave industrial al sur del centro de convenciones y al este del centro del pueblo.

Era la primera vez que iba allí. Aunque había visto varias veces a su hermano Ford desde su regreso, siempre se encontraban en algún restaurante o en casa de su madre.

Al entrar en el amplio edificio, no pensaba en sus motivos para estar allí. Iba pensando en la agenda de trabajo que se había marcado para ese día. Aunque faltaban varias semanas para que empezaran las clases, ya había comenzado a preparar las lecciones. Ese año, estaba decidido a llevar a sus «matematletas» hasta los campeonatos nacionales. Los chicos se esforzaban mucho y merecían esa oportunidad. También iba a dar una nueva clase de Cálculo Avanzado que podía suponer un reto tanto para él como para sus alumnos.

–Kent, ¿verdad?

–¿Qué? –se dio cuenta de que estaba en medio del pasillo y que delante de él había un gigantón. Miró sus fríos ojos grises y la cicatriz que tenía en el cuello.

–Angel –dijo al acordarse de su nombre–. Kent Hendrix, sí. El hermano de Ford. Nos hemos visto un par de veces.

–Claro –Angel le estrechó la mano–. Ford no está. Ha habido un problema y está en el hospital.

–¿Está herido?

Angel sonrió.

–No. Pero el otro sí.

Lo cual sonaba muy propio de Ford, pensó Kent, y deseó parecerse un poco más a su hermano. No por las peleas. No quería hacer lo que su hermano había aprendido en el ejército, fuera lo que fuese. Pero le envidiaba, en cambio, esa capacidad para perseguir lo que quería, sin que le importaran un bledo las convenciones y la opinión de los demás. Eso sí sería agradable.

–He venido a ver a Consuelo. Por mi hijo.

La sonrisa de Angel se volvió sagaz.

–Ya –dijo con sorna–. Esa es nueva.

–¿Nueva? ¿El qué?

–Lo del chico. Pero es una buena historia. Original. Puede que consigas puntos extras.

Kent sacudió la cabeza.

–¿De qué estás hablando?

–De que vengas a ver a Consuelo.

Kent se preguntó si no habría recibido demasiados golpes en la cabeza.

–Mi hijo está aprendiendo artes marciales con ella. Quiere venir a más clases y eso significa que no tiene tiempo para el fútbol. Lleva varios años en el equipo, y quiero asegurarme de que va a tomar la decisión correcta.

La sonrisa de Angel se borró.

–Ah. Entonces de verdad vienes por tu hijo.

–¿Por qué iba a venir si no?

Angel le dio una palmada en la espalda.

–Nunca has visto a Consuelo.

No era una pregunta, pero Kent contestó de todos modos.

–No. Apunté a Reese por teléfono después de hablarlo con Ford.

Angel se rio.

–Pues prepárate. Porque está buenísima.

–Gracias por la advertencia.

Quiso decirle que no le interesaba Consuelo más allá de la clase que daba a su hijo, pero dudaba de que Angel fuera a creerle.

Salir con una mujer le parecía imposible, pensó con amargura. No era que no quisiera; era que no confiaba en sí mismo. Su matrimonio había sido un desastre. Se había comportado como un perfecto estúpido y luego había perpetuado el error pensando que seguía enamorado de su ex años después de que ella lo abandonara. Y no era cierto. En realidad, había sido incapaz de aceptar el fin de su matrimonio hasta que había asumido la verdad acerca de su exmujer. Pero haber aclarado por fin la cuestión no le hacía menos idiota.

–Recuerda solo que podría matarte en el acto sin pestañear.

Kent no estaba seguro de qué tenía que ver el pestañeo con nada.

–¿Lo hace a menudo?

Angel sonrió.

–Bastante a menudo.

Kent estaba seguro de que le estaba tomando el pelo, así que no respondió. Angel lo condujo al gimnasio y gritó:

–¡Consuelo! Kent Hendrix ha venido a verte. Es el hermano de Ford, así que no lo mates.

Una mujer salió del despachito y sacudió la cabeza.

–¿Se puede saber qué te pasa? Deja de decir tonterías o te juro que te convertiré en un eunuco tan rápidamente que no te dará tiempo ni a gritar.

Siguió hablando, o al menos eso supuso Kent. Sus labios se movían. Pero él no oía nada, no podía pensar, y estaba casi seguro de que había dejado de respirar.

No era que fuese preciosa. Ese adjetivo no le hacía justicia. Como tampoco le hacían justicia «buenísima» o «increíble».

Estaba seguro de que no había una palabra capaz de describir a la diosa bajita y morena que caminaba hacia él.

Llevaba pantalones de faena y camiseta de tirantes. Ninguna de las dos cosas dejaba nada a la imaginación. Su cuerpo era la combinación perfecta de curvas y músculos, pero fue su cara lo que atrapó la atención de Kent. Tenía los ojos grandes y la boca carnosa. Su cabello largo parecía moverse con cada paso. Era la personificación misma de la feminidad y el atractivo sexual.

Kent tuvo la sensación de que una mula le había dado una coz en el estómago. No había ni una sola célula de su cuerpo que no hubiera reparado en ella, y por primera vez desde el instituto le aterró tener una erección en público.

Angel se echó a reír.

—Te lo dije —comentó sin molestarse en bajar la voz. Caminó hacia la salida y se detuvo para gritar—: ¡Pórtate bien! Es un civil.

Kent masculló una maldición.

Consuelo arrugó el entrecejo.

—Es un fastidio, pero luego le daré su merecido —sacudió la cabeza y miró a Kent—. Hola. No sé si nos hemos visto alguna vez. Soy Consuelo Ly.

Le tendió la mano. Kent no quería estrechársela. Bueno, sí quería, pero le daba pavor lo que podía pasar. Pensó que o bien la agarraba e intentaba besarla, o bien eyaculaba en los pantalones. Ninguna de las dos cosas daría buen resultado.

—Kent Hendrix —dijo, y haciendo un esfuerzo le estrechó la mano.

En cuanto se tocaron, sintió como si su piel se hubiera prendido fuego. La buena noticia fue que el arrebato de calor fue tan intenso que no corrió peligro de excitarse.

Lo malo fue que se quedó completamente en blanco y pareció perder el habla.

—Hace años que conozco a Ford —comentó ella, soltándole los dedos. Sonrió—. Pero no voy a reprocharle que sea su hermano.

Kent maldijo para sus adentros al ver la perfección de su sonrisa. El destello de los dientes, las arruguitas de sus ojos, la hacían aún más guapa.

—Eh, gracias —logró decir.

—Es el padre de Reese, ¿verdad? Es un buen chico. Tiene talento. Carter y él están siempre intentando hacer más de lo que deben. Típico de chavales de su edad —le lanzó otra sonrisa—. Habría dicho para «niños» de su edad, pero quizá se ofenda si lo digo.

Era muy amable, pensó Kent. Preciosa y amable. Una combinación letal.

Se obligó a concentrarse.

—Reese quiere seguir viniendo a clases. Empezar a entrenarse para conseguir el cinturón negro. Me preocupa que sea demasiado joven. Lleva años jugando al fútbol y está hablando de dejarlo.

Consuelo arrugó el ceño.

—Será idiota —masculló, y luego hizo una mueca—. Perdone. Quería decir que a veces los alumnos se dejan llevar por la emoción del principio y se entusiasman demasiado.

Al darse cuenta de que era humana, como todos

los demás, Kent se relajó un poco. Logró respirar hondo antes de decir con fingida preocupación:

—¿Ha dicho «será idiota»?

—Pues... eh...

—¿Así es como habla a mi hijo y a sus otros alumnos?

Ella levantó la barbilla.

—A veces. Cuando necesitan oírlo. Mire, señor Hendrix, este es un deporte peligroso y tiene que haber disciplina. Trabajo con expertos militares y asesinos entrenados. También con civiles y, de vez en cuando, me olvido de quién tiene una sensibilidad delicada y quién no. Si se va a cagar en las bragas por eso, seguramente no soy la mejor instructora para Reese.

—¿Cagarme en las bragas?

Ella se sonrojó.

—Seguramente tampoco debería haber dicho eso.

—Seguramente —Kent cruzó los brazos, consciente de que era mucho más alto que ella. Aunque, de todos modos, de poco le serviría en un altercado. Él era un profesor de Matemáticas y ella una... De pronto se dio cuenta de que no tenía ni idea de a qué se había dedicado antes de trasladarse a Fool's Gold para trabajar en CDS.

Aun así, sintió que dominaba un poco más la situación.

Ella lo miró.

—Reese es bueno. Es fuerte y tiene muy buena coordinación. ¿Tiene ese talento increíble que solo se da una vez en cada generación? No. Puede conseguir el cinturón negro, claro, y seguramente lo conseguirá. Pero ¿dejarlo todo para concentrarse en esto? —se encogió de hombros—. Yo le haría esperar un año, a ver si sigue siendo lo que quiere. Tal vez añadir una clase más a la semana. Es un niño. Tiene que divertirse, no decidir qué estilo de vida va a llevar.

–Le agradezco el consejo.

–Para eso me pagan –se removió, inquieta–. ¿Está enfadado por lo que he dicho?

–¿Me pegará si le digo que sí?

Consuelo tardó un segundo en darse cuenta de que estaba bromeando. Luego sonrió. Y Kent volvió a sentirse como si le dieran una patada en el vientre. Adiós a su sensación de control.

–No se me dan bien los padres –confesó ella–. Estoy acostumbrada a decir lo que pienso.

–¿A amenazar a la gente y, si eso no funciona, darles una paliza?

Su sonrisa se hizo más amplia.

–Exacto. La conversación civilizada está sobrevalorada.

–Estoy de acuerdo. Por desgracia, yo no tengo la libertad para decir lo que pienso.

Nada más hacer aquella afirmación, se dio cuenta del riesgo que entrañaba. La conexión que había logrado establecer con ella estaba a punto de desintegrarse como algodón de azúcar bajo la lluvia. Consuelo ladeó la cabeza y su pelo oscuro y lustroso resbaló por su hombro.

–Es profesor de Matemáticas, ¿no?

–En un instituto.

Ella se rio suavemente y le puso la mano en el antebrazo. Kent sintió que el calor de su contacto le bajaba hasta la entrepierna.

–Es usted más valiente de lo que yo seré jamás. Enseñar matemáticas a adolescentes...

Al menos no había salido huyendo despavorida.

–Y no simples Matemáticas. Álgebra y Geometría. Y Cálculo.

En el rostro de Consuelo brilló una expresión que Kent no alcanzó a descifrar. Retiró la mano.

–Un trabajo duro –murmuró.

Él comprendió que algo había cambiado, aunque no sabía qué.

–A mí me gusta –reconoció–. Me gustan mis alumnos y sé que lo que aprenden en mis clases puede ayudarles más adelante. Tengo un programa especial para alumnos con fracaso escolar. Para que mejoren sus notas y se convenzan de que pueden ir a la universidad.

Se dijo que debía dejar de hablar, que parecía el tonto del barrio exhibiendo su cohete hecho en casa.

–Una meta muy loable –comentó ella, y dio un paso atrás.

Un rechazo evidente, pensó Kent con amargura, consciente de que no tenía ninguna oportunidad con ella.

–Le agradezco su tiempo –dijo–. Gracias por el consejo.

–De nada. Es un chico estupendo. Está claro que es usted un buen padre.

Kent asintió con la cabeza y se marchó. Mientras caminaba hacia su coche, se dio cuenta de lo irónico de la situación. Después de años pensando que seguía locamente enamorado de su exmujer a pesar de que ella lo había dejado, por fin había sido capaz de reconocer la verdad: que ella los había abandonado a su hijo y a él y que había sido un imbécil por casarse con ella. Decidido a seguir con su vida, quería empezar a salir con mujeres. Encontrar a alguien especial y enamorarse.

Qué mala suerte la suya, que la primera mujer que captaba su atención no quisiera tener absolutamente nada que ver con él.

***

Ford estaba en la sala de urgencias del hospital de Fool's Gold, preguntándose por qué aquellas cosas siempre le pasaban a él. Solo había querido hacer lo que le había pedido Leonard. Darle un puñetazo amistoso en la barbilla. Había intuido que su amigo se caería redondo, dado que nunca había participado en una pelea. Suponía que la idea que tenía Leonard de la rudeza física era lavar el coche sin ponerse guantes.

Como era de esperar, a Leonard le habían fallado las piernas inmediatamente. Pero por desgracia al caer se había golpeado la cabeza con un lado del Jeep y había perdido el conocimiento. O sea, que había sido buena idea llamar a emergencias. Solo que él había llamado como precaución, no porque lo creyera indispensable.

—¡Ahí estás!

Al volverse vio que una mujer de estatura mediana, ojos azules y cabello rubio a media melena caminaba decidida hacia él. Estaba más rellenita de lo que la recordaba, y evidentemente embarazada, pero por lo demás no había cambiado apenas. Salvo que la última vez que había visto a Maeve, ella estaba llorando, y esta vez parecía a punto de escupir fuego.

—¿Se puede saber qué te pasa? —preguntó ásperamente—. ¿Qué clase de cretino va por ahí golpeando a los demás?

—Yo...

—Ya, claro. Échale la culpa a Leonard. ¿Crees que no sé por qué fue a verte? —le clavó un dedo en el pecho—. Desde que has vuelto al pueblo, no habla de otra cosa. Que quería disculparse y resolver las cosas contigo. Pero hace catorce años. ¿Cómo va nadie a guardar rencor tanto tiempo?

—Yo...

Maeve lo miró con enfado.

—Porque has superado lo que pasó, ¿verdad?

—Sí —hizo una pausa para enfatizar sus palabras—. Absolutamente.

Ella levantó las cejas.

Él se aclaró la garganta.

—Y no es que no estés guapísima.

Maeve le hizo retroceder un par de pasos de un empujón.

—¡Le has pegado!

—Él me lo pidió. Insistió. Y no le he pegado tan fuerte. Se ha dado un golpe en la cabeza al caer. No ha sido culpa mía —retrocedió, pensando que cuanto más espacio hubiera entre ellos tanto mejor.

—Es una persona responsable, no como tú —replicó ella—. Padre de cuatro hijos y medio. ¿Pensaste en eso cuando intentaste matarlo?

—Yo no he intentado matarlo. Mira, Leonard vino a verme.

—Sí, y yo esperaba que fueras lo bastante adulto para manejar la situación. Veo que me equivocaba. Eres exactamente el mismo que cuando te fuiste.

—Oye, eso no es justo.

Maeve entornó los párpados.

—Yo te diré lo que no es justo. No es justo que mi marido y el padre de mis hijos esté en el hospital con una contusión por lo que le has hecho.

—Se ha dado un golpe en la cabeza —repitió Ford débilmente.

Se abrió la puerta de la sala de espera y entraron dos mujeres policías uniformadas. La más alta de las dos se acercó a Ford.

—¿Ford Hendrix? —preguntó.

Él asintió con un gesto.

—Vamos a tener que tomarle declaración.

–Te está bien empleado –comentó Maeve–. Espero que te encierren de por vida.

Se marchó. Ford siguió a las policías hasta un rincón tranquilo de la sala de espera y comprendió que su vida ya no podía empeorar más.

Pero se equivocaba porque, justo cuando estaba empezando a explicarles lo sucedido, llegó su madre. Corrió hacia él.

–¿Lo ves? –dijo con voz extrañamente triunfal–. Nada de esto habría pasado si te hubieras casado, como te dije.

Ford se paseaba de un lado a otro por la cocina de Isabel. Ella lo miraba moverse, sintiéndose un poco como si estuviera mirando a un gran felino en el zoo. Estaba de pie, tan cerca de él que sentía su frustración y su energía, pero no tenía que preocuparse de que fuera a zampársela para la cena.

El símil la hizo sonreír. Ahora que sabía que su cuñado iba a ponerse bien, podía verle el lado gracioso a la situación. Ford, en cambio, no se lo veía.

–No es culpa mía –masculló por enésima vez desde que habían llegado–. Él quería que le pegara. Me lo suplicó.

–La próxima vez no deberías hacer caso.

Ford se volvió hacia ella.

–Gracias por el consejo.

–Oye, no la pagues conmigo. No soy yo quien ha dejado k.o. a un tipo un palmo más bajo que tú y veinte kilos más flaco. Y que además lleva gafas.

Ford gruñó.

–Se las quitó y se las metió en el bolsillo. Así es Leonard.

Isabel se puso delante de él.

–Mira, va a ponerse bien. Ha explicado lo que pasó y su historia encaja con la tuya. No va a denunciarte. Tienes razón: no es culpa tuya que se golpeara la cabeza.

–Eso díselo a Maeve.

Isabel se había enterado de que su hermana se había puesto como loca cuando le habían contado lo sucedido.

–Leonard y ella llevan mucho tiempo juntos. Maeve lo quiere. No esperaba que su exnovio le diera una paliza y lo dejara medio muerto.

Ford dio un respingo.

Ella lo agarró por los antebrazos.

–Perdona. Estoy bromeando. No pasa nada.

–Van a tenerlo una noche en observación.

–Solo por precaución.

–Maeve está embarazada. Tiene otros cuatro hijos.

–Mi familia es muy prolífica.

Los ojos oscuros de Ford seguían teniendo una expresión angustiada.

–Podría haberlo matado.

–Va a ponerse bien. Está claro que llevaba años esperando este momento. Le has permitido cerrar un capítulo de su vida y además le has proporcionado una anécdota fantástica. Pero de aquí en adelante reserva tus fuerzas para esos amigos tan duros que tienes.

–Ya lo sé –masculló él, y sacudió la cabeza–. Pensaba que le estaba haciendo un favor, que...

Sin saber qué hacer, Isabel intentó acercarlo a ella. Pero era tan inamovible como una casa, así que se acercó a él y lo rodeó con sus brazos.

Ford era más alto que ella, más ancho y hecho de puro músculo. Pero también era cálido y necesitaba ayuda, así que siguió abrazándolo a pesar de que él se quedó parado.

Pasados un par de segundos, Ford la rodeó con los brazos y la apretó. Isabel apoyó la mejilla en su hombro y pensó que era muy agradable. Era...

Sin querer, notó que sus pechos estaban pegados a su torso. Y que sus muslos rozaban los de Ford. Sintió un leve hormigueo y pensó que sería agradable que volviera a besarla. Solo que esta vez con un poco de pasión y un poco de lengua también.

La idea la dejó tan patidifusa que dio un brinco hacia atrás. Por suerte, Ford no pareció notar su pánico.

–Si hubieras oído a mi madre –comentó él, apoyando la mano en la encimera de granito–. Se puso hecha una fiera conmigo. No paraba de decir que tenía que sentar la cabeza, y que ella sería feliz con tal de que me casara. Volvió a hablar de esas mujeres que ha encontrado. Quiere que eche un vistazo a las solicitudes.

–No creo que tener novia te hubiera impedido golpear a Leonard.

–Seguramente no. Pero por lo menos me quitaría a mi madre de encima –giró la cabeza y la miró–. Tú eres una mujer.

Isabel levantó las manos.

–Gracias por darte cuenta, pero no.

Su mirada no vaciló.

–Vas a marcharte, así que no habrá malentendidos entre nosotros. No querrás que me enamore de ti.

Isabel estaba segura de que le estaba proponiendo algún tipo de falsa relación de pareja, y la respuesta solo podía ser, y muy firme:

–No.

–Vamos, Isabel, estoy desesperado. Mira lo que me está pasando.

–Has dado un puñetazo a un tío. Eso lo has hecho

tú solito. No está pasando nada. Leonard está bien. Y en cuanto a tu madre, procura darle esquinazo y todo irá bien.

Él se irguió y se volvió hacia ella.

–No es solo eso –dijo con aire derrotado–. Todo el mundo decía que había pasado demasiado tiempo en el ejército. Que tendría problemas para adaptarme a la vida civil. Yo no les creía, pero tenían razón.

Isabel quiso dar un zapatazo. ¿Cómo demonios iba a luchar contra aquel as que él acababa de sacarse de la manga? ¿Aquella carta que parecía decir «he estado fuera sirviendo a nuestro país»?

–Te estás adaptando muy bien. Esto no es más que un revés minúsculo, pequeñísimo.

–Y luego está mi madre.

–Reconozco que Denise es un peligro.

–Más que un peligro –fijó sus ojos oscuros en ella–. Todo este tiempo he estado fuera, manteniéndote a salvo.

Isabel dio un paso atrás.

–No –dijo con firmeza–. No intentes eso otra vez.

–Arriesgando mi vida mientras tú ibas al baile de promoción y ligabas en la facultad.

Isabel se tapó las orejas con las manos y comenzó a canturrear. Él levantó la voz.

–Prometiste amarme para siempre. Tengo pruebas. Por escrito.

Ella bajó las manos.

–Para ahora mismo.

–Incumpliste tu palabra y me partiste el corazón –bajó la cabeza, derrotado.

Isabel se quedó mirándolo.

Durante un segundo se permitió preguntarse a sí misma cómo serían las cosas si estuviera diciendo la verdad. Si la amara como Leonard amaba a Maeve:

con todo su ser. Él, u otro hombre. Porque Eric nunca la había amado.

Hizo acopio de fuerzas y le sonrió.

—Vas a tener que resolver esto de otro modo porque no pienso fingir que somos novios.

Ford exhaló un profundo suspiro.

—Estoy acabado.

—Eso parece. ¿Quieres una cerveza?

Levantó la cabeza y sonrió.

—Claro.

—Qué rápido te has curado.

—Bueno, soy un tío muy elemental.

4

Dos días después, Ford entró en el espacioso despacho de Leonard. Su amigo estaba sentado detrás de un amplio escritorio. Detrás de él había un ventanal y, a ambos lados, estanterías. Era el despacho de un hombre de éxito al que no le faltaba el dinero. El pequeño Leonard había llegado lejos.

Se levantó al ver a Ford y rodeó la mesa.

–Me alegro de verte –le dijo Ford cuando se estrecharon la mano.

Leonard señaló un sofá y unos sillones de piel que había frente a la ventana.

–Te agradezco que te hayas pasado por aquí.

Cuando estuvieron sentados, Ford observó a su amigo.

–¿Estás bien?

Leonard se levantó las gafas y se tocó un lado de la cabeza.

–Solo me duele cuando respiro –sonrió–. Es broma. Estoy bien.

–¿Y la mandíbula?

–Duele un poco.

Ford se sintió fatal.

—Siento haberte pegado.

—Yo te lo pedí. Te lo supliqué —sonrió mientras hablaba—. Vamos, Ford. Los dos sabemos que me lo tenía merecido.

—Debería haberme negado.

—Hiciste lo correcto. Me permitiste cerrar esa página de mi vida. Fui yo quien se golpeó en la cabeza.

—¿Eso se lo has dicho a Maeve?

—Más de una vez. Está pensando en perdonarte. Pero yo que tú no esperaría una postal navideña.

Ford asintió con la cabeza.

—En el hospital estaba muy cabreada.

—Maeve se toma muy en serio nuestra relación de pareja. Me ha explicado que no está dispuesta a que me muera.

—Eso está bien —repuso Ford, consciente de que no había nadie que sintiera lo mismo por él. Al menos, en un sentido romántico. Si se moría, sin duda su madre viajaría al más allá para llevárselo de vuelta a rastras si podía. Pero el cariño entre un hombre y su esposa... Eso era distinto.

En tiempos había creído amar a Maeve. Hasta el punto de pedirle que se casara con él. Pero después de que ella lo dejara, había superado su separación mucho más rápido de lo que cabía esperar. Cuando se habían encontrado en el hospital, no había sentido nada. Otra prueba de lo que siempre había sospechado.

Él no era un tipo de los que se enamoraban. Le gustaban las mujeres. Le gustaba estar con ellas y salir con ellas, casi siempre. Pero cuando se lo tomaban en serio, empezaba a ponerse nervioso. Que una mujer le dijera «vamos a dar un paso más» era el modo más rápido de conseguir que saliera huyendo. Pedía el traslado, se mudaba y empezaba todo el proceso de nuevo. No como Leonard, que llevaba más de una década con la misma mujer.

–Tenéis a vuestros hijos –comentó–. Familia numerosa.

Leonard echó los hombros hacia atrás, lleno de orgullo.

–Dos niños y dos niñas. Juramos que habíamos terminado y estaba a punto de hacerme la vasectomía cuando Maeve dijo que quería uno más. Esta vez voy a pasar por el quirófano mientras todavía esté recuperándose del parto. Así estará tan distraída que no podrá detenerme. Cinco hijos son suficientes.

–Debe de haber mucho alboroto –dijo, acordándose de cómo había sido su infancia. Eran seis hermanos.

–Caos controlado, lo llamo yo –reconoció Leonard–. Aunque es más bien incontrolado. Pero Maeve siempre sabe lo que está pasando. Es fantástica.

–Y sigue estando guapísima.

–Sí –Leonard lo miró–. Me siento culpable por haberme quedado aquí y haber vivido mi vida mientras tú estabas en el extranjero, sirviendo en el ejército. Valoro mucho lo que has hecho.

Ford quitó importancia a sus palabras con un ademán.

–Tomé un camino distinto. Me alegro de que te vaya bien.

Se levantaron y volvieron a estrecharse las manos.

–Deberíamos juntarnos alguna vez –propuso Leonard–. Tomar una cerveza.

–Por mí encantado.

Su amigo sonrió.

–Sé que suena extraño, pero gracias por haberme pegado ese puñetazo. Arregló las cosas entre nosotros. Sé que Maeve nunca lo entenderá, pero espero que tú sí.

Ford dijo que sí con la cabeza.

—Estamos en paz, chaval. Pero la próxima vez, no te caigas de cabeza.

—La próxima vez te daré una paliza.

—Claro que sí —contestó Ford, refrenando una sonrisa.

Consuelo paseaba por el centro de Fool's Gold. El festival Máa-zib estaba en su apogeo. A su alrededor, los puestos vendían de todo, desde joyas a música celta. Había un patio de restauración y más adelante estaban previstas actuaciones musicales junto al parque.

Llevaba en el pueblo apenas unos meses, pero enseguida se había dado cuenta de que allí el ritmo de vida se medía por el desfile constante de festivales. Cada mes había al menos un par de ellos, y su número se multiplicaba en torno a las fiestas y las vacaciones. Había turistas por todas partes, pero conocía ya a tantos vecinos del pueblo que constantemente tenía que saludar con la mano o sonreír.

Ese día estaba sola. Estaba acostumbrada a ello, pero desde que se había mudado allí había hecho montones de amigas. Un cambio que valoraba mucho. Patience, sin embargo, estaba ocupada trabajando en su cafetería, Brew-haha, y los sábados Isabel tenía mucho jaleo en Luna de Papel. Felicia estaba dirigiendo el festival y Noelle se había percatado de que, si quería abrir su nueva tienda el fin de semana del Día del Trabajo, tenía que pasarse el día entero desembalando mercancías. Consuelo se había ofrecido a ayudarla. Noelle había prometido tomarle pronto la palabra, pero ese fin de semana quería estar sola para decidir dónde iba a poner cada cosa.

Lo cual la dejaba un poco en el aire, pensó Consuelo. Era extraño que, en tan poco tiempo, se hubiera acostumbrado hasta ese punto a salir con sus amigas.

Dobló una esquina y vio a un hombre alto y moreno hablando con una señora. Kent era tan atractivo, pensó soñadoramente cuando él se inclinó para besar a la señora en la mejilla. Cuando ella se volvió, Consuelo reconoció a Denise Hendrix, la madre de Kent y Ford. Kent dijo algo más. Denise se rio y se alejó.

Kent echó a andar calle abajo. Consuelo lo vio alejarse y empezó a seguirlo, sin saber qué haría si lo alcanzaba.

Conocerlo la semana anterior había resultado perturbador. Sabía desde hacía tiempo quién era. Había visto los carteles que su madre había colgado en los festivales y le parecía muy atractivo. Pero lo que más la atraía de él era la bondad que había visto en su mirada. Estar a su lado en CDS había sido al mismo tiempo excitante y aterrador. Kent se había mostrado divertido y encantador, y Consuelo sospechaba que jamás había amenazado a nadie con un cuchillo. Suponía que la mayoría de los hombres eran así. Pero ella siempre se había encontrado en situaciones más peligrosas.

Sin embargo, cuando él había empezado a hablar de su trabajo, se había dado cuenta de que estaba fuera de su alcance. Aquel hombre había ido a la universidad. Tenía una carrera y enseñaba Matemáticas. Ella apenas había aprobado el graduado escolar. Kent era un hombre culto y ella una chica de la calle. Una chica que se había criado en un barrio poco recomendable de la ciudad y que se había enrolado en el ejército para huir de él. Una vez allí, la habían derivado hacia operaciones secretas, de las que requerían que hiciera todo lo necesario para conseguir información y luego escapar.

Para cumplir con su misión, había mantenido relaciones sexuales con hombres a los que apenas conocía y a veces, después, los había matado. Difícilmente podía ser la media naranja de Kent.

Ahora, mientras lo miraba, se dijo que debía dar media vuelta. Que él jamás lo entendería y que sentirse rechazada por él le dolería mucho más que cualquier bala. Sin embargo, a pesar de que sabía que estaba cometiendo un inmenso error, no pudo evitar apretar un poco el paso.

Lo alcanzó en la esquina.

—Hola —dijo al acercarse a él.

Kent se volvió y la vio. Su sorpresa resultó casi cómica.

—¡Consuelo! No te había visto. ¿Has venido al festival?

—Sí —a pesar de que el corazón le latía a toda prisa, logró sonreír—. ¿No te parezco aficionada a los festivales?

—Claro que sí, y a las mujeres les encanta este. Después hay un desfile, y la danza ceremonial del Máa-zib. Al final, a un hombre le arrancan de cuajo el corazón.

—¿Y no hay una fila de mujeres ofreciendo a hombres como voluntarios para el espectáculo?

Él se rio.

—Seguramente sí —su sonrisa se borró—. ¿Puedo ayudarte en algo?

Consuelo maldijo para sus adentros. Estaba claro que él había notado su reticencia la primera vez que habían hablado. Seguramente pensaba que pasaba de él.

Sabía cómo la veían los hombres: les gustaban sus curvas y pensaban que era muy guapa. La seguridad en sí misma resultaba muy atrayente, y ella se movía con una mezcla de gracia y autoridad. Todo ello resultado de miles de horas de entrenamiento y operaciones militares. Recibía numerosas invitaciones y sabía cómo rechazarlas sin sentir remordimientos.

Pero Kent era distinto. Era un hombre corriente que vivía en un mundo normal. Estaba segura de que había deducido por su actitud que no estaba interesada en él.

–¿Consuelo? –insistió él.

–¿Tienes un segundo? –repuso ella.

–Claro. Reese ha salido hoy con sus amigos. Tengo tiempo. ¿Qué ocurre?

Había un banco al otro lado de la esquina, en la Cuarta, cerca de la plaza de las tiendas de lujo. Lo condujo allí, pensando que no habría nadie sentado a esa hora.

Estaba en lo cierto. Se acomodó en un extremo y se volvió hacia él. Kent se sentó y esperó.

–Siento lo que pasó el otro día. Cómo me comporté cuando estábamos hablando.

Respiró hondo. Nunca había creído que la franqueza importara en una relación de pareja. A su modo de ver, decir la verdad solo planteaba nuevos interrogantes, y en algún momento, dada su ocupación, se vería obligada a mentir. Solo que ya no se dedicaba a operaciones secretas y estaba harta de tener que fingir.

Le gustaba Kent. Le había gustado desde la primera vez que lo había visto, a principios de verano. Había aprendido a confiar en su instinto, y su instinto le decía que aquel hombre valía la pena.

–Me sentí un poco intimidada –tragó saliva–. O

un mucho –puntualizó–. Cuando hablaste de las matemáticas que enseñas. Además, está lo de la universidad. Tú eres listo y culto y yo no –se obligó a no bajar la cabeza–. Me saqué el graduado escolar, pero nada más.

Por el semblante de Kent cruzaron emociones distintas. Era fácil interpretarlas. La perplejidad fue seguida de la confusión, y a esta la siguió lo que parecía esperanza.

–Enseño matemáticas en un instituto –le dijo–. No soy jefe de un laboratorio científico del JPL.

Consuelo estaba segura de que el JPL era un organismo relacionado con la investigación espacial, del sur de California, quizá.

–No estoy segura de que eso cambie mucho las cosas –dijo.

–Para la mayoría de la gente, enseñar matemáticas en un instituto no es gran cosa.

–Yo no soy como la mayoría de la gente.

–Eso salta a la vista.

Su voz era suave y su tono ligeramente admirativo, así que Consuelo dedujo que debía tomarse su comentario como un cumplido.

–Yo no sé álgebra –reconoció.

–No, pero podrías darme una paliza –se inclinó hacia ella–. ¿En serio te intimido?

–¿Por qué te cuesta tanto creerlo?

–¿Te has mirado al espejo?

En cuanto dijo aquellas palabras, su semblante se tensó. Como si se arrepintiera de haberlas dicho.

Consuelo miró el vestido que se había puesto. ¡Un vestido! Qué humillante y qué cursi. Pero se lo había puesto a propósito, y se había dejado el pelo suelto después de rizárselo. Todo con la esperanza de ver a Kent.

–No soy de un buen barrio –le dijo–. He sido militar profesional. Manejo tan bien un arma como cualquier francotirador y puedo abrir casi cualquier cerradura de seguridad en menos de un minuto.

Los ojos de Kent se agrandaron.

–Eso es impresionante.

–Puede que desde fuera sí, pero no me parezco nada a ti. Tú tienes una familia genial y un trabajo normal. Eres un tipo agradable.

–Un tipo agradable. Estupendo –se volvió.

Consuelo le tocó el brazo.

–No. Lo digo en el buen sentido. Ser agradable es el objetivo –hizo una pausa–. He pensado que, si quieres, quizá podríamos intentar conocernos mejor.

Los ojos de Kent se llenaron de alivio.

–¿Sí? Claro. Sería fantástico –sonrió–. ¿Qué quieres saber? Ya has oído hablar de mi familia. Ford te habrá contado cosas –arrugó el ceño–. Sea lo que sea lo que te haya dicho sobre mí cuando era pequeño, es mentira. Tienes que creerme.

Ella se rio, relajándose un poco.

–No me ha dicho nada malo.

–Sé que no es verdad –se recostó en el banco y estiró un brazo por el respaldo. Sus dedos quedaron solo a unos centímetros del hombro de Consuelo. De haber sido otro, ella habría dado por sentado que intentaba tocarla o se trataba de alguna maniobra. Pero tenía la sensación de que Kent no funcionaba así.

–¿Qué te parece Fool's Gold? –preguntó él.

–Me gusta un montón. Al principio no estaba segura. Nunca había estado en un sitio como este.

–No es Afganistán.

–¿Cómo sabes que he estado en Afganistán?

–No lo sabía. Era una broma. Vaya, ¿estuviste allí?

Ella negó con la cabeza.

—No puedo decírtelo.

Kent la observó un momento.

—Muy bien. Hablemos de este pueblo. Festivales, turistas... No es muy emocionante.

—Eso me gusta. Me apetece vivir tranquila y en paz —ladeó la cabeza—. Ford me contó que hacía poco que habías vuelto.

—Hace un par de años. Llevaba un tiempo divorciado y quería cambiar.

—¿Por qué te hiciste profesor de Matemáticas?

Él esbozó una sonrisa humilde.

—Porque soy un empollón. No puedo evitarlo. Me gustan las matemáticas y la ciencia, pero no era lo bastante brillante para dedicarme a la teoría. Pensé en hacer ingeniería, pero después de ir a un par de clases me di cuenta de que no era lo mío —se encogió de hombros—. Me gusta estar con chavales. Me gustan las caras que ponen cuando comprenden algo difícil.

—Eres el profesor del que se acordarán dentro de veinte años —afirmó ella.

—Espero que sí. ¿Sabes algo sobre perros?

Consuelo sonrió.

—Sé lo que son, pero nunca he tenido uno.

—Carter, el amigo de Reese, tiene un cachorro de pastor alemán. Y ahora Reese quiere uno. No sé si estamos preparados para tener un cachorro. Ya tenemos una perra, Fluffy —levantó la mano—. El nombre no se lo puse yo.

La sonrisa de Consuelo se hizo más amplia.

—¿Fluffy?

—La culpa la tiene mi hermana. Fluffy estaba entrenándose para ser perro de terapia, pero no pasó las pruebas. Nos quedamos con ella, pero tenía casi un año cuando la adoptamos. Y ahora Reese piensa que sería genial tener un cachorro. Yo no estoy tan seguro.

–Sé que Felicia se está llevando a su cachorro a la oficina, pero no es un instituto. Ella tiene un horario más flexible.

–Felicia es la madrastra de Carter, ¿verdad?

Consuelo asintió con la cabeza. El cielo era azul brillante, el aire cálido. Kent llevaba camiseta y vaqueros. El sol arrancaba destellos castaños a su pelo moreno.

Le gustaba cómo sonreía, y la forma de su boca. Le gustaba que pareciera relajado mientras hablaban y que la mirara a los ojos. Bueno, de vez en cuando miraba otras partes de su cuerpo, pero eso no le importaba. Lo que más le gustaba era no tener que fingir ser quien no era delante de él.

Se preguntó qué pasaría si lo besaba. Si se inclinaba y...

Se echó hacia atrás. ¿En qué estaba pensando? En un pueblo como Fool's Gold, las mujeres no iban por ahí besando a hombres a los que apenas conocían. Las cosas no funcionaban así. Se suponía que primero tenían que salir varias veces, y que era el chico quien tomaba la iniciativa. Tenía la sensación de que Kent era mucho más tradicional que los hombres a los que estaba acostumbrada, y dudaba de que le gustara que ella tomara el mando.

No podía hacer aquello. Le costaba ser como todo el mundo. No sabía cómo, no entendía las normas.

De pronto descubrió que tenía ganas de golpear algo. Se sentiría mucho mejor si pasaba una hora golpeando un saco de boxeo. O corriendo quince kilómetros.

Como no quería tener que disculparse otra vez por portarse de manera extraña, se recordó que debía sonreír amablemente al levantarse.

–Ha sido muy divertido –dijo, confiando en parecer sincera–. Pero, eh, he quedado con una amiga. Que disfrutes del festival.

Kent pareció desconcertado, pero se levantó y no intentó detenerla.

–Claro. Me alegro de haberte visto.

Consuelo se alejó todo lo rápido que pudo. Le ardían los ojos, pero se dijo que era por la alergia. Era imposible que ella llorara por un hombre. Ni ahora, ni nunca.

––––

–Te estás poniendo criticona –se quejó Charlie al tomar una patata frita.

–Qué va –le dijo Patience–. Solo digo que el año pasado fue más emotivo –se volvió hacia el resto de la mesa–. El año pasado, después del desfile, Annabelle hizo la danza con los caballos y luego iba a ser ella quien extrajera el corazón sacrificial. Creía que era Clay, porque se había ofrecido voluntario, pero era Shane, y fue entonces cuando le dijo que la quería y le pidió que se casara con él –miró a Charlie–. Tú solamente fingiste que le sacabas el corazón a Clay.

–Nos besamos –refunfuñó Charlie–. Pero vale. Lo suyo fue mejor.

Isabel se rio junto con las demás. Se había perdido gran parte del festival. El sábado era un día ajetreado en la tienda de novias. El domingo había conseguido pasarse un rato por el festival, pero también había tenido que poner al día los libros de cuentas de la tienda.

Noelle la miró.

–¿Estás bien? Estás muy callada.

–Estoy pensando –reconoció. Sobre todo, en Ford. La volvía loca con sus proposiciones. Pero lo más exasperante de todo era que se sentía culpable por decirle que no.

Se dio cuenta de que todas la estaban mirando.

–¿En qué? –preguntó Felicia, y enseguida se mordió el labio–. ¿Está bien que pregunte? ¿Es uno de esos momentos en los que una debe esperar a que su amiga le dé información, o más bien debe insistir para que se lo cuente?

–Esperar –contestó Charlie.

–Insistir –dijeron Noelle, Consuelo y Patience al mismo tiempo.

Felicia hizo un gesto con la cabeza a Charlie.

–Estás en minoría.

–Sí, pero eso no significa que me equivoque.

Isabel estaba al mismo tiempo alegre y molesta con sus amigas.

–¿Alguien quiere preguntarme mi opinión?

–Por lo visto no –contestó Felicia–. Entonces ¿cuál es el problema? Tu reticencia indica que debe de tratarse de un hombre. Los únicos otros temas sobre los que la gente suele mostrarse reticente son los relacionados con el dinero. Y con la política, a veces, pero nosotras no solemos discutir de... –suspiró–. Perdón. A veces el razonamiento analítico se apodera de mí.

Noelle, que estaba sentada a su lado, la abrazó.

–Te quiero muchísimo.

–Gracias. Tu apoyo es muy gratificante.

Patience miró a Isabel.

–No creas que me he distraído. ¿Qué pasa?

–Nada –contestó–. En serio, es una tontería –hizo una pausa, consciente de que no tenía escapatoria. A menos que se le ocurriera una mentira buenísima–. Ford quiere que finja que soy su novia para quitarse de encima a su madre. Le dije que no y ahora me siento culpable.

Cinco pares de ojos se ensancharon.

–No sabía que te estabas viendo con Ford –repuso Patience.

–No me estoy viendo con él. Hemos hablado.

–Vino a CDS –informó Consuelo con una sonrisa.

–Gracias por la aclaración –le dijo Isabel–. Quería romper el hielo. Ahora vive en el apartamento de encima del garaje de mis padres. No quería que pensara que estaba acosándolo o algo así. Así que hablamos y fue muy agradable. Ahora somos amigos.

–¿Os habéis acostado? –preguntó Charlie tranquilamente.

Isabel se alegró de no haber tomado otra pinchada de su ensalada.

–¿Qué? No. Claro que no. No estamos saliendo.

–Técnicamente, para practicar el sexo no hace falta estar saliendo –puntualizó Felicia–. Con Gideon, yo... –apretó los labios–. Es igual.

Patience sonrió.

–Exacto. Tú te comportaste como una salvaje con Gideon. Me dejaste impresionada –se volvió hacia Isabel–. ¿Tú no has hecho nada salvaje?

–Solo somos amigos –el corto beso que le había dado Ford había sido agradable, pero aunque sentía un hormigueo, a ella no le interesaba mucho el sexo. El acto en sí nunca estaba a la altura de sus expectativas, y no tenía ganas de llevarse otro chasco.

–¿No estuviste enamorada de él? –preguntó Consuelo–. ¿Cuando eras más joven?

–Tenía catorce años, así que no, no era amor.

–Podrías utilizarlo como una relación intermedia –sugirió Felicia–. Hay numerosas investigaciones acerca de los beneficios de tener una relación pasajera entre otras dos más duraderas. Ayuda a romper el vínculo emocional con la expareja. En tu caso, con tu exmarido.

–Felicia siempre dispuesta a ayudar –Charlie agarró su hamburguesa–. Es lo que me gusta de ella.

–Además –añadió Felicia–, según parece, Ford tiene fama de ser un excelente compañero sexual. A lo largo de los años, varias mujeres que se han acostado con él han expresado su admiración –hizo una pausa–. Y no lo digo por experiencia personal.

Isabel se quedó boquiabierta. Hasta Charlie pareció un poco perpleja.

–Es cierto –dijo Consuelo con una sonrisa–. Todas dicen que es un as en la cama.

–¿Tú te has...? –comenzó a decir Noelle–. Ya sabes.

Consuelo negó con la cabeza.

–No es mi tipo. Trabajamos juntos. No me interesa en ese sentido.

–Ahí lo tienes –dijo Patience con una sonrisa triunfal–. Tienes un plan y cuentas con la aprobación de tus amigas.

–¡No me estoy acostando con Ford! –anunció Isabel en voz más alta de lo que pretendía. Los clientes de otras mesas se volvieron a mirarla.

Bajó la voz.

–No me estoy acostando con él. No se trata de eso. Me ha pedido que lo ayude.

–Ten cuidado –le dijo Consuelo–. Es encantador y muy sexy. Para mí, no. Yo le encuentro exasperante y demasiado sentimental. Pero a otras las vuelve locas. Ford les dice que no quiere tener pareja estable y ellas nunca le creen. Todas piensan que van a cambiarlo. Y entonces él les rompe el corazón.

–No me interesa una relación estable –dijo Isabel con firmeza–. El año que viene me marcho de Fool's Gold y vuelvo a Nueva York.

–Entonces estupendo –Patience sonrió–. Pero, en serio, eso de la novia fingida... Tienes que decirle que quieres alguna compensación. Una compensación sexual.

Charlie levantó las cejas.

–¿Desde cuándo te has vuelto tan descarada?

–Desde que empecé a acostarme con Justice –Patience se rio–. No puedo evitarlo. Soy tan feliz y él es tan bueno en la cama... Quiero que todo el mundo tenga lo que tengo yo. Solo que no con él.

Noelle suspiró.

–Yo también lo quiero. Me apetece muchísimo tener una aventura sexual, aunque no implique una relación de pareja. Si no quieres a Ford, dile que yo haré encantada de su novia con tal de que haya ciertos alicientes.

Todas se echaron a reír.

La conversación derivó hacia cuestiones sexuales y luego, sin saber como, hacia los problemas de Felicia con su nuevo cachorro, al que estaba intentando educar para que hiciera sus necesidades fuera de casa.

Isabel escuchó, pero no participó. Se sentía incómoda, como si le pasara algo malo.

¿El sexo le gustaba a todo el mundo menos a ella? ¿Había algún secreto que desconocía? ¿Lo había estado haciendo mal todo ese tiempo?

Con Eric, la falta de pasión eran comprensible, pero ¿y antes? Su primera vez había sido con Billy, y la trasera de una camioneta no era precisamente muy romántica, así que tal vez no fuera de extrañar que no hubiera disfrutado mucho con él. Entre uno y otro solo había estado con un par de chicos, principalmente porque no le veía mucho sentido. Las caricias y los besos eran agradables, pero cuando las cosas iban más allá, perdía interés.

Cuando acabaron de comer, seguía sin saber qué

la hacía distinta. Tendría que resolver ese interrogante en otra ocasión.

Salieron a la calle y cada una se fue por su lado. Consuelo detuvo a Isabel.

–¿Tienes un segundo? –le preguntó.

–Claro. ¿Qué pasa?

–Necesito preguntarte una cosa.

Isabel sonrió.

–La verdad es que no se me ocurre ni una sola que yo sepa y tú no, pero adelante. Haré todo lo que pueda.

–Tú te criaste aquí. He pensado que podrías darme algún consejo.

Isabel asintió.

–Claro. ¿Es algo del pueblo?

Consuelo se removió, inquieta, y miró a su alrededor como si quisiera asegurarse de que estaban solas.

–No exactamente.

«Esto es cada vez más raro», se dijo Isabel.

–Me interesa un hombre –reconoció Consuelo.

–Qué sorpresa –Isabel sacudió la cabeza–. Perdona, eso ha sonado muy mal. No quiero decir que me sorprenda que te guste alguien. Lo que me sorprende, supongo, es que creas que necesitas consejo.

–Sé que soy atractiva –Consuelo bajó la mirada–. Hago ejercicio, y tengo todo lo que hay que tener.

–Creo que te estás quedando muy corta. Eres preciosa y muy sexy, y te mueves como una pantera –no necesitaba un doctorado en sexología para saber que, comparadas con Consuelo, otras mujeres eran tan excitantes como un poste de madera.

Quizás ese fuese su problema, pensó. Que no era lo bastante sexy. Si se comportara de manera más sexy, sería más sexy. Tendría que pensarlo.

–Puede que ese sea el problema, lo de la pantera.

Quiero que me vean como una mujer, no como un depredador –cerró el puño y relajó la mano–. Esto es una tontería. No puedo cambiar cómo soy. Cuando alguien me molesta, le pego un puñetazo. ¿A quién pretendo engañar? Nunca voy a ser simpática y normal. No funcionará. Gracias por escucharme –empezó a alejarse.

Isabel la agarró del brazo.

–Espera. No puedes darte por vencida así como así. No creo que solo pegues puñetazos a la gente. Yo a veces me he puesto pesada y no me has pegado un puñetazo.

Consuelo logró sonreír.

–Eso es distinto. Eres mi amiga.

–Pero aun así... Tienes capacidad para controlarte. ¿Cuál es el problema con ese tío?

El verdadero problema era quién era ese tío. No se le ocurría a nadie de Fool's Gold que pudiera poner nerviosa a Consuelo. Ella siempre estaba al mando. Ford y Angel brincaban cuando se lo decía. Y era genial verlo.

–Estábamos hablando y me entraron ganas de besarlo –confesó Consuelo–. Pero me acordé de que se supone que son ellos los que dan el primer paso.

–No estoy segura de que vaya a molestarle que lo beses. Seguramente se alegraría.

–¿Y si no?

–Cualquier... –iba a decir «cualquier hombre heterosexual», pero se dio cuenta de que eso le recordaba demasiado lo que le había sucedido a ella–. ¿Cómo es? –preguntó.

–Es un cielo –murmuró Consuelo, mirándose los pies–. Listo y divertido. Y muy mono. Un buen tipo. Me gusta. Pero yo no tengo madera de ama de casa. No sé ser normal. Ya sabes, como tú.

–Quieres decir corriente y aburrida.

–No. La clase de mujer con la que un hombre quiere algo más que sexo. No quiero ser una conquista. Quiero...

–¿Tener pareja?

Consuelo asintió lentamente.

–Es el primer tío que me gusta en mucho tiempo. Pero no se parece a mí.

–¿Y eso no es bueno? Los polos opuestos se atraen y todo eso.

Consuelo suspiró.

–Debería ir a matar a alguien. Me sentiré mejor.

–Bueno, es una posibilidad –dijo Isabel despacio, confiando en que su amiga estuviera bromeando–. O podrías arriesgarte. Salir con él un par de veces. Ver qué pasa.

–Puede ser. ¿El sexo es distinto?

–¿Perdona?

–¿Entre la gente normal? ¿Sin la amenaza del peligro o la muerte?

Isabel abrió la boca y volvió a cerrarla.

–No soy la persona más indicada para responder a esa pregunta. Nunca he practicado sexo peligroso.

–Ya. O sea, bajo techo y en una cama.

Excepto esas pocas experiencias con Billy en la camioneta, sí.

–¿Prefieres hacerlo fuera? Puedes preguntárselo a él. Seguro que le apetecerá. Pero quizá deberías preguntar a otra persona. A alguien más aventurero.

–No quiero que lo sepa nadie más. No dirás nada, ¿verdad?

–No –en primer lugar, porque ella se lo había pedido, y en segundo lugar porque no había nada que contar. No sabía de quién estaban hablando ni qué era lo que temía Consuelo–. Cualquier hombre sería afortunado por tenerte como pareja –añadió–. La próxima vez que un tío que te gusta te pida salir, di que sí. Si quieres besarlo, bésalo. Y si reacciona mal, por favor, no lo mates.

Consuelo puso una cara rara.

–O sea, que no es buena idea que me acueste con él y que luego le rebane el pescuezo.

Isabel se rio.

–Seguramente no.

Pero en lugar de reírse, Consuelo sacudió la cabeza.

–Nunca conseguiré hacerlo bien –masculló antes de alejarse.

Isabel se quedó mirándola, sin saber qué demonios había pasado.

5

–Me gusta el plan –dijo Jeff Michelson mientras cruzaba con Ford el edificio de CDS–. La combinación de actividades físicas y clases teóricas es perfecta.

–Me alegro de que te guste. En el hotel Gold Rush hay habitaciones de sobra para las semanas que te interesan, y podemos ampliar las reservas al fin de semana para los que quieran traer a su familia. Nosotros nos encargaremos de los traslados entre el hotel y CDS, y pondremos un microbús para ir al pueblo. Además, pueden alquilarse coches.

–Estupendo.

Era la segunda presentación de Ford esa semana, y las dos habían ido bien. Iba a conseguir sendos contratos. De momento, había superado con creces su previsión de ventas inicial, pero como la empresa era nueva, suponía que solo estaban consiguiendo clientes fáciles. Ampliar su cartera de clientes supondría un mayor reto más adelante.

El plan era que las empresas quedaran tan encantadas con sus servicios que volvieran todos los años o cada dos. Pero aun así tardarían algún tiempo en despegar.

Volvieron al despacho de Ford. Él confirmó las fechas propuestas, imprimió los contratos y se los pasó a su visitante.

—Tomaremos una decisión esta semana —comentó Jeff.

—Te guardaré la reserva de esas dos semanas hasta el viernes —le dijo Ford.

—Hay otras empresas interesadas en esas fechas, ¿no?

Ford sonrió.

—Estamos bastante solicitados, pero no te preocupes por eso. En cuanto tenga noticias tuyas, esas fechas son todas tuyas. También voy a guardarte la reserva de las habitaciones del hotel.

—He visto el casino cuando venía para acá. ¿Podríamos alojarnos allí?

Ford se recostó en su silla.

—Sí, pero te advierto que el casino es una distracción importante. Tu gente se quedará levantada hasta tarde jugando, y al día siguiente estarán menos concentrados. Si quieres que se alojen allí, te sugiero que cambiéis de hotel el viernes y os quedéis a pasar el fin de semana.

—Buena idea —repuso Jeff.

Se levantaron y se estrecharon las manos. Ford lo acompañó hasta la puerta. Cuando llegaron al aparcamiento, vio que dos mujeres rubias caminaban hacia ellos y exhaló un fuerte suspiro. Jeff también lo notó y silbó por lo bajo.

—¿Son parte del equipo?

—No. Son mis hermanas.

—Perdona, hombre.

—Descuida. Las dos están casadas, por cierto.

—Ya —Jeff asintió y montó en su coche.

Ford pensó en escabullirse dentro del edificio, pero

no tenía sentido. De todos modos, Dakota y Montana seguirían buscándolo. Si desaparecía, solo estaría posponiendo lo inevitable.

Así que esperó a que se acercaran.

Eran de la misma estatura y tenían las mismas atractivas facciones. Ojos castaños, pelo rubio. Montana lo llevaba más largo. Su otra trilliza, Nevada, no estaba, pero Ford sabía que pronto tendría noticias suyas.

–Hola, grandullón –dijo Montana cuando llegó a su lado y fue a darle un beso–. ¿Cómo estás?

Ford la abrazó.

–Me estaba preguntando cuánto tiempo vais a darme la lata.

Montana retrocedió y se echó a reír.

–Más del que crees.

–No, Montana –dijo Dakota mientras abrazaba a su hermano–. Vas a asustarlo.

–No me asusto tan fácilmente –puso las manos sobre los hombros de Dakota, la miró a los ojos y dijo–: No.

–Todavía no te lo he preguntado.

–No hace falta. Sé que habéis venido a pedirme algo y que no va a gustarme. Así que no.

–Se trata de mamá –le informó Montana.

Él bajó los brazos y buscó refugio en CDS. Si hubiera algún sistema de seguridad para encerrarse dentro y dejarlas fuera... Había comida en la nevera, podía aguantar un tiempo. Estar allí encerrado hasta que se olvidaran de él.

Sus hermanas lo siguieron dentro.

–Está muy disgustada –comentó Montana.

Dakota asintió.

–No vas a morirte por seguirle la corriente.

–Puede que sí –masculló él.

–Lo único que quiere es que seas feliz –agregó Montana–. ¿Tan malo es? Te quiere. Todos te queremos y no nos apetece que vuelvas a marcharte –se le llenaron los ojos de lágrimas–. Te echábamos mucho de menos.

Después de aquel golpe bajo, Dakota le dio el tiro de gracia:

–Una sola cita. ¿Qué mal puede hacerte?

–Mucho.

–Ford, es tu madre –dijo Dakota como si corriera peligro de olvidarlo.

Sintió que las puertas de la prisión comenzaban a cerrarse. Por enésima vez desde que había vuelto a casa, pensó que su vida sería mucho más fácil si no le gustara su familia. Si pudiera ignorarles o gritarles.

Lo que ellas no entendían y él no sabía cómo explicarles era que el plan de su madre no podía funcionar. No iba a conocer a una buena chica y a sentar la cabeza porque no era capaz de hacerle eso a ninguna mujer a la que apreciara. La mayoría de la gente quería enamorarse y seguir enamorada. Él no.

Cuando las cosas se ponían serias, siempre se largaba. Esa había sido la pauta desde el día en que se había marchado de Fool's Gold. Sabía que no seguía enamorado de Maeve, de modo que debía de ser un defecto de carácter.

Había intentado implicarse en una relación, comprometerse sentimentalmente, pero hiciera lo que hiciera, empezaba a ponerse nervioso y le daban ganas de escapar. No era capaz de sentir más que un interés pasajero. Las mujeres con las que había estado le gustaban, pero nunca se había enamorado. Ni siquiera de Maeve.

Su familia, sin embargo, no lo entendería. Él procedía de una larga línea de matrimonios felices. Su madre había empezado a considerar la posibilidad de salir con hombres cuando llevaba más de diez años viuda. Salvo Kent, todos sus hermanos estaban felizmente casados. Y sus abuelos habían disfrutado de uniones felices que habían durado más de medio siglo.

—Estoy saliendo con alguien —dijo, y sus palabras le sorprendieron tanto como a sus hermanas.

Montana pareció satisfecha, pero la expresión de Dakota se volvió escéptica.

—Qué oportuno —murmuró.

—Difícilmente podría haber empezado a salir con una chica del pueblo antes de instalarme aquí —repuso él.

—Ya —no parecía muy convencida.

—¿En serio? —preguntó Montana, que siempre había sido la más confiada de las tres—. ¿No lo dices solamente para que te dejemos en paz?

Odiaba mentir, pero si conseguía convencer a Isabel, técnicamente no estaría mintiendo. Estaba diciendo la pre-verdad.

—Me interesa mucho Isabel Beebe.

—¿Cuánto? —preguntó Dakota.

Pensó en que Isabel siempre le hacía reír y en cómo le provocaba. Se había burlado de su coche. Además, era muy sexy, y le apetecía muchísimo hacer algo más que besarla.

—Lo he visto —dijo Montana, encantada—. ¿Has visto eso?

—¿Qué? —preguntó él.

—Se te ha puesto una mirada de depredador —Montana sonrió a su hermana—. Le interesa de verdad Isabel. Debe de tener fijación por las chicas de la familia Beebe.

Ford abrió la boca para decir que no era así, pero

se acordó a tiempo de que estaba intentando convencerlas de que sí lo era.

Dakota le clavó el dedo índice en la tripa.

—Más vale que no sea mentira.

Ford se frotó la tripa.

—¿Es así como actúas con tus pacientes?

Ella ignoró la pregunta.

—Muy bien. Le diremos a mamá lo que nos has dicho. Pero si se entera de que es una farsa para que te dejemos tranquilo, te meterás en un buen lío.

—Ya estoy temblando.

Su hermana levantó las cejas.

—Puede que ahora no, grandullón, pero temblarás.

Sus hermanas se marcharon. Ford se dijo que el ruido que hizo la puerta al cerrarse no se parecía al de las rejas de una prisión. Porque las amenazas de sus hermanas no eran el mayor de sus problemas. Tenía que encontrar el modo de convencer a Isabel para que le siguiera la corriente.

Isabel procuró ignorar su creciente sensación de desasosiego. Esa mañana tenía cita con una novia llamada Lauren. La chica, de veintitantos años, había ido con una hermana más pequeña, a la que no parecía interesar el asunto, y sin ninguna amiga, lo cual nunca era buena señal. Lauren le había dado, además, fotografías de sus vestidos favoritos. Y aunque Isabel podía intentar reproducir los estilismos, sabía que no le sentarían bien a una mujer más gruesa, como Lauren.

Había hecho, sin embargo, lo que le había pedido la novia. Como le había enseñado su abuela, siempre era mejor que la novia descubriera por sus propios medios que el vestido que quería le quedaba fatal, que decírselo de antemano. Solamente después de descartar el vestido equivocado podía elegirse el vestido perfecto.

Pensar en su abuela la relajó y la hizo sonreír. Su abuela siempre había adorado Luna de Papel. Hacer felices a las novias había sido la vocación de su vida.

A pesar del paso del tiempo, la tienda estaba casi igual que entonces. La organización básica no había cambiado en cincuenta años. Había artículos expuestos en los escaparates y maniquís con vestidos de muestra en el interior de la tienda. Los vestidos de damas de honor y los de baile de promoción estaban en una habitación aparte. Las madres de la novia tenían su propio espacio y su probador.

Tres armarios antiguos bellamente labrados exhibían velos, y en un cuarto había estantes con tocados, incluidas peinetas y diademas.

Madeline apareció a su lado.

—Esto no va bien. No quiere salir del probador.

No había espejos en los probadores de las novias, a propósito. La verdadera belleza del vestido solo podía apreciarse desde una serie de espejos y con la iluminación adecuada. Su abuela siempre había creído que todas las novias eran bellas y había hecho todo lo posible por que así fuera.

—Voy a buscarla —dijo Isabel, y lamentó que Lauren no hubiera llevado a una amiga o a otro familiar. A la hermana pequeña, una adolescente, no parecía interesarle en absoluto el aprieto en que se hallaba. Estaba arrellanada en un mullido sillón, mandando mensajes de texto con el móvil.

Salvo por el móvil, podría haber sido Isabel catorce años antes. A ella tampoco le había interesado el vestido de novia de Maeve, aunque por motivos distintos. Entonces estaba enamorada de Ford y prefería no pensar que iba a casarse con su hermana. Sospechaba que la hermana de Lauren, en cambio, estaba sencillamente aburrida por todo aquel proceso.

Tal vez con el tiempo llegaran a estar más unidas. Aunque ella y Maeve nunca lo habían estado. Quizá se llevaban demasiados años, o tal vez fuera porque sus vidas eran muy distintas. Fuera por lo que fuese, eran como parientes lejanas más que como hermanas.

Ahora que estaba en Fool's Gold eso podía cambiar, se dijo, y decidió llamar a Maeve uno de esos días.

Llamó a la puerta de uno de los tres amplios probadores.

—Lauren, cielo, sal para que podamos verte.

—No puedo.

—Claro que puedes. Vamos a echar un vistazo.

Lauren dejó escapar un suave sollozo y abrió la puerta de golpe.

—Estoy horrorosa —anunció con lágrimas corriéndole por las mejillas—. Estoy feísima. Quiero mucho a Dave y no quiero decepcionarlo.

A Isabel le apenaba reconocer que tenía razón, pero saltaba a la vista que el vestido que había elegido no era el más favorecedor para su oronda figura. Las capas de volantes añadían volumen allí donde no lo necesitaba y el color blanco puro la hacía parecer pálida y enfermiza. Su cabello de color castaño ceniza y sus ojos pequeños tampoco ayudaban.

—Es el tercer vestido que me pruebo y son todos horribles.

Isabel miró las fotografías que la chica había recortado cuidadosamente de una revista de novias.

—Los que has elegido son realmente preciosos, pero yo tengo otras ideas. ¿Te importaría que eligiera un par de vestidos para que te los pruebes? –sonrió–. Confía en mí, Lauren. Sé cómo hacer realidad tu vestido de novia ideal.

Lauren sorbió por la nariz.

–No importa. Dave va a cambiar de idea cuando me vea con esto.

–Nada de eso, pero en todo caso no importa porque no voy a permitir que compres ese vestido. Aquí, en Luna de Papel, las novias tienen prohibido comprar un vestido a no ser que les encante y parezcan princesas con él. Mi abuela era muy estricta al respecto.

Le bajó la cremallera del vestido y le pasó un grueso albornoz.

–Ponte esto y reúnete conmigo fuera.

Tres minutos después apareció Lauren. El albornoz le sentaba tan mal como el vestido, pero como no iba a recorrer con él el camino hasta el altar, no importaba.

–Por aquí.

Isabel la condujo a un pequeño entrante en el lado izquierdo del probador. La hizo sentarse en una silla, delante de un espejo.

–Abre el cajón de arriba. Hay muestras de rímel. Ponte un poco. Puedes quedarte con la muestra, por cierto, así que avísame si te gusta. Puedo decirte dónde comprarlo.

Lauren se inclinó hacia el espejo y se secó los ojos, después se aplicó el rímel. Isabel sacó un cepillo de un cajón y lo pasó por su pelo cortado a media melena. Con unas cuantas horquillas bien puestas, consiguió hacerle un bonito moño que dio un poco de volumen a su pelo por los lados. Hecho esto, acercó un taburete, se sentó y abrió más cajones. Le puso sombra de ojos oscura en los párpados y un poco de colorete en las mejillas.

–Brillo de labios no –dijo suavemente–. Porque me mancharías los vestidos y entonces tendría que matarte.

Lauren consiguió esbozar una sonrisa trémula.

–Puede que eso resuelva mis problemas.

–No dirás eso cuando acabe de arreglarte, señorita. Ven, vamos. Voy a enseñarte un vestido de Vera Wang que te va a dejar sin respiración.

Los ojos castaños de Lauren se llenaron de esperanza.

–¿Me lo prometes?

–Sí, te lo prometo. Soy muy buena en mi oficio y me niego a que arruines mi historial. Porque no se trata de ti: se trata de mí.

Esta vez la sonrisa fue más sincera.

–Gracias –susurró la chica.

–De nada –Isabel le apretó la mano y comenzó a levantarse. Al hacerlo, notó movimiento a través del espejo y se dio cuenta de que Ford estaba en la puerta de la zona de los probadores.

Hizo caso omiso de la opresión que notó de pronto en el pecho y de una especie de ligereza que sintió por dentro. Como si una burbuja de felicidad la hiciera flotar un poco. También hizo caso omiso de sus anchas espaldas y de cómo sus vaqueros gastados se ceñían a sus caderas y a sus muslos.

–¿Qué haces aquí? –preguntó–. Hay demasiados estrógenos en el aire. Si te quedas mucho rato aquí, te saldrán pechos.

Él esbozó una sonrisa seductora.

–Correré ese riesgo.

Lauren lo miró a través del espejo.

–Madre mía –murmuró.

–Sí –le dijo Isabel–. Bueno, vamos a buscarte un vestido.

Sacó tres vestidos sencillos confeccionados en un tejido precioso, con los adornos justos para hacerlos elegantes. Lauren los miró poco convencida, pero accedió a probárselos y volvió a entrar en el vestidor.

–¿Qué haces aquí? –repitió Isabel al acercarse a Ford–. No me digas que es por lo de que quieres que finja ser tu novia, porque en esta tienda hay objetos punzantes y no me da miedo usarlos.

Ford se quedó mirándola.

–Has estado fantástica. Con la novia, quiero decir. He visto cómo la tranquilizabas.

–Gracias. Aprendí de una auténtica maestra. Mi abuela creía que una novia bella era una novia feliz.

Ford miró a su alrededor.

–Vendes un montón de cosas.

–Las necesarias, más los accesorios. Bueno, ¿qué ocurre?

–Necesito que finjas ser mi novia. Escúchame –añadió al ver que ella empezaba a protestar–. Hoy han venido a verme dos de mis hermanas.

–¿Y eso es problema mío?

–Son mis hermanas. Son implacables. Empezaron a machacar con que mi madre solo quiere que sea feliz y con que tenía que salir con algunas de las mujeres que presentaron la solicitud –puso cara de desesperación–. ¿Qué voy a hacer?

–¿Decirles que no, con un par?

–Son mis hermanas.

Una sencilla afirmación que ella entendía perfectamente. La familia siempre le complicaba a uno la vida.

–Les he dicho que eras tú –añadió Ford.

–¿Qué?

–Les he dicho a Dakota y a Montana que estaba saliendo contigo.

Isabel abrió la boca y la cerró. ¿Qué iba a decir, francamente?

—Escucha —dijo él agarrándola de las manos—. Estoy desesperado. Haré lo que quieras. Lavarte el coche, pintarte la casa. Te daré dinero. Por favor. Solo un par de semanas. El tiempo justo para quitarme de encima a mi madre.

Isabel no estaba segura de por qué se resistía. ¿Qué le importaba que la gente pensara que Ford y ella estaban juntos? Era muy guapo y muy divertido. Suponía que el problema era que se sentía rara cuando estaba a su lado. Intrigada y al mismo tiempo asustada. Ford era muy sexual y ella... ella no.

Sus amigas la habían animado a embarcarse en una relación de transición. Y fingir que salía con Ford equivalía a eso.

—¿Qué te parece?

La pregunta, formulada en voz baja, no procedía de Ford. Isabel se volvió y vio acercarse a Lauren.

El vestido, de escote redondo, era perfecto. Su corte sencillo la adelgazaba, haciéndola parecer voluptuosa. El brillo del tejido añadía un suave lustre a su piel pálida.

Isabel se desasió de Ford y se acercó a los velos que colgaban a lo largo de la pared. Eligió uno con una sencilla corona de flores y lo puso sobre la cabeza de Lauren. Después la ayudó a subir a la plataforma elevada que había delante del juego de espejos.

Lauren se miró, atónita.

—Me encanta.

Ford desapareció un segundo y regresó con su hermana adolescente a la zaga. La chica parpadeó.

—Estás genial —dijo sorprendida—. Me gusta un montón el vestido.

—Una novia muy sexy —añadió Ford.

Lauren se sonrojó.

–No sé qué decir –reconoció–. Isabel, tenías razón. Este es perfecto.

–Tienes que probarte los otros, solo para asegurarnos –le dijo Isabel–. Vas a tomar una decisión muy importante.

–Yo te ayudo –dijo la adolescente, guardándose el teléfono en el bolsillo–. Vamos, Lauren. Enséñame qué más tienes ahí.

Desaparecieron en los probadores.

Ford se volvió hacia Isabel.

–Se te da muy bien esto. ¿Estás segura de que no quieres comprar Luna de Papel y quedarte aquí?

–Muérdete la lengua.

–Si me la muerdo, ¿me dirás que sí?

Ella puso cara de fastidio.

–Hablas en serio sobre lo de fingir que soy tu novia.

–¿No lo he dejado claro?

Ella pensó que era muy tierno que un SEAL tan grandote y fortachón tuviera miedo de su madre y sus hermanas.

–Las reglas las marcas tú –añadió él–. Con sexo, sin sexo, te haré el café por las mañanas, barreré la tienda, lo que tú me digas.

Todo se reducía siempre a sexo, pensó Felicia. Felicia le había dicho que se buscara un «novio de rebote». Sus amigas le habían dado la razón. Pero ella no quería un novio de rebote, quería...

Quería magia, pensó con tristeza. Quería sentir ese amor ilusionado y vertiginoso que veía cada día en su tienda. A Eric lo había querido, y había pensado que su relación de pareja se basaba en la igualdad y en los intereses compartidos. Lo respetaba y disfrutaba de su compañía, pero nunca había habido magia.

Desde luego no había habido pasión, pero eso era lógico teniendo en cuenta que él era gay. Se preguntó si no debería haber empezado a sospechar que lo era al ver cuánto se interesaba por los pormenores de su boda.

Ford la tomó de las manos.

—Los buenos amigos no permiten que tu familia te machaque.

Isabel se rio porque Ford le hacía gracia y le gustaba. Debía hacerlo, se dijo. A fin de cuentas, se marcharía unos meses después. ¿Qué daño podía hacerle?

—De acuerdo, lo haré, pero solo si me prometes no volver a echarme en cara eso de que te amaría para siempre.

—Trato hecho —le dio un rápido beso en la boca—. ¿Algo más? ¿Un riñón, quizá?

—Hoy, no.

—Tengo que volver al trabajo, pero luego nos vemos. Gracias. Te debo una.

Se marchó, y ella sintió un extraño hormigueo en los labios. De pronto sintió el impulso de pedirle que diera la vuelta y volviera a besarla.

—Sé que es muy precipitado —dijo Noelle retorciéndose las manos—. Creía que lo tenía todo listo.

Isabel paseó la mirada por las cajas que aún estaban por desembalar en la tienda. Era miércoles y la inauguración era el viernes.

—Estás metida en un buen lío.

—Lo sé.

—Yo lo tuve más fácil —comentó Patience mientras sorteaba cajas abiertas—. En la cafetería no había tantas cosas que colocar.

Una hora antes, Isabel había recibido una llamada frenética de Noelle. Su amiga se había dado cuenta de que era imposible que tuviera la tienda lista a tiempo ella sola.

Felicia estaba ocupada con el Festival de Fin de Verano, o Día del Trabajo, pero Isabel y Patience habían podido ir a ayudarla.

–Solas no lo conseguiremos –dijo Patience–. Voy a pedir refuerzos –se sacó el móvil del bolsillo y marcó una tecla. Segundos después, sonrió–. Hola, soy yo –su sonrisa se hizo más amplia–. Ajá. Yo también, pero no te llamo por eso –resumió rápidamente el problema.

–Dile que traiga a Ford –dijo Isabel, que había deducido que Patience estaba hablando con Justice, su prometido–. Que le diga que es de mi parte.

Patience pareció sorprendida, pero asintió. Cuando colgó le dijo a Noelle:

–Estarán aquí dentro de quince minutos.

–¿Quién?

–Ford, Justice, Angel y Consuelo. Vas a tener ayuda de sobra, así que conviene que nos organicemos –se volvió hacia Isabel–. ¿A qué venía eso de decirle a Ford que era de tu parte?

–Estoy fingiendo que soy su novia. Me debe una.

Noelle pareció sorprendida.

–¿Has aceptado?

–Es por una buena causa.

Patience se rio.

–¿La novia de mentira solo tiene sexo de mentira?

–De eso no hemos hablado aún.

–Pues yo que tú optaría por el de verdad –comentó Noelle–. Y luego recuérdame lo maravilloso que es –miró las cajas–. Bueno, necesitamos un plan, y deprisa.

El equipo de CDS llegó a la hora prevista. Noelle

los dividió en equipos de dos y asignó a cada equipo una sección de la tienda y un montón de cajas. Ella se encargaría de la supervisión.

—Ya te estás aprovechando de mí, ¿eh? —preguntó Ford mientras abría una caja de ositos de peluche navideños.

—Todo lo que puedo.

Ford le dio unos osos y ella les puso las etiquetas con los precios que le había dado Noelle. A continuación, él los colocó en la estantería. Establecieron un buen ritmo y trabajaron a gusto juntos. De vez en cuando sus dedos se rozaban, y ella se acordaba tontamente del rápido beso que le había dado Ford esa mañana. Y pensar en el beso le recordó el hormigueo que había sentido, lo cual era muy raro.

Al otro lado de la tienda, Angel y Consuelo estaban montando belenes mientras Patience y Justice llenaban de libros las estanterías de debajo del escaparate.

Ford tenía un aspecto muy tierno colocando ositos de peluche y asegurándose de que la etiqueta estaba bien escondida bajo el brazo del osito. Sus manos eran casi del tamaño de los peluches. Tenía unas manos enormes, pensó Isabel, y se dijo «no seas ridícula». A ella no le interesaba Ford. Hacía años que no le interesaba.

—¿Esa chica compró el vestido? —preguntó él—. Le quedaba muy bien.

—Le dije que se lo pensara sin prisas. Va a volver el próximo fin de semana para probárselo otra vez. Seguramente lo encargará entonces.

—¿Todas las novias son tan emotivas?

—Lauren no es nada comparada con otras que he visto.

Ford aplastó la caja, la lanzó sobre un montón de otras vacías y abrió la siguiente.

–Estaba llorando –levantó un reno de peluche del mismo tamaño que los osos.

–Que lloren no me importa –contestó ella–. Lo que no soporto son los gritos.

–¿Es que gritan?

–A veces. A mí casi nunca, pero sí suelen gritar a sus acompañantes.

Ford se estremeció.

–Prefiero enfrentarme a un montón de insurgentes.

Siguieron desempaquetando género. Después de los renos llegaron los osos polares.

–Más osos –se quejó Ford.

–Estos son muy distintos.

–¿Sí, en qué?

–Para empezar, son blancos.

Él resopló.

–Menuda chorrada.

–Si así es como hablas a tus novias, no me extraña que no tengas pareja.

–Te veo muy chulita, ¿no?

Ella sonrió.

–Pues sí –tal vez aceptara su oferta y le pidiera que le lavara el coche.

A las cuatro de la tarde habían vaciado todas las cajas. Noelle les dio las gracias a todos y les prometió grandes descuentos cuando abriera la tienda. Patience y Justice se fueron juntos a Brew-haha. Consuelo y Angel se marcharon corriendo a CDS, discutiendo sobre quién estaba en mejor forma física.

–¿Vas a volver al trabajo? –preguntó Ford, tan cerca de Isabel que ella sintió el calor de su cuerpo.

–Sí. He dejado a Madeline a cargo de la tienda, pero a las cinco tengo una prueba. He quedado con la sastra y tengo que hacer el papel de voz de la razón.

–¿Otra chillona?

–No, pero la madre de la novia puede ponerse difícil. Yo hago de mediadora.

Ford fijó en ella sus ojos oscuros.

–Tenemos que hablar de nuestro debut. Como pareja.

–Ah, eso –su buen humor se desvaneció–. Ya. ¿Qué momento tenías pensado? ¿El festival de este fin de semana? El sábado abro la tienda, pero el domingo estoy libre.

–Por mí bien. ¿Seguro que vas a poder hacerlo? ¿Fingir que te intereso?

A Isabel le costó trabajo no mirar su boca. Los besos siempre habían sido de sus cosas favoritas, y de momento Ford no la había besado de verdad.

–Somos amigos –contestó–. No tengo que fingir que me caes bien.

–Pero esto es distinto. Es más personal.

–No tanto –repuso–. No es que vayamos a practicar el sexo para que alguien nos sorprenda haciéndolo.

Su mirada se afiló.

–¿Quieres que tengamos sexo?

–Yo... ¡No! ¿Cómo puedes preguntarme eso? ¿Sexo, nosotros? Yo... No es... –apretó los labios.

Ford levantó una ceja.

–Da un montón de energía. Yo estoy abierto a esa posibilidad, por cierto.

Isabel sintió que le ardía la cara.

–Voy a fingir que no has dicho eso.

–Pues creo que sí lo he dicho. No te hagas la sorprendida. Eres muy atractiva y lo pasamos bien juntos. ¿No crees que sería igual en la cama?

No pensaba contestar a esa pregunta, muchísimas gracias. ¿Por qué reconocía Ford que quería acostarse con ella? ¿Por qué tocar ese tema?

Antes de que pudiera decírselo, algo cambió en

su mirada. Sucedió tan deprisa que, si no hubiera estado mirándolo a la cara, Isabel no se habría dado cuenta.

En esa fracción de segundo, el Ford divertido y encantador desapareció y en su lugar apareció un hombre sediento de sexo. A pesar de su limitada experiencia, Isabel reconoció su mirada de deseo. Se le encogió el estómago y un inesperado escalofrío de deseo recorrió su cuerpo. Olvidó dónde estaba y de qué estaban hablando. Pero, entonces, él volvió a adoptar su expresión encantadora.

Se rio.

–No tienes que decidirlo ahora mismo –tocó ligeramente su cara–. Piénsatelo. Mi puerta está siempre abierta, por decirlo así.

–Yo... Tú... –respiró hondo–. Hemos terminado aquí.

–Ya lo he notado.

Seguramente debía decir algo más. Algo mordaz, o cortante, o memorable. Pero tenía la mente en blanco y todavía estaba intentando hacerse a la idea de que Ford la deseaba de verdad.

–Tengo que irme –dijo.

–Ya me lo has dicho.

–Me voy.

–Que pases buena tarde. El domingo paso a recogerte a las once.

Quiso decirle que no hacía falta porque no iba a estar, que había cambiado de idea. Pero se limitó a asentir con un gesto y se marchó, haciendo oídos sordos a la risa de hombre que oyó tras ella.

6

−No es la idea más brillante que he tenido −comentó Isabel mientras caminaba junto a Ford.

No sabía qué le resultaba más difícil: si notar sus dedos entrelazados, o el hecho de que estuvieran en mitad del Festival de Fin de Verano, rodeados por todos sus conocidos. Solo era cuestión de tiempo que alguien notara que iban tomados de la mano e hiciera algún comentario. Y lo que era peor: no podía evitar que le gustara el calor de su mano y cómo se rozaban sus hombros de cuando en cuando. Se sentía bien estando con Ford, solo que al mismo tiempo sentía ganas de vomitar.

−¿Cuál ha sido tu idea más brillante? −preguntó él.

−¿Qué?

−Has dicho que esta no es la idea más brillante que has tenido. ¿Cuál ha sido la más brillante?

Isabel se volvió para mirarlo. Iba vestido con vaqueros y camiseta y llevaba gafas de sol de espejo. Estaba muy guapo.

−No tengo ni idea de qué estás hablando −respondió, mirando su reflejo en los cristales de las gafas de Ford.

Para su debut como presuntos novios había optado por un vestido de verano azul. Sencillo, pero con un corte precioso, y además el color iba a juego con sus ojos. Había pensado en rizarse el pelo, pero al final había desistido: tenía la impresión de que parecería que ponía demasiado empeño en arreglarse. Como iban a dar un paseo, había escogido unas sandalias bonitas y planas, a juego con su delgado cinturón.

–Relájate –dijo él con una sonrisa–. Tiene que parecer que te estás divirtiendo o todo el mundo pensará que soy malísimo en la cama.

Isabel se paró junto a un tenderete que vendía cosas de lavanda: cremas, bálsamo labial, miel perfumada...

–¿Qué tiene que ver que seas bueno o malo en la cama? –preguntó en voz baja.

Ford se quitó las gafas. Isabel vio que tenía una expresión divertida.

–Estamos empezando a salir. Deberías estar flotando de alegría por estar conmigo.

–¿En serio? Es la primera vez que aparecemos juntos en público, así que la gente dará por sentado que no llevamos mucho tiempo juntos. ¿Por qué iba a acostarme contigo tan pronto? ¿Acaso insinúas que soy una chica fácil?

–No –contestó, y rozó ligeramente su labio inferior con el pulgar–. Es que yo soy irresistible.

Isabel no supo si levantar los ojos al cielo o disfrutar del suave zumbido que empezaba a sentir por dentro. Era más una sensación que un sonido. Como si intuyera que iba a suceder algo maravilloso.

–Tienes una opinión de ti mismo muy desproporcionada –comentó.

–A veces.

Había cientos de personas yendo y viniendo a su

alrededor, música en vivo en el parque y atracciones infantiles al final de la calle, pero el ruido pareció disiparse cuando miró a los ojos de Ford.

–Eres realmente insoportable –dijo con poca convicción.

Él se inclinó tanto que le rozó la oreja con los labios.

–Y esa no es mi mejor virtud.

Isabel se estremeció ligeramente y no porque hiciera frío. ¿Cuál sería su mejor virtud?, se preguntó. ¿Y saberlo empeoraría o mejoraría las cosas entre ellos?

Antes de que pudiera llegar a una conclusión, Ford se puso las gafas de nuevo y la condujo hacia la zona donde estaban montados los puestos de comida.

–Vamos a darte un poco de azúcar –dijo–. Te sentirás mejor.

–¿Te estás poniendo machista? ¿Insinúas que las mujeres necesitan azúcar?

–Estás muy susceptible esta mañana.

–Lo sé. Lo siento. Estoy nerviosa. ¿Qué voy a decir cuando aparezca tu madre y pregunte por nuestra relación?

–Tengo los ojos bien abiertos. Haré todo lo que pueda para impedir que eso ocurra.

–¿Vas a utilizar tu entrenamiento militar, que costó un millón de dólares, para esquivar a tu madre? La Marina se sentiría orgullosa de ti.

Ford le compró una limonada. Isabel detestaba admitirlo, pero se sintió mejor después de beber un poco. Podía hacerlo. Prácticamente había sido la mujer ficticia de Eric. Ser la falsa novia de Ford no podía ser tan difícil.

Él la rodeó con el brazo cuando siguieron caminando.

–¿Qué tal las novias? –preguntó.

–Bien. Me las arreglé con la mamá entrometida, convencí a otra novia para que no se comprara un vestido verde pálido que daba un tono cetrino a su piel e impedí que las damas de honor se amotinaran. Todo ello en un solo día de trabajo.

–¿Ves?, tú también eres impresionante.

Su brazo hacía que se sintiera segura, apretada contra él. Era de la estatura justa para que encajara perfectamente a su lado. Sentía moverse los múscu-los de su cuerpo, tensándose y estirándose. Eric no es-taba en mala forma, pero era mucho más delgado que Ford. Tenía los hombros estrechos y el pecho mucho menos ancho.

Ford exudaba autoridad, tanto física como men-tal. Y no porque fuera un cerebrito, sino porque tenía determinación. Dureza mental, supuso Isabel. Algo que nunca había sido su fuerte.

–Te manejas muy bien en la tienda –comentó él–. Pero llevas fuera mucho tiempo. ¿Lo recordaste todo así como así?

–Casi todo, sí. Eso tengo que agradecérselo a mi abuela. Pasaba los fines de semana con ella y normal-mente estaba en la tienda. Aprendí viéndola a ella. Era estupenda con las novias. Sabe exactamente qué decir. O qué no decir. A veces se pasaba toda la tarde entreteniendo a la madre de la novia. Guardaba jue-gos y juguetes en una caja, en el despacho, por si aca-so iban niños pequeños.

Él apretó sus hombros.

–La querías mucho.

–Sí. Fue muy duro cuando murió.

–Me acuerdo.

Sus palabras la sorprendieron. Lo miró.

–Por las cartas. Te hablé de su muerte.

–Estuviste triste mucho tiempo. Recuerdo cómo

me sentí cuando murió mi padre. Fue como si todo cambiara.

–¿Que yo te hablara de mi abuela te lo recordó? No era mi intención.

–No. Entendí por lo que estabas pasando y confié en que poco a poco fuera más fácil.

–¿Cómo es que nunca contestabas a mis cartas? –pasaron frente a un expositor de cojines llenos de semillas que podían calentarse en el microondas y colocarse sobre los músculos contracturados–. Seguramente necesitas uno de esos.

Ford la miró y sonrió.

–O veinte. Dependiendo del ejercicio que haga.

Isabel se imaginó dándole un masaje, deslizando las manos por su piel cálida. Flexionó los dedos automáticamente sobre el vaso que sostenía cuando la Isabel imaginaria se inclinó para besar su hombro.

¿Qué demonios hacía fantaseando con Ford? Una cosa era que se imaginara cenando con él o paseando por la playa, pero ¿tocándose? Quizás había pasado demasiado tiempo al sol.

Volvió al presente y procuró recuperar el hilo de la conversación. Pero Ford se le adelantó.

–Al principio fue porque eras una cría y además la hermana de Maeve. Ya la había olvidado, pero seguía enfurruñado. Pensé que, si te contestaba, las dos pensaríais que era porque intentaba recuperarla.

–Yo habría dado por sentado que estabas locamente enamorado de mí –dijo con una sonrisa–. O al menos habría tenido esa esperanza.

–Pero eras menor de edad.

–Sí. Y pensaba que eso era lo único que nos separaba.

–Te fue bien sin mí.

–Tuve algunas relaciones desastrosas.

–Aquel primer baile de promoción no salió bien, pero me siento orgulloso de cómo lo solucionaste.

–¿Dándole una patada a Warren en sus partes? Le hice vomitar.

–No fue por la patada, fue por el alcohol. Y se lo merecía.

–No fue una noche fantástica –reconoció–. Y Billy tampoco era muy listo.

–Pero con él te lo pasaste bien. Te pusiste mechas.

Isabel dejó de caminar y lo miró.

–¿En serio te acuerdas de eso?

Él sonrió.

–No sabía qué eran las mechas. Tuve que preguntar. Luego me mandaste una foto y vi a qué te referías –se quitó las gafas de sol–. Me gustaban las fotos. Verte crecer.

–Fue una tontería mandártelas –arrugó la nariz–. Como nunca contestabas, casi dejé de escribir. Pero era casi como un diario. Pensaba que, si querías que parara, me lo dirías. O que si tirabas las cartas a la basura, qué más te daba recibir un par más.

–No las tiraba.

–No podían ser muy interesantes. Era una cría.

–Los párrafos acerca de distintos tonos de esmalte de uñas eran un poco largos.

Isabel hizo una mueca.

–Tengo la sensación de que debo disculparme.

–Pues no lo hagas –sacudió la cabeza–. Me pasaron muchas cosas estando fuera. Tuve que ir a sitios muy duros y vérmelas con situaciones difíciles. Tú me mantenías con los pies en el suelo. Me hacías reír y a veces me acompañabas durante noches muy largas. No tienes nada de lo que avergonzarte, Isabel.

Su voz era tan tierna, pensó ella inclinándose hacia él.

–¿Alguna vez hablas de ello? De lo que has visto y has hecho, quiero decir.

–No. Informaba a mis superiores. Me basta con eso.

¿Cómo era posible?

–¿Tienes un grupo o algo así? ¿Un lugar donde hablar?

–¿Tengo pinta de ser de los que hablan de sus sentimientos?

–Seguramente deberías hacerlo. O podrías buscarte un perro de terapia. He leído sobre ellos. ¡Ah, pero si tu hermana los cría!

Ford echó la cabeza hacia atrás y soltó una carcajada. A Isabel le dieron ganas de sonreír y al mismo tiempo de darle un puñetazo.

–Hablo en serio –añadió cuando dejó de reírse.

–Lo sé –la besó en la punta de la nariz–. No necesito un perro.

–Solo digo que si necesitas ayuda, deberías buscarla.

–Ya lo hice.

Isabel no estaba segura de a qué se refería, pero antes de que pudiera preguntar, retomaron el paseo.

–¿De verdad vas a ser capaz de dejar todo esto? –preguntó él señalando lo que sucedía a su alrededor.

–Sí, estoy segura –respiró hondo–. No se lo digas a nadie, pero la verdad es que me está gustando vivir aquí. No voy a quedarme, claro. Voy a montar un negocio en Nueva York. Sonia y yo tenemos planes. Pero está siendo agradable. Había olvidado lo que es sentirse tan integrada en un lugar.

–No estarás aquí cuando se case Lauren. No podrás verla con su vestido.

–Lo sé –contestó melancólicamente, y pensó en la «pared de los recuerdos» que tenía en el despacho.

Otra tradición de su abuela. Cada novia les llevaba una fotografía. Las fotos llenaban toda una pared y se amontonaban unas sobre otras. Pero ella ya no añadiría muchas más, ni podía estar segura de que el nuevo propietario de la tienda siguiera la tradición.

–Crearé nuevos recuerdos en mi nueva tienda. ¿Y tú? Aparte de la insistencia de tu madre en que te cases, ¿qué tal está yendo la vuelta?

–Bien. Me gusta estar cerca de mi familia –se encogió de hombros–. Casi siempre. Mis hermanas pueden ponerse muy pesadas. Menos Kent y yo, están todos casados. Y mi madre está con Max.

–Ya. El nuevo. ¿Lo conoces?

–Lo he visto un par de veces. Está loco por ella y parece un buen tipo. Me alegro de que mi madre sea feliz. Pero no para de incordiarme para que le dé nietos.

Isabel se paró y el vaso estuvo a punto de resbalarle de las manos.

–¿No esperarás que nosotros...?

Él torció la boca.

–¿No hablé de tener hijos?

Isabel le dio un empujón.

–Eres terrible. No bromees con eso. Me paso las noches en vela pensando en lo duro que habría sido mi divorcio si Eric y yo hubiéramos tenido hijos.

Ford volvió a quitarse las gafas y le quitó el vaso de las manos. Tras tirarlo a una papelera, le apretó los dedos.

–Lo siento. No volveré a bromear sobre tener hijos contigo.

Isabel iba a darle otro empujón, pero de repente se quedó sin habla. Porque en el instante en que Ford había dicho la palabra «hijos» había sentido un anhelo tan intenso y profundo que estuvieron a punto de saltársele las lágrimas.

Estaba divorciada. No lamentaba la ruptura de su matrimonio, sabía que casarse con Eric había sido un error desde el principio, pero allí estaba, con veintiocho años y soltera. Empezando de cero. Aunque nunca había pensado mucho en ser madre, siempre había dado por sentado que en algún momento lo sería. Era lo bastante tradicional como para querer tener también un marido. Se había esforzado mucho, creía haberlo hecho todo bien y ahora estaba divorciada, viviendo en casa de sus padres y sin un verdadero empleo. Lo único que la sostenía eran unas pocas ilusiones.

Ford agarró su otra mano.

–¿Qué pasa? Estás teniendo una crisis. Te lo noto.

–Estoy bien –dijo automáticamente–. No es por ti, así que no te preocupes.

–Eres mi novia. Claro que me preocupo.

–Tu falsa novia.

–Estás preocupada. Vamos, dime qué te pasa.

Ella abrió la boca y la cerró.

–Soy un fracaso. Hace seis años que acabé la carrera y mira dónde estoy. De vuelta en el mismo cuarto, sin nada que mostrar que justifique en qué he gastado todo este tiempo.

–¿Lo dices porque echas de menos a Eric?

–¿Qué? Claro que no. No debería haberme casado con él. Confundí nuestra amistad con amor. Nunca había sentido pasión, así que no la esperaba. No me di cuenta de que el tipo con el que me casaba era gay. ¿Cómo es posible? Me encantaba mi trabajo, pero no iba a ninguna parte. Y ahora aquí estoy.

–No por mucho tiempo –repuso él–. Vas a abrir una tienda con Sonia y a conquistar el mundo de la moda.

A pesar de su sensación de fracaso, Isabel logró sonreír.

–¿Sabes acaso lo que es el mundo de la moda?

–No, pero vas a hacerlo genial.

–Gracias. Siento contarte este rollo. Estoy bien.

–¿Seguro?

Asintió con la cabeza. Con el tiempo, estaría bien. Quizá no había dedicado tiempo suficiente a pensar en el negocio que iba a montar. La semana siguiente llamaría a Sonia. Tenían que hablar más, decidió. Asegurarse de que todo estaba en orden.

–Necesito distraerme –dijo–. Puede que tengas razón en lo del azúcar. Podríamos comprar un algodón de azúcar y compartirlo.

–O podríamos hacer esto.

Sin previo aviso, bajó las manos, la rodeó con los brazos y la atrajo hacia sí. Antes de que ella pudiera apoyarse en sus músculos, él bajó la cabeza y rozó sus labios.

Fue un contacto inesperado. Tierno y ardiente al mismo tiempo. Casi burlón, como si aquello fuera un juego. Si lo era, Isabel quería jugar, se dijo al apoyar los brazos en sus hombros y tocar su nuca con los dedos.

Sin pretenderlo, sin pensar, ladeó la cabeza. La boca de Ford se apoyó más firmemente sobre la suya. El siguiente paso lógico era que ella abriera los labios, de modo que eso hizo. Ford rozó con la lengua su labio inferior y a continuación la introdujo en su boca, donde se entrelazó con la de ella.

Sucedieron varias cosas al mismo tiempo. La parte sensata de su cerebro le hizo notar que no solo estaban en medio del pueblo, en plena calle y en un festival, sino que Ford solo la estaba besando porque intentaba engañar a su madre.

El resto de su ser sofocó rápidamente aquellos razonamientos con una oleada de impresiones. La frescura de su pelo. El modo en que sus pechos se aplastaban contra el torso de Ford. La presión de sus palmas frotándole la espalda.

Una sensación líquida pareció atravesarla, dejándola sin respiración, moldeable y dispuesta a cualquier cosa. Se agitó el deseo, tan poco familiar para ella que casi no lo reconoció. Pero el impulso de acercarse, de unirse a él y formar parte de lo que estaban haciendo, era ineludible.

Ford la besó profundamente, turbándola con cada caricia. Isabel deseó excitarlo tanto como la excitaba a ella. Sintió que le ardían las mejillas, que sus pezones se endurecían y notó un cosquilleo entre las piernas. Por primera vez en su vida conoció un ardiente deseo sexual que la asustó y al mismo tiempo la llenó de poder.

Se sentía cada vez menos dueña de sí misma y más impulsada por el deseo. Siempre lo lamentaba cuando los preliminares tocaban a su fin y las cosas se ponían serias, pero ese día no lo lamentó. Quería sentir las manos de Ford sobre su cuerpo. Sobre cada parte de su cuerpo. Quería que la tocara, que la mordiera, que la frotara hasta que... Bien, eso estaba menos claro, pero una cosa era segura: no le bastaba con un beso.

De aquello era de lo que hablaban sus amigas, pensó mientras lo abrazaba. De aquel deseo de estar desnuda, de tocar y saborear. Quería explorar el cuerpo de Ford, descubrir adónde conducían las duras prominencias de sus músculos y acariciar sus inesperados y tiernos valles. Quería aspirar su olor, que la abrazara y la llevara una y otra vez al...

Él la soltó.

Isabel volvió en sí parpadeando, sin respiración y sin saber qué había estado pensando. El sexo nunca le había resultado satisfactorio. Nunca. ¿Por qué demonios fantaseaba con practicarlo con Ford?

–Bueno –dijo él con voz un poco estrangulada–. La verdad es que pensaba que iba a ser más para todos los públicos –se pasó la mano por el pelo–. La próxima vez, avísame.

Ella se quedó mirándolo.

–¿Avisarte? –empezó a alejarse y él la agarró.

–No tan deprisa. Necesito un minuto.

Isabel no comprendió de qué estaba hablando. Entonces miró sus pantalones y vio que una enorme erección se apretaba contra su bragueta.

Consuelo le había advertido de que a Ford le gustaban todas las mujeres, y obviamente sabía besar. Así que no debía tomarse como algo personal el hecho de que estuviera excitado. Aun así, era agradable saber que él también estaba sorprendido.

–Yo conozco esa sonrisa –gruñó él.

–¿Qué?

–Estás muy satisfecha de ti misma.

Isabel sonrió.

–Sí –reconoció–. Bastante. Deberíamos comprarte algo frío que beber.

–Dame un segundo. Estoy pensando en gatitos. Los gatitos no son excitantes.

Ella posó la mano en su estómago.

–¿Puedo hacer algo por ayudarte?

Ford la agarró por la muñeca y le apartó la mano.

–No hacer eso. Eso me ayudaría.

Isabel se rio, animada por su poder recién descubierto. Ford exhaló un suspiro y la rodeó con el brazo.

–¿Por qué pensaba que me lo pondrías fácil? –preguntó.

–No tengo ni idea. Porque es mucho más divertido ponértelo duro.

***

Aunque era última hora de la tarde, el festival seguía estando rebosante de actividad. Consuelo no tenía previsto ir, pero sin saber por qué no había sido capaz de mantenerse alejada de la música y de las multitudes. Se acercó a un puesto en el que una joven muy guapa vendía bisutería artesanal.

Casi todas las piedras estaban sin tallar, sujetas por finos hilos de oro y plata que las envolvían. Había pulseras con colgantes de minúsculos cristales y delicados collares de pedrería.

A pesar de que era más bien baja y menuda, Consuelo no se consideraba delicada. Nada de lo que había en aquel puesto iba con ella, pensó amargamente. Era todo demasiado etéreo. Ella era recia, de espíritu al menos, aunque no de apariencia. Y pragmática, aunque deseara tontamente ser más soñadora.

Tocó una pulsera y, mientras sus dedos se deslizaban sobre el fresco metal, se dio cuenta de que había dos hombres siguiéndola.

Los había visto varios puestos más atrás, cuando se había parado a mirar una exposición de casitas para pájaros. Tenían unos veinticinco años, no estaban en forma y parecían un poco borrachos. Uno llevaba una gorra de béisbol y el otro una camiseta con un dibujo de una pistola. Los dos muy machos, pensó Consuelo.

Se habían fijado en ella en el puesto de las casas de pájaros. Se había escabullido, pero la habían alcanzado y se estaban acercando. Iba a tener que enfrentarse a ellos.

De pronto se sintió cansada. No sabía si iba a eviscerarlos física o verbalmente. Aquel era un evento para todos los públicos, y ambos planes tenían sus pros y sus contras.

Se volvió, preparada para encararse con ellos. El de la gorra de béisbol se fue derecho hacia ella.

–Eh, guapa –sonrió lascivamente–, mi amigo y yo hemos pensado que podíamos ir a alguna parte y conocernos mejor.

Un hombre se interpuso entre ella y el tipo de la gorra.

–No creo –dijo, acercándose a ella–. Dejad en paz a la señorita.

Consuelo se quedó mirando a Kent Hendrix. ¿De veras intentaba protegerla? Estaba tan sorprendida que se quedó allí parada como una boba.

El de la camiseta sonrió a Kent.

–¿Ah, sí? ¿Y tú vas a obligarnos?

–Si es necesario –contestó Kent con firmeza. Estaba muy cerca pero no la tocaba. Era más alto que los otros dos. Su voz sonaba suave, pero mostraba un aplomo que impresionó a Consuelo.

Los otros dos se miraron. Luego, retrocedieron. El de la gorra de béisbol agachó la cabeza.

–No pretendíamos molestar, señora.

–Convendría que os marcharais del festival –les dijo Kent.

Dieron media vuelta y echaron a andar.

Consuelo puso los brazos en jarras.

–¿A qué ha venido eso?

–Me he dado cuenta de que te seguían. Quería asegurarme de que estabas bien.

¿Bien? ¿Bien? ¿Ella?

–No hay ni un solo hombre en cien kilómetros a la redonda al que no puedo vencer en un combate cuerpo a cuerpo, incluido tu hermanito el Navy SEAL.

Kent asintió lentamente.

–No me cabe duda.

–Entonces ¿por qué has intentado ayudarme?

—Era lo correcto.

Ella abrió la boca y volvió a cerrarla. Hizo amago de hablar y se detuvo. ¿Era de otro planeta? ¿De otro siglo? Debería estar enfadada, y sin embargo se sentía extrañamente conmovida por su gesto. Podría haber resultado herido, pensó. Los otros eran dos.

Kent le tocó un poco el brazo.

—Sé que podrías haberles ganado. Pero no quería que tuvieras que enfrentarte a ellos tú sola.

Consuelo siempre había estado sola. Incluso de niña. Sus hermanos habían estado metidos en su banda, y su madre había trabajado de sol a sol para llevar comida a la mesa y darles un techo. Los amigos de Consuelo siempre habían salido de las páginas de un libro. Al ingresar en el ejército, se había integrado en un equipo. Hasta que había empezado a dedicarse a operaciones encubiertas. Sus misiones siempre la habían situado en la línea de fuego, completamente sola. Siempre la sacaban de donde fuera, pero rara vez le ofrecían refuerzos. Pasado un tiempo, se había acostumbrado a valerse por sí misma sin esperar nada de nadie.

—Gracias —logró decir al fin.

—De nada. No paramos de encontrarnos.

Ella le miró las manos. Eran suaves, con las uñas pulcramente cortadas. No tenían callos, ni cicatrices. No llevaba pistola, ni siquiera una navaja. Consuelo dudaba de que alguna vez hubiera matado a alguien. Seguramente hablaba con su madre con regularidad, cuidaba de su familia, pagaba sus impuestos y conducía siempre por debajo del límite de velocidad.

—¿Te apetece un helado? —preguntó Kent—. Son artesanos. Y en esta época del año los hay de frutas de todos los sabores. Sé que un helado de pera no suena muy excitante, pero está delicioso, te lo aseguro.

Consuelo lo miró, dividida entre lo que deseaba y lo que creía saber.

–Es la primera vez que me invitan a un helado.

Lo dijo en tono desafiante, y esperó a que Kent preguntara por qué. Porque iba a decirle la verdad: que los hombres siempre le pedían sexo. A veces utilizaban una cena como pretexto. O le ofrecían dinero o joyas a cambio. Se había acostado con hombres por su país, pero rara vez porque lo deseara. Había matado y escapado sin mirar atrás. Había abatido a combatientes enemigos porque había miles de sitios a los que una mujer podía ir, pero un soldado no.

–Entonces ya va siendo hora.

–¿De qué?

–De que alguien te invite a un helado.

Kent le tendió la mano. Así como así, como si esperara que fuera con él. Debía decirle que se perdiera, pensó. Pero no podía. Puso la mano sobre la suya y se preparó para saltar a un mundo desconocido.

7

Kent la condujo a la zona de restauración. No podía creer que Consuelo hubiera aceptado su invitación. No solo porque fuera la mujer más bella que había visto nunca y él un tipo corriente, sino porque parecía nerviosa, casi como un animal salvaje. Era una enigmática combinación de vulnerabilidad y capacidad extrema.

Cuando había visto a aquellos dos tipos, se había dado cuenta de que estaban siguiendo a una mujer, pero al principio no había visto a quién. No había tenido más remedio que intervenir. Al darse cuenta de que seguían a Consuelo, había tomado la decisión de protegerla. Aunque sabía que era muy dura y que sin duda conocía múltiples maneras de acabar con ellos, había sentido el impulso de cuidar de ella.

Ahora, mientras la agarraba de la mano, se sentía al mismo tiempo orgulloso e inquieto. Quería que todo el mundo viera con quién estaba y al mismo tiempo le daba terror meter la pata.

Consuelo apenas le llegaba al hombro. El pelo suelto le caía sobre la espalda y los hombros en sensuales rizos que reflejaban el sol del atardecer. No parecía capaz de dejar de mirarla, de mirar sus ojos oscuros, la dulce forma de su boca.

Era una fantasía hecha realidad, y Kent no tenía ni idea de qué hacía con él.

–¿Dónde está Reese? –preguntó ella.

–Con Carter y su cachorro. Gideon confía en que se agoten el uno al otro.

Ella se rio.

–Seguro que sí. Felicia es la verdadera ancla de esa familia. Supongo que, cuando no está, se sienten los dos a la deriva.

–Gideon todavía está acostumbrándose a tener un hijo. Tiene que ser duro. Yo también tuve que madurar para ocuparme de Reese –se detuvo y señaló las filas de puestos–. Elige tú. ¿Qué te apetece? ¿Tacos? ¿Hamburguesas? ¿Costillas? ¿O helado artesanal?

Consuelo pensó un segundo.

–Tengo bastante hambre. ¿Qué te parece si tomamos unos tacos y luego un helado?

–Estupendo.

Fue a buscar los tacos y las bebidas mientras ella se dirigía al puesto de los helados. Cuando Kent intentó darle dinero para los helados, ella levantó las cejas.

–Puedo permitírmelo. Hasta de dos bolas.

–No estoy diciendo que no puedas.

–Lo sé. Solo estás siendo amable.

Kent torció el gesto al oírla. «Amable». Él no quería ser amable. Quería parecerle misterioso, sexy y...

Kent pidió los tacos y las bebidas. ¿A quién pretendía engañar? ¿Sexy, él? Imposible. Consuelo, en cambio, era una de esas mujeres con las que soñaban todos los hombres. Él conocía el paño. A las mujeres con su físico les gustaban los tipos ricos o los tipos peligrosos o los hombres que volaban en avión privado.

No soñaban con enamorarse de un profesor de Matemáticas.

Se reunieron en una mesa, a la sombra. Había una banda tocando más allá, a la distancia justa para que la música se oyera de fondo, como un agradable acompañamiento, y aun así pudieran hablar.

–Ternera y pollo –dijo Kent, señalando los dos platos de comida. Los dos llevaban arroz, frijoles y un puñado de patatas fritas–. ¿Cuál quieres?

–Los dos –contestó tranquilamente–. ¿Te importa que los compartamos?

–Claro que no.

Iba vestida con vaqueros y una camiseta de CDS. Sin joyas, ni siquiera un reloj. Tampoco llevaba bolso, como otras mujeres. Sus vaqueros eran tan ajustados que Kent notó que llevaba el móvil en el bolsillo delantero izquierdo y tenía el mejor trasero que había visto nunca.

Tomó un taco y dio un mordisco, luego lo dejó y comenzó a masticar. Él le pasó servilletas y se dijo a sí mismo que debía comportarse con normalidad.

–¿Se puede saber por qué me miras tan fijamente? –preguntó ella en tono desenfadado.

«Y eso que he intentado ser sutil», pensó Kent con amargura.

–Eh, claro. Es que eres preciosa.

Se le escaparon las palabras antes de que pudiera detenerlas y se preparó para oír una carcajada, una réplica mordaz o para que Consuelo se levantara y se fuera.

Pero ella dejó el taco y se quedó mirándolo.

–¿Eso es todo? –dijo–. ¿No puedes hacerlo mejor?

–Es la verdad –sonrió–. Estás fuera de mi alcance y lo sé, pero no voy a perder la oportunidad.

Ella lo sorprendió agachando la cabeza.

—No estoy fuera de tu alcance.

—Estás acostumbrada a tíos como mi hermano. Militares. Agentes secretos.

—No son mi tipo.

—¿Cuál es tu tipo? —ojalá dijera «padres solteros de unos treinta y cinco años, con trabajos corrientes».

—Hace mucho tiempo que no tengo un tipo concreto —contestó ella—. ¿Me parezco yo a tu ex?

—No, nada. Ella era alta y rubia. Muy fría, tú ya me entiendes —«gélida», mejor dicho, pero rara vez hablaba mal de Lorraine. Por muchas razones. En parte por cómo lo habían educado y en parte por orgullo. Y además estaba el hecho de que siempre sería la madre de Reese.

—¿Dónde os conocisteis?

—En la universidad. Yo estaba estudiando Matemáticas. Ella, Empresariales. El último año de carrera, acabamos viviendo en el mismo edificio de apartamentos, cerca del campus. A su compañera de piso le gustaba dar fiestas. Una noche, justo antes de los parciales, Lorraine llamó a mi puerta y me preguntó si podía estudiar en un armario. Le ofrecí la mesa de la cocina.

—Claro —Consuelo suspiró—. Porque era lo más educado.

—No iba a hacerle estudiar en un armario —eso no se lo haría a nadie—. Empezamos a quedar. Una cosa llevó a la otra —se detuvo, sin saber qué debía contarle.

—¿Y? —insistió ella.

—Se quedó embarazada —reconoció Kent—. Nos enteramos al poco de graduarnos. Yo la quería, así que no me costó pedirle que se casara conmigo. Nos casamos y llegó Reese —agarró su taco y volvió a dejarlo—. No sé qué sentía por mí, ni ante el hecho de estar embarazada. No creo que fuera feliz. Quizá siguió adelante porque era lo más fácil.

–¿Te diste cuenta de que iba a marcharse?

–No me sorprendió. Sabía desde hacía tiempo que no era feliz, pero pensaba que era por el estrés de su trabajo y de tener un hijo. Pasamos por un par de baches, pero yo creía que los habíamos superado. Luego se marchó.

Se había quedado en estado de shock. Un día había vuelto a casa y solo había encontrado una nota. Durante mucho tiempo había pensado que volvería, pero no volvió. Ni siquiera por su hijo.

Eso era lo que no lograba entender: su rechazo total a su hijo. ¿Qué clase de persona hacía eso? Al principio se habían visto de vez en cuando, pero después ni eso.

–No vas a insultarla, ¿verdad? –preguntó Consuelo.

–No. No la culpo por dejarme a mí, pero no debería haber abandonado también a Reese. Para él ha sido muy duro.

–Es un buen chico –le dijo–. Lo has hecho muy bien.

–Gracias. Hace un par de años me di cuenta de que necesitaba tener más familia cerca. Supongo que yo también. Así que volvimos aquí. Fue la decisión correcta.

Consuelo lo observó intensamente. Kent no sabía qué estaba pensando, pero le parecía buena señal que estuviera haciéndole preguntas.

–Me alegro de que nos hayamos encontrado –comentó–. Más tarde hay un concierto. ¿Quieres que vayamos?

–Lo siento, pero no –contestó ella en voz baja.

Su expresión no cambió, así que al principio Kent

no entendió lo que estaba diciéndole. Luego se levantó, recogió su plato, su bebida y su tenedor de plástico y lo arrojó todo a una papelera.

–Adiós, Kent –dijo. Dio media vuelta y se marchó.

El martes por la mañana, Ford se acercó a casa de Isabel. Podría haber ido a la oficina, pero no tenía mucho sentido. Los contratos con sus nuevos clientes ya estaban firmados, y hasta que llegara el momento de organizar los cursos, tenía tiempo libre. Necesitaba un café. Tenía en su casa, claro, pero estaba seguro de que el de Isabel sería mejor.

Se acercó a la puerta trasera y llamó con fuerza. La puerta se abrió. No estaba cerrada con llave, claro. Aquel condenado pueblo, pensó al entrar. Efectivamente, había café recién hecho en una jarra. Sacó dos tazas del armario y sirvió el café. No sabía cómo lo tomaba Isabel, así que no le puso nada. Podía añadir lo que quisiera después.

Llevó las dos tazas por el pasillo, deteniéndose para probar un sorbo de la suya. Dejó atrás el dormitorio de matrimonio, un cuarto de invitados y un despacho. Al final del pasillo había dos puertas abiertas. Una daba a un dormitorio con una cama grande deshecha. Las paredes eran de color rosa. Había estanterías llenas de libros, fotos enmarcadas y trofeos. Sobre el asiento de la ventana se veían varios animales de peluche viejos. Los muebles eran blancos, incluido el escritorio, sobre el que descansaba un moderno ordenador portátil. Arrumbados en desorden a un lado de la habitación había varios pares de zapatos.

El cuarto era una extraña mezcla de la Isabel adolescente y la Isabel actual. De lo viejo y lo nuevo.

En la pared del otro lado, la puerta del cuarto de

baño estaba entornada. Isabel estaba delante del espejo. Llevaba una bata azul, corta. Se había puesto rulos eléctricos en el pelo y se estaba poniendo rímel con mucho cuidado.

Ford se apoyó en la pared para observarla.

A la mayoría de los hombres no les interesaba aquel proceso: solo les interesaba el resultado. Pero él siempre había disfrutado viendo arreglarse a una mujer.

Tal vez intentaba ver dónde residía la magia. Todas esas pociones en botes y frascos, pensó con una sonrisa.

Isabel dejó el rímel, se miró al espejo, lo vio y soltó un grito, dando un respingo.

Abrió la puerta de par en par.

–¿Qué demonios estás haciendo? Me has dado un susto de muerte –se llevó la mano al pecho–. Creo que me va a dar un infarto.

–La puerta de atrás estaba abierta. ¿Cómo te gusta el café? –le pasó una taza.

–Solo. Gracias –tomó el café y lo miró–. ¿Has entrado sin más?

–Claro. Ya te he dicho que la puerta estaba abierta.

–Se me olvidó echar la llave. No te estaba invitando a entrar.

Ford sonrió.

–Y sin embargo aquí estoy de todos modos.

Ella entornó los párpados.

–Estás aburrido, ¿verdad? De eso se trata.

–Reconozco que tengo un día muy tranquilo.

–No me digas. Pues yo no. Estoy esperando que lleguen varios vestidos. ¿Sabes lo que significa eso? –no esperó a que contestara–. Desempaquetarlos y luego pasarme horas planchando. ¿Quieres aprender el delicado arte de planchar un vestido de novia?

–No, la verdad. Pero podrías darme las gracias por el café.

–El café es mío.

–Pero te lo he traído.

Isabel sacudió la cabeza y se volvió hacia el espejo.

–Alguien debería darte una buena paliza.

–No te creía tan violenta.

–Yo no soy... –respiró hondo–. No importa –masculló entre dientes.

Se quitó los rulos y el cabello rubio le cayó sobre los hombros en ondas sueltas. El aire olía a gel floral o a crema, quizá.

Ford había pasado tanto tiempo en barcos de guerra que podía ducharse en menos de dos minutos. Desde el momento en que entraba en el baño hasta que salía de él completamente vestido, pasaban menos de cinco minutos, afeitado incluido.

Las mujeres civiles no eran así.

Se apoyó en el marco de la puerta y vio que Isabel se inclinaba, sacudía la cabeza y se peinaba los rizos con los dedos. Miró su trasero, que tensó el tejido satinado de la bata.

Era alta y curvilínea. A Ford le había gustado abrazarla, le había gustado su calidez, su suavidad. Y en cuanto a su modo de besarlo, todavía se estaba recuperando. Si en ese momento no hubieran estado en público, habría tenido que hacer un esfuerzo ímprobo para no intentar convencerla de que hicieran el amor allí mismo.

Tal vez Isabel no estuviera tan fuera de sus posibilidades como creía, se dijo. La pequeña Isabel se había hecho mayor, y la verdad era que le encantaba cómo era.

***

Isabel se irguió y descubrió que, en efecto, Ford seguía allí. Mirándola con aquella media sonrisa tan suya. La que la volvía loca.

—Retrocede a no ser que quieras correr el riesgo de convertirte en mujer —dijo empuñando el bote de laca.

Ford obedeció y se retiró al pasillo.

—Voy a ver qué tienes para desayunar —le gritó.

—¡Sí, hazlo!

Ella acabó de arreglarse el pelo y entró rápidamente en su cuarto. Tras cerrar la puerta con llave, acabó de vestirse. Mientras se remetía la blusa en la falda, se dijo que debía estar enfadada con Ford por que hubiera entrado en su casa sin permiso. Pero no tenía fuerzas. Era uno de esos hombres que gustaban a las mujeres, y ella no era en absoluto inmune a sus encantos.

Todavía descalza, se fue a la cocina. Ford estaba sentado en un taburete, junto a la barra. Sobre la encimera había una caja de cereales.

—No tienes huevos —le dijo él—. Ni beicon. ¿Por qué?

—No como ni huevos ni beicon por las mañanas.

Su expresión se volvió recelosa.

—No serás una de esas personas que comen huevos a mediodía, ¿verdad? Porque eso no puede ser.

—Qué raro eres. ¿También esperas que te haga los huevos y el beicon?

—No, aunque estaría bien.

—Te das cuenta de que tienes una cocina en tu apartamento, ¿verdad? Podrías comprar huevos y beicon y preparártelos tú mismo.

Ford se recostó en su taburete.

—Se está mejor aquí.

—Creía que a los SEAL, que son tan machos, les gustaba estar solos. Que erais todos lobos solitarios.

–No. Somos animales de manada. Trabajamos en equipo. Salimos juntos.

Isabel no lo había pensado desde esa perspectiva, pero entendía lo que le estaba diciendo.

–Entonces, ahora que estamos saliendo de mentirijillas, ¿formo parte de tu manada?

Él le dedicó una sonrisa sexy.

–El sueño de toda mujer.

Si no la hubiera hecho temblar y estremecerse de deseo por primera vez en su vida, Isabel se habría echado a reír. Pero solo pudo volverse y preguntarse si habría un modo educado de pedirle que volviera a besarla. Solo para confirmar que no había sido de chiripa.

Ford sirvió cereales, agarró un plátano y troceó una mitad en cada bol. Por último añadió leche.

–¿Y si no me gustan los plátanos? –preguntó ella al sentarse a su lado.

–Si no te gustaran no los habrías comprado.

Isabel suspiró.

–Tienes respuesta para todo.

–Claro. Si no la sé, me la invento. Hay que marchar siempre hacia delante. Si no, lo que venga detrás te alcanzará.

Ella agarró su cuchara. Ford se había duchado y afeitado esa mañana. Se había puesto una camiseta y unos vaqueros, pero estaba descalzo. Había algo de sensual en estar allí, sentada a su lado. Desayunando.

El recuerdo del beso revoloteaba en torno a ellos, como un espectro erótico. Isabel sentía cosquilleos, escalofríos y una especie de ansia arrolladora. Aquellas sensaciones eran nuevas y embriagadoras, y también le daban un poco de miedo.

Tenía la impresión de que sus amigas le dirían que aquello era química y que debía aprovechar la ocasión. Pero ¿y si no había más que eso? ¿Y si aquel anhelo era el súmmum del placer que podía sentir? Suponía que, en el fondo, le preocupaba no ser como las demás.

–¿En qué estás pensando? –preguntó Ford de repente.

Dejó su cuchara y optó por contarle una versión de la verdad.

–A veces me pregunto si no debería haberme dado cuenta de lo de Eric. De que era gay.

–Él no se lo reconocía a sí mismo. ¿Por qué ibas a darte cuenta? Dijo que te quería y que quería casarse contigo. Tú le creíste. Es culpa suya, no tuya.

–Haces que suene tan sencillo...

–Soy un tipo sencillo.

–Ese plan tuyo de fingir que somos novios es bastante retorcido. ¿Cuánto tiempo vamos a estar así, por cierto?

–No sé. Una temporada. Luego cortamos y yo me quedo hecho polvo –sonrió y tomó otra cucharada de cereales–. Vas a volver a Nueva York, así que podríamos seguir saliendo hasta que te marches. Es mucho tiempo sin tener que soportar a mi madre.

Era mucho tiempo para estar con él, pensó Isabel. Podía haber peligros inesperados. Al menos para ella. Ford le gustaba, y le gustaba estar con él. ¿No era así como empezaban las relaciones de verdad?

–En algún momento tendrás que decirle la verdad a tu madre.

–No, nada de eso.

–No puedes pasarte el resto de tu vida mintiéndole.

A Ford se le borró la sonrisa.

–No creerá la verdad.

–¿Y cuál es la verdad?

–Que nunca voy a casarme porque nunca voy a enamorarme. No puedo. O no quiero. He conocido a algunas mujeres fantásticas que estaban enamoradas de mí. Pero en cuanto me confesaban sus sentimientos, me largaba. Era incapaz de imaginarme con ellas dos años después, cuanto más cincuenta. No me interesan las relaciones a largo plazo. Ni ahora, ni nunca.

–Con Maeve querías casarte.

–Era joven y pensaba que se suponía que teníamos que casarnos. Pero no olvides lo rápido que lo superé. Eso no era amor.

–Puede que no lo fuera, pero no te estás dando ninguna oportunidad. No has conocido a la persona adecuada –Isabel sí creía en el amor. Y estaba segura de que algún día a Ford le robarían el corazón.

Pensó por un segundo en hacer una broma al respecto, pero se dio cuenta de que no le gustaba imaginárselo enamorado de otra. No le interesaba en ese sentido, era solo que...

Se quedó en suspenso, incapaz de encontrar una explicación.

–Hay algo que me falta –dijo él–. Algo que no comprendo –se encogió de hombros–. Me gustan las mujeres. Me gusta estar con ellas, pero elegir a una y quedarme con ella para siempre... Eso lo veo imposible.

Las clases empezaban por la mañana. Lo ponía en un cartel, en la puerta del instituto de Fool's Gold. Consuelo podía verlo desde la acera.

Odiaba disculparse aún más de lo que odiaba equivocarse. Odiaba sentirse insegura y estúpida, y mil cosas más que no tenían nada que ver con el motivo por el que estaba allí parada.

Había vuelto a hacerlo. Se había marchado porque tenía miedo. Se había alejado del hombre más amable que había conocido nunca porque cuando estaba con él no podía respirar.

Se obligó a subir las escaleras y a entrar en el instituto. La señora de la oficina le dio amablemente el número de aula de Kent y le indicó el camino. Consuelo echó a andar hacia allí sin saber qué iba a decir.

Llevaba dos días sin pegar ojo y la víspera había pasado una hora boxeando con Angel. Él se había desplomado por fin en las colchonetas, suplicando piedad, pero ella no había terminado: había trepado por las cuerdas y para acabar había corrido quince kilómetros. Aun así, se había pasado gran parte de la noche mirando el techo.

Era todo tan ridículo, pensó. Su miedo y los motivos de su miedo. Un hombre le pedía salir y ella salía huyendo como un perrillo asustado.

Encontró el aula. La puerta estaba abierta y Kent estaba sentado a solas ante la mesa del profesor. Consuelo estuvo mirándolo unos segundos, observando la concentración con que miraba sucesivamente su ordenador y la pantalla que tenía a su espalda. Una presentación de Power Point aparecía en la pantalla, diapositiva a diapositiva. Sin duda se estaba preparando para cuando empezaran las clases.

Llevaba corbata, pensó Consuelo sin saber si llorar o reír. Corbata, vaqueros y camisa con las mangas enrolladas.

Era una mezcla sexy y atractiva, y sintió al mismo tiempo deseo y el impulso de salir corriendo en dirección contraria. Antes de que pudiera decidir qué hacer, Kent levantó la mirada y la vio.

—Consuelo...

Fue todo lo que dijo. Su nombre. Nada más. Ninguna indicación de qué estaba pensando, ni rabia, ni frustración ni desinterés.

Ella entró en el aula y caminó hacia él.

Se había vestido para la ocasión con sus pantalones de faena favoritos, camiseta de tirantes verde caqui y botas de combate.

No llevaba maquillaje y se había recogido el pelo en una tensa coleta. Así era ella. Necesitaba que la viera así para que entendiera que no intentaba ser distinta.

Kent se levantó al acercarse ella. Naturalmente. Era muy educado.

—¿Puedo ayudarte en algo? —preguntó.

—No, no puedes. Eso es lo que he venido a decirte. Siento lo que pasó en el festival. Quería ir al concierto. Me apetecía un montón, pero no sabía cómo hacerlo.

Él frunció un poco el entrecejo.

—Los conciertos no suelen ser muy difíciles. Eh... te sientas y escuchas música. No hay mucha interacción. A veces, durante las baladas, uno levanta el teléfono móvil como si fuera una lámpara. Mi madre asegura que cuando ella era joven la gente levantaba mecheros y cerillas encendidas. Suena a peligro de incendio.

A pesar de todo, Consuelo se echó a reír. Luego se quedó callada bruscamente y tuvo que contener las lágrimas.

«¿Qué cojones?», se dijo. Ella no lloraba. Se burlaba de las lloronas. Era dura. Era...

Unos brazos fuertes la rodearon y la estrecharon. Kent estaba abrazándola. Suavemente, sin apretarla. Podría haberse liberado fácilmente. Una voz suave y baja le aseguró que todo iría bien.

Unas manos grandes acariciaron su espalda, pero de forma reconfortante. Kent no intentó tocarle el trasero ni manosearla. Se comportó de nuevo como un perfecto caballero.

Consuelo se desasió de un tirón y lo miró con enojo.

—No soy como otras mujeres con las que has salido.

Él levantó una ceja.

—¿Cuáles?

—Cualquiera. Elige una. No soy como ellas, como esas mujeres —señaló hacia las ventanas—. No soy de aquí.

—Bueno —dijo lentamente—. Imagino que al decir «aquí» te refieres a Fool's Gold. O a la periferia. No a la Tierra en general, supongo.

Ella se enjugó las mejillas.

—No soy un alienígena.

—Bien, porque no soy muy fan de las relaciones entre especies distintas.

—¿Cómo puedes querer salir conmigo? —preguntó—. Soy un desastre. Lo estoy haciendo mal —se acordó de las razones por las que los hombres solían querer estar con ella—. A no ser que se trate de un revolcón.

—No, no se trata de eso.

Consuelo se quedó mirándolo.

Quería creerle.

Él esbozó una sonrisa remolona.

—No se trata solo de eso. Porque, oye, ¿qué hombre no te desearía?

—¿Sabes a qué me dedicaba en el ejército? —preguntó, y siguió hablando porque tenía que decírselo ahora, mientras aún tuviera valor—. Mataba gente. No era una francotiradora, Kent. No usaba fusiles de largo alcance. Cuando mataba, era algo personal. Desde muy cerca —sintió que se le cerraban los puños—. Tú no necesitas esas complicaciones —le dijo en voz baja—. Lo siento. Eso es lo que quería decirte. Lo siento. Quiero que sepas que lo mejor es que te mantengas alejado de mí.

La mirada oscura de Kent no se apartó de su cara.

–¿Has hablado con alguien? –preguntó con suavidad–. ¿Con un psicólogo?

Levantó la barbilla.

–¿Crees que me pasa algo malo?

–Creo que sufres mucho.

Esas mismas palabras las había oído ya antes, en el despacho de un terapeuta.

–Sí, veo a uno –reconoció–. Una vez por semana, en Sacramento –logró esbozar una tensa sonrisa–. Estoy mejorando. Imagínate si nos hubiéramos conocido hace seis meses.

–Aun así te habría invitado a ese concierto.

–Seguramente te habría destripado como si fueras un pez.

–Alice Barns, la jefa de policía, se toma muy a pecho esas cosas.

–Me das más miedo tú.

No pretendía decir eso, pero era demasiado tarde para retirarlo.

–Yo no asusto a nadie.

–A mí sí. Eres muy amable.

Kent dio un respingo.

–Genial.

–No, en serio. Eres muy amable y divertido y buen padre. Dios mío, Kent, ¿por qué te molestas conmigo?

–Tienes carácter. A Reese le caes bien y él tiene buen criterio para juzgar a la gente. A mi hermano le asustas –levantó una comisura de la boca–. Y sí, eres la mujer más hermosa que he visto en toda mi vida. Los tíos somos muy visuales, lo siento.

–No lo sientas –le gustaba que la encontrara atractiva. Algo era algo–. Me encantaría ir contigo a un concierto, de veras.

–Lo siento, pero la banda se ha ido. ¿Te conformarías con una cena?

Ella asintió con la cabeza.

–En mi casa –añadió Kent–. Reese también estará. No es una cita. Estoy invitando a la profesora de artes marciales de mi hijo. No estaremos solos en ningún momento. ¿Qué te parece?

–Eres muy amable.

Él hizo una mueca.

–Es como una maldición.

–No digas eso. Eres como un sueño.

Kent se rio.

–Sí, ya.

No la creyó, pero no importaba. Consuelo sabía que era verdad.

8

Mientras desempaquetaba vestidos y los colgaba, Isabel pensó en lo que le había dicho Ford: que nunca había estado enamorado. Parecía imposible. Era tan encantador y divertido... Seguro que muchas mujeres se habían enamorado de él. Pero no era eso lo que había dicho. Había dicho que nunca les había correspondido.

No enamorarse nunca. Qué triste, pensó, aunque no estaba segura de que ella fuera distinta. No había más que pensar en su desastroso matrimonio. ¿Eso era amor romántico? Desde luego no por parte de Eric, y ella también dudaba de sus propios sentimientos.

Se sacudió aquella idea y acabó de desembalar los vestidos. Eran seis en total. Dos muestras y cuatro pedidos. Los dejaría colgados toda la noche y empezaría a plancharlos por la mañana.

Mientras trabajaba, miró el teléfono. Le había dejado dos mensajes a Sonia y aún no tenía noticias suyas.

Tiró los envoltorios y aplanó las cajas para llevarlas al contenedor de reciclaje, luego regresó a la parte delantera de la tienda. Pasada la una, entró una mujer llevando una bolsa de traje.

–Hola –dijo la veinteañera con una sonrisa–. No sé si te acuerdas de mí, Isabel. Fuimos juntas al colegio hace años.

Isabel miró atentamente a la morena de ojos castaños. Medía cerca de un metro sesenta y tenía los rasgos bonitos. De pronto recordó a una chica con dos hermanas cuyos padres habían muerto en un accidente de tráfico.

–¿Dellina?

Su sonrisa se hizo más amplia.

–Sí, la misma. No sabía si te acordarías.

–Claro que sí. ¿Cómo estás?

Dellina puso la bolsa de traje sobre el mostrador y se dieron un abrazo.

–Estoy bien –dijo–. Atareada. Mis hermanas también están bien.

Isabel se acordaba de que eran más pequeñas que ella. Y gemelas, creía.

–He pasado estos últimos años intentando que sentaran la cabeza –explicó Dellina–. Ahora les va genial y me estoy concentrando en mi negocio. Organizo fiestas y hago trabajos de decoración para el Ayuntamiento.

Isabel asintió despacio.

–He oído hablar de eso. Organizaste la boda de Charlie y Clay hace un par de meses. Fue fantástica. Una fiesta hawaiana muy divertida. Sorprendió a todo el mundo.

–Gracias. Tuve que venderle la idea a Charlie, pero salió bien.

–Vamos –dijo Isabel, indicándole que la siguiera–. Ven a sentarte para que nos pongamos al día.

Se sentaron en los mullidos sillones junto a los espejos que usaban las novias. Así Isabel podía ver si entraba alguien en la tienda mientras hablaba con su amiga.

–Has estado en Nueva York –comentó Dellina–. Impresionante.

–Menos de lo que piensas –reconoció Isabel. Le explicó brevemente que se había divorciado–. Así que ha sido todo un cambio.

–Tiene que serlo. Yo no paro de decirme a mí misma que tengo que elegir. O me dedico a planificar fiestas o a decorar. En cierto modo las dos cosas consisten en crear una escenografía, y eso me gusta. Pero no puedo decidirme y en el pueblo no hay mercado suficiente para que deje una de las dos cosas. Así que por ahora tengo que seguir con las dos –sonrió–. Y posiblemente me espera un tercer reto. Déjame enseñarte lo que he traído.

Tomó la bolsa de traje y abrió las cremalleras laterales. De las perchas colgaban dos vestidos. El primero era negro y azul marino, con escote de pico. Las mangas y los laterales eran negros, y el centro del vestido azul. Tenía frunces en la cintura.

Isabel advirtió enseguida que el vestido produciría la impresión de que la mujer que lo llevaba era más delgada de lo que era en realidad. La tela era gruesa sin ser pesada, y el vestido era intemporal. Cambiando de accesorios, podía utilizarse fácilmente tanto de día como de noche.

El otro vestido era igual de interesante. También había una chaqueta a juego con unos pantalones negros.

–Me encantan –reconoció, viendo tanto la posibilidad de exponerlos en la tienda como de llevarlos ella misma. Repasó mentalmente su colección de zapatos y encontró al menos tres pares que irían bien con cada conjunto.

–Los diseña una amiga mía –le dijo Dellina–. Es demasiado tímida para hacerse publicidad y no podía soportar verlos colgados en su cuarto de invitados, así que me los llevé. Son muestras de su trabajo. He pensado que quizá podías exhibirlos aquí.

¿Cómo iba a hacerlo? Luna de Papel vendía trajes de novia y vestidos para damas de honor y madrinas, no ropa que una podía ponerse para ir a trabajar.

Empezó a decir que no, pero no pudo formar la palabra. Su mirada se deslizó hacia el escaparate del lado norte de la tienda. Era demasiado pequeño para un vestido de novia, así que siempre lo había usado para vestidos de baile de promoción o accesorios.

Si quitaba la tela de fondo, las paredes eran blancas y lisas. Normalmente, demasiado luminosas para sus fines, pero el fondo sencillo haría destacar más aquella ropa.

–Allí –dijo impulsivamente–. Ese escaparate.

Dellina dejó la ropa sobre una silla y la siguió.

Quitaron rápidamente los zapatos y velos. Isabel descolgó el panel forrado con tela de color rosa claro que cubría el fondo del escaparate y entre las dos lo llevaron al almacén.

–Tengo dos maniquíes de sobra –dijo Isabel, y señaló con el dedo. En el rincón había un fino perchero metálico para chaquetas–. El tercero podemos colgarlo de ahí.

–Es perfecto –Dellina observó los dos maniquíes–. ¿Podemos quitarles la cabeza? Les dará un aire más aséptico.

–Y ligeramente terrorífico –repuso Isabel riendo. Pero comprendió lo que quería decir–. Vamos a intentarlo.

Isabel alargó la mano hacia el maniquí y luego se detuvo.

–Espera un momento. No puedo hacer esto. No voy a quedarme.

Dellina la miró extrañada.

–No entiendo. ¿Tienes una cita y te estoy entreteniendo? Puedo volver otro día.

–No. Es la tienda. Vamos a venderla. A principios de año.

Dellina agrandó los ojos, sorprendida.

–¿Vais a vender Luna de Papel? ¡Pero si lleva toda la vida en Fool's Gold!

No era la primera vez que oía aquella afirmación, pensó con amargura.

–¿Qué es eso? –preguntó Madeline al entrar en la trastienda–. ¿Habéis ido de compras? ¿De dónde habéis sacado la chaqueta? Me encanta. Y este vestido –levantó el de color púrpura.

–Los diseña una amiga de Dellina –respondió Isabel–. ¿Os conocéis?

–Claro –dijo Dellina–. Son diseños de Margo.

Madeline suspiró.

–Me habías dicho que era buenísima, pero no había visto sus diseños –se le iluminó la cara–. ¿Vas a venderlos aquí, en la tienda? ¿Habrá un descuento para empleadas?

–Le estaba diciendo a Dellina que vamos a poner en venta Luna de Papel a principios de año –repuso Isabel.

Madeline sacudió la cabeza.

–No me hables de eso. Ahora que por fin he encontrado un trabajo que me encanta.

–Seguro que el nuevo propietario querrá que te quedes –afirmó Isabel–. Además, para eso quedan meses –miró la ropa que sostenía Madeline y de nuevo el escaparate–. No voy a preocuparme por el futuro de la tienda ahora mismo. Dellina, si quieres poner los vestidos de tu amiga en el escaparate, puedes hacerlo. Si alguien quiere comprarlos, ya veremos qué hacemos entonces.

Dellina sonrió.

—De acuerdo.

Madeline y ella comenzaron a vestir a los dos maniquíes. Isabel se fue a la parte delantera de la tienda. Cuando estuviera todo listo, saldría a la calle a ver el resultado desde la acera.

Era una buena experiencia, se dijo. Para cuando Sonia y ella abrieran su negocio.

Tomó la hoja de precios que había llevado Dellina. En ella figuraban el inventario de los modelos que Margo tenía en casa y el tiempo que tardaría en confeccionar prendas de talla distinta a las que tenía a mano. Podía...

Se abrió la puerta de Luna de Papel. Isabel miró y sonrió automáticamente. Pero cuando reconoció a la recién llegada su sonrisa se volvió un poco forzada y la garganta se le quedó seca.

Denise Hendrix recorrió la tienda con la mirada, la vio y se fue derecha a ella.

La madre de Ford no se molestó en charlar: fue directa al grano.

—¿De verdad estás saliendo con mi hijo?

Ford abrió la nevera y le pasó a Isabel una lata de refresco. Ella la aceptó, pero no la abrió.

—Tú no lo entiendes —repitió mirándolo con enfado—. Tuve que mentirle a tu madre.

—Lo sé. Ya me lo has dicho —más de una vez—. Sabías lo que íbamos a hacer cuando aceptaste.

Isabel le dio un manotazo en el brazo.

—Saberlo y experimentarlo son dos cosas distintas. Estaba allí, en mi tienda, mirándome. Tuve que mirarla a los ojos y mentir. ¿Sabes lo que fue eso?

–Sí –reconoció, y prefirió ignorar que de pronto notaba como si el cuello de la camisa le apretara. A fin de cuentas, llevaba una camiseta. Sin cuello.

Isabel meneó la cabeza.

–Fue horrible. Cómo me miraba. Es como si supiera que estaba mintiendo.

–No lo sabía. Mi madre ha criado a seis hijos. Para ella, hacer que uno se sienta culpable es tan fácil como respirar –la rodeó con el brazo–. Vamos. Si lo hablamos, te sentirás mejor.

Isabel se apartó de su abrazo.

–Que te pongas encantador no va a servir de nada.

–O quizá sí. Mira, Isabel, lo estoy haciendo lo mejor que puedo. ¿Crees que a mí me gusta esto? Estoy de acuerdo: todo sería mucho más sencillo si pudiera enamorarme y ya está. Pero no puedo.

Ella no parecía convencida.

–¿Lo has intentado?

–Sí. Procedo de una larga línea de matrimonios felices. En mi pasado no hay ningún trauma emocional grave. Me gustan las mujeres. No sé qué me pasa y siento haberte puesto en esta situación.

Isabel le sostuvo la mirada un rato. Después asintió con la cabeza.

–Está bien –suspiró y abrió la lata de refresco–. Sé que no me estás torturando a propósito. Pero fue muy violento.

–Lo sé. Te debo una.

–Ni que lo digas. Tu madre nos ha invitado a los dos a una gran cena familiar.

–Lo retrasaré todo lo que pueda.

–Más te vale –torció la boca.

Curiosamente, el malestar de Isabel hizo que le

gustara más aún. Era una persona honesta y le preocupaba engañar a los demás. Aquella situación era culpa de él.

–Te compensaré –prometió.

–¿Sí? Empiezo a pensar que solo podrás hacerlo si aprendes a planchar un vestido de novia.

–¿Por qué me siento culpable? –preguntó Noelle, mirando inquieta hacia atrás.

–Porque Jo nos tiene a todas amaestradas –Charlie cuadró los hombros como si estuviera decidida a no ceder a la presión–. No es obligatorio que vayamos siempre a su bar a comer. Es bueno apoyar a todos los negocios de Fool's Gold.

Isabel sonrió.

–Sigue diciéndolo y tal vez sea verdad algún día.

Estaban en fila junto a una reluciente furgoneta plateada que había sido convertida en cocina rodante. Por sus ventanillas salían olores deliciosos, y la pizarra que colgaba junto a la puerta abierta ofrecía muchas opciones tentadoras.

Ana Raquel, la hermana pequeña de Dellina, regentaba la «carretilla», como lo llamaban. Ideaba los menús y cocinaba en su pequeño furgón. Ese día había aparcado junto a Pyrite Park, había abierto todas las ventanillas y la puerta y encendido la cocina. Los olores deliciosos habían atraído a una multitud de clientes hambrientos.

–Estás ayudando a una amiga –dijo Dellina con firmeza–. Mi hermana necesita apoyo. Si Jo pregunta, podéis decirle eso.

–Si tú lo dices –murmuró Noelle, todavía poco convencida.

Isabel temía menos a Jo que las demás. Tal vez

porque iba a pasar poco tiempo en Fool's Gold y no tenía que preocuparse por si se le cerraban las puertas de uno de los mejores locales del pueblo. Miró la pizarra escrita a mano y sintió que se le hacía la boca agua.

Había sándwiches y hamburguesas, pero con ingredientes como albahaca fresca y queso de cabra, o puré de sandía con jalapeños. El risotto de verduras acompañado de vino tinto tenía dibujado una estrella al lado, lo que indicaba que era un plato especial. Ensalada de pasta *caprese* con pollo balsámico. Y el postre del día eran galletas de barquillo con chocolate y buñuelos de manzana con salsa de caramelo.

–Estoy engordando dos kilos solo con mirar la carta –dijo Patience–. No puedo decidirme entre el queso al grill, el sándwich de pera y *prosciutto* y la quesadilla fajita.

–Yo voy a pedir una hamburguesa y las galletas de barquillo –dijo Charlie tajantemente–. No intentéis disuadirme y no esperéis que lo comparta.

Felicia la miró.

–El ansia por la comida no es propio de ti –observó–. ¿Crees que obedece a tu ciclo menstrual o a algún otro desequilibrio hormonal?

Charlie se volvió lentamente para mirarla.

–No acabarás de preguntarme por mi periodo.

Felicia aguantó el tipo.

–¿Ha sido inapropiado? No era mi intención cotillear.

Charlie se aplacó con un suspiro.

–Lo sé. Perdona. Es que tengo debilidad por esas galletas. No quiero hablar de ello.

–Entiendo –repuso Felicia amablemente–. Muchas de nuestras obsesiones poco saludables con la comida pueden remontarse a nuestra primera infancia.

Isabel agarró a Felicia y la apartó de Charlie.

–Es hora de cambiar de tema –murmuró.

Felicia le lanzó una sonrisa rápida.

–No puedo evitarlo. Me encanta pinchar a Charlie.

–¿Lo estás haciendo a propósito?

–Puede que un poco.

Isabel se rio. Una de las mejores cosas de haber vuelto a casa eran las amigas que había hecho. Aunque en Nueva York había disfrutado y había tenido varias amigas, no era lo mismo. Allí se reunían más a menudo porque estaban más cerca. Era fácil ir a comer algo o a tomar una copa después del trabajo. Siempre se encontraba con alguien que conocía en los festivales, en el supermercado o en la librería de Morgan.

Pidieron las dos, pagaron y recogieron su comida. Dellina y Charlie llevaban mantas en el coche. Las extendieron y tomaron todas asiento.

Quitando la hamburguesa de Charlie, la comida se repartía a partes iguales entre sándwiches y quesadillas, y había tres raciones de galletas y dos de buñuelos de manzana en el centro de la manta. Isabel notó que Charlie miraba fijamente la galleta que tenía más cerca, como si fuera capaz de abalanzarse sobre cualquiera que intentara quitársela.

–Gran idea –comentó Patience después de masticar y tragar el primer bocado–. Me encanta la comida y estar fuera. ¿Qué piensa hacer Ana Raquel con la furgoneta?

–Va a ir a sitios distintos en días fijos. La carta es estacional.

–Me alcgro de que haya vuelto –repuso Patience.

Isabel asintió con la cabeza y procuró no gemir de placer al probar su sándwich. El queso era cremoso, las peras suavemente crujientes, el sabor una mezcla perfecta.

Ana Raquel había pasado la primera parte del verano en San Francisco. Su «comida callejera» había tenido mucho éxito. Pero echaba de menos su hogar y había regresado hacía un par de semanas.

–Fayrene también tiene un negocio –comentó Charlie–. Es una trabajadora estupenda. La tuvimos un par de semanas en el parque de bomberos. Intenté que se quedara con el trabajo, pero no le interesaba.

–A Fayrene le gusta cambiar –dijo Dellina.

Noelle se inclinó hacia Isabel.

–Entonces, ¿Dellina y sus hermanas no son nuevas en el pueblo?

–No, nacieron todas aquí. Ana Raquel y Fayrene son gemelas y un par de años más jóvenes. Sus padres murieron cuando Dellina estaba todavía en el colegio. Dellina se ha ocupado de ellas desde que cumplió dieciocho años.

Los ojos de Noelle se agrandaron.

–Es mucha responsabilidad.

–Sí, y les ha ido genial. Ya has probado el talento que tiene Ana Raquel. Fayrene tiene también su propio negocio, y lo mismo Dellina. Organiza fiestas y se dedica al interiorismo –Isabel le habló de la ropa que había llevado a la tienda.

–Yo lo único que he hecho ha sido abrir una tienda de artículos navideños –comentó Noelle con un suspiro–. Me siento como una haragana.

–Tu tienda nos encanta.

–A mí también, pero jolín.

Charlie empujó sus patatas fritas hacia el centro de la manta.

–Podéis tomar unas pocas si queréis.

Dellina sonrió.

–Ya. Pero no toquéis las galletas. Entendido.

Charlie entornó los ojos.

—¿Tú también vas a meterte conmigo?

Felicia se rio.

—Charlie, te queremos. Por eso es tan divertido meterse contigo.

—Sí, sí. ¿Dónde está Webster?

—Durmiendo tranquilamente en mi despacho. Si lo trajera aquí, estaría atacándoos a todas. Todavía está en la fase de cachorro: solo mordisquea, come, duerme y hace caca —la mirada de Felicia se suavizó—. Pero es maravilloso y lo adoro. En cuanto haya madurado un poco, voy a hablar con Gideon de tener un hijo.

Isabel se quedó boquiabierta.

—¿Así, sin más? —preguntó.

—Claro —Felicia pareció sorprendida—. Quiero a Gideon y él me quiere a mí. ¿Por qué no voy a hablarle de lo que quiero? Espero que él haga lo mismo. Los dos apoyamos los sueños y las aspiraciones del otro, y la felicidad de la pareja fundadora asegura la felicidad de la unidad familiar.

—Creo que lo sorprendente es la madurez con que te lo tomas —comentó Dellina—. Yo tengo problemas para pedir lo que quiero, sobre todo cuando se trata de hombres.

—Si no pides lo que quieres, ¿cómo lo consigues? —preguntó Felicia—. Si confías en que ellos lo adivinen, estás saboteando tu propia felicidad.

—Posiblemente eso explica que no tenga pareja —reconoció Dellina—. Tú eres valiente y tomas el mando. Es impresionante.

Felicia sonrió.

—Gracias por el cumplido. También soy demasiado directa y muy torpe en las relaciones sociales. Pero gracias a mis amigas del pueblo, he mejorado.

—Te queremos —dijo Patience, y se volvió hacia

Charlie–. Tú eres más bien de las que dicen lo que quieren.

–Sí. Pero se me da mejor decir lo que no quiero. Y a Clay se le da de maravilla captar las señales.

–Yo no soy valiente –reconoció Patience.

–Yo tampoco –dijo Isabel.

Noelle sonrió, comprensiva.

–Sí, a mí tampoco se me da bien hablar de lo que me molesta. Pero ignorarlo se me da de perlas.

–Eres nuestra líder –le dijo Patience a Felicia.

–Al menos es capaz de llevarnos donde tengamos que ir –bromeó Noelle–. Usando GPS, una brújula, las estrellas y la proyección astral.

–La proyección astral nunca se me ha dado bien –repuso Felicia–. Sospecho que requiere un nivel de fe que no tengo. Me cuesta desconectar mi cerebro y creer, sin más.

Isabel procuró no mirarla extrañada.

–Pero ¿lo has intentado?

–Claro. ¿Tú no?

–Últimamente no. Lo más parecido a una experiencia extracorpórea que he tenido ha sido enfrentarme a la madre de Ford cuando me preguntó sin rodeos si estaba saliendo con él.

Charlie dio un respingo.

–Adoro a Denise, pero en lo tocante a sus hijos puede ser implacable. ¿Qué pasó?

–Mentí y le dije que sí. Fue horrible. No sé si me creyó o no. En todo caso tuve que aceptar asistir a una cena familiar.

–Ford te debe un favor inmenso –comentó Noelle.

–Eso le dije yo –Isabel dejó su plato de risotto.

–Estoy segura de que el sexo valdrá la pena –dijo Patience con expresión serena.

Isabel casi se levantó de un brinco.

–¿Qué? No nos hemos acostado.

–Pero vais a hacerlo.

No era una pregunta, pero Isabel la sopesó aun así.

–No sé –reconoció–. Nos hemos besado y ha sido excitante, pero...

Titubeó, sin saber cómo explicar su confusión respecto al tema del sexo. Una semana antes habría dicho «gracias, pero no». ¿Para qué molestarse? Pero después de aquel beso, no podía evitar preguntarse si lo demás sería igual de delicioso.

–Con Eric las cosas eran complicadas –dijo al fin.

–¿Te preocupa estar todavía enamorada de él? –preguntó Noelle.

–No exactamente –respiró hondo–. Éramos amigos más que otra cosa. Buenos amigos. Yo... Él... –¿qué demonios? Si no confiaba en aquellas mujeres, ¿en quién iba a confiar?–. Eric y yo rompimos porque se dio cuenta de que era gay.

Sus amigas la miraron con idéntica expresión de perplejidad. Se preparó para lo que iba a seguir: caras de compasión y un incómodo silencio. Y quizás algún reproche por no habérselo dicho antes. Pero Noelle le dio un abrazo y Charlie gruñó, enojada.

–¿Y no podría haber tenido esa revelación antes de la boda? –preguntó.

–Fue muy egoísta por su parte –añadió Patience–. Tuvo que hacerte mucho daño. Pero tú sabes que la culpa no es tuya, ¿verdad?

Felicia asintió con un gesto.

–Cada vez hay más evidencias científicas de que la inclinación sexual se determina mucho antes del nacimiento. En Gran Bretaña se hicieron algunos estudios fascinantes después de la Segunda Guerra Mundial. Estaba la teoría de que con el estrés de los bombardeos de Londres... –se aclaró la garganta–. Será mejor que dejemos ese tema para otro momento.

–Hubiera querido decíroslo antes... –comenzó a decir Isabel.

–No –dijo Noelle con firmeza–. No te disculpes. Es un palo, y hay cosas que una tiene que guardarse hasta que está lista para contárselo a los demás.

Hablaba con énfasis, lo cual hizo preguntarse a Isabel qué secretos guardaba Noelle. Pero como su amiga acababa de decir, se los contaría cuando estuviera preparada.

–Gracias a todas –les dijo–. Por escucharme y por ser mis amigas.

–No hay de qué –repuso Patience.

Felicia fue a agarrar una galleta. Pero Charlie la quitó de su alcance y la miró con enfado.

–Ni se te ocurra.

novio había ido a prisión mientras estaba en el último año de instituto. Después, la había esperado en
el cuento con algún compañero de trabajo... le
había parecido una tortura. Y al cabo de un tiempo
sus misiones amorosas habían hecho imposible
que mantuviera una relación de pareja. Pero todavía aguantaba, se renovó. Ahora era una mujer
normal, y eso un pueblo pequeño y ella comenzara
un amor por su hijo.

Echa ese momento un gran lavador blanco pas-
junto a Reese y se lanzó hacia sí a él. Cruzó todo la ola.
El suelo lo seguro del collar... le dijo que se sentara.
El perro obedeció.

Quieto un ocurrir tenemos toda esa energía

Consuelo aparcó delante de la casa de una plan-
ta, no muy lejos de la casa que compartía con Angel.
El tejado era nuevo y había un bonito jardín delante.
Apoyada en el porche delantero había una bicicleta.
De Reese, pensó.

Tomó la botella de vino que había llevado junto
con una bandejita de galletas que había comprado
en la pastelería. Mientras se acercaba a la puerta se
dijo que no había razón para estar nerviosa. Se había
visto en situaciones mucho más peligrosas. Nadie iba
a intentar matarla, y no había en juego secretos de Estado. Podía relajarse.

Pero era más fácil decirlo que hacerlo.

La puerta se abrió antes de que llamara al timbre.
Reese Hendrix le sonrió.

—Hola —dijo—. Por favor, dile a mi padre que necesito un cachorro.

Su sonrisa desenfadada la relajó. Era un buen chico y le gustaba tenerlo en clase. Pensaría en eso en vez
de pensar en su padre, se dijo. O en el hecho de que
no había tenido una cita desde los diecisiete años. Su

novio había ido a prisión mientras estaba en el último año de instituto. Después, la habían aceptado en el ejército. Salir con algún compañero de trabajo le había parecido una tontería. Y al cabo de un tiempo sus misiones encubiertas habían hecho imposible que mantuviera una relación de pareja. Pero todo eso era agua pasada, se recordó. Ahora era una mujer normal, vivía en un pueblo pequeño e iba a cenar con un amigo y su hijo.

En ese momento un gran labrador blanco pasó junto a Reese y se lanzó hacia ella moviendo la cola. Consuelo lo agarró del collar y le dijo que se sentara. El perro obedeció.

–¿Quieres un cachorro teniendo toda esta energía canina en casa?

Reese se había quedado pasmado.

–¡Hala! No suele obedecer a la gente tan fácilmente.

–Hay que mostrarse firme sin ponerse bruto –dijo ella.

Entró en la casa y dio las galletas a Reese. Estaban en un amplio cuarto de estar decorado en tonos neutros. Hasta el gran sofá modular era marrón. Fluffy se inclinó hacia Reese.

–¿No crees que necesita a alguien con quien jugar? –preguntó el chico mientras le acariciaba la cabeza.

–Te tiene a ti.

Reese sonrió.

–Esta noche vamos a comer filetes. Mi padre ha encendido la parrilla. Normalmente solo comemos hamburguesas, así que es algo especial.

–Ya estás revelando todos nuestros secretos.

Consuelo se volvió hacia el lugar de donde procedía aquella voz. Vio a Kent acercarse a ella. Llevaba vaqueros y una camisa azul clara de manga larga. Se había subido las mangas hasta los codos, lo cual no era gran cosa, pero le daba un aire muy sexy.

Consuelo paseó la mirada por la habitación como si no supiera dónde colocarse. Sentía una especie de hormigueo en los dedos y una inquietud en el pecho. Le encantaría salir a correr, se dijo, aunque sabía que debía contener sus ganas de hacerlo. No solo porque era lo más educado, sino porque en el fondo le apetecía quedarse.

—Papá, no pasa nada porque la gente sepa que no comemos filetes muy a menudo —repuso Reese. Le tendió la bandejita de galletas—. Mira lo que ha traído Consuelo.

—Mis favoritas —dijo Kent sin apartar la mirada de su cara.

—Pero si no sabes de qué son —comentó su hijo.

Kent sonrió.

—Ya lo sé.

Consuelo sintió que se sonrojaba, lo cual no le sucedía desde hacía una década.

—Gracias por invitarme —dijo con la boca seca—. He traído vino.

—Gracias —contestó Kent—. Ven, voy a abrir la botella.

Lo siguió a una cocina espaciosa y moderna. Había numerosos armarios y las encimeras eran de granito. Reese miró la parrilla del patio y luego miró a su padre.

—¿Puedo ir a jugar en el ordenador hasta que sea la hora de hacer los filetes? —preguntó.

—Claro. Te llamaré cuando esté todo listo.

Reese sonrió a Consuelo.

—Porque esta noche yo me encargo de los filetes.

—Un hombre que cocina —comentó ella—. Impresionante.

Reese se fue por el pasillo seguido por Fluffy.

-Yo voy a supervisarle -reconoció Kent cuando su hijo hubo desaparecido-. Pero este verano le estoy enseñando a usar la parrilla y se le da muy bien.

-Mejor que a tu hermano -comentó ella-. Ford cocina fatal. Cuando nos mudamos aquí, Angel y él hicieron una apuesta. Perdió Ford y tuvo que hacer la cena, se suponía que un mes entero, pero lo que hacía estaba tan malo que pasados dos días le dije que no aguantaba más.

Kent se acercó a un cajón y sacó el sacacorchos.

-¿Vivías con Ford?

-Sí. Se fue porque Angel y él no paraban de competir. Se pasaban el día peleándose, y empezó a ser peligroso para el mobiliario.

Kent le lanzó una mirada.

-¿Ahora vives con Angel?

Consuelo tardó un segundo en comprender lo que implicaba la pregunta.

-Es un compañero de trabajo. Somos amigos. No es la primera vez que compartimos casa.

-¿Nunca habéis salido juntos? -preguntó Kent en tono despreocupado, como si la respuesta no le importara. Consuelo quería creer que sí le importaba, aunque no estaba segura.

Tomó la copa de vino que él le ofrecía.

-Si lo que de verdad quieres preguntar es si alguna vez me he acostado con él, la respuesta es no. Como te decía, somos amigos. Angel perdió a su mujer y a su hijo hace un par de años. Un accidente de coche durante una tormenta. Lo ha pasado muy mal. Yo ya lo conocía antes del accidente, y Marie me caía muy bien. Y aunque no la hubiera conocido, Angel no es para mí. No quiero un tío de mi gremio. No es como en las películas. Las cosas que hemos hecho juntos no son nada románticas, te lo aseguro.

Kent se fingió desilusionado.

–No me digas que las películas de acción no se basan en la realidad, porque Reese y yo nos llevaríamos un chasco.

–¿Veis muchas?

–Soy padre soltero de un chico de trece años. Algunos días, las películas de acción son lo único que tenemos en común.

–A mí me gustan si son buenas. Aunque en la mayoría las peleas son un desastre y eso me molesta.

–¿Como ser médico y ver una serie sobre hospitales? –preguntó él.

–Igual.

Kent esbozó una sonrisa irónica.

–No hay muchas películas sobre profesores de Matemáticas, así que soy un público fácil.

–No saben lo que se pierden. Apuesto a que la mitad de tus alumnas están coladas por ti.

Kent meneó la cabeza.

–Qué va. He cultivado una actitud completamente asexual en clase. La mayoría de mis alumnas se sorprenden cuando se enteran de que tengo un hijo. Hasta ha habido algunas que me han preguntado si Reese es adoptado. Soy su profesor de Matemáticas, no un hombre. Y yo lo prefiero así.

Una actitud que me parece muy respetable, pensó Consuelo con acritud. ¿Por qué sería que Kent le parecía cada vez más perfecto?

–¿Qué pasa? –preguntó él.

Lo miró. Él dejó la copa de vino y se acercó a ella.

–Tienes otra vez esa mirada. Como si estuvieras pensando en huir.

–Perdona –murmuró–. Quizás ayudaría que me hicieras una lista de tus defectos.

–No entiendo. ¿Por qué quieres saber mis defectos?

–Para equilibrar las cosas.

Kent se quedó mirándola.

–Es broma, ¿verdad? Si alguien necesita equilibrar las cosas, soy yo.

–¿Por qué? Eres listo y te van bien las cosas. Eres responsable, guapo y muy amable –levantó una mano–. Sé que no te gusta lo de «amable», pero a mí me parece bien. ¿Sabes dónde vives?

Él asintió lentamente.

–Tengo claras mis señas. De momento no muestro ningún síntoma de demencia. ¿Es que te pone la pérdida de memoria?

Ella dejó escapar una risa estrangulada.

–No. Quiero decir que... Mira en el pueblo en el que vives. Tu casa. Es todo tan normal...

–¿Tu casa no es normal? ¿Angel y tú habéis clavado los muebles al techo?

–Es la primera vez que vivo en una casa. Nunca había tenido un jardín delantero, ni un jardín trasero, ni un buzón junto a la acera. Nunca había vivido en una urbanización. Y aquí me saluda hasta la gente que no conozco.

–¿Tú les devuelves el saludo? Es lo que se espera. Porque pegarles un tiro o darles una paliza está muy mal visto –se acercó a ella mientras hablaba.

Consuelo tuvo que levantar un poco la cabeza para poder mirarlo a los ojos.

–No me estás tomando en serio –se quejó.

–Sí. Entiendo que todo esto te resulta extraño, y valoro mucho que estés intentando integrarte. Me encanta que por tu pasado tengas una percepción desproporcionada de mi atractivo y confío en que nunca corrijas esa opinión.

Consuelo se sintió un poco atrapada por su cuerpo. Atrapada en el buen sentido. Porque sería muy fácil liberarse. Pero no quería hacerlo. A pesar de lo asustada que estaba, quería estar allí, con Kent cada vez más cerca.

Dejó su vino sobre la encimera y luego descubrió que no sabía qué hacer con las manos. Comenzó a esconderlas detrás de la espalda, pero eso la hizo sentirse vulnerable. Luego se retorció los dedos. Se sentía cada vez más incómoda y sabía que estaba solo a un paso de ponerse furiosa.

Pero antes de que llegara a ese punto, Kent la tomó de las manos.

–¿Estás bien? –preguntó.

–No estoy segura.

–Una mujer que dice la verdad. Eso es nuevo.

Ella sonrió. Le gustaba su tenue olor a jabón y a hombre. Era alto y ancho, sin ser excesivamente musculoso. Deseó averiguar cómo se comportaban los hombres normales en una cita. Le apetecía escuchar a Kent hablar casi de cualquier cosa. Quería apretarse contra él y, por primera vez desde que tenía uso de razón, deseó sentir que alguien cuidaba de ella.

–¿Criticar a las mujeres te parece una estrategia inteligente?

–Cuando estoy contigo no puedo pensar, y mucho menos ser inteligente –reconoció él–. Eso lo tengo aceptado. Igual que el hecho de que podrías aplastarme la tráquea de un golpe.

Consuelo bajó la mirada hacia su garganta.

–No es un modo muy eficaz de matar, pero sí, podría.

–Supongo que eso significa que corro peligro de muerte si hago esto... –bajó las manos de Consuelo y las colocó tras él. Cuando los dedos de ella tocaron su espalda, los soltó y puso las manos en su cintura. Luego agachó la cabeza y la besó.

Su boca era ligera y tersa, y suave como el roce del ala de una mariposa. No la apretó contra sí, ni la estrujó. Había espacio entre ellos. Demasiado espacio.

Aquello era lo que quería, se dijo Consuelo. Un hombre amable que respetaba a las mujeres. Un hombre que tomaba solamente lo que se le ofrecía y que pararía si ella se lo pedía. Un hombre que jamás la haría sentirse sucia, ni asustada.

Kent se retiró y la miró con preocupación.

–¿Estás bien?

Apretó los labios y asintió con la cabeza.

–No estaba preparada.

Kent se puso rígido y dio un paso atrás.

–Perdona, pensaba que...

Consuelo vio las emociones que cruzaban como fogonazos sus ojos oscuros. Horror y vergüenza eran las dominantes. Había también otras, y cada una de ellas hizo que lo deseara más.

–No –dijo, agarrándolo del brazo antes de que pudiera decir nada más–. Quería que me besaras. No estaba lista para lo que he sentido –sonrió–. Me ha gustado el beso.

Él se relajó un poco, pero no se acercó. Consuelo agarró la pechera de su camisa y tiró de él. Kent no se movió. Naturalmente, podría haberlo obligado a hacer cualquiera cosa que quisiera, pero no parecía el mejor modo de comenzar su primera cita oficial.

Lo soltó y suspiró.

–Es un asco ser bajita. ¿Podrías, por favor, inclinarte y besarme otra vez?

Él esbozó una sonrisa.

–¿No vas a amenazarme con emplear la violencia?

–Me gustaría, pero me he dicho a mí misma que sería un error. Como es nuestra primera cita...

–Me siento impresionado por tu autocontrol. Impresionado y aliviado –volvió a ponerse serio–. ¿Estás segura?

–Sí. Mucho. Bésame, por favor.

Kent se inclinó hacia ella.

–Me encanta cuando las mujeres suplican.

Consuelo se rio mientras la rodeaba con sus brazos. Luego comenzaron a tocarse por todas partes y de pronto la situación dejó de ser cómica. A Consuelo le gustaba cómo la abrazaba, como si no quisiera soltarla nunca. Su cuerpo era cálido y fuerte. Sólido, pensó dejando que se cerraran sus párpados. Perfecto.

Kent pegó su boca a la de ella. Esta vez aplicó más presión. Hubo un asomo de deseo. Seguía dominando la ternura, pero Consuelo sintió el potencial de lo que podía haber entre ellos.

Kent no intentó que se besaran con la boca abierta y se apartó antes que ella. Pero siguió abrazándola. Con una mano le acarició ligeramente el pelo.

–Gracias por venir a cenar –murmuró.

Consuelo se inclinó contra él.

–Gracias por invitarme.

–No hay por qué darlas.

Ella se relajó y sintió que sus defensas empezaban a derrumbarse. Tal vez no entendiera cómo hacer lo que estaban haciendo, pero con Kent para guiarla, sabía que encontraría el camino.

–Así que en la parte de atrás de la camioneta de Billy, ¿eh? –preguntó Ford.

Isabel acababa de lamer su helado de cucurucho. Se obligó a tragar.

–¿Cómo dices?

Él le guiñó un ojo.

–Tu primera vez. Fue con Billy, ¿no?

Ella miró a su alrededor. Estaban en la calle, una soleada tarde de sábado. Esa mañana había refrescado, pero por la tarde habían subido las temperaturas. La gente se agolpaba en las aceras como si de pronto todos se hubieran percatado de que las hojas estaban cambiando de color y quedaba poco verano.

—No vamos a hablar de eso aquí, donde podría oírnos cualquiera —le dijo.

—O sea, que el problema es que nos oigan, no el tema de conversación.

—Principalmente, aunque no sé si quiero hablar contigo de mi primera vez.

—Demasiado tarde —contestó él triunfante—. Me lo contaste todo en tus cartas.

—Eres de lo más exasperante.

—Qué va. Te encanta estar conmigo. Soy divertido y estoy buenísimo.

Isabel refrenó una sonrisa.

—La verdad es que lo que más me gusta de ti es tu humildad. Eres tan poco consciente de tus encantos...

Ford le dio un empujoncito con el hombro.

—Mis defectos me hacen humano.

Ella lamió su helado.

—Entonces eres una de las personas con más humanidad que conozco. ¿Qué te ha hecho pensar en Billy?

Ford señaló con el dedo. Isabel se volvió y vio a una pareja joven que estaba dándose el lote en una camioneta. Parecían ser chicos de instituto.

—Si les pilla alguno de sus padres, van a tener que dar muchas explicaciones —comentó Isabel al volverse hacia él.

—¿Fue así? —preguntó Ford.

—No sé. No fue nada planeado. Él había estado haciendo surf y yo fui a la playa. Estaba oscuro y una cosa llevó a la otra .

Ford se rio.

—No fue espontáneo.

—¿Cómo lo sabes?

—Es un tío. Tú eras una jovencita preciosa que estaba loca por él. Créeme, Billy lo tenía planeado desde hacía semanas.

—¿Tú crees? Nunca me dijo nada.

—¿Qué iba a decirte? «Voy a hacer todo lo posible por meterme en tus bragas a toda velocidad?».

—Eso no es muy romántico.

—Lo que yo digo.

Isabel se dijo que no debía dar mucha importancia a lo de «una jovencita preciosa». Ford estaba hablando en general. Como si todas las adolescentes fueran atractivas en virtud de su juventud y su vitalidad.

—Ojalá me hubiera saltado esa carta —comentó—. No puedo creer que entrara en detalles —hizo una pausa—. Porque entré en detalles, ¿verdad?

—Lo viví en tiempo real.

—Deberías haberme contestado. Así habríamos tenido una correspondencia de verdad.

—Me gustaba ser tu diario —se acabó su helado y tiró la servilleta a una papelera—. Me mandaste una carta muy detallada sobre el nacimiento del primer hijo de Maeve, y luego otra diciéndome que no la leyera.

—Temía hacerte sufrir.

—Para entonces ya lo tenía muy superado.

Isabel tiró el resto de su helado y se limpió las manos.

—Lo habría sabido si me hubieras contestado.

Él le rodeó los hombros con el brazo.

—Eso es imposible.

—Obviamente, teniendo en cuenta que has dejado el ejército y estás aquí.

–Aun así podrías escribirme si quisieras.

–¿Para qué?

–Por entretenerme, nada más.

–Gracias, pero no.

Nunca le había gustado mucho pasear con el brazo de un hombre alrededor de los hombros. Eric no era lo bastante alto, así que casi siempre se daban la mano o caminaban el uno junto al otro. Estaba pegada a Ford y se rozaban y chocaban constantemente. Aquello le hizo pensar en el beso que Ford no se había molestado en repetir. Lo cual era típico de un hombre.

¿Por qué no la besaba? ¿No quería hacerlo, o pensaba que era inapropiado? Isabel comprendía ahora que debería haberle pedido una lista detallada de los derechos y obligaciones de una novia de mentirijillas.

–La semana próxima viene al pueblo un empresario –comentó Ford–. Estamos a punto de cerrar un trato con él.

Isabel asintió y esperó, sin saber por qué le contaba aquello.

–Va a traer a su mujer.

–Es una pena que se hayan perdido el Festival del Fin de Verano. No hay otro festival hasta el de Otoño, dentro de dos semanas. ¿Van a quedarse tanto?

–No. Solo se quedarán una noche. He pensado que podíamos ir a cenar los cuatro.

Isabel se quitó su brazo de encima y lo miró.

–¿A cenar? ¿Con tus clientes?

–Eres mi novia. ¿A quién voy a llevar si no?

–¿Por qué no vas solo? –miró a su alrededor y bajó la voz–. Nosotros solo tenemos que fingir delante de tu madre.

–Y del pueblo.

–No quiero pensar en eso.

Se habían parado junto al parque, donde todo estaba tranquilo. Al otro lado de la calle, los turistas entraban y salían de Brew-haha. Isabel pensó que Noelle también estaría teniendo muchos clientes en la tienda.

–Vamos –dijo Ford con suavidad–. Una cena agradable con gente agradable. Será divertido.

A Isabel no le preocupaba que no fuera divertido. Era muy fácil estar con Ford. Sabía cuándo bromear y cuándo ponerse serio. Se llevaban bien. Era solo que...

Miró su boca. Era como los besos, pensó. Quería saber a qué atenerse.

–Claro –le dijo–. Pero a cambio tú tienes que ir a una liquidación de muebles conmigo.

Ford levantó las manos en un gesto de horror y dio un paso atrás.

–¿A una liquidación? Pero yo no soy una mujer.

Isabel no dijo nada. Esperó. Él bajó las manos.

–Eso es jugar sucio.

–Es lo que hay. O lo tomas o lo dejas.

Ford dio un zapatazo en la acera como si tuviera ocho años.

–Está bien –refunfuñó–. Iré a una liquidación de muebles contigo si tú vienes a la cena con mi cliente.

Isabel le dio el brazo.

–¿Ha sido tan difícil?

–Preguntámelo después de la liquidación.

Ford empujó el cortacésped hacia la acera y dio media vuelta para seguir segando. Hacía una tarde cálida y soleada, pero las hojas habían empezado a cambiar de color. Dentro de unas semanas, Isabel tendría que quitar los aspersores para que no se helaran durante el invierno.

Un Prius azul aparcó en el camino de entrada y de él salió Isabel. Llevaba pantalones negros y una blusa azul a juego con sus ojos. Se había rizado las puntas del pelo y se había puesto maquillaje. Siempre iba así a trabajar.

–¡Hola! –gritó Ford, y paró el cortacésped–. ¿Has vendido algún vestido hoy?

Isabel caminó hacia él.

–¿Qué estás haciendo?

–¿Nunca has visto un cortacésped?

Ella puso cara de fastidio.

–Claro que sí. ¿Por qué me estás segando el césped?

–Estamos saliendo. Los novios hacen ese tipo de cosas –señaló los sacos que había amontonado junto a la puerta del garaje–. Luego voy a abonarlo un poco. Darle un último empujón antes de que empiece el frío.

–Gracias –dijo ella–. Eres muy amable y no tenías por qué hacerlo.

–No puedo evitarlo. Soy un buen chico. Un buen chico que no debería tener que ir a una liquidación de muebles.

–Lo siento –le dijo–. Un trato es un trato –echó a andar hacia la casa–. Vuelve al trabajo.

Ford sonrió y volvió a encender el cortacésped.

Tras dar las últimas pasadas, vació desechos en el cubo de la basura del jardín y guardó el cortacésped. Esa semana lo llevaría a la ferretería del pueblo para que lo limpiaran y afilaran las cuchillas.

Sacó el fumigador portátil, echó en él el fertilizante orgánico y comenzó a recorrer el césped. Se encargó primero del jardín de delante y luego se fue al de atrás. Cuando acabó, estaba sudando y tenía calor. Estaba a punto de llevar el aspersor al garaje cuando Isabel apareció en el porche de atrás.

Se había puesto unos vaqueros y una camiseta.

Estaba descalza. Tenía dos cervezas en una mano y un plato de patatas fritas con salsa en la otra. Ford se reunió con ella en el patio.

—Justo lo que necesitaba —comentó al tomar una de las cervezas.

—Es lo menos que puedo hacer —le dijo, y se dirigió a la casa—. Enseguida vuelvo.

Regresó con un cuenco de frijoles en salsa para mojar.

—Ten cuidado. Pican.

—Me gusta el picante.

Se sentaron en la mesa bajo el toldo. Una brisa fresca hizo cosquillas a Ford en la nuca.

Por eso había vuelto a casa, se dijo mientras daba un trago a la cerveza. Para trabajar en el jardín, para comer frijoles en salsa y tener una mujer bonita. Tal vez no en ese orden.

—¿Por qué sonríes? —preguntó Isabel al tomar una patata.

—Puede que sea por la compañía.

Ella se rio.

—Puede que tengas mucha labia.

—¿No crees que eres buena compañía?

—Creo que soy una compañía estupenda, pero no creo que eso sea razón para sonreír como estabas sonriendo.

—Entonces es que no me conoces —señaló el jardín—. Este es uno de los diez mejores momentos de mi vida.

Isabel se recostó en su silla y sonrió.

—¿Por qué tengo la sensación de que la lista de los mejores momentos de tu vida se compone de más de diez?

—Uno debería tener un momento diez todos los días.

La camiseta de Isabel era vieja; sus vaqueros, gastados. Se había quitado el maquillaje y cepillado el pelo. Aquel aspecto desenfadado le sentaba tan bien como el otro. Era una mujer preciosa, de rasgos bonitos y sonrisa fácil.

Pero suponía que lo que más le gustaba de Isabel era lo bien que la conocía. Como habían dicho en broma ese fin de semana, la había visto crecer. Conocía su carácter. Isabel le había abierto su corazón. Le había confesado cosas por escrito que nunca le habría dicho en persona, y al hacerlo le había desvelado su verdadero yo.

Era buena hasta la médula. Tenía defectos, claro, pero era una persona honrada y cariñosa. Generosa y entregada. Él había afrontado tantas situaciones desesperadas y había sobrevivido tantas veces a duras penas... Había conocido la muerte y había resultado herido, y, a veces, al mirar el cañón de su rifle, se había preguntado por qué tenía que matar a otra persona.

Pero lo había hecho de todos modos, y al final la cartas de Isabel, con sus divagaciones y su conversación fácil, le habían salvado del abismo.

–Hoy ha venido Lauren a comprar el vestido –comentó ella.

–Qué bien. Va a ser una novia preciosa.

–Sí. Me alegro mucho por ella.

–Debe de ser agradable formar parte de eso. De la boda de otra persona. Siempre formarás parte de ese recuerdo.

–Eso espero –reconoció ella–. Mi abuela siempre me decía que no se trata de hacer una venta, sino de encontrar el vestido adecuado. A más de una novia la mandó a otra tienda porque ninguno de los vestidos que tenía le sentaba bien. Es un negocio interesante.

–Vas a echarlo de menos cuando te vayas.

–Puede que un poco –tomó su cerveza–. Te conté lo de esa ropa que trajo Dellina, ¿verdad?

–Sí. Has puesto maniquíes sin cabeza en el escaparate y todo el mundo habla de ello.

Isabel se rio.

–Nadie habla de ello.

–¿Cómo lo sabes?

–Lo sé. El caso es que lo he vendido todo y Dellina va a traerme más. Vamos a subir un poco los precios, a ver qué pasa. Supongo que es una buena práctica, para cuando abra el negocio con Sonia.

Ford posó la mirada en su cabello rubio. Le gustaba cómo reflejaba la luz. No estaba muy bronceada, pero aun así se preguntó dónde estaría menos morena que en el cuello o los brazos. Y enseguida se la imaginó desnuda y a él explorando su cuerpo.

¿En su cama o en la de ella? Se sentiría cómodo en cualquiera de las dos. Naturalmente, estaba sudoroso. Primero tendría que asearse. O podían darse una ducha juntos.

–No me estás escuchando –se quejó ella.

Ford la miró a los ojos.

–Tienes razón.

–¿En qué estabas pensando?

Bebió un sorbo de cerveza.

–Más vale que no lo sepas.

Ella se removió en su asiento.

–No sé si creerte o no.

–Yo jamás te mentiré.

–Vaya. Menuda afirmación. Bueno, ¿en qué estabas pensando?

–En que necesito darme una ducha y tú podrías acompañarme.

Se puso colorada y apartó los ojos.

–No estabas pensando eso.

–Claro que sí. ¿Quieres detalles?

Volvió a mirarlo.

–Otra cosa que no sé si debo preguntar.

Ford dejó su cerveza en la mesa y se levantó lentamente. Para haber estado varios años casada, Isabel era sorprendentemente ingenua en lo tocante a la forma de pensar de los hombres. Ford supuso que se debía a que su ex era gay. Dudaba de que Eric pensara de manera muy distinta, solo que el objeto de su interés debía de ser otro.

Rodeó la mesa y la hizo levantarse.

–Nunca dudes –le dijo justo antes de besarla.

Isabel se acordaba de la última vez que Ford la besó. La pasión había ido creciendo poco a poco, pillándola desprevenida y haciéndole difícil entender lo que sucedía. Esta vez no fue ese el problema. Su cuerpo comprendió lo que iba a suceder y al parecer lo aceptó de buena gana. Sus terminaciones nerviosas comenzaron a zumbar, expectantes, incluso antes de que su boca se posara sobre la suya.

Ford se apoderó de sus labios con una mezcla de ardor y pasión. Cerró los ojos y se concentró en sentir sus manos enmarcando suavemente su cara. Apoyó los dedos sobre sus hombros.

Era fuerte, pensó distraídamente. Fuerte, poderoso y muy masculino.

Sus bocas se rozaron una vez, dos, antes de que Isabel abriera los labios. «Bésame más», pensó, un poco sorprendida por su reacción. Él obedeció y deslizó la lengua dentro.

El cuerpo de Isabel cobró vida al primer contacto de su lengua. Una oleada de calor se extendió por todo él a partir de su vientre. Comenzó a sentir los pechos pesados y tirantes. Notó que tenía los pezones crispados.

Lo besó, moviendo la lengua contra la suya. Aquella ansia era por sí sola un placer. El deseo era como un mordisco seguido de un beso. Ligeramente incómodo, pero al final agradable.

Se apoyó contra él. Quería sentir los pechos aplastados contra su duro torso. Pero no así, pensó mientras acariciaba su espalda. No habiendo tantas capas de ropa entre ellos. Quería que estuvieran piel con piel. Quería que la tocara y la lamiera y...

De pronto se retiró, atónita por lo que estaba pasando. Estaba en el porche trasero de su casa, aturdida, jadeando y ansiosa por quitarse la camiseta y el sujetador para que Ford le acariciara los pechos. Y no solo con las manos. También con la boca. Y no solo los pechos.

Intentó recuperar el aliento. ¿Qué estaba pasando? Aquello no era propio de ella.

—¿Estás bien? —preguntó él con una sonrisa.

Asintió con la cabeza.

—Estoy... aturdida.

—Es el efecto que causo sobre las mujeres. Os embarga el deseo. Debería haberte advertido.

Habría tenido gracia si no fuera verdad.

La sonrisa de Ford se desvaneció.

—En serio, Isabel, ¿estás bien?

—Sí. Es solo que besarte a ti es distinto.

—¿Es por los colmillos? No a todo el mundo le ponen.

Ella logró reírse. Ford la apretó contra sí y besó suavemente la punta de su nariz.

—¿No es como con Eric?

—Ni como con Billy. Ni como las hordas anónimas que vinieron después.

–¿Hordas enteras?

–Bueno, estuve con otro tío. Con dos, quizá. Y no fue muy impresionante.

Ford la miró a los ojos.

–Entonces ¿es la pasión lo que te pone nerviosa?

–Supongo. Me gusta lo que siento, pero me resulta muy extraño.

Él torció la boca.

–Vaya, qué pena. Ahora ya no puedo aprovecharme de ti.

–¿Es que pensabas hacerlo?

–Me había hecho ilusiones.

Isabel respiró hondo y puso la palma de la mano sobre su pecho. Lo miró a los ojos y murmuró:

–Puede que la próxima vez.

Ahora fue él quien contuvo la respiración.

–Solo tienes que decirlo.

10

Consuelo vio a sus alumnos entrar en el gimnasio. Los chicos, de trece años, estaban en un momento difícil. Algunos eran altos y desgarbados, mientras que otros todavía no habían dado el estirón de la pubertad. Reese y Carter entraron juntos, como siempre. Reese vivía desde hacía tiempo en el pueblo por su padre, pero Carter solo llevaba un par de meses en Fool's Gold. Su madre había muerto y él había ido a buscar a su padre, Gideon, quien hasta ese momento había ignorado que tenía un hijo. Después de un par de tropiezos, habían empezado a entenderse. Y con Felicia como aglutinadora de su nueva relación, habían formado una familia.

Carter cruzó la sala y se detuvo delante de ella.

—Has tenido una cita —dijo con un deje de reproche.

Consuelo dijo que sí lentamente con la cabeza.

—Sí —no iba a disculparse. Carter le había declarado amor eterno, lo cual era muy tierno por su parte, pero poco realista.

—No vas a esperarme, ¿verdad? —preguntó el chico

con un suspiro–. ¿Ni aunque vaya a cumplir dieciocho dentro de cinco años?

–Soy demasiado mayor para ti. Pero conocerás a
otras mujeres.

–No será lo mismo.

Ella refrenó una sonrisa.

–Lo sé, y tendré que asumirlo.

Reese se acercó y puso cara de fastidio.

–Tienes que olvidarlo, chaval.

–Y eso voy a hacer. En el instituto hay algunas chicas monísimas.

–¿Lo ves? –dijo Consuelo–. Ya te estás recuperando.

–Pero si alguna vez cambias de idea... –repuso Carter.

–Serás el primero en saberlo.

Reese meneó la cabeza.

–Qué tonterías dices –comentó, y bajó la voz–. Mi
padre me ha dicho que te diera las gracias por venir
a cenar la otra noche –se encogió de hombros–. A mí
también me gustó, aunque no le dijeras que me compre un cachorro.

–No quería meterme en eso.

–Pero tú podrías convencerlo si lo intentaras.

Consuelo pensó un momento en el tierno beso
que la había hecho temblar hasta la médula.

–Sobrestimas mis poderes.

–Yo creo que no. Mi padre piensa que estás como
un tren.

Ella levantó las cejas.

–Eso puede conducirnos a una conversación muy
violenta. ¿Estás seguro de que quieres tenerla?

–Seguramente no. Pero cuando está contigo se le
ve más contento. Me alegro de que esté saliendo con
alguien. ¿Sabes cocinar?

–Un poco –contestó con cautela–. Entonces ¿solo
te interesa esto por las comidas?

Reese sonrió.

–Lo primero es lo primero.

–Ya veo –miró el reloj–. Ve a ponerte en la fila. Vamos a empezar.

Reese se dirigió al fondo del gimnasio, donde esperaban los demás alumnos. Consuelo caminó hacia ellos. Por un instante se permitió pensar que todo era posible. Que su cita con Kent podía conducir a algo especial. Que él podía ver más allá de su cara bonita, intuir como era de verdad y quererla aun así.

–No estoy segura de tener cuerpo para ponerme esto –dijo Isabel mientras se movía de un lado a otro, frente al semicírculo de espejos de la tienda–. Necesito una faja.

Madeline entró a toda prisa en la trastienda y regresó con una faja que iba desde los pechos a medio muslo.

–Aquí tienes. Pero, la verdad, no creo que la necesites.

Isabel se rio.

–Y tú te mereces un aumento de sueldo –bajó la cremallera del vestido y lo dejó caer al suelo, luego se puso la faja y comenzó el arduo proceso de colocársela. Madeline se subió a la plataforma elevada y la ayudó tirando de aquí y de allá.

Tres minutos después, Isabel apenas podía respirar, pero todas sus curvas eran como debían ser y los michelines habían sido convenientemente aplastados. Madeline tomó la muestra que había llevado Dellina esa mañana.

Era un vestido de seda con corpiño de pedrería. Su corte hacía que sus piernas parecieran más largas y su cintura más estrecha. El color parecía morado con

una luz y azul con otra. Las mangas largas eran enga-
ñosamente recatadas. Aunque llegaban a las muñecas, tenían una raja del hombro al puño, de manera
que enseñaba los brazos al moverse.

–¿Y los zapatos? –preguntó Madeline.

–Tengo unos de color *nude* ridículamente altos –
contestó Isabel–. Quedarán perfectos –abrochó el cor-
chete lateral y se miró al espejo.

–Estás fantástica –dijo Madeline–. Tienes que comprarte ese vestido, en serio.

–Me queda bien –repuso Isabel–. Me quedaría mejor si perdiera cinco kilos, pero de momento me con-
formaré con no poder respirar.

–¿Comer sí puedes? Porque vas a ir a cenar, ¿no?

–Eso no tiene importancia –dijo Isabel con un ademán, quitando importancia al asunto.

Aquel vestido tenía la ventaja de ser al mismo
tiempo discreto y lo bastante sexy para que Ford se
fijara en ella. Al menos, ese era el plan. Después de su
último beso, confiaba en dejarlo un poco noqueado.

–Te irá bien una sombra de ojos gris –dijo Madeline con firmeza–. Y unos pendientes bonitos.

–Puedo tomar prestados un par de mi madre –Isabel se recogió el pelo hacia arriba–. ¿Suelto o recogido?

Madeline sonrió.

–Vas a ir al hotel. Recogido, sin duda.

–Tendré que pasarme una hora más arreglándome.

–Valdrá la pena –auguró Madeline.

Ford entró por la puerta de atrás.

–¡Soy yo! –dijo al entrar en la cocina de Isabel–.
Tienes que pensar en echar la llave.

–Entonces, ¿cómo entrarías?

Su voz procedía del fondo del pasillo.

–Puedo forzar la cerradura. Estaba pensando en que impidieras la entrada de otras personas –fue a salir de la cocina, pero se detuvo–. ¿Vas a hacer una entrada estelar? ¿Quieres que espere aquí?

–Dímelo tú.

Apareció en la puerta. Llevaba un vestido azul y se había recogido el pelo. Una descripción muy simple que no hacía justicia a su belleza, enfundada en un tejido sedoso que se ceñía a todas sus curvas.

Sus largos pendientes condujeron la mirada de Ford hacia el escote en forma de pico del vestido. Se veía suficiente canalillo para captar su atención. Con aquellos tacones de ocho centímetros le llegaba casi al nivel de los ojos, y a él solo se le ocurrió besarla y, acto seguido, desnudarla.

–Llevas traje –comentó ella, acercándosele–. Estás muy bien.

–Tú estás mejor. Caray.

Ella sonrió.

–«Caray» me sirve. Muchos hombres subestiman el poder del «caray».

–Yo no. Nunca. Te lo juro.

Isabel dio una vuelta.

–Entonces ¿te gusta? Es muy formal, pero también muy de Fool's Gold. No estaba del todo segura.

–Yo sí.

Ella sonrió y se acercó para ajustarle la corbata. Olía a flores y a vainilla.

–¿Mejor o peor que con el uniforme de paseo de la Marina? –preguntó.

–Más o menos igual. Solo que con traje oscuro uno corre menos riesgos si se mancha por alguna razón.

Isabel se rio. Su dulce risa fue para Ford como una patada en el estómago. O quizá más abajo. ¿Cómo iba a pensar en los negocios con Isabel a su lado toda la noche?

–Me estás volviendo loco –se quejó.

–Yo no estoy haciendo nada.

–Entonces que Dios se apiade de mí si empiezas a intentarlo.

El hotel y estación de esquí Gold Rush estaba en las montañas, por encima de Fool's Gold. Tenía vistas magníficas y habitaciones de lujo. En invierno se llenaba de esquiadores y aficionados al *snowboard*. La primavera y el verano eran época de bodas. En otoño había una mezcolanza de seminarios y retiros.

–Este es el sitio más elegante al que iba de pequeña con mi familia –le contó Isabel a Ford cuando llegaron–. Solo era para ocasiones especiales. Fiestas de graduación, y las bodas de plata de mis padres.

–Mis clientes van a alojarse aquí un par de noches.

–Entonces quedarán impresionados –vio que el aparcacoches miraba extrañado el Jeep–. Mira, está asustado.

–No está asustado. Mi Jeep es un clásico.

–Entonces deberías tratarlo con el respeto que merece. En serio, tienes que empezar a pensar en pintarlo. Al menos, quítale las llamas.

–Las llamas son lo mejor.

Pararon junto al aparcacoches.

–Gracias –murmuró Isabel cuando le abrió la puerta. Se bajó con mucho cuidado del Jeep, y consiguió pisar tierra sin enseñar sus prendas íntimas a nadie.

Mientras caminaban hacia la entrada, Ford le puso la mano sobre los riñones. Le gustó sentir la cálida presión de sus dedos, a pesar de la gruesa capa de lycra que se interponía entre la piel de ambos. Una vez dentro, Ford le indicó el bar.

–Hemos quedado ahí.

Ella titubeó.

–Estoy un poco nerviosa.

–No es culpa tuya ser la mujer más hermosa del local.

Aquel cumplido inesperado la hizo romper a reír. Sabía que estaba bastante guapa cuando se arreglaba y podía considerarse cómodamente por encima de la media, pero ¿la mujer más hermosa del local? Ni en sueños. Ford entornó los párpados.

–Se supone que no tienes que reírte.

–Entonces deja de contar chistes –le dio el brazo–. Adelante, falso novio.

–Sigues riéndote.

–Intentaré parar.

–¡Ford!

Se volvieron y vieron que una pareja de treinta y tantos años caminaba hacia ellos. Él medía casi un metro noventa y ella le llegaba a los hombros. Tenían los dos el cabello oscuro. La mujer estaba visiblemente embarazada.

–Clyde –Ford se acercó y le tendió la mano. Luego se volvió hacia la mujer–. Tú debes de ser Linda. Encantado de conocerte.

–Lo mismo digo –dijo Linda con una bonita sonrisa.

–Esta es Isabel.

Se estrecharon las manos.

–A riesgo de afirmar lo obvio –comentó Clyde, rodeando a su esposa con el brazo–, creo que es mejor que nos saltemos el bar y pasemos directamente a la cena.

Isabel asintió y Ford estuvo de acuerdo. Se dirigieron al restaurante, en el ala oeste del hotel.

Linda se acercó a Isabel.

–Me encanta este pueblo –comentó–. Es adorable. Clyde me estaba diciendo que hay festivales casi todos los fines de semana.

–Nos gustan las fiestas.

–Entonces ¿tú eres de aquí?

–Nacida y criada aquí, sí. Aunque he pasado los últimos seis años en Nueva York.

–Pero has vuelto –Linda pareció encantada–. Nosotros vivimos en Phoenix y no se parece nada a esto. Para empezar, en verano el calor es brutal. Además, no hay árboles. Aquí todo es tan verde...

–Espera a que caiga la niebla y te caracolee el pelo –repuso Isabel con desenfado–. Esto es casi el paraíso terrenal, pero Phoenix también tiene su encanto.

Linda se rio. Ford dio su nombre a la encargada del restaurante, que les condujo a una mesa junto a las ventanas. Desde allí se veía casi todo el pueblo y, más abajo, el valle.

–¿Eso son viñedos? –preguntó Clyde.

–Sí –contestó Ford–. Tenemos varias bodegas en esta zona. Hay catas todos los fines de semana.

–Para la próxima vez –dijo Linda y, apoyando la mano sobre su vientre, suspiró–. Digamos que el tercero ha sido una sorpresa. Ya tenemos dos hijos, una niña y un niño. Habíamos acabado. O eso pensábamos nosotros.

Clyde asintió.

–Jack, el pequeño, ya tiene siete años.

–Yo no me lo creía –Linda se inclinó hacia Isabel–. Clyde se ha hecho la vasectomía, pero ya era demasiado tarde –suspiró–. No es que no me haga ilusión tener otro, ¡pero ha sido tan inesperado!

–¿Va a ser niño? –preguntó Isabel.

–Clyde junior –respondió el padre.

Linda miró a su marido.

—No vas a ponerle ese nombre a un bebé.

—¿Por qué? Podéis llamarlo CJ —comentó Isabel.

Linda la miró.

—Eso está mucho mejor.

Apareció la camarera con las cartas y les explicó cuáles eran los platos especiales. Anotó la bebida y se marchó. Linda dejó la carta.

—Bueno, ¿a qué te dedicas? Yo soy ama de casa. Estaba puliendo mi currículum para reincorporarme a la vida laboral cuando me quedé embarazada de este —su sonrisa se volvió irónica—. No es que no quiera a mis hijos. Los quiero muchísimo. Pero hay días en que tengo ganas de ponerme un traje, marcharme a la oficina y hablar con adultos.

—Mi hermana tiene cuatro y otro en camino. Estoy segura de que piensa lo mismo que tú.

Al mencionar a Maeve, recordó que tenía que ir a verla. Habían hablado por teléfono varias veces, pero era absurdo que vivieran en el mismo pueblo y que rara vez se vieran. A fin de cuentas, Isabel no iba a quedarse para siempre en Fool's Gold. A principios de año volvería a Nueva York, y no sabía cuánto tardaría en regresar.

—¿Tú tienes hijos? —preguntó Linda.

—No. Estoy divorciada y no llegamos a esa fase.

—Lo siento —los ojos castaños de Linda se llenaron de compasión—. Es duro. Pero Ford es muy guapo —sonrió y se inclinó hacia ella con aire cómplice—. Tan sexy, alto y musculoso... Si te gusta ese tipo de hombres, claro.

Isabel sonrió.

—Creo que a mí me gusta bastante.

—¿Qué estáis cuchicheando? —preguntó Ford.

—Nada que te interese.

Él la observó un momento.

—Prefiero aceptar tu palabra al respecto.

—Es lo más sensato.

Aunque sería muy divertido ver la cara que ponía si se enteraba de que Linda, a pesar de su embarazo, lo encontraba sexy.

—No me has dicho a qué te dedicas –comentó Linda unos minutos después.

—Mi familia tiene una tienda de novias en el pueblo. Luna de Papel. Como te decía, yo he estado viviendo en Nueva York. Después del divorcio, tenía ganas de marcharme una temporada, así que volví para hacerme cargo del negocio unos meses.

Linda suspiró.

—Tiene que ser divertido. Todas esas novias felices. Y puedes ayudarlas a encontrar el vestido perfecto. ¿Ves muchos melodramas?

—Constantemente. Todas se ponen muy emotivas, y a menudo hay conflictos madre-hija. Una prefiere lo tradicional y otra algo distinto.

—Parece emocionante. Clyde se dedica a los repuestos de coches. Su padre le dejó un negocio tambaleante y él lo ha convertido en una distribuidora que trabaja en varios estados. Tenemos más de doscientos empleados.

—Es impresionante –repuso Isabel.

—Quiere traer al equipo de ventas a hacer un retiro –continuó Linda–. Para que se relacionen un poco mejor entre ellos. El mundo de las ventas es muy competitivo y a Clyde le preocupaba que estén perdiendo el sentido de unidad.

—Clyde parece un tipo listo.

—Lo es –Linda sonrió a su marido, y se volvió de nuevo hacia Isabel–. Menos cuando se trata de poner nombre a nuestro bebé.

La camarera regresó con las bebidas y tomó su pedido. Clyde miró a Ford.

–¿Cómo os conocisteis?

–Hace tiempo salí con su hermana.

Linda levantó las cejas.

–¿En serio? ¿Y no le importa que ahora estéis juntos?

Isabel levantó las manos.

–Eso fue hace mucho tiempo –dijo–. Ford y mi hermana estuvieron prometidos hace catorce años. Yo estaba locamente enamorada de él, pero él ni siquiera me miraba.

–Un error por mi parte –comentó Ford con desenfado–. Maeve y yo éramos dos críos. Un par de semanas antes de la boda, ella se dio cuenta de que había cometido un error. Yo, como todavía era un mocoso, agarré una pataleta. Me marché del pueblo hecho una furia y me enrolé en el ejército. Lo dejé hace unos meses, regresé a casa y abrimos CDS.

Isabel se dio cuenta de que había expuesto todos los hechos omitiendo al mismo tiempo todos los detalles personales. Le gustó que no les contara que Maeve le había engañado con Leonard. Ford se inclinó hacia ella y sonrió.

–Isabel me escribía. Mucho.

Ella se rio.

–Como os decía, yo tenía catorce años y estaba colada por él. Escribía y escribía.

–Qué romántico –comentó Linda.

–No tanto. Él nunca me respondía.

–¿Ni una vez? –preguntó Clyde.

Ford se encogió de hombros.

–Por muchas razones. Pero me encantaba recibir sus cartas –su sonrisa se disipó–. Era un SEAL. Teníamos algunas misiones muy duras. Leer sobre la vida de Isabel, una adolescente normal que iba al instituto, me ayudaba. Aunque era un poco alocada en aquella época.

Ella le dio un empujón.

—No desveles todos mis secretos la primera noche.

Ford la agarró de la mano y le dio un suave beso en los nudillos.

—Yo jamás haría eso.

—¿Qué pasó luego? —preguntó Linda con interés—. ¿Volviste, le echaste un vistazo y te diste cuenta de que la que en realidad te interesaba era ella?

—Algo así —reconoció Ford.

«Palabras, solo palabras», pensó Isabel. No era cierto, pero sonaba bien. Aun así, se sorprendió deseando que fuera cierto. Que, al echarle un vistazo, se hubiera dado cuenta de que estaban hechos el uno para el otro.

«Qué tontería», se dijo. Solo estaban fingiendo que eran novios. Nada de aquello era real. Ella estaba de paso en el pueblo y él era incapaz de enamorarse. No estaban hechos el uno para el otro.

Besarlo era fantástico, sí, y ella estaba deseando que hubiera más. Le gustaba su compañía y disfrutaba estando con él. Su sentido del humor era parecido, y tenía la sensación de que, si lo necesitaba, Ford estaría allí. Pero eso era distinto. Eran amigos y su relación de pareja no era más que una farsa para engañar a los demás.

—Esta noche lo has hecho genial —afirmó Ford mientras conducía por las tranquilas calles del pueblo.

Isabel respiró una bocanada de aire fresco. Había bebido vino y estaba ligeramente achispada. No iba a ponerse a cantar, pero si empezaba a reírse, tendría problemas para parar.

–Me lo he pasado bien. Pensaba que Clyde y tú ibais a hablar de trabajo sin parar, pero no. Es una pareja simpática.

–Sí –la miró–. Y tú eres una novia simpática.

–Gracias. Tú también eres un novio estupendo, si no fuera por el coche.

Ford entró en el camino de la casa de Isabel y aparcó.

–Me encanta mi Jeep. No menciones las llamas.

Ella abrió su puerta y salió.

–Reconócelo: estás empezando a avergonzarte un poco de ellas.

Ford rodeó el coche y le puso la mano en los riñones.

–Eso jamás. Representan mi juventud perdida.

–Si estas llamas son tu juventud perdida, deberías salir a buscarla.

Llegaron a la puerta trasera de su casa. Ford giró el pomo y suspiró.

–¿Cuándo vas a empezar a cerrar la puerta?

–Esto es Fool's Gold. No va a pasar nada malo.

–Podría pasar.

–Vamos, por favor –contestó quitando importancia al asunto con un ademán–. ¿Quieres pasar?

–Ya he pasado.

–Vale –se quitó los zapatos y cruzó descalza la entrada de tarima–. Esta es siempre la mejor parte de la noche. Hasta los tacones que al principio te parecen cómodos acaban haciéndote polvo los pies. Es matemático: una relación inversa entre lo bonitos que son unos zapatos y el daño que te hacen en los pies.

Dejó su bolso en una mesita del pasillo y se dirigió al cuarto de estar. Cuando estaba a medio camino se detuvo.

–¿Adónde vamos? –preguntó.

Ford se quitó la chaqueta del traje y la colgó en el perchero que había junto a la puerta. Siguió la corbata. Se descalzó y caminó hacia ella con un aire decidido que hizo que Isabel empezara a notar un hormigueo en el estómago.

–Tienes una mirada rara –murmuró–. Como de depredador.

–Así es como me siento.

Ella tragó saliva. De pronto notaba la garganta seca. No estaba nerviosa. Si tuviera que definir el cosquilleo que sentía, habría dicho que era expectación. Ford tendió los brazos hacia ella e Isabel se apartó.

–Primero tenemos que hablar –dijo.

Él levantó una ceja.

–No me interesa la conversación.

–Aun así, es necesario. Antes de que practiquemos, ya sabes, el acto.

Él torció la boca.

–¿El acto?

–Ajá. Porque eso es lo que vamos a hacer.

Ford se apoyó en la pared.

–Es bueno saberlo. ¿De qué tenemos que hablar?

Aquel no era el mejor momento para estar atontada, se dijo, convencida de que había memorizado una lista de temas pendientes, pero incapaz de recordarla.

–Tomo la píldora –comenzó–. Me gusta tener periodos regulares, y el médico me dijo que no pasaba nada porque siguiera tomándola después del divorcio.

–He traído preservativos. Aun así, los usaremos.

–¿Lo tenías planeado?

–Me sentía optimista. Además, soy un SEAL. Voy siempre preparado, son gajes del oficio.

Ella entornó los ojos.

–Creía que esos eran los *boy scouts*.

–Ellos también. ¿Qué más?

—Creo que no lo hago bien —reconoció—. El acto. Si fuera buena en la cama, Eric no sería gay.

—No tienes tanto poder.

—Tampoco se me dio muy bien con Billy.

—¿Ni con las hordas?

Ella suspiró.

—No, con él tampoco. Creo que la culpa es mía. Que no soy... —subió y bajó una mano, señalando su cuerpo—. Puede que me falte alguna parte, o algo así.

Ford se irguió.

—¿Eso es todo?

—¿No quieres que hablemos de las partes?

Él la recorrió con la mirada.

—Me encantaría, pero no en el sentido que lo dices —dio un paso hacia ella—. Porque si eso es todo, me gustaría empezar.

Isabel dio un par de pasos atrás.

—No, no es todo. No puedes desvestirme.

—¿Es una costumbre amish?

—¿Amish? ¿Qué tienen que ver los amish en esto?

—No sé. ¿Por qué no puedo desvestirte?

Isabel sintió que se sonrojaba. Respiró hondo.

—Llevo una faja. No puedes quitármela. No es nada sexy y seguramente te harías daño en la espalda. No soy así de delgada de manera natural. Tengo que quitármela yo misma, o no querrás acostarte conmigo. Entra en el dormitorio y espérame —ordenó—. Yo me ocupo de esto solita y enseguida me reúno contigo.

—De eso nada. Tú no vas a ocuparte de nada solita. Además, si hablamos de ropa interior, quiero mirar.

11

Isabel no pensaba reproducir en toda su vida la escena de las bragas de abuela de *El diario de Bridget Jones*, pero allí estaba, pasando un momento humillante.

–Pero podría estar casi desnuda –le dijo a Ford–. Casi sin trabajo por tu parte. ¿No es agradable pensarlo?

–A mí me gusta trabajar –parecía desconcertado–. Isabel, he estado con bastantes mujeres. He visto casi de todo.

–Sí, bueno, pero esto no.

Antes de que pudiera pensárselo mejor, desabrochó los corchetes del vestido y dejó que cayera al suelo. Se quedó delante de él, vestida con su faja enteriza de color beige.

–Es una braguita de nada –comentó él.

Isabel puso los brazos en jarras y por un momento disfrutó al sentir lo estrechas y firmes que parecían sus caderas. Naturalmente, eso cambiaría en cuanto se quitara la faja.

–No es una braguita de nada. Es prácticamente

mágica. Pero eso no viene al caso. No puedes quitármela, es imposible. Así que voy a entrar en el cuarto de baño y a quitármela...

No se dio cuenta de que él se movía, pero de pronto sintió que la rodeaba con sus brazos y comenzaba a besarla.

Fue un buen beso. Todo labios y lengua. La determinación de Isabel se derritió junto con el resto de su cuerpo. Lo rodeó con los brazos y se apretó contra él. Ford acarició su pelo y su mandíbula y luego deslizó los dedos por su espalda. Se irguió y la miró de arriba abajo.

—Deja que vaya al baño y que me la...

Ford echó mano de los tirantes de la faja. Los bajó por sus brazos. La prenda se enrolló, dejando al descubierto sus pechos, su cintura y su cadera, y acabó enrollada a sus pies. Isabel se apartó de ella.

—Problema resuelto —anunció Ford con satisfacción—. ¿Algo más?

¿Aparte de que él estaba completamente vestido y ella en bragas y sujetador?

—Eh, no.

—Bien.

La empujó suavemente hacia el pasillo. Isabel echó a andar, consciente de que Ford había empezado a desabrocharse la camisa. Se quitó los pantalones en la puerta y cuando llegaron a la cama y ella se volvió, estaba desnudo. Completamente desnudo.

Isabel miró pasmada sus anchos hombros, su suave pecho y su cintura estrecha. Era todo músculo, líneas esculpidas y planos cincelados.

—No me molestan las comparaciones —le dijo él.

Ella se rio.

—Muy bien. Eric era mucho más flaco y más bajo que tú. Billy tenía una complexión parecida, pero era menos musculoso.

–¿Y el de la horda?

–La verdad es que no me acuerdo.

–Las hordas suelen ser más impresionantes –comentó él y, estirando los brazos, la atrajo hacia sí.

Isabel sabía que tenía que haber una réplica ingeniosa, pero en ese momento no se le ocurrió ninguna. No sabía dónde poner las manos. Había tanta piel desnuda... Y su pene erecto se apretaba contra su vientre de la manera más sugerente.

–Relájate –murmuró él mientras comenzaba a besar su cuello.

–Relajarme no es mi fuerte. No durante... ya sabes.

Ford levantó la cabeza.

–«¿Ya sabes?» ¿Ese es el eufemismo que usas tú?

–¿Tienes otro mejor?

Mordisqueó su oreja.

–Como una docena. ¿Por qué estás nerviosa?

Le costaba pensar mientras él la besaba así. Allí donde la tocaba, sentía calor y chispitas que se difundían por su cuerpo, se detenían un momento en sus pechos y luego seguían viaje hacia el sur. Tenía ganas de retorcerse... no para alejarse de él, sino para acercarse.

Ford movió las manos por su espalda. Con cada caricia, las bajaba un poco más. Isabel se descubrió deseando que le tocara el trasero, lo cual era raro, pero no iba a quejarse.

–¿Isabel?

–¿Umm?

–¿Por qué estás nerviosa?

–Vamos a acostarnos. No se me da muy bien el sexo.

Las palabras le salieron sin querer, y dio un respingo. Ford levantó la cabeza y la miró.

–Ya lo has dicho, y no te creo.

–Eres muy amable por decir eso, pero no tienes

pruebas concretas. Creo que con Billy tampoco salió bien.

—Era tu primera vez. No fue culpa tuya.

—Y con Eric no era muy divertido.

La mirada de Ford no vaciló.

—Puede que sea porque era gay.

—A mí no me gustaba mucho.

Él le puso las manos sobre los hombros.

—Vamos a averiguar por qué.

Antes de que Isabel se diera cuenta de qué se proponía, le quitó el sujetador y le bajó las bragas. Ni siquiera tuvo tiempo de sentirse avergonzada. Cuando estuvo desnuda, él la llevó a la cama y la hizo tumbarse. Se acomodó junto a ella. Se inclinó y la besó suavemente.

—Los besos te gustan —dijo.

—Sí.

—Entonces haremos eso —se acercó más y la besó despacio, frotando sus labios antes de introducir la lengua.

Su incertidumbre se desvaneció y ella lo rodeó con sus brazos. Cuando sus lenguas se entrelazaron y la sangre de Isabel comenzó a circular un poco más aprisa, deslizó las manos arriba y abajo por su espalda. Sintió moverse sus músculos bajo la piel.

Ford interrumpió el beso para trazar una senda con la boca por su garganta, hasta su clavícula. Puso una mano sobre su vientre y ella se tensó. Pero la dejó ahí, moviéndola en lentos círculos. Fue acercando poco a poco la boca a sus pechos. Isabel se descubrió pensando en que la besara allí y una pequeña sacudida corrió desde su vientre a su entrepierna. Una sacudida que hizo que su respiración se acelerara.

Ford posó la boca sobre uno de sus pezones y lo chupó. Volvió a sentir aquella sacudida, más fuerte esta vez, formando una línea directa entre su pecho y aquel lugar entre sus piernas. Ese lugar que, a decir verdad, nunca había sido tan especial.

Él levantó la cabeza.

–¿Sí? ¿No?

–Es agradable.

Ford se rio.

–No eres nada fácil. Me gusta hacer esto. ¿Te importa que siga un poco más?

–No.

Pasó de un pecho a otro. Lamiendo y chupando. Isabel se sintió atrapada en su propia piel, sintió frío y calor al mismo tiempo. Levantó las manos hacia la cabeza de Ford y metió los dedos entre su pelo. Movió las piernas sobre la sábana fresca.

La mano posada sobre su vientre se desplazó. Lentamente, Ford la deslizó sobre su tripa hasta hundir los dedos entre sus muslos. Isabel separó las piernas instintivamente, sabiendo lo que iba a pasar a continuación. Ford la frotaría allí unos minutos y luego se colocaría en posición. Una vez dentro, ella haría esos ruiditos que parecían gustarles a los hombres y luego él se correría y todo habría acabado.

Giró la cabeza, intentando ver el reloj. Si no tardaban mucho, todavía podía ver una película en un canal de pago.

Ford la exploró con delicadeza, deslizando los dedos sobre su clítoris antes de introducirle uno.

–Estás mojada –murmuró.

No era de extrañar, pensó ella. Le gustaba lo que le estaba haciendo. Era... era agradable durante un rato, pero luego deseaba que acabara. ¿Por qué tenía que durar tanto?

Ford comenzó a frotar su sexo. Mientras lo hacía, cambió de postura para volver a besarla. Estaba excitada, pensó Isabel con frustración. Normalmente se excitaba, pero luego aquella excitación no llevaba a ninguna parte. Él siguió besándola mientras movía los dedos. Le gustaba lo que estaba haciendo: le gustaba el calor que fluía por su cuerpo, la tensión. Quería empujar o estirarse, y a medida que el ardor crecía dentro de ella, comenzó a sentirse incómoda. No físicamente. No sabía muy bien cómo. Tal vez fuera una cosa mental.

No era una de esas mujeres, pensó con amargura. Una de esas que se tiraban en la cama y jadeaban: «¡Tómame ya!». El sexo estaba bien. Con Ford era mejor que con nadie hasta entonces, pero aun así no entendía qué...

—Te estoy oyendo pensar desde aquí —comentó él, cambiando de postura para apoyar la cabeza en la mano y mirarla de frente.

—Mi cerebro no se desconecta.

—Ya lo noto —trazó ligeramente su pecho con un dedo, pasando por el pezón endurecido.

Isabel se estremeció.

Ford repitió el gesto y ella volvió a estremecerse.

—Cuenta hacia atrás desde mil —le dijo—. De tres en tres.

—¿Qué?

—Quiero que tu mente esté ocupada para que no te asustes.

—No estoy asustada. Estoy completamente calmada —puso la mano sobre su cadera. La verga erecta de Ford pareció estirarse hacia ella. Iba a llenarla completamente y eso estaría bien.

—Te toca a ti —murmuró—. Vamos a hacerlo.

—Yo creo que no —se puso a gatas y se deslizó entre sus muslos. Aunque se cernió sobre ella, no intentó penetrarla—. Mil, novecientos noventa y siete...

–Vale. Es una idea estúpida. Novecientos noventa y cuatro...

–Cierra los ojos y cuenta.

Isabel obedeció. No sabía por qué Ford le daba tanta importancia a aquello. No todo el mundo sentía que la tierra temblaba bajo sus pies cada vez que hacía el amor. O quizá nunca. A ella no le importaba.

–¿Estás contando?

–Sí –mintió, y se concentró en los números.

Ford se agachó y se metió su pezón en la boca. Lo había hecho ya antes y era agradable. A ella le gustaba sentir cómo giraba su lengua. Cuando la mordió suavemente, contuvo la respiración y perdió la cuenta. Novecientos cuarenta y algo, pensó. Siete. Cuarenta y siete. No, no podía ser.

Ford fue besando su vientre hacia abajo. Ella se rio, su aliento le hacía cosquillas. Luego contuvo la respiración cuando rodeó su ombligo. Dos, se dijo. Novecientos cuarenta y dos. Novecientos treinta y nueve. Noveci...

Él fue bajando más y más, hasta que separó los pliegues de su sexo con delicadeza y presionó con la lengua su clítoris.

Isabel abrió los ojos de golpe cuando comenzó a mover la lengua. La movía de tal modo que le era imposible contar. No por la presión, pensó mientras cerraba lentamente los ojos. Ni por la velocidad. Sino por la mezcla de ambas cosas. Pasándola una y otra vez por aquel hinchado nudo de nervios. Alrededor y por encima. Notó la piel caliente y un poco tirante. Le ardían las plantas de los pies. Sentía una comezón extraña en algunas partes, y cuando intentó descubrir si estaba respirando, se dio cuenta de que casi jadeaba.

Ford no aceleró, ni fue más despacio. Siguió frotándola con la lengua. Isabel se sintió atrapada entre las sensaciones que fluían desde aquel punto. El mundo se difuminó por completo y de pronto deseo rogarle que no parara, solo que no podía hablar.

Había algo que se le escapaba. Sentía que se acercaba, pero no sabía qué debía buscar, qué sentir, qué...

Él deslizó un dedo dentro de ella. Al instante, sus músculos se apretaron contra él. Sacó el dedo y metió dos. Luego los giró ligeramente, acariciándola desde el otro lado. Rítmicamente. Isabel casi podía verlo. Casi.

Un puro placer líquido la embargó. Se apoderó de ella, de cada célula, de cada pensamiento. Ya no existía, salvo a través de las trémulas sensaciones que la inundaban. Se extravió en la asombrosa reacción de su cuerpo y se convirtió poco más que en un ser flotante.

Ford siguió tocándola, aminorando el ritmo hasta que se difuminó la última vibración de su clímax. Isabel se quedó allí, tumbada en la cama, al mismo tiempo avergonzada y eufórica.

¿Cómo demonios se había perdido aquello esos últimos veintiocho años? ¿O esos últimos diez? ¿Qué había estado haciendo mal? ¿Y cuándo podría tener su siguiente orgasmo?

Abrió los ojos y vio que Ford le sonreía. Tenía cara de haber derrotado al mayor supervillano de todos los tiempos.

–Sí, sí –dijo ella, incapaz de refrenar una sonrisa–. Eres increíble y puedes estar todo lo satisfecho de ti mismo que quieras.

Él sonrió.

–Entonces te has corrido.

–Sí.

–Por primera vez en tu vida.

Isabel se rio.

–Sí.

–Gracias a mí.

–Gracias a ti.

Luego Ford dejó de sonreír. Tocó su mejilla.

–Me alegro.

–Yo también –se incorporó apoyándose en los hombros–. ¿Crees que podré correrme contigo dentro?

–Vamos a averiguarlo.

Tuvo que levantarse para ir a buscar sus pantalones. Isabel disfrutó mirando su cuerpo musculoso por detrás y luego por delante. Él se puso el preservativo y se arrodilló entre sus muslos. Pero en lugar de penetrarla, agarró su mano.

–Haz esto –dijo, y posó sus dedos sobre su clítoris todavía hinchado.

Isabel apartó la mano.

–No puedo tocarme.

–¿Por qué?

–Porque es... Porque eso no se hace.

Él levantó las cejas.

–¿En serio? ¿No se hace? ¿Esa es la razón?

–Yo no lo hago.

–Eso ya lo supongo. Puede que ese sea en parte el problema –volvió a colocarle la mano–. Dame cinco minutos. Si no te gusta, puedes parar.

Isabel miró fijamente su cara e intentó adivinar qué estaba pensando. De momento, todo lo que había hecho parecía ideado para hacerla sentirse cómoda y satisfacerla sexualmente. ¿De veras quería empezar a quejarse ahora?

–Cinco minutos –dijo, y volvió a poner los dedos donde él se los había colocado.

–Círculos lentos, presión constante.

Isabel lo miró parpadeando.

–¿Me estás diciendo cómo tengo que hacerlo?

–Alguien tiene que hacerlo.

Isabel no supo si reír, golpearlo o aceptar la crítica constructivamente. Optó por esto último y se dejó caer sobre la cama. Tenía los dedos más pequeños que él, así que usó tres en lugar de dos. Los movió despacio, sin saber muy bien cómo imitar lo que había hecho él. Pero con cada círculo recibía una sensación inmediata y pudo ir ajustando la velocidad a la que...

–Maldita sea, me estás volviendo loco –dijo él.

Abrió los ojos y lo vio mirándola. Apartó la mano enseguida. Notó que le ardían las mejillas.

–Se supone que no tienes que mirarme.

–Cuántas normas –cambió de postura para que Isabel sintiera la presión de su grueso miembro–. Pero en cuanto te sientas cómoda, voy a hacer que hagas esto hasta el final.

–¿Quieres que me toque y que tenga un orgasmo mientras tú miras?

–Claro.

Abrió la boca y volvió a cerrarla. Repetir «eso no se hace» parecía una estupidez.

–¿Tú harás lo mismo? ¿Mientras yo miro?

–Claro.

La idea de que se tocara delante de ella resultaba extrañamente excitante. ¿Qué más hacían las parejas en la cama que ella ignoraba? Tenía la sensación de que Ford se lo enseñaría encantado.

Él tocó el dorso de su mano.

–Manos a la obra, jovencita.

Hizo lo que le pedía. Con la primera pasada, volvió a sentir aquella tensión que ya conocía. Luego, Ford la penetró suavemente. Tenía un pene largo y grueso. Empujó hasta que ella abrió las piernas por completo. Sus terminaciones nerviosas vibraron deliciosamente al sentir la fricción. Él se apartó y volvió a penetrarla.

Esta vez no tuvo que contar, no hizo falta que se distrajera. Su cuerpo comprendía lo que estaba sucediendo y corrió a seguir ese camino. Se tocó como él le había enseñado, manteniendo su mismo ritmo. Se movieron los dos cada vez más aprisa. Isabel comenzó a perder el control a medida que crecía la presión dentro de ella.

Sin pensar, apartó la mano y se aferró a él. Rodeó sus caderas con las piernas y lo atrajo hacia sí. Ford empujó más fuerte, la penetró más profundamente y la primera oleada del orgasmo inundó a Isabel.

Él la siguió rápidamente, abriendo los ojos para mirarla cuando los dos se rindieron a un placer compartido.

A la mañana siguiente, mientras estaba en la ducha, Isabel tuvo que hacer un esfuerzo para no ponerse a cantar. Porque podía hacerlo. Podía cantar y bailar, y no le habría sorprendido lo más mínimo que en su cuarto hubiera pequeñas criaturas del bosque esperando para ayudarla a vestirse.

Porque era una de esas mañanas. Brillaba el sol, la Tierra giraba y ella había pasado la noche teniendo un orgasmo tras otro. Tal vez eso la convertía en una persona frívola, pero no le importaba. Las cosas que le había hecho Ford habían sido espectaculares. Ignoraba que su cuerpo pudiera sentir tanto placer. No estaba segura de por qué no lo había descubierto antes. Naturalmente, Billy y ella habían sido muy jóvenes, y después solo había tenido una experiencia de una noche que solo le había producido malestar. Con Eric... En fin, esos problemas ya los había diseccionado.

Cerró el grifo y salió de la ducha. Después de secarse, se envolvió en el albornoz y abrió la puerta del cuarto de baño. Y dio un grito.

Ford estaba allí mismo.

–¿Intentas que me dé un infarto? –preguntó poniéndole una mano en el pecho.

–Te he traído café.

Tomó la taza, bajó la mirada y se dio cuenta de que no solo estaba desnudo, sino también excitado. Una oleada de deseo se apoderó de su cuerpo.

Dio media vuelta, dejó el café, se quitó el albornoz y se acercó a él para que la abrazara. Ford comenzó a besarla y a hacerla retroceder al mismo tiempo.

Tras empujar el café hasta el fondo de la cómoda, la levantó en vilo, la sentó sobre la cómoda y le separó las piernas. Isabel deslizó la mano entre los dos y guio su pene. Ford la penetró de una sola acometida. Ella le rodeó las caderas con las piernas y mordisqueó su mandíbula.

–Fuerte –ordenó–. No te refrenes.

–Así me gusta.

Ella le puso las manos sobre sus pechos y echó la cabeza hacia atrás. Mientras la penetraba una y otra vez, Ford apretó sus pezones. Menos de un minuto después, Isabel estaba volando y gritando mientras se corría. Él la siguió rápidamente.

Cuando acabaron, se quedaron donde estaban, intentando recuperar el aliento.

–Vas a matarme –le dijo él.

–¿Eso es una queja?

Sonrió y la besó.

–No. Es un reto.

Ford giró lentamente en su silla. Justice levantó la mirada de sus notas.

–¿Te estamos entreteniendo?

–No, qué va –contestó Ford tranquilamente, procurando no sonreír. No quería que le hicieran preguntas, pero esa mañana se sentía el hombre más feliz del mundo.

Isabel había sido una revelación. Dulce y sensual.

Cuanto había gozado en sus brazos... Meneó la cabeza. No tenía palabras. Pero estaba seguro de que nunca se había sentido tan bien.

Consuelo lo miró.

–Para.

–¿Qué?

–Eres demasiado feliz. Resulta irritante.

Angel soltó un gruñido.

–Se supone que anoche ibas a cenar con Clyde y su mujer. Es un cliente potencial.

–Más que potencial –contestó Ford–. Va a venir luego a firmar sobre la línea de puntos –tomó una hoja de papel, la arrugó y la arrojó a la papelera–. Me anoto un tanto.

–Esa hoja era tu orden del día para la reunión –le dijo Justice.

–Compartiré la de otro.

Consuelo siguió mirándolo con enfado.

–Luego me las vas a pagar.

Esa tarde, a las tres, tenían previsto un entrenamiento, así que posiblemente su promesa iba a hacerse realidad. Pero a Ford no le importó. Aunque tuviera una pierna o un brazo rotos, podría seguir haciendo gozar a Isabel.

En cuanto había comenzado a comprender en qué consistía el sexo, no se había cansado de practicarlo. Esa noche se habían amado una y otra vez. Y esa mañana... Lo de esa mañana había sido increíble.

Le costaba creer que ningún hombre se hubiera

tomado la molestia de descubrir cómo darle placer. No era una mujer especialmente difícil. Solo era inexperta. Eric tenía excusa, suponía, pero ¿y los otros?

Eran idiotas, se dijo.

Debía conectarse a Internet y buscar algunos juguetitos para Isabel. Nada que la asustara, pero sí un par de cosas divertidas. Tenía la sensación de que le gustaría jugar, igual que a él.

Angel arrugó sus notas e hizo canasta con ellas en la papelera. Justice cerró su portátil.

–¿Qué pasa con la reunión? –preguntó Consuelo.

–Hay reunión en el colegio de Lillie. Prefiero ir allí que aguantar a estos dos –Justice señaló a Ford y Angel.

–Entonces ¿me quedo yo al mando? –preguntó Consuelo, satisfecha.

–Nada de sangre, ni cadáveres, ni huesos rotos.

–Estás poniendo coto a mi diversión.

–Seguimos siendo socios. Si los matas, tendrás más trabajo que hacer –Justice salió de la sala de reuniones.

Ford oyó pasos en el pasillo. Luego Justice dijo:

–Está ahí dentro.

¿Había ido a buscarlo Isabel? Se levantó y se acercó apresuradamente a la puerta, pero fue Leonard quien apareció al otro lado.

–Hola –dijo–. ¿Qué ocurre?

–¿Podemos hablar en algún sitio?

–Claro –indicó su despacho, dos puertas más allá–. ¿Va todo bien?

–Sí.

Leonard lo siguió al despacho y cerró la puerta. Se subió las gafas y se aclaró la voz.

–Quiero empezar a entrenar.

Ford se apoyó en su mesa.

–Claro. Eso es fácil. ¿Te has apuntado a un gimnasio?

–Voy a hacerlo, pero he pensado que a lo mejor podías darme algunas clases o algo así. Decirme lo que tengo que hacer –arrugó la cara–. Maeve me comentó que tenías muy buen aspecto. Cuando me puse pesado, hizo un comentario sobre... –tragó saliva– tu trasero.

Ford levantó las cejas y las manos.

–Mira, entre Maeve y yo no hay absolutamente nada. No he vuelto a verla desde que estuviste en el hospital.

–Ya lo sé –contestó–. No estoy diciendo que haya nada. Pero mírate. Eres un SEAL y yo soy contable. Quiero que hable de mi trasero.

Ford vio una mezcla de amor y preocupación en los ojos de su amigo.

–Es bastante fácil. No parece que tengas que perder peso.

Leonard se dio una palmada en la tripa.

–Podría perder cuatro kilos o cinco, pero sobre todo necesito desarrollar un poco la musculatura. ¿Puedes ayudarme?

Ford se acercó y le dio una palmada en la espalda.

–Claro que sí. Planificaremos tu entrenamiento y te ayudaré a empezar. Pero recuerda, si no vomitas, no es un buen entrenamiento.

Leonard agrandó un poco los ojos.

–Es broma, ¿verdad?

–Espera y verás.

12

—Tienes que soltar el picaporte —dijo Ford.

—Técnicamente, no.

Isabel se agarraba al Jeep con las dos manos. Si se quedaba donde estaba, no tendría que entrar en la casa. No tendría que ver a nadie, ni mentir. Si se soltaba, Ford la haría entrar en casa de su familia para cenar. ¿Y entonces qué? A Denise le bastaría con echarles un vistazo para saber que se habían acostado.

Ford se puso delante de ella.

—¿Cuál es el problema? Conoces a toda mi familia. Son todos amables. Les caes bien.

—El problema es que resplandezco.

Ford sonrió despacio, muy satisfecho de sí mismo.

—¡Para! —Isabel lo miró con enojo—. Denise es tu madre.

—Cree que estamos juntos, así que ¿por qué va a ser malo que resplandezcas?

—Me da vergüenza. Y no quiero hablar de eso.

Ford se arrimó a ella.

—Esta mañana no decías lo mismo.

Isabel mantuvo la barbilla en alto y se negó a sonrojarse. Desde que había descubierto por qué a la gente le gustaba tanto el sexo, no se cansaba de estar con Ford. Pasaban todas las noches juntos, en su cama.

–Lo que haya dicho esta mañana no tiene nada que ver con tu familia. Y menos aún con tu madre –respiró hondo–. Muy bien. Puedo hacerlo. Pero no me mires así.

La mirada de Ford se volvió feroz.

–Ya estás otra vez. Para.

Él se rio, la obligó a soltar el picaporte y le besó los nudillos.

–Que conste que dentro de tres horas podremos irnos. Volveremos a casa y tú podrás ponerte encima.

Al pensar en lo que sucedía cuando ella se ponía encima, se le aceleró la respiración.

–¡No me hagas esto! –le suplicó.

–Gatitos –le dijo él–. Piensa en gatitos. Ayuda mucho.

Se acercaron a la casa. La puerta se abrió antes de que llegaran.

–Ya estáis aquí –dijo Denise con una sonrisa–. Bienvenida, Isabel.

–Gracias por invitarme –repuso Isabel mientras Denise abrazaba a su hijo. Luego la abrazó también a ella y entraron los tres en la casa.

El espacioso cuarto de estar estaba vacío y en silencio, pero se oía mucho ruido al fondo del pasillo.

–Prepárate –le dijo Ford en voz baja mientras seguían a su madre–. Va a ser un caos.

No era broma. Entraron en el enorme salón y se encontraron rodeados de gente. Ford tenía cinco hermanos. Cuatro de ellos estaban casados y todos tenían al menos un hijo. Algunos, más. Lo que significaba que había trece adultos y ocho niños, varios perros y más ruido que en un concierto de rock.

–¡Ford! –exclamó Montana al ver a su hermano. Corrió hacia él. Sus otras hermanas la siguieron.

Isabel se quedó cerca y saludó a todo el mundo. Como le había prometido Ford, la acogieron con los brazos abiertos, pero pasados unos minutos, mientras Ford abrazaba a su familia y saludaba a los niños, Isabel comenzó a notar en él una ligera tensión.

Lo observó atentamente, preguntándose cuál sería la causa. Seguía sonriendo y bromeando. Pero ella notaba la tensión de los músculos de su mandíbula y el modo en que miraba de tanto en tanto hacia la puerta. No sabía si se debía a la aglomeración o al hecho de verse de pronto ante toda su familia reunida, pero se daba cuenta de que le estaba costando asumir la situación. Sin saber qué hacer, se acercó y a él y lo tomó de la mano.

–¿Podemos beber algo?

Su pregunta causó un revuelo de actividad. Mientras la familia estaba distraída, Isabel le apretó los dedos. Se puso de puntillas.

–Tres horas, grandullón. Luego, yo me pido arriba.

Ford le lanzó una sonrisa y ella sintió que se relajaba.

Cuando estuvieron abiertas las botellas de vino, los hombres volvieron a ver el partido y las mujeres se reunieron en la cocina. Los niños mayores desaparecieron en el cuarto de juegos y los bebés pasaron de brazo en brazo.

–¿Puedo ayudar en algo? –le preguntó Isabel a Denise.

–Lo tengo controlado –contestó la madre de Ford, y suspiró–. Es fantástico tener a toda la familia aquí.

Montana se reunió con ellas.

–Kent ha venido solo.

–Lo dices como si te sorprendiera –dijo Denise.

—Y me sorprende. Está saliendo con alguien. Creía que iba a traerla.

Denise se volvió a mirar a su hijo mediano.

—¿Kent está saliendo con alguien? –levantó la voz para que la oyeran al otro lado del salón–. Kent, ¿estás saliendo con alguien?

Su hijo la miró y luego miró a Montana.

—¿No podías dejarme un par de semanas de intimidad?

Montana hizo una mueca.

—Lo siento. Se me ha escapado.

Simon, su marido, se acercó enseguida como si quisiera protegerla.

—¿Va todo bien? –preguntó.

Montana le sonrió.

—Sí. Si necesito que hagas pedacitos a mi hermano, ya te avisaré.

Simon la besó.

—Te lo agradecería –regresó al partido.

—¿Con quién está saliendo Kent? –preguntó Denise en voz baja–. ¿Con una de las mujeres que le propuse?

—No creo que estuviera en la lista.

El Cuatro de Julio, Denise había montado un tenderete en el festival con el único fin de buscarles novia a Kent y a Ford. Había llevado fotos de sus hijos de bebés para que las interesadas se hicieran una idea de cómo podían ser sus hijos, y había aceptado solicitudes.

—¿Conoces a Consuelo Ly? –preguntó Montana.

Denise arrugó el ceño.

—¿De qué me suena su nombre?

—Da clases en la escuela de guardaespaldas –contestó Isabel mientras se preguntaba por qué su amiga no le había dicho nada–. ¿Llevan mucho juntos?

—No –respondió Montana–. Creo que no.

Isabel dedujo que Montana había estado hablando con Carter, el amigo de Reese. Reese era el hijo de Kent y el más indicado para saber si su padre salía con alguien.

¡Ah, las delicias de la vida en un pueblo pequeño!

–Es un ligón –dijo Dakota con un suspiro–. No quiero ni pensar cómo será cuando vaya al instituto.

–Empezará antes del instituto –repuso Nevada con una sonrisa–. Fíjate en esos hoyuelos.

–Hablando de bebés y hoyuelos –dijo Denise mientras pasaba el asado cortado en filetes–, ¿a Tucker y a ti no os apetece tener otro hijo?

Nevada hizo una mueca.

–Déjame en paz, mamá. No han pasado ni seis meses.

–Lo sé, pero esperaste mucho para empezar. Nietos, chicos. No me canso de ellos.

–Denise –dijo Max suavemente desde el otro extremo de la mesa–, no atormentes a tu hijos.

Ella le sonrió.

–Tienes razón.

Dakota se inclinó hacia Isabel.

–Max es la voz de la razón. Mantiene a mamá a raya, y nosotros se lo agradecemos de todo corazón.

Isabel sabía que Denise llevaba varios años saliendo con Max, pero de momento no habían decidido casarse. Él era un tipo estupendo, muy tranquilo y centrado.

La familia Hendrix había producido muchos hijos, pensó Isabel con una punzada de anhelo. Eric y ella no habían hablado casi nunca de tener hijos. Ella pensaba que tenían tiempo de sobra y él... Bien, Isabel no sabía qué pensaba él. En todo caso, era una suerte que no los hubieran tenido. Pero ella siempre se había visto como madre. Estar soltera iba a complicarle las cosas en ese sentido.

Siguió circulando comida alrededor de la mesa. Isabel vio que Ford tomaba pequeñas raciones de cada cosa, pero no parecía comer nada. Le puso la mano en el muslo y sintió la tensión de sus músculos. Parecía estar pasándoselo bien, pero ella notaba que la cena le estaba crispando los nervios.

–¿Qué tal van las cosas en el trabajo? –le preguntó Denise.

Isabel le apretó el muslo.

–Está ocupadísimo –comentó con una sonrisa–. ¿Habéis visto la nave? Es alucinante. Angel está construyendo fuera un circuito de ejercicios que va a ser increíblemente difícil. Yo no podría hacerlo, pero los que estéis más en forma deberíais probarlo.

–Sería divertido –dijo Montana–. Aunque yo no pienso ir. No tengo muy buena coordinación. Max, ¿crees que deberías tener un circuito de obstáculos para entrenar a los perros?

Y así, de pronto, Ford dejó de ser el centro de atención. Puso la mano sobre la de Isabel y le sonrió. Ella le devolvió la sonrisa.

Era siempre tan divertido y encantador, pensó. Siempre estaba bromeando con todo el mundo. Resultaba fácil olvidar que había estado fuera mucho tiempo, sirviendo a su país en lugares peligrosos. No era dado a ponerse melancólico, pero eso no significaba que no tuviera sus fantasmas.

Isabel se comió la cena y habló con los demás, pero siguió atenta a cualquier tema de conversación que pudiera molestar a Ford.

Más tarde, cuando iban de vuelta a casa, se preguntó si debía decir algo. O hacerle preguntas. Al final, decidió dejar que fuera él quien hablara.

Cuando llegaron a su casa, se bajó del Jeep y se dirigió a la puerta. Ford la detuvo y la estrechó entre sus brazos. No la besó. La abrazó con fuerza.

Isabel apoyó la cabeza en su hombro y aspiró la quietud de la noche. Se preguntaba qué había pasado. ¿Era su familia? ¿Su cercanía? ¿El interrogatorio? ¿O solo que algunos días tenía que vérselas con su pasado y otros no?

Pero no le preguntó, y él no le dio ninguna explicación. La rodeó con un brazo y la condujo hacia la casa.

–Se me está ocurriendo que primero podemos tomar un poco de helado y luego hacer el amor –dijo mientras ella sacaba las llaves de su bolso–. ¿Qué te parece?

Isabel se lió con las llaves y él se las quitó. Mientras abría la puerta, Isabel pensó que aquello era lo que quería. Lo que había entre ellos. El buen humor y la conversación. El sexo y la amistad. Quería hacer de mediadora para él y quería que él se ocupara del jardín y de la barbacoa. Le gustaba el ritmo de su vida juntos.

No era amor, se dijo con firmeza. Pero aun así era algo especial, algo a lo que quería aferrarse todo el tiempo que pudiera.

–Helado y sexo. Suena genial –le dijo.

Ford sonrió.

–Eres la mejor novia de la historia.

–Apuesto a que eso se lo dices a todas.

–Puede ser –reconoció–. Pero esta vez lo digo en serio.

–¿Estás listo? –preguntó Consuelo.

–Claro –respondió Kent, aunque no lo estaba.

Sin saber muy bien cómo, había accedido a entrenar con ella. No era precisamente su idea de lo que debía ser una cita, así que no estaba seguro de cómo había ocurrido, pero allí estaba, en el gimnasio de CDS. La poca seguridad que tenía al llegar se había desplomado cuando había visto a Ford ayudando a su amigo Leonard a subir a su coche. Leonard iba arrastrando los pies como si le dolieran demasiado las piernas para caminar normalmente, y se sujetaba una bolsa de hielo contra el hombro.

Ahora se enfrentaba a una pequeña bola de fuego que seguramente iba a darle una paliza. Para empeorar las cosas, Consuelo llevaba ropa de entrenamiento muy ceñida que no dejaba nada a la imaginación. Él llevaba pantalones de chándal anchos y una camiseta, pero aun así, si tenía una erección, se enteraría todo el mundo.

Básicamente, tenía un plan en tres fases: no resultar herido, no hacer el ridículo y mantener los ojos apartados del trasero de Consuelo.

–¿Qué quieres hacer? –preguntó ella, ladeando la cabeza.

–Dímelo tú –en realidad le habría gustado contestar «Acostarme contigo. En cualquier sitio, en cualquier momento, una y otra vez». Pero tenía la sensación de que a ella no le haría mucha gracia y de que, si sacaba a relucir el tema, podía acabar con algún hueso roto.

–Tenemos un entrenamiento básico que les ponemos a los reclutas para valorar su estado físico –le dijo ella–. ¿Qué te parece?

–¿No tenéis un entrenamiento básico para valorar a profesores de Matemáticas? Porque ese se me daría mejor.

–¿Te sabes los primeros ocho decimales del número pi? –preguntó ella en broma.

–Y más todavía.

–Impresionante –sonrió–. Bueno, vamos a empezar por sentadilla y salto.

Hizo una demostración agachándose y saltando luego con fuerza en vertical. Al caer, repitió el ejercicio.

–¿Listo? –preguntó.

Kent hizo un gesto afirmativo y comenzaron a hacer el ejercicio juntos. A la décima vez, Kent empezó a notarlo en los muslos. Cuando llevaba quince, comenzó a jadear. Al llegar a veinte, se vio a sí mismo renqueando como Leonard.

Pasaron a otros ejercicios, a cual más difícil. Consuelo le daba instrucciones mientras entrenaba con él sin apenas sudar. Kent, que salía a correr cuatro días por semana, empezó a pensar que debía esforzarse por mejorar su marca. Y quizás añadir unas pesas a su régimen de ejercicio.

–¿Y si probamos con las cuerdas? –preguntó ella, señalando las cuerdas que colgaban de una barra.

–Claro –eso se le daría mejor, se dijo. Los hombres tenían más fuerza en el tronco que las mujeres. Al menos, eso esperaba.

Cruzaron a la carrera el gimnasio. Consuelo llegó a una cuerda al mismo tiempo que él y empezó a trepar por ella. Cuando llegó a la barra, Kent apenas había subido un metro y medio. Él se dejó caer sobre las colchonetas y se echó a reír.

Consuelo se reunió con él.

–¿Qué pasa? –preguntó.

–Eres increíble.

–Me gano la vida con esto.

–Aun así, estás en una forma increíble. Me siento completamente humillado.

Ella sacó dos botellas de agua de la nevera del rincón.

–Nada de eso. Si fuera así, no habrías querido entrenar conmigo. Ya sabías que esto se me daba bien.

–Cierto, pero había subestimado tus capacidades –bebió un largo trago de agua y la observó–. Es lo que suele pasarte con los hombres, ¿verdad?

Consuelo se encogió de hombros.

–A veces.

–Constantemente. Por tu cara y tu cuerpo, dan por sentado que no eres más que un florero y no se molestan en intentar conocerte. No se toman el tiempo necesario para comprenderte, ni te respetan –de pronto se dio cuenta de lo que había dicho y la miró horrorizado–. Perdona, no debería haber dicho eso.

–Es la verdad.

–Ha sido una grosería.

Consuelo bebió más agua sin apartar la mirada de su cara.

–No has dicho que sea un florero. Has dicho que otros me ven así.

–Lo siento.

–Como te decía, es la verdad. Muy pocos hombres se molestan en descubrir cómo soy.

Kent quiso decirle que él estaba dispuesto, pero temió volver a meter la pata.

–Ahora ya tienes pruebas de que no he salido con nadie desde mi divorcio –comentó.

–Crees que estoy enfadada.

–¿Y no lo estás?

Consuelo bajó la botella y sonrió.

–No.

Kent esperó, pero no dijo nada más. Acabaron de beber e hicieron un par de ejercicios más.

–¿Estás cojeando? –preguntó Consuelo cuando Kent se levantó tras hacer una ronda de flexiones. Había hecho más que él.

–Qué va –se irguió y procuró ignorar el dolor que notaba en los muslos y los bíceps–. ¿Qué tal si acabamos con un final apoteósico?

Consuelo puso los brazos en jarras.

–¿Me estás retando?

–Claro.

Él sabía que iba a arrepentirse de su bravuconería, pero después de su comentario sobre el florero ya no podía caer más bajo. Consuelo se acercó y agarró su brazo izquierdo con las dos manos. Antes de que Kent se diera cuenta de lo que estaba ocurriendo, tiró de él hacia delante y de pronto Kent se halló mirando al techo, con la espalda pegada al suelo.

Una vez, de pequeño, se había caído de la rama de un árbol. Fue algo muy parecido a aquello, solo que esta vez no se había roto el brazo. Se quedó sin respiración y durante una fracción de segundo no pudo tomar aire.

Consuelo se arrodilló a su lado.

–Lo siento –dijo rápidamente, tocando su cara y luego sus brazos–. ¿Estás bien? Ha sido una tontería. Quería exhibirme. No debería haberlo hecho.

La preocupación oscurecía sus ojos marrones. Su coleta rozó suavemente la mejilla de Kent. Él abrió la boca y fingió que no podía hablar.

–¿Qué? –preguntó ella–. ¿Estás herido?

Le indicó que se acercara más.

–No puedo respirar –dijo fingiendo que le faltaba el aire–. Creo que necesito el boca a boca.

Consuelo se puso en cuclillas y sacudió la cabeza.

–Qué cara tienes

Kent se sentó.

–¿Y eso es malo?

–Para mí no –de pronto se inclinó y lo besó.

El roce de su boca fue suave y breve, pero su ardor

llegó hasta la entrepierna de Kent. Deseó estrecharla contra sí y dejar que las cosas se pusieran interesantes. Pero estaban en su lugar de trabajo y a ella no le gustaría.

Consuelo se apartó.

–Siento de veras haberte tirado.

–Yo no –sonrió–. Ha valido la pena por el beso.

–Eres muy facilón.

–Con tal de que te parezca una virtud, puedo soportarlo –acarició su mejilla–. ¿Cenamos? ¿Nosotros dos solos?

Consuelo miró a su alrededor y se inclinó de nuevo hacia él. Esta vez lo besó sin prisas.

–Trato hecho –musitó.

Isabel se paró en el porche para echar un vistazo a su móvil. Sonia seguía sin devolverle la llamada. Se preguntaba qué le pasaba a su amiga. Le había dejado un mensaje en su página de Facebook, que Sonia actualizaba regularmente. Pero empezaba a preocuparle que no se pusiera en contacto con ella.

–¡Tía Is! ¡Tía Is!

Isabel sonrió y se puso de rodillas cuando, Brandon, el hijo de seis años de Maeve, corrió a sus brazos.

–Fíjate –dijo, achuchándolo–. Qué grande estás.

El pequeño la abrazó, luego se desasió y entró corriendo por la puerta de la casa.

–¡Ya sé leer, tía Is! Tengo un libro.

Isabel lo vio entrar precipitadamente en la casa y lo siguió. Maeve la estaba esperando en la entrada.

–Vas a tener que oírle leer uno de sus cuentos de Bob –dijo a modo de saludo–. Es el primer nivel de lectura. «Bob sabe andar. Bob sabe saltar».

–Suena a *best seller*.

Se abrazaron. Isabel tocó el vientre de su hermana.

—Parece que tienes algo aquí. Lo sabías, ¿no?

—Muy graciosa.

Se sentaron en el salón. Además de un enorme sofá modular, había varios sillones, una gran mesa cuadrada de café con las esquinas protegidas y juguetes por todas partes. Maeve se apoyó contra un cojín y suspiró.

—He intentado recoger antes de que llegaras, pero estoy en la fase de agotamiento del embarazo. Dentro de unas semanas recuperaré las energías, y entonces habrá que verme.

—Tú debes de saberlo mejor que nadie —repuso Isabel, pensando que su hermana tenía mucha práctica.

Maeve y Leonard habían esperado un año antes de casarse, solo para asegurarse de que su amor era duradero. Para entonces, Leonard ya se había graduado en la universidad. Consiguió trabajo en la mayor asesoría contable del pueblo. Dos años después, Maeve se quedó embarazada. Después, habían seguido llegando niños. Ahora tenía cuatro, todos menores de nueve, y había un quinto en camino.

—¿Este va a ser el último? —preguntó Isabel.

—Creo que sí —su hermana sonrió—. Leonard, desde luego, dice que sí. Pero nos encanta tener niños. Hemos hablado de dejar de tenerlos y de adoptar un par de ellos. Bebés, no. Hay mucha gente que quiere un bebé. Estamos pensando en niños mayores, quizá, a los que les vendría bien tener un hogar estable y vivir en un pueblo como este.

—Impresionante —murmuró Isabel—. Haces que me avergüence de mí misma.

Los ojos azules de su hermana se llenaron de preocupación.

–¿Por qué dices eso? Eres una empresaria de éxito. Eso es impresionante. Yo lo único que hago es quedarme en casa con un montón de críos –sonrió–. Lo que hago es importante, claro, y me encanta, pero nunca he trabajado en serio fuera de casa. Cuando me casé con Leonard, comprendí que mi tarea consistía en ahorrar para pagar la hipoteca de nuestra casa. No quería hacer carrera. Puede que cuando el pequeño esté en el colegio me busque algo a tiempo parcial, pero no me imagino haciendo lo que tú haces.

–Ahora mismo trabajo en Luna de Papel. Lo cual no es tan notable.

–Pero vas a crear tu propia empresa.

–Ese es el plan.

Maeve apoyó la cabeza en el sofá.

–Siempre te ha encantado esa tienda. Te pasabas todos los fines de semana allí con la abuela. A los cinco años ya conocías todos los estilos de vestidos, y a los diez podrías haber ordenado el inventario.

Isabel asintió.

–Era maravillosa.

–Tú eras su preferida.

Isabel arrugó la nariz.

–Le gustaba que me encantara la tienda.

–Es lo mismo. Luna de Papel era su vida. Yo nunca le vi la gracia. Supongo que el comercio no es lo mío –su hermana la miró–. Te servirá de práctica para cuando abras tu propia tienda.

–Eso espero. Pero en Nueva York será muy distinto.

–Ojalá pudieras quedarte –Maeve levantó una mano–. Lo sé, lo sé. Nueva York es la capital de la moda y todo eso. Fool's Gold nunca va a marcar tendencia. Pero, aun así. Mamá recibe informes constantes de las cotillas del pueblo, y todo el mundo dice que lo estás haciendo genial. Solo para que lo sepas, papá y mamá confían secretamente en que cambies de idea y te quedes.

Isabel suspiró.

–Lo sé. Mamá me lo dijo última vez que hablamos.

–¿Y no te dan tentaciones?

–Tengo una meta y no incluye quedarme aquí –aunque estar en casa no estaba siendo tan horrible como había creído en un principio. De hecho, había ciertas partes de su regreso que eran maravillosas. Sus amigas, por ejemplo, y Ford. Ford era un regalo inesperado.

–¿Has quedado en algo concreto con papá y mamá? –preguntó Maeve.

–Tienen que volver de su viaje antes de Acción de Gracias. Luego repasaremos mis planes para remodelar la tienda. Tiene que estar todo acabado antes de las fiestas. Después, a primeros de año, la pondremos en venta.

–Me da pena –reconoció Maeve–. Luna de Papel debería seguir en la familia. Pero tú tienes tus sueños y a mí no me interesa encargarme de ella.

–Sé lo que quieres decir –repuso Isabel–. A mí también me da pena. A veces me pregunto si podría quedarme, pero no me apetece pasarme la vida tratando con novias chifladas. Quiero hacer algo más. Y además tengo una socia.

–Sí, Sonia. Déjame adivinar. Es una de esas personas de la Costa Este que dan por sentado que el continente se acaba al llegar al Mississippi.

–Más o menos.

Hablaron de cómo iba el negocio de Leonard y luego de los niños. Brandon volvió a bajar con dos juguetes y uno de sus libros, que les leyó en voz alta. Pasaron volando dos horas. Al darse cuenta de qué hora era, Isabel se levantó.

–He dejado sola a Madeline demasiado tiempo. Se pone nerviosa si pasan demasiadas cosas a la vez.

–¿Le gusta el trabajo? –quiso saber Maeve mientras se levantaba con esfuerzo.

–Un montón, y se le da bien. Espero que quien compre la tienda quiera conservarla en su puesto.

Las hermanas se abrazaron.

–Siento no haber venido antes –dijo Isabel–. La próxima vez no esperaré tanto.

–Me encantaría –repuso su hermana–. Podrías cometer una locura y venir un sábado por la mañana, cuando estemos todos en casa. Hay mucho jaleo, pero es divertido.

–Lo haré –prometió Isabel.

–Estupendo. Porque aquí siempre eres bienvenida, hermanita. Quiero que lo sepas.

13

–Me gustaría hablar contigo de un vestido.

Isabel miró a la mujer que acababa de entrar en Luna de Papel y se preguntó qué había de extraño en aquella escena. La clienta potencial era alta e iba elegantemente vestida con un traje sastre gris oscuro. El pelo, largo y negro, le caía liso por la espalda. Sus ojos eran de un tono de azul casi violeta, y llevaba unos preciosos zapatos rojos de al menos diez centímetros de alto. Parecía capaz de gobernar el mundo ella sola y que aún le quedara tiempo para organizar el sistema bancario internacional. Isabel calculó que tenía unos treinta y cinco años. Y aunque le sonaba su cara, no sabía dónde la había visto.

–¿Un vestido de novia? –preguntó.

La desconocida se estremeció.

–Dios, no. Me refería al vestido morado del escaparate. Es precioso. Quiero comprarlo.

Isabel sonrió.

–Tal vez quieras probártelo primero.

–Tienes razón. Siempre me quedo colgada de los detalles. Empecemos por ahí.

–Claro –Isabel cruzó la tienda y abrió la puerta del escaparate–. ¿El morado, has dicho?

–Ajá.

Bajó la cremallera, le quitó el vestido al maniquí y retrocedió hacia la tienda.

–Aquí tienes. Los probadores están por aquí –hizo una pausa–. Tengo la sensación de que te conozco, pero no caigo en quién eres.

–Taryn Crawford –le tendió la mano–. Lamento decir que voy a mudarme a este pueblo.

–¿No quieres mudarte a Fool's Gold?

–No. Es pequeño. A mí me gusta la gran ciudad. Los Ángeles es más mi tipo. Me gusta que todo el mundo sea egoísta y superficial. Es refrescante. Nadie finge empatizar con los demás. Una sabe siempre a qué atenerse. Por lo que he podido ver, Fool's Gold es una especie de gigantesco corazón rebosante de amor. Todos esos festivales... La gente se dirige a mí cuando estoy en la cola de la cafetería para que me sirvan un café –se estremeció–. Hay familias felices por todas partes. No es natural.

Isabel se rio.

–¿No te gustan las familias?

–No son para mí. Son una cosa maravillosa, pero para otros. Me gustan los niños... de lejos, sobre todo –suspiró–. Todo esto hace que parezca horrible y no lo soy. Soy muy amable. Aunque no tan amable como la gente de este pueblo.

Isabel abrió la puerta de un vestidor y retrocedió para dejar pasar a Taryn. Ella le dio las gracias y cerró la puerta.

«Qué persona tan interesante», se dijo Isabel. Eso sí que era ser sincera a más no poder.

Un minuto después, Taryn salió con el vestido puesto. Era ceñido, de manga larga y falda de largo medio. Pero el profundo escote que tenía en la espalda volvía sensual su corte a primera vista conservador.

Taryn se subió a la plataforma baja que había delante de los espejos y se miró atentamente.

–Está realmente muy bien hecho –dijo–. Lo vendes demasiado barato. El tejido y la calidad de la confección son a cual mejor. Es excelente. Me encanta el corte.

–Te queda genial –dijo Isabel, intentando no amargarse por que Taryn fuera unos cinco centímetros más alta que ella y gastara al menos cinco tallas menos. Nunca le había importado ser curvilínea, pero de vez en cuando se preguntaba si no debía dejar de comer dulces, o tal vez ir al gimnasio.

Se acercó al armario de los accesorios y comenzó a abrir puertas y cajones. Descartó tres cinturones antes de encontrar el adecuado. Sacó también un pañuelo y le llevó ambas cosas a Taryn.

–Prueba con esto.

Taryn se recogió el pelo hacia arriba y se volvió para mirar el escote. Se soltó el pelo y se abrochó el cinturón.

–Fabuloso –exclamó mientras tomaba el pañuelo–. ¿El diseño es tuyo?

–No. Una conocida mía representa a la diseñadora. Dellina, mi amiga, vive aquí. Organiza fiestas y es decoradora. Me pidió que expusiera en la tienda algunos modelos. Se están vendiendo muy bien.

–Me lo llevo –afirmó Taryn–. Pero, en serio, Dellina debería decirle a su amiga que suba los precios –se bajó de la plataforma y se acercó descalza a Isabel–. Voy a necesitar el número de Dellina.

–Vale, eh, ¿para qué?

–Como te decía, voy a trasladar mi negocio aquí. Vamos a comprar varias oficinas en los próximos meses y a remodelarlas. Creo que haremos la mudanza en febrero o marzo del año que viene. Y entonces necesitaré un decorador.

–¿Qué empresa es?

–Score, una firma de relaciones públicas –Taryn puso los ojos en blanco–. Mis socios son exjugadores de fútbol americano. Fueron ellos quienes encontraron Fool's Gold. Un amigo suyo organizó aquí un torneo de golf solidario y mis socios participaron. Por lo visto fue amor a primera vista. Votamos y perdí –le dedicó una sonrisa inesperada–. Descuida: ya encontraré el modo de vengarme de ellos. Pero entre tanto vamos a trasladar nuestras oficinas aquí.

¿Exjugadores de fútbol en Fool's Gold? Isabel iba a decirle que allí siempre eran bienvenidos los hombres guapos, pero intuyó que no le haría gracia el comentario.

–Es un sitio estupendo para vivir –comentó.

–¿Cuánto tiempo llevas aquí?

–Me crié en el pueblo y luego me trasladé a Nueva York. Solo he vuelto para unos meses... –se interrumpió.

Taryn asintió.

–Lo que yo decía: todos los buenos escapan.

Isabel se rio.

–Si vas a estar por aquí un tiempo, quizá te apetezca venir a comer algún día conmigo y con mis amigas. Quizás así te haga más ilusión la mudanza. Ya sabes, si empiezas a conocer gente.

Taryn se quedó mirándola.

–Por favor, no me malinterpretes, pero ¿son todas simpáticas? Porque para mí eso puede ser un problema.

–No. Son divertidas y muy buena gente, pero también pueden ser muy sarcásticas. Sobre todo, Charlie.

De hecho, creo que tú y ella podríais ser muy buenas amigas.

–Entonces cuenta conmigo.

La casa estaba a una hora de Sacramento. Los grandes árboles de la finca habían empezado a cambiar de color y por el suelo volaban hojas rojas y anaranjadas. A lo lejos, un par de caballos corrían juntos, como si ellos también sintieran la perfección de aquel fresco día de otoño.

Cuarenta o cincuenta coches estaban aparcados junto a un viejo establo rojo con la pintura descascarillada y descolorida. A una veintena de metros se alzaba un segundo establo.

–Has dejado de hacer pucheros –bromeó Isabel al bajar del Jeep.

Ford se quitó la desgastada chaqueta de cuero.

–Yo no estaba haciendo pucheros.

–Sí que lo estabas. Has suspirado un par de veces e incluso has gemido.

–Yo no he gemido.

Ella se rio. Ford había cumplido su promesa de acompañarla a una liquidación de muebles y enseres domésticos. Habían escogido juntos aquella. Aunque estaba lejos de Fool's Gold, Isabel había pensado que a él le gustaría la variedad de cosas que se vendían.

–La casa pertenece a la familia desde hace más de ciento cincuenta años –comentó–. Fíjate. Ese desván tan enorme y todos esos cobertizos... Puede que hoy encontremos algo muy especial.

–A lo mejor puedo comprarme un tractor.

Isabel suspiró.

–¿Vas a boicotear la visita? Porque si es así, puedes esperar en el coche.

Ford se rio y la agarró de la mano.

—No voy a boicotear nada. Anda, vamos a buscar tesoros.

Se encaminaron hacia la casa. Una adolescente les dio un folleto.

—Los muebles, en la casa —explicó, dándoles indicaciones—. Las cosas más pequeñas, en los dos establos. Solo se admite efectivo. Los muebles los reservamos una semana si es necesario, pero hay que dejar una señal en depósito.

—Gracias —Isabel aceptó el folleto y se alejó de la casa.

—Lo tienen muy bien organizado —comentó Ford—. Pensaba que sería como un mercadillo de garaje, pero tienen muchas más cosas.

—La mayoría no son como esta. Por lo menos, a las que voy yo. Supongo que llevan tiempo planeándola.

Se dirigieron hacia el primer establo. Salía y entraba gente sin cesar. Isabel vio que habían montado una carpa y que había tres cajas registradoras colocadas sobre mesas. Varios adolescentes ayudaban a llevar las compras a los vehículos.

—¿Qué van a hacer aquí? —preguntó Ford—. ¿Con las tierras?

—Tengo entendido que van a dividir la finca en parcelas. Es una pena. Estas tierras han sido de una sola familia durante generaciones.

—Para algunos, esto es el progreso —la miró—. No me dirás que te gustaría comprar una, ¿verdad?

—No. Voy a volver a Nueva York. Pero, aun así, la casa tuvo que ser fantástica en sus buenos tiempos. Seguramente había un montón de niños corriendo por ahí. Tú has disfrutado de eso.

—Sí. Había mucho jaleo.

A Isabel le gustaba sentir sus manos unidas y cómo caminaba Ford a su lado.

–¿Quieres que hablemos de la otra noche, en casa de tu madre?

Él le apretó la mano y dijo:

–Es la familia. Te ponen las cosas más fáciles y también más difíciles. Yo soy de los que tienen suerte. No tengo pesadillas, ni alucinaciones. Pero a veces, cuando hay mucha gente, me siento incómodo –se paró delante de ella de modo que Isabel tuvo que detenerse y mirarlo–. Hiciste de mediadora.

Ella se quedó mirando el centro de su pecho y se encogió de hombros.

–Intenté ayudar.

–Y lo hiciste. Gracias.

Isabel levantó la barbilla y sonrió.

–Y ahora voy a introducirte en las delicias de una liquidación de muebles. Otra razón por la que debes tratarme como a una reina.

Ford gruñó.

–Casi me había olvidado. Está bien. Acabemos con esto de una vez.

Entraron en el primer establo. Estaba todo ordenado por categorías, en grandes mesas plegables colocadas en largas filas.

–De la ropa podemos pasar –dijo–. No me gusta el *vintage*. A no ser que tú quieras algo de los años cincuenta.

–No, gracias. Eh, mira. Hay discos antiguos.

–¿Tienes tocadiscos?

–No, pero a Gideon le encanta. Vamos a ver qué tienen.

Empezaron a mirar LPs y discos de cuarenta y cinco revoluciones.

Había un par de viejos discos de jazz de finales de

los años cuarenta, y un montón de cosas de los cincuenta.

Como vio que Ford se disponía a mirar los discos sin prisas, Isabel se fue a echar un vistazo a los montones de libros. Encontró varios libros infantiles antiguos que recordaba de cuando era niña y pensó que a Maeve le gustarían para sus hijos. En la sección de cocina encontró una jarra bonita con el asa rota. Se la llevó a Ford.

–¿Podrías arreglar esto?

Él echó un vistazo a la jarra.

–No. Soy bueno en la cama. Para todo lo demás, habrá que pagar a alguien.

Un trato razonable, pensó Isabel, y miró el montón de discos que había acumulado.

–¿Vas a comprar todos esos?

–Sí. Son bastante baratos. Gideon puede regalar los que no quiera o ya tenga.

Pagaron los discos y los llevaron al Jeep. Luego fueron al otro establo. Ford se llevó una alegría al ver que había varias mesas rebosantes de objetos antiguos relacionados con las Harley Davidson.

–¿Para Angel? –preguntó Isabel.

–Solo un par de cosas –las metió en una caja vacía de las que había apiladas junto a la pared–. Vamos a ver los juguetes. Tengo la impresión de que todos los meses me nace un sobrino o sobrina nuevo.

A mediodía casi habían llenado la parte trasera del Jeep. Isabel se había enamorado de una vieja colcha de retazos hecha a mano. También había comprado dos velos de novia antiguos. Tal vez a ella no le gustara lo *vintage*, pero a algunas de sus clientas sí.

Rodearon el establo hasta un descampado cubierto de hierba. Allí había mesas y una parrilla montadas. Ford pidió dos hamburguesas mientras Isabel iba a comprar refrescos y patatas fritas. Cuando estuvo lista su comida, se sentaron a una de las mesas de picnic.

–Vale –dijo él mientras ponía mostaza a su hamburguesa–. Tenías razón. Ha sido mejor de lo que pensaba.

–No son todas así –señaló ella–, pero me alegro de que hayas tenido una buena experiencia.

–Estás muy satisfecha de ti misma, reconócelo –repuso Ford con una sonrisa.

Ella se rio.

–Está bien, sí. Me encanta tener razón. ¿No le gusta a todo el mundo?

–A mí no. Yo soy un constructor de consensos.

–Ya, claro. Por eso siempre estás apostando con Angel sobre carreras y entrenamientos.

–No sé de qué me hablas –dio un bocado a su hamburguesa y masticó. Después de tragar añadió–: Últimamente no apostamos tanto. Supongo que es porque ya no vivimos juntos –fijó la mirada en su cara–. Y no es que me queje de dónde vivo ahora.

Isabel bebió un sorbo de refresco, pero no dijo nada. Ford prácticamente se había instalado en su casa. Pasaba todas las noches en su cama y por la mañana se metía el primero en la ducha. Lo bueno era que tardaba unos quince segundos en ducharse.

–¿Quieres decir que te lo pasas mejor conmigo que con Angel? –preguntó.

–Mejor en otro sentido.

–Gracias –ella tomó su hamburguesa–. ¿Qué pasaba cuando estabais de misión y esas cosas? ¿Teníais novias en esos sitios?

–¿Una chica en cada puerto? –preguntó Ford.

Ella asintió con la cabeza.

–No. Entrábamos, hacíamos lo que teníamos que hacer y nos largábamos.

–¿Nunca estuviste destinado en otro país?

–Muchas veces. Hace un par de años, me invitaron a formar parte de una fuerza conjunta. Había gente con habilidades muy distintas.

–¿Alguna mujer?

Él levantó las cejas.

–¿Qué quieres saber?

–No estoy segura. Nada concreto. ¿Eras como James Bond, con una mujer esperando detrás de cada esquina, o era más bien como una de esas películas de guerra en las que las únicas mujeres que aparecen son camareras?

–Donde yo iba no había muchas mujeres –contestó–. En el equipo no había ninguna. Consuelo trabajó con varias unidades de las fuerzas especiales, pero nunca fuimos a una misión juntos.

–Entonces ¿cómo os conocisteis?

Ford sonrió.

–La llevaron en avión para una misión secreta. Mi equipo estaba allí para otra operación. Había poco espacio donde nos alojábamos, y Consuelo tenía que dormir en alguna parte. Le ofrecí mi habitación.

Isabel dejó su hamburguesa.

–¿Te acostaste con ella? –intentó que su voz sonara tranquila, pero le costó. Saber que a Ford le encantaban las mujeres aunque no se comprometiera con ninguna era una cosa, y pensar en él con Consuelo, otra muy distinta.

–¿Acostarme con ella? –meneó la cabeza–. Ni pensarlo. No solo amenazó con cortarme las pelotas si intentaba algo, sino que además me recordaba a mis hermanas, lo cual no era muy atrayente para mí –se encogió de hombros–. Nos hicimos amigos. No estaba conmigo y con Angel cuando rescatamos a Gideon, pero estaba esperando en la aldea. Fue ella quien le buscó a Gideon la casa en Bali —sus ojos se agrandaron de pronto—. No te preocupará que esté colgado de ella, ¿verdad?

—Ya no.

—No es mi tipo —puso la mano sobre la de ella—. Oye, yo soy fiel. Puede que no esté dispuesto a casarme, pero no engaño a mis novias.

—Te lo agradezco.

—¿Me crees?

Ella hizo un gesto afirmativo. Siguieron comiendo. Isabel sabía que debía tener cuidado de no exponer demasiado su corazón en lo que concernía a Ford. Que lo que había empezado siendo algo divertido pero intrascendente se había convertido en algo más. No solo porque él la hubiera ayudado a descubrir lo que significaba de verdad tener relaciones íntimas con un hombre, sino porque le gustaba mucho. Le gustaba todo de él, desde las llamas pintadas en su Jeep a los discos que había comprado para su amigo, pasando por cómo le llevaba el café cada mañana. Pero él pensaba quedarse en Fool's Gold y ella marcharse, de modo que entre ellos no podía haber nada más que lo que ya había.

Sería fuerte, se dijo. Intentaría preservar su corazón y no permitir que Ford afectara a sus emociones. Era mejor así.

Después de comer dieron una vuelta rápida por la casa, pero no vieron ningún mueble que les gustara especialmente.

—Mejor así —comentó Ford—. No tenemos sitio en el coche.

—Dicen que los reservan. Podríamos hacer otro viaje.

—Yo nunca doy marcha atrás —repuso él—. Avanzar o morir.

–Qué filosofía tan jovial.

Ford le abrió la puerta del copiloto. Ella empezó a subir al asiento y de pronto vio una cajita allí.

–¿Esto no tendría que estar detrás? –preguntó, tendiéndole la cajita.

–No. Es para ti –se encogió de hombros–. Me ha recordado a ti, por eso lo he comprado.

Abrió la caja y vio un colgante de libélula y una delicada cadena de oro. La libélula estaba hecha de piedras de diferentes colores. Zafiros y amatistas, topacios y granates. El pequeño colgante era al mismo tiempo bello y caprichoso.

–Me encanta –susurró, y lo miró–. Gracias.

–Sé que fingir que salías conmigo ha sido duro para ti –esbozó una sonrisa–. El sexo, no. Los dos sabemos que soy bueno en la cama. Pero vértelas con mi madre y mi familia... Has estado fantástica y te lo agradezco. Esto es para darte las gracias.

Isabel sacó el collar de la caja y se lo pasó. Tras darse la vuelta, se apartó el pelo. Ford le abrochó la cadena alrededor del cuello y ella se soltó el pelo.

–¿Qué te parece? –preguntó.

–Precioso –murmuró Ford–. Igual que tú.

Le dio un leve beso. Después retrocedió y cerró la puerta.

Isabel tocó el colgante y a continuación se puso el cinturón de seguridad. Ford se sentó a su lado y arrancó el motor. Hablaron de cuál sería la mejor ruta para volver a Fool's Gold, pero Isabel no prestó atención a la conversación. De pronto había comprendido que su plan de preservar su corazón tenía un fallo que no había previsto. Ese fallo era el propio Ford. Un hombre al que era imposible no amar.

***

Ford miró el plato vacío que había en la mesa. Angel y él ya se habían comido casi una docena de galletas entre los dos. Si comían más, tendría que alargar la carrera de después. Pero tal vez valiera la pena. La reunión de planificación estaba siendo difícil de soportar. Tal vez el azúcar y otro café ayudaran.

—Ni se te ocurra —dijo Angel con un gruñido—. No despegues el trasero de la silla.

—¿Me dices a mí, chaval?

Angel levantó la mirada de su cuaderno.

—Hay que acabar esto hoy. Justice tiene que presentarle la pista de obstáculos al cliente.

—Eso es trabajo tuyo —le recordó Ford—. Yo me encargo de las ventas.

—Estás trayendo demasiados clientes —masculló Angel.

Ford se recostó en la silla.

—Perdona, ¿qué? No lo he pillado.

—Debería matarte aquí mismo —refunfuñó su amigo.

Ford paseó la mirada por el interior radiantemente iluminado de Brew-haha.

—¿Y destrozarle el local a Patience? ¿El local por el que ha trabajado tanto? A Justice no le gustaría. Además, si me muero, ya puedes despedirte de tu precioso negocio.

—Encontraríamos a otro que se ocupara de las ventas.

—No como yo.

Angel arrojó su boli sobre la mesa.

—Si tan especial eres, arréglalo tú.

Ford tomó el cuaderno y observó el diseño.

—¿Para quién dices que es?

—Llevamos una hora hablando de estos clientes ¿y no sabes quiénes son?

–Estaba pensando en otra cosa.

El semblante de Angel se ensombreció. Ford comprendió que estaba a punto de estallar.

–Es una empresa de gestión, ¿no? –se apresuró a preguntar–. Así que hay que dar por descontado que algunos de los participantes estarán en baja forma –volvió a mirar el circuito que había dibujado Angel–. Caminos que rodeen los aparatos.

Los ojos de su amigo se iluminaron.

–Caminos... Así podemos construir una pista difícil sin que se mate nadie.

–Ni nadie resulte herido de gravedad.

Angel tomó el cuaderno y comenzó a tomar notas.

–¿Crees que esperan algo así? Tiene que haber un poco de sangre. Si no, ¿cómo van a saber que se lo han pasado bien?

–Los civiles no piensan así, amigo mío.

Si había caminos circundantes, los participantes podrían rodear el aparato que fuese y saltárselo. Un puente de cuerdas, o una barra de dominadas, cualquier cosa de la que no fueran capaces físicamente. De ese modo podrían seguir con el grupo y disfrutar de la experiencia colectiva.

–¿Hacer rapel te parece demasiado? –preguntó Ford–. Es duro, pero gratificante. Les daría algo de lo que hablar el lunes por la mañana, cuando estén de vuelta en la oficina.

Hizo una pausa, pero no hubo respuesta. Miró a Angel y vio que su amigo estaba mirando fijamente a una mujer que estaba pidiendo un café.

–¿La conoces? –preguntó.

Angel no dijo nada. A Ford le pareció que ni siquiera respiraba. Poco a poco, su expresión pasó de interesada a voraz.

Ford miró a la mujer. Era alta y tenía una larga

melena negra que le caía lisa por la espalda. Llevaba puesto un traje, de modo que debía de trabajar en alguna empresa, y calzaba unos zapatos altísimos, de esos que, en opinión de Ford, eran un buen modo de partirse una pierna. Aunque tenía que reconocer que los llevaba muy bien.

Era bastante atractiva, supuso. Ni mucho menos tan bonita como Isabel, pero pocas mujeres lo eran.

La desconocida pagó su café con leche, tomó su vaso y se marchó sin mirar siquiera a Angel.

—¿Quién es? —preguntó Ford.

—Que me maten si lo sé.

—¿Vas a averiguarlo?

Angel esbozó una lenta sonrisa llena de determinación.

—Aunque sea lo último que haga.

14

–¿Deberíamos decirle algo? –preguntó Patience cuando Isabel y ella entraron en el bar de Jo–. ¿Crees que nos vio?

–No creo que debamos preocuparnos –respondió Isabel–. También hemos comido en otros restaurantes.

–Pero no delante de mis narices –dijo Jo, apareciendo como salida de la nada y mirándolas con enfado–. ¿Comida callejera? ¿En serio? ¿A eso habéis llegado? ¿He malgastado mi dinero comprando sillas y mesas?

Isabel no supo si estaba bromeando o no, pero a juzgar por su silencio, Patience tampoco estaba segura. Felicia entró y se acercó a ellas.

–Jo está enfadada –murmuró Patience.

–No seas absurda. No tiene por qué estar enfadada. Es imposible evitar la competencia, sobre todo en un pueblo tan pequeño como este. Quizás Ana Raquel no debería haber aparcado justo delante de su bar, pero aparte de eso estaba en su derecho. Además, la comida callejera será menos atractiva cuando empiece a hacer frío, y los clientes de Jo volverán. Imagino que no querrá ahuyentarlos haciéndose la enfadada –hizo una pausa–. Aunque puede que me equivoque, claro.

–No –dijo Jo mientras les pasaba las cartas y señalaba una mesa al fondo del local–. Tengo entendido que hoy vais a ser un montón, así que os he reservado ese sitio.

–Nos ha tomado un poco el pelo –comentó Patience–. No sé qué siento al respecto.

–Yo que tú lo aceptaría –le dijo Isabel–. Nos encanta venir aquí.

Tomaron asiento alrededor de la mesa. Charlie y Noelle llegaron a continuación. Las siguió Consuelo. Heidi y Annabelle Stryker se sentaron y dijeron lo contentas que estaban por poder sumarse a ellas por una vez. Taryn Crawford fue la última en llegar.

Cuando la bella y alta morena se acercó a la mesa, todas guardaron silencio. Isabel señaló la silla que había estado reservando a su lado y se levantó.

–Chicas, esta es Taryn. Es nueva en el pueblo. Su empresa va a instalarse aquí.

–Oficialmente a primeros de año, aunque yo he llegado antes para prepararlo todo –levantó las cejas–. Me han asegurado que no sois excesivamente simpáticas y espero que sea verdad.

Charlie se rio.

–La próxima vez siéntate a mi lado.

–Claro –dijo Taryn al tomar asiento.

–Voy a presentarte a todo el mundo –dijo Isabel.

–Qué traje tan bonito –comentó Heidi después de que se hicieran las presentaciones–. Yo nunca puedo vestirme así. No sería práctico.

–¿A qué te dedicas?

–Crío cabras. Fabrico queso y jabón.

Taryn parpadeó.

–¿En serio?

–Claro. También vendo leche de cabra y estiércol.

–¿Tenemos que estrecharnos la mano? –preguntó Taryn.

Heidi sonrió.

–Eres realmente guapa –comentó Patience–. Eso es un problema. Todavía casi no nos hemos acostumbrado a Felicia.

–Mi torpeza social sirve de contrapeso a mi atractivo físico –les recordó Felicia.

–Es listísima –añadió Consuelo–. Una mezcla muy rara. Pero es divertida. Yo, en cambio, soy un fastidio.

–Eso no es cierto –le dijo Annabelle–. Últimamente te han visto con cierta persona. Has salido a cenar con Kent. No se sabe si os habéis besado, pero de todos modos vuelan los rumores.

–Entonces ¿es verdad? –preguntó Isabel–. ¿Estás saliendo con él? Sus hermanas dijeron algo en la cena, pero no estaba segura.

–«Salir» es una palabra muy fuerte –masculló Consuelo–. Nos estamos viendo. Es pronto todavía.

Isabel se volvió hacia Taryn.

–Kent forma parte de la familia Hendrix. Una de las familias fundadoras del pueblo. Son seis hermanos, incluido Kent. Tres chicos y tres chicas, trillizas. Están todos casados, menos Kent y Ford.

–Cuéntale lo de tu falso noviazgo con Ford –gritó Charlie desde el otro lado de la mesa.

Isabel dio un respingo.

–No lo digas tan alto. Esto es Fool's Gold. ¿Y si alguien se lo dice a Denise?

Los ojos de Taryn se empañaron.

–¿Un falso noviazgo?

–Es complicado –dijo Isabel mirando con enfado a Charlie–. Y una larga historia.

–Además se acuesta con él –agregó Charlie sonriendo.

–¿Qué sentido tiene fingir un noviazgo si no echas un polvo a cambio? –murmuró Taryn.

Jo se acercó a tiempo para oír el último comentario.

–Muy bonito –dijo–. Esta va a caerme bien. ¿Qué van a tomar las señoras?

Pidieron refrescos *light* y té con hielo. Patatas fritas y salsa de tomate y guacamole.

–Tengo platos especiales –les dijo Jo, les explicó cuáles eran y se marchó.

–Entonces ¿a qué se dedica tu empresa? –preguntó Annabelle.

–A las relaciones públicas y el marketing –dijo Taryn–. Llevamos a muchas empresas relacionadas con el deporte, lo que no es sorprendente teniendo en cuenta a los chicos. También tenemos un par de cuentas de pequeñas empresas cerveceras, pero os aseguro que solo es para que puedan ir a catar el producto.

–¿Los chicos? –preguntó Patience–. ¿No serán tus hijos?

–Ay, perdón. Estoy tan acostumbrada a llamarlos así... No son chicos por edad, aunque en cuanto a madurez emocional no estoy tan segura. Son mis socios. Trabajo con tres exjugadores de fútbol americano.

–¿Alguno conocido? –preguntó Charlie.

Taryn suspiró.

–Jack McGarry, Sam Ridge y Kenny Scott.

Hasta Isabel había oído hablar de Jack McGarry.

–¿No era un famoso zaguero?

–Por desgracia sí.

Consuelo se rio.

–¿Por qué «por desgracia»?

–Porque se le subió a la cabeza. Jack es uno de esos tíos que van por ahí pensando «Eh, que soy yo, yo, nada menos». Sam era pateador, uno de los mejores. Y Kenny receptor. Tiene buenas manos y corre como el viento –sonrió–. Tienen buena planta, son guapos y están solteros. Siempre rodeados de mujeres. Una de las razones por las que accedí a trasladarme aquí es que pensaba que esto sería más tranquilo. Que habría menos fans que interfirieran en el trabajo.

–¿Están los tres solteros? –preguntó Heidi–. ¿Y tú? ¿No te interesan? Porque si son como dices...

–Lo son –repuso Taryn–. Pero también son caprichosos, petulantes y asquerosamente buenos en su trabajo. Sam maneja el dinero. Me gustaría quejarme, pero no puedo. Jack y Kenny se encargan de las ventas. No hay un solo cliente sobre la faz de la tierra al que no puedan convencer para que firme.

–Entonces ¿tú qué eres? –inquirió Charlie.

–La que lo coordina todo. Ellos me traen al cliente y yo hago la presentación. Tenemos en nómina un equipo de diseñadores gráficos y publicistas a los que asignamos distintos clientes. Por eso estoy aquí. Para encontrar una oficina que no incluya una cancha de baloncesto ni esté enfrente de un club de striptease.

–Creo que no hay ningún club de striptease en el pueblo –comentó Annabelle.

–Es una suerte.

–CDS, la empresa en la que trabajo, remodeló un antiguo almacén –le dijo Consuelo–. A lo mejor te interesa pasarte por allí. Hay otros disponibles. Tienen mucho espacio y no son demasiado caros. De todos modos vas a tener que hacer reformas.

–Es una posibilidad. Y si no estamos en el centro del pueblo, pueden armar toda la bronca que quieran.

–¿Es que arman bronca? –preguntó Patience.

Taryn se encogió de hombros.

–Son buenos chicos, pero piénsalo: eran jugadores de la liga nacional de fútbol. Nadie les dice nunca que no. Lo que no pueden ganar, lo compran. Pero son un encanto. Sobre todo Jack y Kenny. Sam es un poco más reservado. Pero no les gusta perder en nada. Nunca. Es agotador.

–¿Y tú no has...? –comenzó a decir Heidi.

–¿No te has acostado con ellos? –la interrumpió Charlie–. Lo que quiere preguntar es si no te has acostado con ellos.

–Yo no he dicho eso –replicó Heidi en tono puntilloso–. Iba a decirlo con más tacto.

–No –contestó Taryn–. Bueno, menos cuando estuve casada con Jack.

Isabel notó que se le dilataban los ojos.

–¿Estuviste casada con tu socio?

–Es una larga historia, otro día os la cuento. Preferiblemente, tomando un martini –repuso Taryn cuando llegó Jo con las bebidas y las patatas.

–Ahora tenemos que verlos –terció Annabelle–. Para comprobar lo que has dicho. Si están tan buenos como dices.

–Están muy buenos. Tienen unos cuerpos fantásticos y desnudos están estupendos –Taryn bebió un sorbo de su refresco.

–Creía que solo te habías acostado con Jack –dijo Consuelo.

–Y así es, pero esos chicos se han pasado la vida en un vestuario. No les importa estar desnudos. Además, están orgullosísimos de sus cuerpos. Si me dieran un centavo por cada reunión a la que he tenido que asistir en una sauna...

–Eso me suena –reconoció Consuelo–. Yo trabajo

con un grupito de exmilitares. Siempre andan por ahí desnudos. Una se acostumbra.

Taryn y ella entrechocaron sus vasos en un gesto de solidaridad. Isabel miró a Patience.

–Para mí esto es nuevo. ¿Para ti?

–Pues sí –contestó Patience con expresión decidida–. Justice va a tener que darme una explicación.

La conversación pasó a otros temas. Casi dos horas después, acabaron de comer y se marcharon todas de vuelta al trabajo, o a las cabras. Cuando estaban frente al bar de Jo, Taryn abrazó a Isabel.

–Gracias por invitarme. Ha sido divertido, y es bueno conocer a gente de por aquí. Después de elegir la oficina voy a pasar fuera un par de semanas. Cuando vuelva, me gustaría llamarte. Quizá podamos salir por ahí.

–Me encantaría.

Taryn, alta y bien vestida, se alejó.

–Hace que me sienta bajita y harapienta –comentó Consuelo.

Isabel se rio.

–A mí también, y eso que somos más o menos de la misma altura.

Echaron a andar juntas.

–Bueno, ¿qué tal va tu falso noviazgo? –preguntó Consuelo.

–Bien. Es divertido. Fuimos a una liquidación de muebles en una casa –Isabel tocó el colgante de libélula que llevaba puesto.

–Para ti no es de mentira, ¿verdad? –preguntó su amiga en tono extrañamente suave.

–Creo que no. Ya no. Me gusta Ford.

–Eso puede ser peligroso.

–¿Tú también estás un poco nerviosa? –quiso saber Isabel.

–Sí. Kent es un tío estupendo y su hijo me cae muy bien. Pero ¿a quién pretendo engañar? No puedo encajar en su mundo.

–¿Por qué no? Tú estás sola, él también. Eres fantástica con Reese. ¿Es porque el pueblo es pequeño? ¿Todavía no te has acostumbrado a vivir aquí?

–En parte sí. Pero lo que me preocupa es mi pasado –miró hacia atrás–. Bueno, tengo que irme.

Isabel quiso preguntarle más. Por sus experiencias y acerca de las que había tenido Ford. Pero su amiga ya se estaba alejando. Isabel se preguntó si de veras tenía una cita o si solo intentaba rehuir la conversación.

Ford entró en el bar de Jo y saludó a la dueña con una inclinación de cabeza. Jo se limitó a preguntar:

–¿Cerveza?

–Genial –le dijo él, y se dirigió a la sala de la parte de atrás.

Era una sala más pequeña y oscura, y el televisor no emitía programas de moda, sino un partido de béisbol. Ethan estaba junto a la mesa de billar, colocando las bolas.

–Hola –dijo al ver a su hermano.

–Hola.

Kent entró llevando tres cervezas.

–Jo me ha dado esto.

–Esa mujer es un cielo –repuso Ethan al tomar una.

Ford le dio la razón con un gruñido. Se pusieron en círculo y procedieron a jugarse a piedra, papel y tijera cuál de ellos jugaría primero. Perdió Ethan y se apartó de la mesa. Ford y Kent tomaron cada uno un taco.

–Bueno, ¿qué tal? –preguntó Ethan.

–Bien –contestó Kent mientras se preparaba para iniciar la partida.

–Lo mismo digo –Ford bebió un sorbo de cerveza y miró a Ethan–. ¿Y tú?

–Genial.

Kent sacó y las bolas rodaron por la mesa. La dos y la tres se colaron por las esquinas.

–Muy bueno –dijo Ford.

Kent sonrió.

–Reese y yo hemos estado practicando.

–Entonces ¿apostamos?

–Vale –respondió Kent–. La siete al agujero de arriba, izquierda –movió el taco y dio un fuerte empujón. La bola marrón se coló por el agujero sin tocar los laterales de la mesa.

Ethan dejó su botella.

–¿Has traído efectivo? –le preguntó a Ford.

–Sí, pero puede que no suficiente.

Kent se rio.

–Es tu primera vez desde que has vuelto, hermanito. No voy a ponerme muy duro contigo.

–Me alegra saberlo.

En la televisión, un jugador de los Red Sox pareció a punto de hacer un *home run*. Se pararon los tres a mirar cómo volaba la bola por encima del campo y caía en las gradas.

–Menudo tiro –comentó Ethan.

–Es un jugador alucinante –Kent se preparó para hacer su siguiente tiro.

Ethan se acercó a Ford.

–¿Va todo bien?

–Claro.

Se volvió hacia Kent.

–¿Y a ti?

–Sí. ¿Y en tu casa?

–Todo bien.

–La cuatro a la esquina –dijo Kent al inclinarse sobre la mesa.

Y con eso, pensó Ford, habían acabado. Se habían tomado la temperatura emocional, habían debatido sus problemas y resuelto los problemas del mundo. Algo que las mujeres de sus vidas jamás entenderían.

Ford pasó el rastrillo por la hierba. Definitivamente, el otoño había llegado a Fool's Gold. Los días eran mucho más cortos. Las hojas empezaban a caer. En la montaña, los distintos tonos de rojo y amarillo formaban una colcha de brillantes colores. Allí, en el pueblo, todos esos colores equivalían a tener que pasar el rastrillo.

Isabel agarró el cubo de basura del jardín y miró el montón cada vez más grande.

–No van a caber –dijo–. Los árboles se están tomando muy a pecho lo de desnudarse.

–Hay bolsas grandes en el garaje –le dijo él–. En la estantería, encima del cortacésped.

Isabel puso los brazos en jarras.

–Si sabes dónde están esas cosas, es que estás pasando demasiado tiempo aquí.

Él sonrió.

–Da la casualidad de que las vi la última vez que segué el césped. No estoy haciendo inventario.

Llevaba una sudadera vieja de los Stallions de Los Ángeles y unos vaqueros. Botas estropeadas y sin chaqueta. Tenía el pelo revuelto y esa mañana no se había afeitado. Estaba aún más apetitoso que un helado con chocolate caliente por encima. Cuando lo miraba, prácticamente se le hacía la boca agua.

Aquella relación ficticia estaba empezando a desconcertarla. Sobre todo porque era tan fácil... Ford estaba allí cada noche. Cenaban juntos, hacían las tareas de la casa. Ella lo había acompañado a la cena de trabajo, y él se pasaba de vez en cuando por Luna de Papel.

Últimamente, la idea de marcharse no le hacía tanta ilusión como antes. Seguía atrayéndola la idea de tener su propia tienda, claro, pero ¿qué pasaría con Ford?

Cada vez que se planteaba esas preguntas, se recordaba que aquello no era real. Que aunque a ella él le interesara sentimentalmente, ella a él no, y, si se quedaba, Ford le rompería el corazón. ¿No sería más fácil estar en la otra punta del país en lugar de arriesgarse a encontrárselo en cualquier esquina?

Oyó sonar el teléfono en la casa.

–Voy a contestar –dijo.

–Sé que te estás llamando a ti misma por el móvil –gritó él a su espalda–. Para escaquearte.

Isabel todavía iba riéndose cuando levantó el teléfono.

–¿Diga?

–Hola, Isabel, soy Denise Hendrix. ¿Cómo estás?

La risa se le apagó en la garganta.

–Bien, gracias. ¿Y tú?

–Estupendamente. Estaba pensando que no tuvimos mucho tiempo para hablar cuando viniste a cenar con Ford. Somos tantos... Creo que deberíamos pasar un rato tranquilo juntas, así que se me ha ocurrido que podíamos quedar para tomar un té. En el pabellón de caza celebran uno todos los meses, un sábado por la tarde. Invitaría también a las trillizas, así que no estaríamos solas. ¿Qué te parece?

Isabel abrió la boca y volvió a cerrarla. ¿Tomar el té con la madre de Ford y sus hermanas? ¿Mentirles a la cara durante un par de horas?

–Lo siento, Denise, pero los sábados tengo mucho lío –dijo–. Es el día de más ajetreo en la tienda. Suelo tener pruebas y pases. Solo tengo a Madeline para ayudarme, así que no puedo dejarla sola un sábado.

–Umm, no se me había ocurrido. Muy bien. Ya se me ocurrirá otra cosa. Tu tienda cierra los lunes, ¿verdad?

–Sí –contestó débilmente.

–Bien. Estaremos en contacto.

«Atrapada», pensó con amargura. Estaba completamente atrapada.

Volvió de mala gana al porche delantero y se dejó caer en los peldaños. Ford la miró con el ceño fruncido, luego soltó el rastrillo y se acercó.

–¿Qué pasa? –preguntó cuando estuvo delante de ella.

–Tu madre quiere que tome el té con ella y tus hermanas. Pero en el pabellón de caza solo sirven el té los sábados por la tarde y yo ese día no puedo dejar la tienda.

–Problema resuelto.

–No exactamente. Me ha preguntado si libro los lunes y va a pensar otra cosa. Algo de lo que no podré escaquearme.

Ford tiró de ella para que se levantara y la rodeó con los brazos.

–Lo siento –dijo mirándola a los ojos–. ¿Cómo puedo compensarte?

Olía bien. A limpio, con un leve toque a hojas. El aire era fresco, pero él estaba caliente, y, al dejarse abrazar, Isabel se preguntó qué pasaría si seguía abrazándola para siempre. Una idea peligrosa, se recordó. Y absurda. Pero allí seguía.

–No hace falta que me compenses –le dijo–. Pero tengo ganas de llorar.

–Estás adorable cuando lloras. Supermona.

Aquello la hizo sonreír.

Entonces la besó en la boca y empezó a empujarla suavemente hacia la puerta principal.

–¿Qué haces? –preguntó ella sin hacer gran cosa por evitar sus besos.

–Compensarte.

–No es para tanto –le dijo ella.

Ford sonrió.

–Claro que sí.

Sí, lo era, pensó ella, entregándose al placer de sentir su boca pegada a la suya y su lengua deslizándose entre sus labios. Se abrazó a él cuando Ford cerró la puerta con el pie y metió las manos bajo su jersey.

El cuerpo de Isabel pareció anticiparse al placer que seguiría. El lento y constante avance hacia la excitación, la forma en que Ford tocaba, lamía y excitaba cada palmo de su piel. Tembló ligeramente al pensar en la alegre discusión que tendrían sobre quién se pondría encima y quién debajo y en cómo se irían sincronizando sus jadeos a medida que se acercaran al orgasmo.

Una vez en el cuarto de estar, se quitó el jersey. Mientras se quitaba los zapatos y los calcetines, él hizo lo mismo. Ella le desabrochó los vaqueros y él se quitó la sudadera. Siguieron los vaqueros y el tanga de Isabel, porque para ellos la diversión no empezaba hasta que estaban desnudos.

–Yo –jadeó ella, colocándose detrás de él.

Quería decir que ella mandaba. Que ella diría cómo y cuándo.

Ford se quejó con un gruñido, pero no protestó.

Al pararse justo detrás de él, Isabel reparó en lo perfecto que era su cuerpo. Tenía cortes y hematomas, naturalmente. Dedicándose a lo que se dedicaba, era lógico. También tenía cicatrices. Un par de ellas parecían de bala. Pero Isabel no esperaba que le hablara de ello. Ford nunca hablaba de lo que había hecho en el ejército.

Estaba claro que sabía cómo entrenar para que todo su cuerpo estuviera musculado a la perfección. Isabel puso las manos en el centro de su espalda y las bajó, deslizándolas por sus caderas. Después agarró su trasero y lo apretó.

Se arrimó a él y se apretó contra su espalda. Tomando sus pechos, restregó ligeramente sus pezones erectos contra la espalda de Ford. Él contuvo la respiración.

Bajó las manos hasta sus caderas y deslizó la mano hasta su parte delantera. Apoyó la mejilla en su espalda y cerró los ojos mientras exploraba su cuerpo hasta donde podía alcanzar. Su pecho, sus costillas. Rozó con los dedos sus pezones antes de dejar que su mano resbalara hasta su vientre y de allí a su erección.

Con los ojos todavía cerrados y la cara pegada a su espalda, comenzó a mover la mano como él le había enseñado. Como le había visto tocarse una noche, después de bañarse juntos. Se había tumbado en la cama, con ella sentada a su lado sin tocarlo, y lo había visto masturbarse hasta el final.

Había sido demasiado tímida para hacer lo mismo, a pesar de lo excitada que estaba, de modo que Ford se había encargado de ello y le había hecho alcanzar el orgasmo en treinta segundos. Pero unos días después, Isabel había logrado hacerle una demostración por su parte durante el intermedio de un partido de fútbol. Ford le había dicho que había sido de lejos la mejor actuación del partido.

Ahora movió la mano arriba y abajo, aumentando poco a poco la velocidad y concentrándose en la tensión que sentía crecer en su cuerpo. El ardor que sentía le daba ganas de retorcerse y frotarse contra él. Su sexo se estaba hinchando: lo notaba. Preparándose para él. Al pensar en que la penetrara, se le cortó la respiración.

Ford la agarró de la muñeca y le apartó la mano. Luego se volvió. Antes de que Isabel comprendiera qué se proponía, la sentó sobre la mesa del sofá y le separó las piernas.

La penetró con una larga y poderosa embestida. Ella gimió y arqueó la espalda, aceptándolo por completo. Cuando estuvieron unidos, pelvis con pelvis, le rodeó las caderas con las piernas y lo apretó contra sí.

–Ahora ya no te escapas –dijo con una sonrisa.

Ford tocó sus pechos y frotó los pezones con los pulgares.

–¿Por qué iba a querer escapar?

La besó profundamente, frotando sus lenguas. Ella pasó los dedos por sus hombros y su nuca. De pronto, Ford la rodeó con los brazos y la estrechó con fuerza. Su abrazo fue casi feroz. No agresivo, pensó Isabel mientras lo abrazaba, sino surgido de una necesidad que él jamás se atrevería a nombrar.

Seguía estando excitado dentro de ella, pero el instante había cambiado. No estaban practicando el sexo. Aquello era un vínculo, una comunión que sacudió a Isabel mucho más profundamente que cualquier orgasmo.

Se aferró a él, sintiendo el calor de su cuerpo, oyendo el latido firme de su corazón. No supo cuánto tiempo permanecieron así. Sin hablar. Completamente inmóviles. Luego, Ford comenzó a moverse otra vez.

Se retiró y la penetró una y otra vez. Movió las manos para tocar su cara.

–Mírame –susurró.

Ella abrió los ojos y miró los suyos. Distintas emociones se sucedían en el rostro de Ford, pero cambiaban tan deprisa que no pudo interpretarlas. Aferrada todavía a él, sintió que su cuerpo iniciaba el viaje hacia el placer.

–Isabel...

Contuvo la respiración cuando él la penetró más profundamente y luego perdió el control y comenzó a estremecerse, embargada por el orgasmo. Ford mantuvo la misma cadencia mientras ella se hacía añicos. Luego, sin dejar de mirarla a los ojos, también se corrió. Compartieron un hondo placer, y, en ese instante, Isabel estuvo segura de que por fin lo veía tal y como era, completamente.

15

Isabel, Consuelo y Felicia se sentaron a una mesa de Brew-haha. Patience estaba en la parte de atrás, atendiendo un pedido, y el local estaba tranquilo.

–¿No has traído al cachorro? –preguntó Isabel.

–Webster está durmiendo en mi despacho –le dijo Felicia–. Ya recibe suficientes atenciones durante el día. Además, no creo que a Patience le apetezca tener un animal en su establecimiento. Dejando a un lado la normativa de salud pública, a algunas personas les desagradan los perros –sonrió–. Reconozco que me preocupé cuando Gideon quiso regalarle un perro a Carter, pero he descubierto que es un compañero excelente. Es amistoso y me ayuda a relacionarme con gente a la que no conozco.

–Estamos hablando del perro, no de Gideon, ¿verdad? –preguntó Isabel.

Felicia sonrió.

–Sí, del perro.

–No eres tan rara como crees –le dijo Consuelo a Felicia–. Vivir en Fool's Gold te ha cambiado. Ahora eres mucho más abierta y estás más relajada.

–El pueblo me ha ayudado –reconoció Felicia–. Y tener una familia.

–Y sexo –bromeó Isabel.

Felicia asintió con aire solemne.

–La combinación de placer físico y vinculación emocional es muy satisfactoria.

Felicia era rara, se dijo Isabel, pero en el buen sentido. Era una especie de genio y tenía un pasado interesante. Entre otras cosas, había trabajado para el ejército en misiones secretas. Así era como había llegado a Fool's Gold: a través de Ford y su empresa. Pero se había adaptado perfectamente.

Isabel suponía que era porque el pueblo era especialmente acogedor con quienes no se parecían del todo a los demás.

Felicia miró a Consuelo y tomó su café con leche.

–Después de años dejando que me cuides, por fin puedo preguntarte qué te pasa. Estás distinta.

Isabel esperaba que Consuelo amenazara a Felicia con usar la violencia, pero en lugar de hacerlo apoyó la cabeza en las manos.

–Mi vida es un lío.

–¿En lo práctico o en lo emocional? –preguntó Felicia.

–En lo emocional –Consuelo se volvió hacia Isabel–. No puedes decir ni una palabra. En serio.

–Te lo juro –Isabel dejó su café y se hizo una cruz a la altura del corazón.

Consuelo suspiró.

–Es Kent. Seguimos viéndonos.

–Creía que te gustaba –comentó Isabel–. Es un tipo estupendo.

–Lo sé. Ese es el problema. Es tan normal... Amable y listo. Reese es un chico maravilloso, y Kent un gran padre. Es como aparecer de repente en medio de una comedia de televisión perfecta. Ese no es mi sitio.

Isabel no la entendía.

—¿Te has mirado al espejo? Eres la fantasía de cualquier tío. Además, te haces la dura porque es lo más divertido, pero en el fondo eres muy cariñosa.

Consuelo la miró con enfado.

—¿Qué has dicho?

Felicia sacudió la cabeza.

—Se supone que no debemos fijarnos en que es cariñosa. Hace que se sienta incómoda.

Isabel se preguntó si no debía salir de la habitación marcha atrás, despacio y sin hacer ruido.

—Perdón.

—No, no pasa nada —Consuelo le tocó el brazo—. La culpa es mía. Una respuesta automática. Por eso precisamente no tengo nada que hacer con Kent. ¿Conocéis a su familia?

—Sí —dijo Isabel de mala gana, pensando en el té que iba a tomar con la madre de Ford y las trillizas—. Nos hemos visto muchas veces.

—Yo no, y voy tener que verles. Van a preguntar por mi familia. ¿Qué voy a decirles? ¿Que mi padre se largó cuando nació mi hermano pequeño y que nadie lo ha visto desde entonces? Mi madre está muerta, igual que uno de mis hermanos. El otro está en la cárcel. Sería una conversión muy alegre.

Isabel no conocía hasta entonces los detalles del pasado de Consuelo.

—Son muchas cosas que superar —comentó en voz baja.

—No las superé. Me marché. Me largué sin mirar atrás. Pensé —sacudió la cabeza—: «Al diablo, ¿qué más da? De todos modos no puede funcionar. Somos demasiado distintos».

–Te estás buscando problemas –comentó Felicia, y sonrió como si se alegrara de haber encontrado la frase hecha correcta–. Tu pasado es quien te ha convertido en lo que eres hoy. Sí, Kent y tú tenéis bagajes distintos, pero también tenéis mucho en común. A los dos se os dan bien los niños. Él es maestro y tú das tus clases. Tus alumnos te tienen mucho cariño. Los dos tenéis un fuerte sentido del bien y del mal.

–Bla, bla, bla –masculló Consuelo.

–¿Es porque fuiste militar? –preguntó Isabel, pensando de pronto que tal vez Consuelo estuviera verbalizando cosas de las que Ford no quería hablar–. ¿Por lo que has visto o hecho? ¿Esa incapacidad para vincularte a los demás no será como el miedo a abrir una puerta? ¿Un temor a que, si esos dos mundos chocan, pase algo malo?

Consuelo se quedó mirándola con una expresión que Isabel no supo descifrar.

–No me pegues –se apresuró a decir.

–No voy a pegarte –le dijo Consuelo–. ¿Cómo lo sabes?

–No lo sabía. He estado pensando en ello por Ford. Hay veces en que no tengo ni idea de qué está pensando. Solo puedo hacer conjeturas y preguntarme si alguna vez hablará de las cosas que le han pasado.

–Contigo no –dijo Consuelo tajantemente–. No querrá que las veas a través de sus ojos.

Isabel se preguntó de nuevo qué escondía Consuelo.

Entonces ¿con quién hablas tú?

–Algunas personas no hablan con nadie. Dejan que se les pudra dentro. O al final aflora de algún modo –vaciló–. Yo voy a ver a un psicólogo.

–Me alegro –dijo Felicia en voz baja, tocando el brazo de su amiga.

–No sé si sirve de mucho –reconoció Consuelo–. A veces tengo la impresión de que estoy bien y otras... –miró a Isabel–. Nadie puede pasar por lo que pasó Ford sin que le afecte. La guerra deja cicatrices. Algunas están por dentro y otras por fuera, pero todos las tenemos. Ford es básicamente un buen tío, pero todavía a veces le cuesta asumir ciertas cosas.

–¿Cuándo, por ejemplo?

–Como cuando tiene momentos en que no está seguro de dónde está. O por qué él salió con vida y otros no.

Ella no había visto ningún síntoma de aquello, pensó Isabel. De vez en cuando se quedaba callado, pero nada más. Como la última vez que habían hecho el amor. Cuando se había aferrado a ella. Isabel había tenido la impresión de que su cuerpo era el único objeto fijo en un mundo que giraba a toda velocidad.

–¿Son esas cicatrices lo que te preocupa del hecho de estar con Kent? –preguntó Felicia.

–No sé. Puede ser. Es que no soy como él.

–No paras de decir eso –señaló Isabel–. Pero está claro que tú le interesas.

–Porque no me conoce.

–Por supuesto –comentó Felicia–. Es la madre de todos los miedos: que no te acepten las personas a las que amas. Sentirse rechazado y aislado. Es un miedo animal. Como especie, estamos programados para formar parte de un grupo. De una comunidad. Desconfiamos de los solitarios porque no los entendemos. Con la salvedad de los héroes solitarios de las películas y las novelas, claro, a los que idealizamos románticamente.

Consuelo se quedó mirándola.

–¿De qué demonios estás hablando?

–Te aterroriza que Kent vaya a rechazarte, por eso

te cohíbes y te apartas de él. Él percibirá que hay secretos que nunca sabrá y partes de ti que no puede alcanzar, lo cual hará que a su vez se sienta rechazado –su voz se hizo más suave–. Ya estás planeando tu escapada.

–¡No es verdad! –exclamó Consuelo, y luego suspiró–. Está bien, puede ser. Pero... –apretó los labios–. Maldita sea, Felicia.

Felicia esbozó una sonrisa un poco pagada de sí misma.

–Se te da bien esto –comentó Isabel.

–Con los demás. Conmigo misma soy menos perspicaz.

–Ya que eres tan brillante, ¿qué pasa con Ford? Afirma que no puede enamorarse. Que lo ha intentado y que no puede.

–¿Qué opinas tú? –preguntó Felicia.

–Que era muy joven cuando se prometió con mi hermana y que por lo tanto que consiguiera superarlo rápidamente no dice nada acerca de su carácter. Desde entonces ha estado en distintas zonas de guerra y sirviendo en misiones secretas. Sé que formaba parte de una fuerza conjunta, pero no conozco los detalles –tomó su café con leche y volvió a dejarlo en la mesa–. No tenía muchas compañeras de trabajo, y no creo que sus permisos fueran lo bastante largos para que de verdad pudiera tener una relación de pareja. Así que tomó la decisión de no tenerla. Le gustan las mujeres y tiene mucho éxito con ellas. Pero ¿eso es todo? ¿Se ha mantenido siempre en la superficie porque así se sentía seguro y ahora es lo único que conoce, y le da miedo probar otra cosa?

–Posiblemente –repuso Felicia.

Isabel se rio.

–Yo esperaba algo más.

–¿Por qué? Tu análisis es muy certero. Si Ford nunca ha tenido la oportunidad de mantener una relación seria, ya fuera por las circunstancias o porque lo prefería así o por ambas cosas, es improbable que esté dispuesto a probar otra cosa ahora sin ningún estímulo exterior. ¿Se lo estás dando tú?

Era una pregunta inesperada.

–No. Dentro de unos meses me marcho a Nueva York. Solo estamos saliendo de mentirijillas.

Al menos, confiaba en que así fuera. Pensó en cómo se sentía al abrazarlo. En cuánto le apetecía verlo y en cómo evitaba pensar en cómo se sentiría cuando se marchara.

–Me niego a enamorarme de él –afirmó. Pero mientras lo decía tocó el colgante de la libélula.

Se lo había comprado Ford. Y ella solo se lo quitaba para ducharse.

–Pues buena suerte con tu plan –comentó Consuelo, mirándola con pena.

Patience salió de detrás del mostrador.

–Perdonad –dijo al acercarse a la mesa–. Ya he guardado todo lo que necesita refrigeración en la nevera. Bueno, ¿qué me he perdido?

Isabel se inclinó hacia delante y ajustó el separador de dedos del pie derecho. Había llegado a la conclusión de que una vida sexual espectacular merecía que se pintara las uñas, y había sacado de algún sitio varios botes de esmalte, una lima y los separadores de dedos. Ahora las uñas de su pie izquierdo eran de un profundo color violeta.

Se abrió la puerta del baño sin previo aviso y ella soltó un chillido.

–¿Qué haces?

Ford estaba junto al lavabo con expresión dolida.

–Has cerrado con llave la puerta de atrás.

–Sí –le dijo–. A propósito. Quería un poco de intimidad.

Él paseó la mirada por el cuarto de baño.

–¿Por qué? ¿Qué estabas haciendo que no podía verlo? No te estás haciendo la cera ni nada de eso.

Isabel metió el pincelito en el frasco de esmalte.

–No has preguntado antes de entrar.

–Tienes razón. Bueno, ¿qué estás haciendo?

Ella meneó el bote de laca de uñas.

–Creía que era evidente.

Ford le miró los dedos de los pies.

–Eso puedo hacerlo yo.

–¿Pintarme las uñas? No creo.

–¿Por qué no? Soy muy hábil con las manos.

–Esto es distinto y el esmalte de mi pie izquierdo todavía está húmedo. Así que largo de aquí.

Él le lanzó una sonrisa.

–Vale. Esa es una orden que siempre obedezco –se acercó más aún.

Isabel intentó esquivarlo, pero no había dónde ir. Él se inclinó y la levantó en brazos. Ella soltó un gritito.

La llevó a la cocina y la depositó en una silla. Agarró otra silla, se sentó, tomó su pie derecho y lo apoyó sobre su muslo.

–El esmalte –dijo tendiendo la mano.

–Vale –suspiró–. No pongas demasiado esmalte. Yo pongo dos capas.

–¿Y luego una capa de brillo encima?

Isabel lo miró pasmada.

–¿Sabes lo de la capa de brillo?

–Tengo tres hermanas. Lo sé todo.

–Eres una caja de sorpresas –murmuró ella.

–Es una de mis mejores virtudes.

Le pintó las uñas con parsimoniosa precisión. Mientras observaba su mano firme, Isabel se dio cuenta de que el apuro en el que se hallaba era más grave de lo que había creído en un principio. Separarse de Ford podía muy bien partirle el corazón.

Cuando hubo terminado, él aplicó la capa de brillo y cerró los dos frasquitos. Isabel se reclinó en su silla, con los dos pies sobre sus muslos, y pensó que aquel era uno de los mejores panoramas del pueblo. Se acordaría siempre de aquello aunque acabara con el corazón hecho polvo.

–¿Por qué no hablas de la guerra? –preguntó.

Ford levantó las cejas.

–Veo que quieres cambiar de tema.

–Veo que intentas evitar la pregunta.

Él presionó con los pulgares su empeine izquierdo y descubrió un punto de tensión muscular que Isabel ignoraba tener.

–No hay nada que contar –comenzó a mover los pulgares en círculo y a apretar con más fuerza.

Ella sofocó un gemido.

–Hice cosas, vi cosas –añadió–. Son feas y no quiero pensar en ellas.

–¿Intentas protegerme?

Ford esbozó una lenta sonrisa.

–Eso es algo que se me da bastante bien.

–No necesito que me protejas. Somos amigos. Puedes hablar conmigo.

–Imposible.

–¿Hablas con alguien?

–Mis superiores me interrogaban sobre las misiones, estuve viendo a un psiquiatra porque era obligatorio. Se acabó.

–No te creo. No puedes ignorar lo que pasó.

–¿Por qué no? Es como el monstruo de debajo de las escaleras. Al final, se muere de hambre.

Isabel no estaba segura de que fuera tan sencillo.

Ford comenzó a masajearle el empeine del otro pie.

–A veces es duro –reconoció–, pero no muchas. Yo tuve suerte. No tuve que pasar por lo que pasaron Gideon o Angel –levantó la cabeza de pronto–. ¿Conoces a una tal Taryn? Es alta, con el pelo negro. Viste muy bien. Es muy llamativa.

Isabel se quedó mirándolo un momento. Luego retiró cuidadosamente el pie.

–¿Cómo dices?

Ford sonrió.

–No es para mí. Angel se fijó en ella el otro día. Fue como ver a un leopardo separar a una gacela de la manada. Me preguntaba si se prestaría a la cacería.

–No la conozco lo suficiente para estar segura, pero yo diría que si alguien puede vérselas con nuestro amigo el leopardo es ella.

–Bien. Espero que Angel haga algo al respecto. Dudo que haya salido con nadie desde...

Isabel esperó.

–¿Desde qué?

–Nada. Es cosa suya. No debería hablar sobre eso.

–Eres un fastidio.

Ford sonrió, seductor. La agarró de las muñecas y, antes de que Isabel intuyera lo que iba a ocurrir, la levantó de la silla y la sentó en su regazo. Se sentó a horcajadas sobre él, con los brazos sobre sus hombros y la cara muy cerca de la suya.

–Parece que siempre acabamos así –murmuró justo antes de besarlo.

–Porque eres muy exigente. Casi no doy abasto.

Isabel se frotó contra su erección.

–Yo creo que sí.

–Porque no puedo resistirme a ti.

Al inclinarse sobre su boca, Isabel deseó que sus palabras fueran ciertas y que aquello fuera mucho más que un juego que ambos jugaban por diversión.

–¡Soy yo! –dijo Isabel al abrir la puerta de la casa de su hermana.

Maeve apareció en el cuarto de estar con el pelo alborotado y la ropa manchada. Tenía ojeras.

–Gracias por venir –dijo con aspecto de estar agotada–. Ha sido una noche espantosa.

Su hermana la había llamado hacía un par de horas para preguntarle si podía pasarse por el supermercado y comprar un par de cosas. Tres de sus cuatro hijos sufrían una intoxicación alimentaria. Habían estado en pie toda la noche y Maeve también. Leonard estaba de viaje, y todo había recaído en ella.

Entraron en la cocina.

–¿Cuándo vuelve Leonard? –preguntó Isabel mientras sacaba varias botellas de zumo y una caja de galletas saladas.

–Esta noche. Estoy contando los minutos.

Isabel miró su reloj. Eran poco más de las diez de la mañana.

–Mira, Luna de Papel cierra hoy. Puedo quedarme. Ponme al día con los niños y me quedo con ellos mientras tú echas una siesta.

–Estoy bien –le dijo Maeve–. De veras. No querrás quedarte sola con mis hijos.

–Solo son tres, ¿no?

–Sí. Griffin está bien y ha ido al colegio.

En ese momento, Kelly, su hija de cuatro años, entró en la habitación. Iba en pijama y parecía casi tan agotada como su madre.

–Mami, tengo hambre.

Maeve sonrió.

–Eso es buena señal. ¿Quieres unas galletas saladas y un poquito de zumo? Si te sientan bien, puedes probar a comerte un plátano.

Kelly asintió y miró a Isabel.

–Hola, tía Is.

–Hola, cariño –Isabel se agachó delante de ella–. Has pasado mala noche, ¿eh?

La pequeña dijo que sí con la cabeza y se apoyó contra ella.

–He vomitado en la cama.

Isabel la levantó en vilo y la abrazó.

–Pobrecita mía –«y pobre mamá», pensó, sabiendo que Maeve habría tenido que limpiar la cama–. Venga –le dijo a su hermana–. Vamos a ver a los otros dos. Luego, yo te sustituyo.

Maeve titubeó. Luego asintió con la cabeza.

–Te diría que no, pero con el embarazo, me hace mucha falta dormir un poco.

Fueron a ver a los otros dos niños, que estaban durmiendo. Isabel prometió despertar a Maeve si alguno se movía, y después la mandó a su cuarto y regresó a la cocina con Kelly.

Después de que su sobrina tomara un poco de zumo y unas galletas, Isabel echó un vistazo a la ropa para lavar. Había un montón de sábanas sucias, y una tanda de ropa mojada en la lavadora. Sacó las sábanas limpias de la secadora, las dejó en la cesta, metió las mojadas en la secadora y puso otra lavadora. Después llevó la cesta de la colada a la cocina y le hizo compañía a Kelly mientras doblaba la ropa.

Sonó su móvil y se lo sacó del bolsillo.

Al echar un vistazo a la pantalla, sonrió.

–Hola, mamá. ¿Dónde estáis?

–En Hong Kong –respondió su madre–. Hay mucho alboroto. Voy a compraros unas blusas de seda a tu hermana y a ti.

–Así te querremos todavía más –dijo Isabel riendo–. Estoy con tu nieta. ¿Quieres decirle hola?

–Claro que sí.

Isabel pulsó el botón del manos libres y Kelly le contó a su abuela que sus hermanos y ella estaban enfermos. Cuando se fue a ver los dibujos animados, Isabel apagó el manos libres.

–Maeve está durmiendo –le dijo a su madre–. Está agotada, pero no comió lo que comieron los niños. Yo le estoy echando una mano.

–Me alegro de que estés ahí –le dijo su madre–. Os echo de menos. ¿Cómo va la tienda?

–Estupendamente. Ya he vendido la ropa de esa diseñadora. Ha dado un montón de beneficios.

Su madre suspiró.

–¿Y no basta con eso para convencerte de que te quedes? Podrías comprar la tienda con el tiempo y... –se oyó otro suspiro–. Tu padre me está diciendo que deje de presionarte.

–Te agradezco la fe que tienes en mí, pero ya conoces mis planes.

–Sí. Y ahora me callo.

Charlaron unos minutos más y luego colgaron. Tres horas después, Maeve entró tambaleándose en el cuarto de estar. Parpadeó y miró a su alrededor.

–No deberías haberme dejado dormir tanto.

–¿Por qué? –preguntó Isabel–. Lo necesitabas.

Los tres niños estaban tumbados juntos bajo una manta, viendo una película. Sonrieron soñolientos a su madre, pero no se levantaron.

–Han tomado todos zumo, galletas y sopa. Están cansados y van a ver una película. Vamos, voy a prepararte algo de comer. Debes de estar hambrienta.

Maeve la siguió a la cocina. Isabel abrió la nevera y sacó todo lo necesario para prepararle un sándwich, pero, antes de que pudiera empezar, su hermana se echó a llorar.

Isabel corrió a su lado.

–¿Qué pasa? –preguntó, agachándose junto a ella–. ¿Es el bebé?

Maeve negó con la cabeza. Las lágrimas le corrían por las mejillas.

–Has recogido la cocina y has puesto la lavadora –dijo con voz ligeramente sofocada.

–Claro –dijo despacio mientras le daba unas palmaditas en el hombro–. Voy a traerte un poco de agua.

–Gracias –Maeve se limpió la cara–. Lo siento. Es que estoy tan cansada... Y cuando Leonard se va, me derrumbo. No viaja mucho, pero tenía que asistir a un curso en San Francisco.

Isabel sacó un vaso, lo llenó de agua y regresó junto a su hermana. Maeve tomó el vaso.

–Anoche fue tan horrible y luego apareciste tú y te hiciste cargo de todo... Te lo agradezco muchísimo.

–Me alegra poder ayudar –Isabel se dijo que tenía que pasar más tiempo con su hermana, estar allí cuando pudiera.

Maeve se enjugó las lágrimas y bebió un sorbo de agua.

–Me encanta mi vida. De veras. Leonard es el mejor marido del mundo y mis niños son maravillosos, pero a veces me das tanta envidia...

–¿Yo? ¿Por qué? Soy un desastre.

–No lo eres. Estás soltera y no tienes responsabilidades.

–Ni familia. Estoy divorciada y ni siquiera tengo un gato que me haga compañía.

–Pero tienes una profesión.

–Trabajo en la tienda de nuestros padres. No creo que así llegue nunca a ser portada de una revista económica.

–No, pero el negocio que vas a montar seguro que tendrá éxito. Lo tienes todo.

–No, tú lo tienes todo.

Se miraron la una a la otra y de pronto se echaron a reír.

–¿Mejor? –preguntó Isabel suavemente.

Su hermana hizo un gesto afirmativo.

–Bien –Isabel se acercó a la encimera y puso dos rebanadas de pan en un plato.

–Ayer hablé con mamá –le dijo Maeve–. Se lo están pasando en grande. Dice que deberían haber hecho este viaje hace años.

–Seguramente tiene razón.

Maeve suspiró.

–Espero que Leonard y yo seamos como ellos. Siempre enamorados.

–De momento tenéis cuatro hijos y habéis sobrevivido. Estoy segura de que lo conseguiréis.

Su hermana hizo una mueca.

–Perdona. Eso ha sido muy insensible por mi parte.

Isabel tardó un momento en darse cuenta de a qué se refería.

–Mi relación con Eric estaba abocada al fracaso desde el principio. El error fue no darme cuenta del problema antes –hizo una pausa y se volvió para mirar a Maeve–. Voy a decirte una cosa, pero primero tienes que prometerme que no se lo dirás a papá y mamá. No quiero que se enteren antes de que vuelvan a casa.

Los ojos de Maeve se agrandaron mientras asentía.

–Claro.

Isabel siguió haciendo el sándwich.

–Eric era gay.

Después de que su hermana dejara de balbucir y de insultar a Eric, Isabel le explicó lo que había ocurrido.

–No me creo que no lo supiera –comentó Maeve, indignada–. Tenía que sospecharlo. Esas cosas no pasan así como así. No es como si te alcanza un rayo. No puedo creer que te traicionara así.

–Lo estoy superando.

–¿Con Ford?

Isabel acabó de hacer el sándwich y lo partió cuidadosamente en dos. Luego llevó el plato a la mesa.

–Supongo que es un poco tarde para preguntarte si te importa –dijo con suavidad.

Maeve tomó el sándwich. Con la otra mano hizo un ademán quitando importancia al asunto.

–Por favor... Hace más de una década que rompimos. Quédate con él.

Isabel guardó las cosas en la nevera y se sentó junto a su hermana.

–Es un tipo estupendo.

–Sí, me acuerdo –Maeve sonrió–. No se lo digas, pero el sexo no era para tanto. Para él no era la primera vez, pero para mí sí y recuerdo que lo único que pensé fue «creía que se tardaría más».

Isabel sonrió.

–En realidad no estamos saliendo.

Maeve acabó de masticar y tragó.

–¿Qué? Claro que sí. Os he visto juntos. Claro que estáis saliendo.

–Estamos fingiendo que salimos –le explicó lo de Denise y cómo se lo había suplicado Ford.

–No es que me disguste que los hombres supliquen –comentó su hermana–, pero ten cuidado, Isabel. He visto cómo lo miras, y tú no estás fingiendo esta relación.

–Eso creo yo también. No quería enamorarme de él, pero es tan divertido y me siento tan a gusto con él... Es tan considerado en pequeñas cosas que son tan inesperadas...

–Todo eso sería perfecto si fuera una relación normal, pero el problema es que no lo es. ¿Estás segura de que vas a marcharte? Porque puede que merezca la pena que te quedes por él.

–No voy a cambiar de planes por él –contestó Isabel con firmeza, en parte porque de veras quería abrir un negocio con Sonia y en parte también porque tenía la sensación de que Ford hablaba en serio: no le interesaba el amor. O sea, que si se quedara en Fool's Gold acabaría con el corazón hecho añicos.

16

—No puedes evitar a mi madre eternamente —dijo Kent.

Consuelo observó el escaparate de la librería Morgan.

—Puedo y voy a hacerlo.

Kent la agarró de la mano y la atrajo suavemente hacia sí. Ella tuvo que inclinar un poco la cabeza hacia atrás para seguir mirándolo a los ojos.

Podría haberse desasido de cien maneras distintas, podría haberle hecho multitud de llaves que le habrían dejado sin respiración. Se preguntó si aquel conocimiento se disiparía alguna vez. Si alguna vez sería como las otras mujeres que caminaban por el pueblo aquel perfecto día de otoño. O si siempre sería distinta.

—Le interesa conocer a la mujer con la que salgo —añadió Kent.

—Entonces puedo enviarle actualizaciones periódicas por e-mail.

Él sonrió.

La gente sonreía continuamente, se dijo Consuelo, incapaz de refrenar la punzada en el estómago que sentía cada vez que veía sonreír a Kent. Su sonrisa era especial. La hacía sentirse como si fuera el centro de un universo maravilloso. Un universo donde solo sucedían cosas buenas.

Sabía que era una locura creer aquello, pero no podía evitarlo. Si solo estuviera en juego su corazón, posiblemente no le importaría. Pero cuando estaba con él, se sentía como si Kent tuviera todo su ser en la palma de su mano. ¿Cómo iba a confiar en que no acabara aplastándola hasta reducirla a polvo?

–Mira –dijo alegremente, señalando con el dedo–. Tu cuñada ha sacado un nuevo libro. Vamos a comprarlo.

–Si quieres –se inclinó y la besó ligeramente en la boca. Luego entró con ella en la tienda.

Cinco minutos después, Consuelo llevaba una bolsa con el nuevo libro policíaco de Liz Sutton. Kent se había empeñado en pagar, lo cual era típico de él.

–Deberías pensar en comprarte un dispositivo de lectura electrónico –dijo Kent cuando volvieron a la calle.

–Me gustan los libros –un transeúnte les saludó y ella se detuvo para devolver el saludo–. Este pueblo es muy extraño. Gente a la que no conozco de nada me habla como si me conociera. Pero lo más raro es que empieza a gustarme.

–Pero, ¿te gusto yo?

Estaba bromeando. Al menos, eso pensaba Consuelo. Lo miró y vio una interrogación en sus ojos. Se pararon otra vez, junto a un banco. Kent la hizo sentarse.

–Claro que me gustas –dijo ella–. ¿Por qué lo dices?

–Porque eres muy esquiva.

–Soy absolutamente franca –apretó los labios,

dándose cuenta de que aquello distaba mucho de ser cierto–. O pretendo serlo.

–Bueno, entonces tendré que conformarme con eso –bromeó él.

Consuelo miró sus manos unidas. Los dedos de Kent eran más largos y anchos que los suyos. Era alto y fuerte, lo cual estaba bien. Si ella se rompía una pierna, podría llevarla a cuestas largo rato.

Aquella idea absurda la hizo pensar en Felicia. Su amiga pensaría que Kent era buena compañía. Que su combinación de inteligencia y fortaleza eran una gran aportación a la sociedad. Que aunque no fuera un guerrero en el sentido tradicional, sería un rival formidable.

Entrelazaron sus dedos.

–Tu familia me asusta. Conozco a Ford y está bien, pero los demás... Han vivido aquí toda la vida. Están muy unidos. Son muy tradicionales.

–¿Te preocupa no encajar?

–Un poco –un mucho, pensó–. No quiero que te avergüences de mí.

–Eso es imposible. Te he visto comer y sabes usar una servilleta.

Consuelo se rio.

–Gracias por tu confianza en mis modales en la mesa –se volvió un poco hacia él sin soltar su mano–. No quiero que tu madre te diga que dejes de salir conmigo.

–Ella no haría eso. Eres adorable. Además, tengo treinta y cuatro años. Dejó de meterse en mi vida amorosa hace un par de décadas.

Consuelo levantó las cejas.

–¿Estás seguro? Porque hace un par de meses montó un tenderete y aceptaba solicitudes para buscarte novia.

Kent sonrió.

–Ah, sí. Se me olvidaba. Pero ha escarmentado.

–¿Sí?

–Y aunque no haya escarmentado, yo te protegeré. Además, el que corre más peligro si salimos con mi familia soy yo. Van a contarte historias sobre mí.

–Eso suena divertido. ¿Qué clase de historias?

Esperaba que le confesara alguna travesura infantil, o que no había empezado a salir con chicas hasta la universidad, pero Kent se aclaró la voz y dijo:

–Cuando era más joven, era como una especie de perro con las mujeres.

Consuelo tuvo la sensación de que su sorpresa se le notaba en la cara.

–¿Qué quieres decir?

Se encogió de hombros.

–En segundo curso de instituto descubrí que las chicas me gustaban muchísimo. Tenía cierta reputación. En la universidad, eh, me aproveché de que había muchas chicas entre las que elegir. No me siento orgulloso de lo que hice –añadió apresuradamente–. Ahora soy distinto. Más maduro. Cuando tenía novia, siempre era fiel. Y nunca le puse los cuernos a mi exmujer –pareció al mismo tiempo avergonzado y orgulloso–.

–Esta es una vertiente tuya que no me esperaba.

Él asintió con la cabeza.

–Es porque soy profesor de matemáticas. La gente da por sentado que soy tímido con las mujeres. Me pongo un poco nervioso al principio, pero en cuanto las cosas marchan... –hizo una pausa.

–Continúa –le urgió ella, intrigada.

–Prefiero dejarlo ahí.

–¿Te da miedo que tu boca diga algo que tus otras... partes no puedan cumplir?

–Algo así. Más de una vez he pensado que estás completamente fuera de mi alcance, a otro nivel.

Estaba bromeando, pero Consuelo sabía que era cierto. Haber sido un ligón en el instituto no era nada comparable con su pasado.

–¿Tienes algún tatuaje? –preguntó él.

La pregunta inesperada la hizo salir de sus cavilaciones. Sonrió.

–Dos.

Él levantó las cejas.

–¿Dónde? ¿Y qué son?

–No voy a decírtelo.

–Así me gusta, que alimentes el suspense.

Ella se rio.

Kent la rodeó con el brazo y la atrajo hacia sí. Luego se inclinó y la besó. Consuelo se permitió relajarse y cerró los ojos lentamente. Estaban en un lugar público, no iba a ocurrir nada y eso era bueno y malo al mismo tiempo. Bueno porque por algún motivo la idea de acostarse con Kent la aterrorizaba y malo porque estar a su lado hacía que lo deseara.

Mientras sus labios se rozaban, sintió calor en los sitios habituales. Hacía mucho tiempo que no estaba con un hombre. Con uno que le gustara, desde hacía un par de años. Quería dejarse llevar, conectar con un hombre y no tener que preocuparse sobre cómo sonsacarle información o cómo escapar. Quería hacer el amor en una casa de las afueras y despertar oyendo el canto de los pájaros y las risas de los niños en vez de regresar sin ser vista a un oscuro y frío piso franco.

Se retiró y miró la cara de Kent. Él le sonrió y sus ojos se arrugaron.

–¿Te he dicho ya que estás como un tren? –preguntó.

Ella sonrió.

–Últimamente no y empezaba a preguntarme si habías cambiado de idea.

–No. Sigues siendo increíble –su sonrisa se borró–. No solo por tu físico. Quiero que tengas claro que me gusta cómo eres.

Consuelo confió en que fuera cierto.

Tomó sus manos. Con el entrenamiento adecuado, Kent podía convertirse en una máquina de matar. Tenía gracia: él, que jamás pegaría a una mujer, que nunca la avergonzaría. A juzgar por lo que contaba Reese, sabía que Kent era justo y razonable incluso cuando se enfadaba.

–Quizá debería conocer a tu madre –reconoció–. Ha hecho un trabajo estupendo contigo.

Él se rio.

–Una lógica interesante. Pero antes de organizar algo, te daré un par de días para que estés segura.

Claro que lo haría: así era él.

–Dime que va a ser precioso –pidió Madeline, un tanto dubitativa.

Isabel sacó el vestido blanco de una cajita que parecía increíblemente pequeña.

–Lo es. Dentro de cuatro horas, cuando esté planchado, será perfecto.

Era miércoles por la mañana y acababan de recibir un gran cargamento de vestidos. Habría sido agradable que los mandaran en cajas grandes donde pudieran colgarse, protegidos con papel de seda y que llegaran en perfectas condiciones, pero no era así. La mayoría llegaban doblados, o sea, llenos de arrugas y pliegues.

–Veo que voy a estar muy ocupada estos próximos días –dijo Madeline con una sonrisa–. Eso está bien.

Si siguen llegando vestidos, tengo el empleo asegurado.

Isabel se rio.

—Claro que sí.

Unos días después estaba previsto que llegaran los velos, los chales de seda y algunas diademas, pero nada era comparable a preparar un vestido para que se lo pusiera una novia.

—El secreto es no permitir jamás que una clienta vea su vestido recién salido de la caja. No se recuperaría de la impresión —Isabel desdobló con cuidado un precioso vestido de seda con muchos volantes y distintas capas. Sí, Madeline y ella iban a tener mucho trabajo esa semana.

Gracias a la planificación de su abuela, la trastienda era lo bastante grande para albergar un largo perchero. En cuanto desembalaban un vestido, lo colgaban. Algunas arrugas se alisaban solas, pero para las demás había que usar la plancha y la vaporeta.

—Me gusta ver las novedades —comentó Madeline mientras sacaba otro vestido—. Los cambios de estilo. Algunos son sutiles, pero siempre hay diferencias entre un año y otro.

—Con tal de que tengamos variedad —murmuró Isabel—. Odio que las tiendas se dediquen a un solo estilo, como los trajes de noche de tirantes. Aunque me encantan, no a todo el mundo le quedan bien. Y todas las novias merecen estar preciosas.

—A ti se te da bien eso —le dijo Madeline—. Encontrar el vestido adecuado para cada clienta.

—Pasé muchos años observando a mi abuela. Podía pasarse horas con una novia, hablando con ella sobre lo que quería, mirando fotos de vestidos y haciendo que se probara docenas. Era todo un acontecimiento. Una novia reservaba la tienda para toda una mañana o para toda la tarde. A veces encargaban comida.

–Tú también podrías hacerlo –comentó Madeline–. A algunas clientas les encantaría.

–Sería divertido –Isabel colgó otro vestido del perchero–. Haría muchos cambios aquí. Pero como no voy a quedarme...

–¿Estás segura de que no?

–Sí. Sigo queriendo volver a Nueva York –dijo con más firmeza de la que sentía. De hecho, hacía semanas que no pensaba en marcharse. Seguía sin hablar con Sonia, pero no le preocupaba en exceso. Sabía que la culpa era de Ford y se decía que debía tener cuidado. Que a él no le interesaba lo más mínimo que se quedara. Aun así, era atrayente pensar en ello.

Sonó el teléfono. Isabel dejó con cuidado el vestido que tenía entre las manos y fue a contestar.

–Luna de Papel –dijo–. Soy Isabel.

–Tienes que venir enseguida.

–¿Patience? ¿Estás bien?

–Sí –contestó su amiga–. Pero lo digo en serio. ¡Cierra la tienda y ven! Y trae a Madeline.

Patience colgó.

Isabel dejó el teléfono.

–Qué raro –dijo–. Patience quiere que vayamos enseguida. Parecía urgente.

Madeline se levantó.

–Vale. Voy a poner el cartel.

Isabel comprobó la puerta de atrás para asegurarse de que estaba cerrada con llave y salieron a la parte delantera de la tienda. Tras agarrar su bolso y sus llaves, se aseguró de que el cartel de: *Volvemos en diez minutos* estaba puesto, cerró la puerta y se fueron a toda prisa hacia Brew-haha.

Dos manzanas más allá, Isabel entró en la cafetería y se encontró a varias mujeres, entre ellas Charlie, Dellina y Noelle, pegadas al ventanal, mirando hacia el parque. Patience iba de acá para allá prácticamente bailando.

–Mira –dijo, señalando a un punto.

Isabel no le hizo caso.

–¿Estás bien?

–Sí, estoy bien –la agarró del brazo y la arrastró hasta la ventana–. ¡Mira!

Isabel fijó la mirada en la calle. No se veían coches. Había unos pocos transeúntes, un señor montando en bici y tres hombres en el parque.

–¿Y?

Charlie la miró con enojo.

–¿Cómo que «y»? ¿Lo dices en serio? ¿No sabes quiénes son?

Isabel miró otra vez y negó con la cabeza.

–No. ¿Debería saberlo?

Charlie suspiró.

–¿Por qué me esfuerzo siquiera?

–Me pido al rubio –dijo Noelle, señalando con el dedo–. Es de ensueño.

–¿De ensueño? –bufó Charlie–. ¿En qué año estamos? ¿En 1950? Kenny Scott es conocido por su velocidad y su capacidad como receptor. Dicen que sus manos son mágicas.

Noelle se apoyó contra el marco de la ventana.

–A mí me vendrían bien unas manos mágicas. Me pregunto si alquila las suyas.

Dellina señaló hacia un lugar.

–A mí me gusta ese –se volvió hacia Charlie–. ¿Cómo se llama?

–Sam Ridge. Es bateador. Ha marcado más tantos que... –sacudió la cabeza–. A vosotras no os interesa su carrera deportiva. No me habléis más.

Isabel se volvió hacia Patience.

–¿Eso es todo? ¿Me has hecho venir hasta aquí para que vea a unos jugadores de fútbol?

–Claro. Por fin han llegado.

Se abrió la puerta y entraron dos señoras. Isabel reconoció a Eddie y a Gladys. Se abrieron paso entre las demás y pegaron la cara al cristal.

–Bonito trasero –comentó Eddie–. ¿Creéis que se quitarán las camisetas?

–Estamos a quince grados –repuso Isabel.

–Son hombres. Que demuestren que son fuertes.

Isabel sacudió la cabeza.

–Estáis todas locas.

Patience sonrió.

–Vamos, es divertido. ¿Cuántas veces se mudan tres jugadores de fútbol al pueblo?

–Tenemos guardaespaldas –le dijo Isabel–. Con eso es suficiente. No necesitamos a esos tipos.

–Bueno, son agradables de ver –dijo Taryn al entrar en Brew-haha–. Y si se lo pides amablemente, pueden levantar y acarrear mucho peso.

Noelle se volvió hacia ella.

–¿Están todos solteros?

–Eso dicen –Taryn se acercó a la barra–. ¿Puede alguien darme un café con leche o tengo que esperar a que acabe el espectáculo?

–Creo que puedo calentar la leche y mirar al mismo tiempo –le dijo Patience.

Isabel se tomó un segundo para admirar el traje azul marino de Taryn. Hacía juego con sus ojos y contrastaba con su cabello negro. Unos zapatos de ante negros completaban su atuendo.

–Tú sí que sabes vestirte –le dijo, pensando que el vestido negro que llevaba ella tenía un propósito concreto: que la novia nunca se sintiera eclipsada. Sabía que era importante, pero al ver a Taryn, de pronto, deseó ponerse algo más interesante. Tal vez uno de los diseños que Dellina seguía llevando a su tienda. Por lo menos tenía sus zapatos, se dijo mirando los tacones rojos que se había puesto esa mañana. Ridículos, pero preciosos.

—Tengo que mantener una imagen —repuso Taryn—. Puede que el hábito no haga a la mujer, pero ayuda. Mis zapatos intimidan a los chicos, igual que los tuyos, y eso está bien —tomó el café que le había preparado Patience, lo pagó y se acercó a las mujeres que se habían congregado junto al ventanal.

—¿Van a desnudarse? —preguntó Gladys.

—Es poco probable —murmuró Taryn—. Están explorando. Puede que, si tenemos suerte, hagan algunas flexiones.

Isabel advirtió una nota de sarcasmo en su voz, pero Eddie y Gladys no parecieron darse cuenta.

—Me pregunto si les gustarán las mujeres maduritas —dijo Eddie—. Yo a ese alto podría enseñarle una o dos cosas. O quizá podría enseñármelas él a mí —Gladys y ella se rieron por lo bajo.

Taryn se acercó a Isabel.

—Esas dos señoras son un poco desconcertantes.

—Ya te acostumbrarás —le aseguró Isabel en voz baja—. Siempre aparecen cuando pasan cosas así. Tengo entendido que hace un par de años el Ayuntamiento trajo a un grupo de modelos para que posaran para hacer un calendario con el que recaudar dinero para el departamento de bomberos. Eddie y Gladys trajeron sillas y se quedaron allí todo el tiempo mientras posaban.

Noelle se acercó a ellas.

—No siento nada —dijo con aire desilusionado—. Estoy lista, lo noto, pero esos tíos no me dicen nada.

Taryn sonrió.

—Kenny se llevará un chasco cuando lo sepa.

Noelle miró hacia el ventanal.

—Ni siquiera me importa cuál de ellos es Kenny. ¿Va a venir algún otro hombre a vivir al pueblo? Porque esto se está volviendo ridículo.

Dellina también se acercó.

—Yo no quiero solo mirar —dijo alegremente—. ¿Sam no tiene pareja?

—No, pero es un incordio, te lo advierto.

Isabel miró a Taryn.

—¿De verdad no te interesan?

—No —contestó—. Físicamente, no podrían interesarme menos. Los conozco tan bien que es imposible que me interesen en un sentido romántico —se estremeció—. Estamos muy unidos. Los adoro, pero preferiría salir con un poste de madera. Por lo menos no discutiría.

Isabel y Madeline regresaron a Luna de Papel. Cuando llegaron, Ford estaba esperando junto a la puerta. Al verlas levantó una ceja.

—¿De verdad habéis ido a mirar embobadas a esos jugadores de fútbol? —preguntó en voz baja—. Supongo que no debería sorprenderme. A fin de cuentas, prometiste amarme para siempre y mira lo que ha pasado.

Madeline se echó a reír mientras entraba en la tienda.

—Os dejo para que lo resolváis —comentó antes de desaparecer dentro.

Isabel puso los brazos en jarras.

—¿Cómo te has enterado?

—A Patience le preocupan los sentimientos de Justice, no como a ti. Lo llamó para decirle lo que estaba pasando y él me lo dijo.

Isabel refrenó una sonrisa.

–Siento que hayas tenido que enterarte así. De que estaba mirando a otros hombres.

–Mirándolos embobada. Hay una diferencia. Estoy muy decepcionado contigo. Espero algo mejor de mis falsas novias.

Aunque disfrutaba de sus bromas, Isabel deseó en parte que lo que decía fuera cierto.

–Lo siento –le dijo–. Patience me llamó y me pidió que fuera. No sabía por qué. Simplemente, fui.

–Ya, claro. Échale la culpa a Patience –se acercó a ella–. Veo que tú y yo vamos a tener que hablar muy seriamente sobre tu comportamiento.

–Seguramente tienes razón –batió las pestañas–. Tal vez deberías castigarme luego.

–Eso no hay ni que decirlo. Estoy pensando en flagelarte con la lengua, como mínimo.

Isabel se estremeció al recordar lo que podía hacer Ford con la lengua. Luego bajó la cabeza fingiéndose sumisa.

–Lo que tú creas mejor.

La atrajo hacia sí y la besó en la coronilla.

–No quiero que esta conversación vuelva a repetirse.

–Claro que no.

Mientras la abrazaba, Isabel sintió la vibración de su risa.

–Se te da bien esto –comentó él en voz baja–. ¿Qué te parece si ahora hacemos del preso huido y de la esposa del carcelero?

Ella sonrió.

–Creo que podría meterme en el papel.

–Así me gusta.

–Aunque quizá tengamos que cambiarnos los papeles. Tu madre ha vuelto a llamarme para fijar un vis a vis.

–¡Qué pesadez!

–Sí. Pero no puedo seguir dándole largas.

Él la besó.

–Tengo que volver al trabajo. ¿Nos vemos esta noche?

–Yo seré la rubia.

–Gracias por la aclaración.

Isabel entró en Luna de Papel y suspiró. Su falso noviazgo empezaba a complicarse. La solución obvia era ponerle fin, pero no quería hacerlo.

Antes de que pudiera regresar a la trastienda, sonó su móvil. Lo sacó del bolso y pulsó la tecla de «responder» sin mirar quién llamaba.

–¿Diga?

–Hola, Isabel.

–¡Sonia! –se acercó a una silla y se sentó–. Hacía mucho tiempo que no sabía nada de ti. ¿Has recibido mis mensajes?

–Sí. Perdona. He estado muy liada. Tenía intención de llamarte.

–Me alegro de que lo hayas hecho. Tenemos mucho que hacer y muchas cosas de las que hablar.

–Lo sé. Bueno, claro, para eso te llamo, para que hablemos –su amiga se aclaró la voz–. Mira, no sé cómo decirte esto. Por eso no te he devuelto las llamadas. Me he... –hizo una pausa–. Me he asociado con otra persona.

Isabel se puso rígida.

–¿Qué? ¿Qué dices? Teníamos un trato. Habíamos hecho planes.

–Lo sé, lo sé. Debería habértelo dicho antes. Es solo que... No quería esperar. Tú no vuelves hasta febrero y eso es mucho tiempo.

–Son cinco meses. Con todo lo que hay que hacer, no es tanto tiempo.

–Ya, pero hay también otras razones. Ella tiene más dinero para invertirlo en el negocio. Podemos empezar a lo grande y puede que no tardemos mucho en despegar. Eso es lo que yo quiero. Es mi sueño, Isabel. Tengo que hacerlo. Lo siento si te has llevado una desilusión.

–¿Una desilusión? Vine aquí para ganar más dinero que invertir en nuestro negocio. Volví para ponerme al día de cómo llevar una tienda. Lo habíamos hablado. Lo habíamos hablado todo.

–Lo sé, pero el comercio es arriesgado y para mí esta opción es mejor. ¿Tienes que tomártelo tan mal? Confiaba en que pudiéramos seguir siendo amigas. ¿No puedes alegrarte por mí?

¿Por ella? Isabel quiso preguntarle qué pasaba con sus sueños, pero sabía que a Sonia no le importaba eso. Había dejado muy claro que no le importaba nadie, excepto ella misma.

–Buena suerte –dijo con amargura, y colgó antes de que Sonia pudiera responder.

17

Ford miraba a Isabel sin saber qué hacer mientras ella se enjugaba las lágrimas.

–Es tan injusto... –dijo con el labio tembloroso–. Ahora ya sé por qué me estaba evitando. Lo sabía. Sabía desde el principio que iba a montar el negocio con otra persona y no me lo ha dicho.

Estaban en el cuarto de estar de su casa. Una sala relativamente grande y provista de ventanales, pero Ford se sentía tan atrapado como si estuviera encerrado en una celda de dos por dos. No sabía qué demonios debía hacer para que Isabel se sintiera mejor y tampoco podía marcharse.

Madeline lo había llamado hacía menos de media hora. Le había dicho que Isabel había recibido una llamada y que se había ido llorando de la tienda. No sabía qué le había pasado, pero estaba preocupada por ella. Ford había ido corriendo a casa y había encontrado a Isabel tan abatida como decía Madeline.

–No puedo creerlo –aplastó el pañuelo de papel que tenía en la mano y lo miró–. No puedo creerlo.

Ford ansió frenéticamente arreglar el problema, pero no sabía cómo.

—Lo siento —dijo cayendo de rodillas delante de ella—. Lo siento de verdad.

Ella asintió.

—Lo sé. No se trata de ti. Soy yo. Dios mío, ¿qué me pasa? Primero Eric y ahora Sonia.

—Si han actuado así, no es por culpa tuya.

—Mi mente lo sabe, pero mis tripas me dicen otra cosa —bajó la cabeza y Ford vio que caían lágrimas sobre sus dedos—. Es como la muerte de un sueño —levantó la cabeza. Tenía los ojos azules llenos de lágrimas—. No, no es como la muerte de un sueño. Es la muerte de un sueño. Lo teníamos todo planeado. Por eso volví aquí —meneó la cabeza—. Bueno, en parte volví por Eric. Quería alejarme de la ciudad, pero aun así... Pensaba que... —tragó saliva—. Confiaba en ella. Creía en lo que íbamos a hacer, y me ha dejado tirada por alguien con más dinero.

Ford la rodeó con los brazos y la apretó contra sí. Sabía que se suponía que tenía que decir algo, pero ignoraba qué era.

—No era tu amiga —murmuró—. Una verdadera amiga no te haría esto.

—Lo-lo sé —se le trabó la voz—. Y eso lo hace todavía peor. He perdido mi negocio soñado y a una amiga, todo en la misma conversación. ¿Por qué no me lo ha dicho antes? ¿Por qué no me ha dado ninguna pista? —se echó hacia atrás y lo miró—. ¿Soy yo? ¿Ha sido por culpa mía?

Ford sintió su dolor y quiso arrancarse el corazón con tal de ayudarla. Deseó buscar a aquella zorra de Sonia y... Masculló una maldición, consciente de que no podía desfogar su rabia con un civil. Y menos aún con una mujer.

–No, no es culpa tuya –le dijo acariciando un lado de su cara–. Tú has hecho lo que habíais acordado. Has cumplido las normas.

–Sí, siempre las cumplo –contestó, abatida–. Y siempre me salen mal las cosas. Puede que necesite otro plan –se levantó y se acercó a la ventana. Cruzó los brazos y se volvió hacia él–. ¿Alguna vez has deseado algo tanto y lo has perdido?

Ford se levantó y negó con la cabeza.

–Es un asco –añadió ella–. Un verdadero asco.

Ford la creyó, y una parte de él envidió su capacidad de sentir esa clase de pasión. Porque la verdad era que él nunca había deseado nada hasta ese grado. Lo que deseaba lo conseguía fácilmente, y cuando se cansaba de ello se largaba. Era lo que había hecho toda la vida. Lo cual, aunque para él fuese una revelación, no ayudaba mucho a Isabel.

Isabel se apartó de la ventana. Ford no tenía respuestas, y ella tenía que dejar de pedírselas. Estaba a punto de decirle que pronto se le pasaría cuando llamaron a la puerta.

–Ya voy yo –dijo él rápidamente, y corrió a abrir la puerta. Unos segundos después volvió a aparecer con Patience.

Isabel se secó las lágrimas.

–¿Has pedido refuerzos?

Ford se encogió de hombros.

–Me daba miedo no poder hacerme con la situación yo solo.

–Lo has hecho muy bien.

Patience se acercó a ella.

–¿Qué ha pasado? ¿Estás bien?

Isabel le contó lo de la llamada de Sonia.

—Es increíble —dijo su amiga—. Menuda zorra.

—En eso parece haber consenso general.

Patience la condujo al sofá y miró a Ford.

—No me importa quedarme un rato —dijo, y miró a Isabel—. Se le está poniendo esa mirada incómoda, como si se sintiera atrapado.

—No es verdad —dijo él a la defensiva.

Isabel logró sonreír.

—Lo has hecho muy bien. Gracias.

—¿Estás segura?

Se acercó a él y lo besó.

—Gracias por no huir despavorido de la habitación cuando me he puesto a llorar.

Ford la abrazó.

—Lo siento.

—Lo sé.

—¿Nos vemos luego?

Ella asintió y él se fue.

—¿Quieres una infusión? —le preguntó a su amiga—. Por lo visto es lo preceptivo en momentos de crisis: preparar un té.

—Claro.

Entraron en la cocina. Isabel puso agua a hervir y sacó una selección de infusiones. Patience sacó dos tazas y las puso en la encimera.

—Ahora empieza por el principio.

Isabel le repitió lo ocurrido y luego respiró hondo.

—Es tan injusto... Llevaba un par de semanas llamándola y no me contestaba. Debería haberme dado cuenta de que pasaba algo. Pero Sonia solía desaparecer del mapa cuando estaba muy liada. Publicaba comentarios en Facebook, así que sabía que estaba bien. Yo creía que era una especie de crisis creativa. No me di cuenta de que me la estaba jugando desde el principio —sintió que empezaban a escocerle los ojos—. Estaba convencida de que iba a irnos muy bien. De que íbamos a montar nuestra propia tienda y a conquistar el mundo de la moda. Quizá no con la fuerza de un huracán, pero al menos sí con cierto ímpetu –procuró sonreír, pero su boca se negó a cooperar–. Me siento como una idiota.

Patience se acercó y le tocó el brazo.

–Tú no has hecho nada malo.

–Eso dice Ford.

–Y tiene razón. Has confiado en una amiga y te ha traicionado. Si tenía dudas, debería habértelo dicho.

El agua empezó a hervir. Isabel la sirvió en las tazas. Patience puso las bolsitas de infusión.

–Ha sido otro mazazo –reconoció–. Y además está también la humillación que significa. Mi marido me deja por un hombre y mi socia me planta por alguien con más dinero. Soy el común denominador, así que algo debo de estar haciendo mal.

–Nada de eso –insistió Patience–. Confías en la gente a la que quieres. Si te traicionan, la culpa es suya. Sonia y tú teníais un acuerdo. Ella lo ha roto. Sé que suena duro, pero quizá sea mejor que hayas descubierto ahora cómo es, antes de invertir tu dinero. Parece una de esas personas capaces de largarse en cualquier momento. ¿Y si hubieras abierto la tienda y luego te hubiera dejado en la estacada?

Isabel no lo había pensado.

–Me habría quedado con una tienda y sin diseñadora.

–Exacto. Eso sería aún peor.

Volvieron al cuarto de estar y se sentaron.

–Estoy tan confusa... –reconoció–. No sé qué voy a hacer ahora. ¿Cómo voy a confiar en alguien? Sé que no es bueno desconfiar constantemente de los demás, y no quiero pasarme la vida en una cueva, amargada y asustada por que alguien pueda hacerme daño.

—Me alegro, porque las únicas cuevas que conozco están en el rancho de Heidi, y las utiliza para envejecer sus quesos. No creo que te gustara. Sería difícil soportar el olor, día tras día.

Isabel logró sonreír un poco.

—Gracias por poner en perspectiva mi sueño de vivir en una cueva.

—De nada —Patience le apretó la mano—. Siento que haya pasado esto, pero a riesgo de parecer absurdamente optimista, creo que tienes alternativas.

—Alternativas que me conducirán a llevarme nuevos chascos —refunfuñó Isabel.

—Así me gusta, que seas positiva —comentó su amiga con una sonrisa—. Muy bien, no vas a abrir una tienda con Sonia en Nueva York. Pero hay cientos de sitios donde puedes hacerlo. Elige una ciudad.

—No tengo otra diseñadora con la que trabajar —Isabel apoyó la cabeza contra el respaldo del sofá y suspiró.

—No sabía que solo hubiera una.

Isabel se enderezó.

—¿Una qué?

—Una diseñadora. ¿Sonia es la única?

—Muy graciosa.

—Tengo un sentido del humor encantador —su amiga se inclinó hacia ella—. Ahí fuera hay cientos de diseñadores, miles de ellos. Solo tienes que encontrar uno. O cinco, quizá. Puede que sea mejor no tener socia ahora mismo. Podrías empezar con la amiga de Dellina. Sus vestidos son preciosos. Y se venden bien.

Isabel comprendió que tenía razón.

—Es una opción, pero Sonia también iba a meter dinero. No tengo capital suficiente para abrir una boutique yo sola –hizo una pausa y se preguntó si podía arriesgarse a buscar otra socia.

–¿Y Luna de Papel? –preguntó Patience.

Isabel se quedó mirándola.

–No quiero pasar el resto de mi vida vendiendo vestidos de novia.

–Ya lo sé. Pero no tienes por qué hacerlo. La tienda va bien y tiene ingresos regulares. Eso te ayudaría. Podrías ampliar el negocio. Incluir algunos diseñadores. Ampliar tu mercado. El local de al lado se alquila. Puedes alquilarlo, abrir una puerta en el tabique y vender vestidos de novia y ropa de diseño. Seguro que a tus padres les encantaría que el negocio se quedara en la familia, y seguramente ellos no te romperán el corazón.

Isabel se levantó y se alejó del sofá. Cuando llegó a la chimenea, se dio la vuelta.

–Nunca he pensado en quedarme –reconoció–. Fool's Gold no es precisamente la capital mundial de la moda. Pero mis padres se llevarían una alegría.

–Vivir aquí tiene sus ventajas. Hay mucho turismo. Y muchas mujeres en el pueblo. Además, has vendido toda la ropa de la amiga de Dellina sin siquiera proponértelo.

¿Quedarse a vivir allí? Siempre había planeado marcharse. Volver a Nueva York. Dejar su huella. Quedarse allí sería...

¿Qué? ¿Rendirse? No se lo parecía. Le gustaba el pueblo. Tenía amigas de confianza y su familia vivía allí. Y tenía que reconocer que sería agradable poder pasar más tiempo con sus sobrinos y su hermana.

–Tendría que buscarme una casa –murmuró.

–Eso es fácil. Dices que a Madeline le encanta trabajar en Luna de Papel. Teniéndola allí, dispondrías de tiempo para hacer lo que de verdad te gusta –Patience se levantó y se acercó a ella–. No tienes que decidirlo ahora, pero al menos piénsalo. Sé que estás triste, pero esto no es el final de un sueño. Has tenido que cambiar de rumbo. Y eso a veces no es malo.

Isabel la abrazó.

–Gracias por escucharme –dijo.

–Para eso están las amigas. Y en cuanto den las cinco, vamos a emborracharnos. Porque también para eso están las amigas.

Isabel se rio. Seguía sintiéndose dolida y confusa, pero ya no se sentía tan perdida. Tal vez decidiera marcharse después de todo, pero tenía alternativas. Posibilidades.

Acompañó a su amiga a la puerta y salió a la acera.

–Esta noche donde Jo a las cinco en punto –le dijo Patience–. No es una petición, es una orden.

–Allí estaré.

–Bien.

Se abrazaron otra vez y Patience regresó a Brew-ha-ha. Isabel se dirigió a Luna de Papel. Mientras sonreía a personas a las que conocía, pensó en otra complicación. Una de la que aún no podía hablar.

Si no se marchaba de Fool's Gold, ¿qué iba a pasar con Ford? Porque tenía el mal presentimiento de que lo que había sentido cuando la había dejado Eric no sería nada comparado con lo que sentiría si la dejaba Ford.

Consuelo observó la colección.

–No veo muchas comedias románticas –comentó mientras leía los títulos.

Las películas pulcramente alineadas estaban en varios estantes, junto al televisor, en el sótano de Kent. Había muchas películas de acción y una gran colección de películas infantiles, pero poco más. Miró a Kent.

–¿Te das cuenta de que no hay ni un solo título que refleje el punto de vista de una mujer?

–En esta casa no somos muy aficionados a las pelis de chicas –reconoció él–. Pero si quieres ver alguna en concreto, puedo buscarla.

–¿Estás dispuesto a soportar *Algo para recordar*?

Kent sonrió.

–He visto cosas peores.

–Qué alentador –pasó los dedos por los lomos de las películas–. Estas están bien, pero las secuencias de acción suelen estar mal reflejadas. O los malos disparan fatal. Lo veo constantemente en la televisión. Los protagonistas pueden matarlos de un solo disparo, pero los malos disparan y disparan y no pasa nada.

–Puede que necesiten más entrenamiento.

Consuelo se encogió de hombros.

–Supongo que daría para una serie muy corta si se cargaran al protagonista en el segundo episodio –volvió a fijar su atención en los títulos.

Habían bajado al sótano a escoger una película para después de la cena. Kent la había invitado un par de días antes, dejando claro que era una cita. Reese iba a pasar la noche en casa de Carter. Estaban solos.

Consuelo estaba dispuesta a reconocer que estaba un poco nerviosa, pero solo para sus adentros. Salir con hombres le parecía complicado. Salir de verdad. Cuando estaba en servicio activo, se había enrollado de vez en cuando con un hombre, aunque no muy a menudo.

En su trabajo, una relación de pareja parecía imposible, y ella se parecía lo suficiente a la mayoría de las mujeres como para no interesarse por el sexo pasajero. Había veces en que quería que la abrazaran porque le importaba a un hombre, no solamente como un medio para echarle un polvo.

Pero estaba con Kent, lo que significaba que lo que estaba sucediendo entre ellos era una cita en toda regla. Y él no había hecho aún más que besarla. No estaba segura de qué iba a pasar esa noche, en caso de que pasara algo. Suponía que, si quería que las cosas fueran más lejos, tendría que tomar ella la iniciativa.

Pero no quería hacerlo. Quería... quería que la miraran y la sedujeran.

Qué idiotez, se dijo, despreciando la debilidad que demostraba ese deseo. Ella no necesitaba a nadie. Era autosuficiente. Una guerrera.

—Eh, vuelve aquí.

Se volvió y vio que Kent estaba de pie a su lado. La observaba con cara de preocupación.

—¿Qué pasa? —preguntó ella.

—Parecías muy enfadada por algo. Distraída.

La sorprendió su capacidad para intuir lo que le sucedía.

—¿Cómo sabes que no estaba enfadada contigo?

—Todavía no he hecho nada.

Ella sonrió.

—Tienes razón. Me he distraído. Perdona.

—¿Quieres hablar de ello?

Negó con la cabeza. Había tantas cosas de las que no podía hablar... No solo material clasificado. Esos secretos era fácil guardarlos. Era todo lo demás: lo que había hecho. Kent lo sabía a grandes pinceladas, pero no era lo mismo saberlo con detalle.

—Para —dijo él con suavidad—. No sé en qué estás pensando, pero para.

Consuelo lo miró parpadeando.

—Noto que te estás replegando sobre ti misma —le dijo él—. No lo hagas. Quédate conmigo.

–Estoy aquí –le aseguró.

Notó que estaba preocupado. Tenía los hombros tensos. Se sentía frustrado por lo que no sabía y era demasiado considerado para presionarla. Una situación irresoluble. Consuelo no sabía cómo lo soportaba.

Sin saber qué hacer, se acercó a él y le puso las manos en el pecho.

–Bésame.

Kent la rodeó con los brazos y obedeció.

Su boca, como siempre, era firme pero suave. Se apoderó de sus labios con pasión refrenada. La deseaba, pero no podía presionarla. Cuando deslizó la lengua por su labio superior, ella abrió la boca.

Con la primera caricia, Consuelo sintió el calor ardiente del deseo entre los muslos. Notó tensos los pechos. Se dijo que era porque hacía mucho tiempo que no practicaba el sexo. Pero sabía que no era por eso. La verdadera razón era que no había hecho el amor con nadie desde que era mucho más joven, en una época en la que estaba dispuesta a confiar en los demás.

Kent se apartó.

–Para –le dijo–. Deja de marcharte.

¿Lo notaba? ¿Sentía que su mente divagaba?

–No puedo evitarlo –reconoció, inquieta. Quería más y al mismo tiempo le aterrorizaban las consecuencias–. Me asustas.

–Eso es imposible. ¿Cómo voy a asustarte?

Se dio la vuelta, consciente de que sus emociones habían salido a la luz. Estaba a punto de perder el control. Pero estaba con Kent y no podía mentirle.

–Te gusto –dijo–. Sabes de mí más de lo que permito que sepan otras personas y te gusto.

Pareció desconcertado.

–No entiendo.

Consuelo señaló su cuerpo y su cara.

–Así eres tú. Tienes defectos y cualidades. Tu vida es predecible. Llamas a tu madre, haces donativos para caridad. A mí me han entrenado para no revelar nada. Para fingir que soy quien no soy. He sobrevivido a fuerza de ser dura.

–No me parece un tema de conversación muy seductor, pero de acuerdo –se acercó a ella–. Confío en ti, Consuelo. Tienes razón: me gustas mucho. Eres complicada, pero lo acepto.

Eso era. Su aceptación. Sabía que tenía secretos y no le importaba. Confiaba en ella.

Quiso discutir, decirle que se equivocaba. Que no era merecedora de su confianza. Pero en el fondo sabía que jamás haría nada que pudiera herir a aquel hombre. No podía. Prefería arrancarse el corazón de cuajo.

Huir era la salida más sencilla, se dijo. Lo difícil era quedarse.

Miró hacia las escaleras y luego lo miró a él. Sin decir nada, lo tomó de la mano.

Lo llevó al piso de arriba y luego por el pasillo, hasta su dormitorio. Una vez allí, cerró la puerta y encendió la lámpara que había junto a la cama. Luego lo miró de frente.

Una media sonrisa afloró a los labios de Kent. Se quedó junto a la cama, relajado. Como si tuviera todo el tiempo del mundo.

Ella llevaba un vestido de punto de manga larga y zapatos altos.

Se quitó los zapatos, se bajó la cremallera lateral del vestido y dejó que cayera a la alfombra. Debajo llevaba un sujetador y un tanga.

Los ojos de Kent se dilataron. Consuelo vio que

tragaba saliva, que intentaba decir algo y que luego sacudía la cabeza.

–Joder –masculló.

Ella se rio y sintió que sus últimas dudas se evaporaban. Tal vez tuviera problemas que resolver, pero debía dejarlos para otro momento. Ahora quería hacer el amor con Kent. Quería sentir sus manos sobre su cuerpo y su lengua en la boca. Quería dejar de pensar y empezar a sentir.

Puso las manos sobre las caderas y ladeó la cabeza.

–¿Y bien?

–Vale.

Se desabrochó la camisa de manga larga y se la quitó. La siguieron los zapatos y los calcetines. Estaba en buena forma. No tan musculado como los hombres con los que trabajaba, lo cual le gustó. Kent parecía lo que era. Un padre de clase media muy sexy, pensó mientras la recorría un escalofrío de deseo.

Él se quitó los vaqueros y se quedó en calzoncillos. Unos calzoncillos sorprendentemente pequeños. El tejido de algodón negro apenas conseguía contener su impresionante erección. Los músculos del vientre de Consuelo se tensaron.

–Habría dicho que los llevabas blancos –dijo, señalando los calzoncillos mientras se acercaba a él.

–Creo que estos son más modernos.

Ella se rio y siguió avanzando hasta que casi lo tocó.

–Eres increíblemente hermosa –dijo Kent mirándola a los ojos–. Y tu cuerpo... Dios... ¿Puedo...? –dudó como si no supiera si preguntárselo.

–Lo que quieras –dijo ella, intrigada por qué parte tocaría primero.

Kent posó las manos en sus caderas y luego, muy

lentamente, las deslizó hasta su trasero. Agarró sus glúteos musculosos y los apretó. Cerró los ojos al hundir los dedos en su carne.

Consuelo se inclinó hacia él. Le rodeó el cuello con los brazos. Kent la besó. Ella abrió los labios inmediatamente y dio la bienvenida a su lengua con la suya. Ladeó la cabeza. Quería que la besara más profundamente, y él obedeció.

Deslizó las manos por su espalda, hasta su sujetador. Lo desabrochó con facilidad y la pequeña prenda de encaje cayó al suelo. Consuelo se retiró y acercó las manos de Kent a sus pechos.

–Así que lo que decías sobre el instituto no era mentira.

Él pasó los pulgares por sus pezones endurecidos.

–Daba lecciones sobre cómo desabrochar un sujetador con una sola mano. Pero estoy desentrenado. Espero que no me lo reproches.

Antes de que ella pudiera contestar, la condujo a la cama. Consuelo se tumbó en el colchón y él se acostó a su lado. Se inclinó sobre ella y la besó de nuevo. Mientras sus lenguas se entrelazaban, le puso la mano en el vientre. Siguió el contorno de sus costillas antes de acariciar sus pechos. Rodeó con las manos sus curvas modestas y se sirvió del pulgar y del índice para frotar sus pezones tensos y sensibles.

Ella arqueó un poco la espalda. Quería más. Kent entendió la señal. Besó su garganta, mordisqueó la piel de encima de su clavícula y a continuación posó la boca sobre uno de sus pechos. Chupó suavemente el pezón y lo rodeó con la lengua. Después se retiró un poco y sopló la piel humedecida. Ella se estremeció de placer.

–¿Cómo te gusta? –preguntó Kent antes de lamerle el otro pezón–. ¿Fuerte? ¿Suave? ¿Ni una cosa ni otra?

La pregunta la desconcertó un momento. Durante mucho tiempo, el sexo había sido para ella una parte más de sus misiones. Si había algún placer, era incidental, y a menudo accidental. Esto era distinto. Se trataba de compartir.

–Más fuerte de lo que lo estabas haciendo –contestó–. Sigue. Yo te digo si es demasiado.

Kent la miró y sonrió.

–Me gustas cada vez más –posó de nuevo la boca en su pecho y lo chupó con más fuerza. Al mismo tiempo frotó con la mano el otro pezón, imitando los movimientos de su boca. Rozó suavemente con los dientes la carne tierna, conduciéndola a un lugar donde el placer aumentaba hasta asemejarse al dolor. Pero antes de que ella pudiera detenerlo, se apartó.

Repitió las mismas acciones, excitándola hasta que Consuelo comenzó a retorcerse de deseo.

–Kent –jadeó–, te necesito.

Él reaccionó con más rapidez de la que ella le habría creído capaz. Un segundo después, su tanga voló por el aire y los dedos de Kent comenzaron a explorar su sexo. Se deslizó entre su carne hinchada y húmeda, encontró el clítoris y comenzó a acariciarlo en círculos.

Controlaba magistralmente el ritmo, pensó ella mientras abría las piernas del todo y dejaba que él tomara el control. Lo bastante rápido para mantenerla en el camino hacia el clímax, pero no tanto como para que sintiera presionada. Frotaba el clítoris, lo rodeaba y de vez en cuando apretaba un poco más fuerte para llegar al centro mismo de aquellos nervios erizados.

La respiración de Consuelo se hizo más agitada. Hacía tanto tiempo, pensó mientras su mente empezaba a apagarse. Necesitaba aquello, necesitaba que Kent la condujera hacia el abismo.

Sus músculos se tensaron mientras seguía tocándola. Ella movía las caderas siguiendo el ritmo de sus caricias y jadeaba. Kent cambió de postura, cambió los dedos por el pulgar y luego deslizó dos dedos dentro de ella.

A la segunda pasada, Consuelo sintió que empezaba a alcanzar el clímax. Su velocidad inesperada la sorprendió casi tanto como su intensidad. Fue como si todas las células de su cuerpo participasen, llenándose de tensión y luego de placer. Se oyó gritar y no fue capaz de sofocar su propia voz. Él siguió tocándola y ella siguió corriéndose, y quizá por primera vez en su vida se sintió fuera de control.

Por fin, todo acabó. Kent retiró los dedos pero siguió acariciándola despacio. Ella no sabía qué pensar, qué decir. Se sentía agotada y avergonzada, y sin embargo absolutamente hechizada por él.

Por fin abrió los ojos y vio que la estaba observando con una expresión de orgullo y adoración que la conmovió profundamente. La rodeó con los brazos y Consuelo se dejó estrechar, convencida de que allí estaba a salvo.

—Estoy seguro de que ya he dicho «joder» —le dijo Kent mientras acariciaba su espalda—. Así que decirlo otra vez hará que parezca aburrido. Pero tengo la mente en blanco y no se me ocurre nada mejor. Eres increíble. Quiero seguir haciendo lo mismo, pero también hay otras cosas que quiero hacer y no sé por dónde empezar.

Consuelo apretó la tripa contra su pene hinchado.

—Creo que deberíamos empezar por aquí —levantó la cabeza y sonrió—. Quiero estar encima.

Su erección dio un respingo en cuanto dijo aquello, y Kent se apresuró a quitarse los calzoncillos. Pero en lugar de tumbarse, tocó su mejilla.

–Eh... Hace mucho tiempo que no me acuesto con nadie. Así que esta no va a ser mi mejor actuación. Solo para que no te lleves una desilusión.

Ella sonrió y lo besó.

–Todavía estoy envuelta en una nube de placer. Es imposible que me lleve una desilusión.

Lo hizo tumbarse de espaldas y lo miró. Como él había dicho, había muchas cosas que podían hacer. Diferentes posiciones y técnicas que había aprendido con los años. Pero eso era para después. En ese momento solo quería sentirlo dentro y hacerle gozar tanto como había gozado ella.

Se subió a horcajadas sobre su cintura y se echó hacia atrás lentamente. Kent deslizó la mano entre ellos y guio su miembro con una mano mientras con la otra la agarraba de la cadera. Consuelo se movió hacia atrás y hacia abajo hasta que tuvo su verga dentro. Los dos sofocaron un gemido.

Consuelo se irguió y luego se removió para adaptarse a él. Kent masculló un juramento. Ella se rio.

–¿Por qué no te quedas así un segundo? –preguntó él con los dientes apretados–. Voy a intentar controlarme.

–Me parece buena idea –refrenó una sonrisa–. Pero ¿te importa que haga esto? –se levantó un poco y luego volvió a acomodarse sobre él.

Kent dejó escapar un gruñido.

–Yo también puedo jugar –dijo.

–Estás intentando no jugar, que es distinto.

–Así que eso es lo que quieres –dijo él con una mirada intensa–. Muy bien. Vamos a ver qué pasa –metió la mano entre los dos y apretó su clítoris hinchado con el pulgar. Pero en lugar de estarse quieto, comenzó a rodearlo y a frotarlo.

Cinco minutos antes, Consuelo habría jurado que

era incapaz de volver a correrse durante al menos veinticuatro horas. De pronto comenzó a jadear, frenética.

–No pares –dijo, bajando las caderas y apretándolas–. Sigue así.

–Vale –su voz sonó prácticamente como un gruñido.

Mantuvo su palabra: la frotó cada vez más fuerte. Pero de pronto ya no fue suficiente. Consuelo se levantó sobre su pene y luego se dejó caer otra vez sobre él. Cerró los ojos mientras lo cabalgaba, cada vez más excitada.

–Más –murmuró–. Más.

Con cada subida y cada bajada, Kent la llenaba por completo. La fricción la hacía jadear. Una y otra vez. Luego, de pronto, se sintió al borde del abismo.

Se corrió con un grito. Aquel orgasmo duró más que el anterior. Se inclinó hacia delante para sujetarse a la cama y moverse adelante y atrás. En algún momento, Kent dejó de tocar su clítoris. La agarró de las caderas y la ayudó a mantener el ritmo. Ella abrió los ojos y vio que la estaba mirando, notó el instante en que alcanzaba el clímax.

Se corrieron juntos. Él empujó hasta dentro y ella lo rodeó fuertemente con sus músculos. Siguieron así hasta que los dos dejaron de moverse.

Con la calma llegó la realidad. Consuelo se vio subiendo y bajando, rebotando sus pechos, mientras le gritaba que no parara.

Había perdido por completo el control. Dos veces.

Una mano tocó su mejilla. Ella se obligó a abrir los ojos y lo vio mirándola con una sonrisa satisfecha.

–Así que eres de las que gritan –comentó.

Ella se apartó de él y se tumbó de espaldas en la cama.

–No. En la cama soy muy silenciosa y me controlo mucho.

Él se rio.

–Sí, ya lo he notado –se inclinó para darle un suave beso–. Estaba pensando que puedo hacer que te corras con la boca y que luego podríamos hacerlo otra vez, pero conmigo detrás, porque, oye, ¿tú has visto el trasero que tienes? Luego podemos cenar.

Consuelo sintió que había llegado el momento de elegir. Podía dejar que su pasado la definiera o podía entregarse a aquel hombre maravilloso. Lo rodeó con los brazos y se aferró a él.

Kent la apretó contra sí y susurró:

–Sabes que me gusta que grites, ¿verdad?

–Sí, lo sé.

18

Isabel cruzó la tienda vacía que había junto a Luna de Papel. El propietario era Josh Golden, un excampeón de ciclismo que había pasado la década anterior comprando gran parte del pueblo. Se rumoreaba que era un casero muy generoso, lo cual era una suerte, porque ella no estaba precisamente nadando en dinero.

El local no era muy grande. Medía unos veinte metros cuadrados, pero tenía grandes ventanales, y lo mejor de todo era que compartía un tabique con Luna de Papel.

El inquilino anterior había dejado las estanterías, y el suelo de tarima estaba en perfecto estado. Había dos aseos, uno mucho más lujoso que el otro, y un almacén de buen tamaño.

Isabel regresó al centro de la tienda y giró lentamente sobre sí misma. No costaría mucho abrir un hueco en la pared. Podía utilizar los probadores de la tienda de novias y de ese modo ahorraría en reformas. El cuarto de baño más bonito sería para los clientes. Tendría que gastar algún dinero en pintar y en poner apliques, pero la iluminación ya era como quería.

Podía usar las estanterías para los accesorios, y se preguntó si sería muy difícil encontrar diseñadores que crearan bolsos de mano, cinturones y bisutería.

No tenía un plan de negocio, así que no podía hacer cuentas, pero había posibilidades. Salió, cerró con cuidado y regresó a Luna de Papel.

Intentó mirar la tienda como si no la hubiera visto nunca. Había un montón de ventanas y mucha luz. Los muebles tenían demasiado terciopelo rojo y los candelabros eran demasiado dorados para su gusto, pero eso podía cambiarse fácilmente. El inventario estaba al día y, si alquilaba el local de al lado, no tendría que hacer ningún cambio en Luna de Papel, al menos de momento. La tienda de novias le proporcionaría ingresos saneados.

Sabía que a sus padres les encantaría que se quedara con el negocio y que dejarían que lo fuera comprando poco a poco. En cuanto tuviera el plan de negocio acabado, haría cuentas. Tenía la sensación de que con el dinero que había obtenido de su divorcio, podría hacerlo funcionar económicamente. La cuestión era ¿quería hacerlo?

Quedarse significaba estar con sus amigas. Vivir cerca de su familia. Significaba no saber qué hacer con sus sentimientos hacia Ford.

Pero también significaba renunciar a su sueño de vivir otra vez en Nueva York. Significaba la vuelta definitiva a su pueblo natal, y de momento no estaba segura de que fuera buena idea, sobre todo porque había llegado allí después de su divorcio. Quería avanzar, no retroceder. Suponía que el mayor problema era que, si se quedaba, tal vez sintiera que se había dado por vencida.

Todo se reducía a tomar la decisión que fuera mejor para ella, teniendo en cuenta el cambio de circunstancias.

Se abrió la puerta. Al volverse vio entrar a Ford con dos jóvenes muy guapas. Eran menudas, con el pelo largo y oscuro y ojos castaños. Su piel perfecta refulgía de un modo que hizo pensar a Isabel que debía hacerse exfoliaciones más a menudo.

–Hola –dijo Ford acercándose a ella. Llevaba una gran bolsa de traje en cada mano–. Quiero que conozcas a Misaki y Kaori. Son hermanas.

–Encantada de conoceros –dijo Isabel.

Calculó que tenían poco más de veinte años. Misaki llevaba pantalones morunos de color morado y chaleco de cuero negro. Kaori, un vestido plisado rojo oscuro.

–Me encanta la tienda –comentó Kaori mientras echaba un vistazo alrededor–. Muy retro, pero elegante –fijó la mirada en un vestido de Vera Wang–. Dios mío, me encantaría deconstruirlo.

–Tú quieres deconstruirlo todo –repuso su hermana.

Isabel miró a Ford.

–Bueno, eh, ¿qué haces aquí y por qué has traído a estas dos chicas encantadoras?

Misaki sonrió, le quitó a Ford una de las bolsas de traje y bajó la cremallera.

–Hacemos ropa.

Dos vestidos y un traje de noche salieron por la abertura y de pronto a Isabel dejó de importarle cómo había conocido Ford a aquellas chicas y por qué las había llevado allí. Las prendas acapararon su atención. Los vestidos no podían ser más distintos. Uno era todo volantes y movimiento y el otro parecía tan pequeño y ceñido que no le serviría ni a una maniquí. El vestido de noche estaba hecho de capas y más capas de encaje de color champán, pero los adornos eran de cuero.

–Este es perfecto para la alfombra roja –murmuró Isabel, admirando su factura.

–Ojalá –dijo Misaki–. No hemos tenido mucha suerte colocando nuestros diseños en tiendas. Somos demasiado vanguardistas para los grandes almacenes, y la única boutique con la que llegamos a un acuerdo, básicamente nos robó la ropa y no nos pagó nada. Así que la idea de probar otra vez nos pone un poco nerviosas. Ford dice que podemos confiar en ti.

Madeline entró desde la trastienda y se quedó boquiabierta.

–Quiero ese. No tengo dónde ponérmelo y seguramente para permitírmelo tendría que dejar de comer durante un mes, pero lo quiero.

Isabel hizo las presentaciones. Misaki sonrió de oreja a oreja. Kaori la empujó a un lado.

–Los míos son mejores –sacó un traje que era al mismo tiempo sobrio y caprichoso. Una chaqueta ceñida con cremalleras en las mangas. La mezclilla era suave, pero tenía suficiente cuerpo.

–Taryn se lo compraría en un abrir y cerrar de ojos –afirmó Madeline.

–Compraría casi todos –reconoció Isabel. Miró a las chicas–. ¿De dónde sois?

–De San Francisco –contestó Misaki–. Se supone que teníamos que estudiar Medicina. Nuestros padres están que trinan. ¿Sabes algo de las tigresas? Pues al lado de nuestra madre, una tigresa parece una corderita. Kaori y yo tocamos tres instrumentos distintos. Entramos en la Universidad de Berkeley con una beca integral. Pero cuando llegó la hora de estudiar medicina, nos plantamos. Nosotras solo queremos ser diseñadoras.

–Se os da muy bien –le dijo Isabel–. Estoy impresionada. Me quedo con la ropa en depósito. ¿Le habéis puesto precio?

Kaori sacó la hoja de precios junto con un contrato muy sencillo, de una sola página. Diez minutos después, el trato estaba cerrado. Misaki sonrió.

–Esto es fantástico. Bueno, vamos a dar una vuelta por el pueblo. Ford, mándanos un mensaje cuando estés listo para que nos vayamos –dio el brazo a su hermana–. Este sitio es muy raro. Como un decorado de película o algo así.

Salieron de la tienda. Madeline se llevó su ropa a la trastienda. Ya habían acordado que el vestido de noche iría en el escaparate delantero y el traje en el lateral. Isabel miró a Ford.

–Gracias.

Él se encogió de hombros.

–Estabas disgustada. No sabía qué otra cosa podía hacer.

–Me has buscado diseñadoras. Es impresionante.

–Su hermano es amigo mío. Siempre estaba hablando de ellas. Se las hacían pasar moradas a sus padres. Me parecía recordar que mi amigo me había dicho que ahora diseñaban ropa, así que me puse en contacto con él. Esta mañana he ido a buscarlas en coche.

Isabel lo abrazó con fuerza.

–Gracias.

–De nada –la estrechó entre sus brazos–. Lo estabas pasando mal y no sabía qué hacer. Arreglar cosas es lo mío, me sale espontáneamente.

Isabel levantó la cabeza para mirarlo.

–Las arreglas muy bien.

Ford le lanzó una sonrisa.

–Gracias. Están muy emocionadas con lo de Nueva York. Misaki quiere irse a vivir allí, pero Kaori dice que tienen que quedarse aquí, que están muy en la onda de la Costa Oeste.

Isabel tardó un momento en comprender lo que

estaba diciendo. Claro. Ford seguía pensando que iba a marcharse. Que volvería a Nueva York, incluso sin Sonia. Porque era lo que siempre había dicho.

Solo que ahora estaba menos segura.

Abrió la boca para decirle que quizá no se marchara y luego apretó los labios. De pronto se había acordado de que tal vez Ford estaba encantado de que quisiera regresar a Nueva York.

Consuelo golpeó con fuerza el saco. Ya estaba chorreando sudor y los brazos habían empezado a temblarle de cansancio. Cualquier otra persona lo habría dejado, pero ella no podía. No, mientras todavía pudiera pensar.

La rabia ardía dentro de ella. Si paraba de golpear el saco, tendría que golpear otra cosa. Descargaría su furia contra algún inocente, y eso nunca salía bien.

Por el bien común, se dijo mientras seguía golpeando: izquierda, derecha, izquierda, derecha.

Lo había hecho. Se había permitido confiar en alguien. Se había entregado en cuerpo y alma a un hombre, y él había resultado ser tan cretino como todos los demás.

Kent llevaba dos días sin ponerse en contacto con ella. Había pasado la noche con él, habían hecho el amor hasta que estuvieron ambos exhaustos y luego ella se había ido a casa. Y desde entonces, nada. Ni una palabra.

Ignoraba contra quién se dirigía toda aquella ira. Contra sí misma, sobre todo. Por arriesgarse sabiendo lo peligroso que era. Pero también contra él, por hacerla confiar. Kent la había animado a fiarse de él. En algún punto del camino había decidido jugársela, y ella había caído como una tonta.

Ford entró en el gimnasio. Parecía muy satisfecho de sí mismo. Consuelo lo miró con enfado.

–¿Qué pasa? –preguntó ásperamente.

Él se detuvo y la observó un segundo. Luego levantó las manos.

–No sé qué ha pasado, pero no he sido yo.

–Por una vez tienes razón.

–¿Quieres que hablemos de ello?

Volvió a mirarlo enfadada.

–¿Quiero alguna vez?

–No.

–Entonces ya tienes tu respuesta. ¿A qué viene esa cara de felicidad?

Ford cuadró los hombros.

–Isabel tenía un problema y lo he arreglado.

Consuelo lo miró con lástima.

–¿En serio? ¿Eso crees?

–Claro que sí –le habló de lo sucedido con Sonia.

Consuelo hizo una mueca.

–Menuda mierda. Traicionada por dos personas en las que confiaba a ciegas. ¿Qué has hecho para ayudarla?

–Le he buscado dos diseñadoras. Hermanas. Su hermano es un SEAL. Están dispuestas a trabajar con ella en Nueva York –sonrió–. Problema resuelto.

–Qué idiota eres –Consuelo bajó las manos y empezó a quitarse los guantes–. Y encima lo llevas crudo.

–¿Que llevo crudo?

–Te estás enamorando de Isabel. El maestro del escaqueo amoroso se ha dejado atrapar en una red que ni siquiera ha visto venir –suponía que debía alegrarse de que su amigo hubiera encontrado a alguien. No era tan mezquina como para desear que el mundo entero se sintiera tan mal como ella–. Es genial –añadió, confiando en parecer sincera–. Me cae muy bien

Isabel. No te la mereces, claro que tú siempre has tenido suerte.

Ford dio un paso atrás.

–No sé de qué estás hablando.

–No te hagas el tonto. Isabel te importa.

Pareció desconcertado e incómodo.

–Claro que me importa. Somos amigos, pero en realidad no estamos juntos. Estamos fingiendo que salimos. Por mi madre.

Consuelo se quitó un guante y luego el otro.

–Prácticamente vives en su casa, ¿no? Pasas casi todo tu tiempo libre con ella, te acuestas con ella y nunca te lo habías pasado mejor en la cama.

Como cuando ella había estado con Kent, pensó con amargura.

–No estamos saliendo –insistió Ford tercamente.

Consuelo se acercó a él y le clavó un dedo en el pecho.

–Estás enamorado de ella, idiota. Seguramente llevas años enamorado de ella. No la cagues –volvió a clavarle el dedo–. Es una tía estupenda. Pídele que se quede. Casaos y tened hijos. Es lo que quieres. Es lo que siempre has querido.

Él sacudió la cabeza.

–Yo no soy de esos.

–Tú naciste para ser de esos. Como todo el mundo en este dichoso pueblo. Acepta tu destino.

Con esas, dio media vuelta y se marchó. Le ardían los ojos, pero se dijo que era del sudor, nada más. En realidad no estaba llorando. Ella no lloraba, no creía en las lágrimas. Ni en refocilarse en el sufrimiento. Había cometido un error y tenía que pasar página y seguir adelante.

El hecho de que para hacerlo tuviera que marcharse de Fool's Gold era un problema al que se enfrentaría después.

***

El Festival de Otoño había sido uno de los favoritos de Ford cuando era niño. Caía en la segunda semana de octubre, cuando las hojas estaban cambiando de color y todos los escaparates estaban decorados con espantapájaros y calabazas.

Había un montón de carros que vendían cosas que nadie necesitaba en realidad, como jabón de miel o velas con olor a manzana, pero las mujeres del pueblo parecían entusiasmadas y compraban a montones.

A él lo que le gustaba era la comida. Había costillas y mazorcas asadas, pan de maíz, cerdo hilado cocinado a fuego lento y, su plato favorito, pastel de boniato.

—En serio, tienes que probar esto —dijo Isabel, ofreciéndole un mordisco de su galleta de barquillo—. No sé cómo las hace Ana Raquel, pero son las mejores de la historia.

El postre no le interesaba, pero se alegró de ver sonreír de nuevo a Isabel. Había estado muy alicaída esa semana, y él sabía que había estado pensando en lo sucedido con Sonia.

Probó la galleta de barquillo con chocolate. Estaba dulce, pero no en exceso..

—Muy buena —dijo al devolvérsela.

Ella sonrió.

—¿Pero no es comparable al pastel de boniato?

—Ni de lejos.

—¿Qué os pasa a los chicos con ese pastel?

—¿Es que tú no quieres?

—Probaré un poco, solo por ser amable.

Ford se rio y la rodeó con el brazo. Ahora que Isabel se sentía mejor, él podía dejar de pensar en cómo arreglar las cosas, lo que significaba que podía poner más empeño en olvidar aquellas idioteces que había dicho Consuelo unos días antes.

Al principio, sus comentarios le habían hecho sentirse incómodo. Él no quería hacer cambiar de idea a Isabel, y no lo estaba intentando. Los dos habían dejado muy claro desde el principio que su relación de pareja era ficticia. En cuanto a estar enamorado de ella... No tenía tanta suerte. Si pudiera enamorarse de alguien, querría que fuera de ella. Pero no estaba enamorado. No podía estarlo.

Pensó en cómo entrenaba Leonard en secreto todos los días para impresionar a su mujer, y en cómo había llorado su madre la muerte de su padre durante más de una década. Sus hermanas estaban locas por sus maridos, y cuando Ethan miraba a Liz el resto del mundo parecía desaparecer.

¿Por qué no iba a querer él esa intensidad de sentimientos? ¿Ese cariño? Claro que lo quería. Pero no lo tenía. Nunca lo había tenido. Le gustaba una mujer una temporada, y luego quería pasar página. Así era él.

—He tenido noticias de Misaki y Kaori —comentó Isabel mientras se acababa su postre y tiraba el recipiente vacío a la papelera—. Están emocionadísimas porque haya vendido dos piezas. Están haciendo más. Me encanta trabajar con ellas —le sonrió—. Gracias. Traérmelas fue muy considerado por tu parte.

—Lo sé. Tienes suerte de contar conmigo.

Isabel se rio y le dio el brazo.

—Sí. Sigo estando un poco aturdida por lo de Sonia, pero se me pasará. Aprenderé de mi error y seguiré adelante.

—No me cabe ninguna duda. Muy poderosa es en ti la Fuerza —dijo imitando la voz de Yoda, de *La guerra de las galaxias*—. Mucho poder tienes.

Ella se rio otra vez.

—Te agradezco el cumplido, pero no sé si me lo he ganado.

—Claro que sí. Olvidas que te he visto crecer y hacerte mayor.

Esquivaron a una pareja joven con un carrito de bebé doble. Los bebés que iban dentro parecían gemelos idénticos. El padre llevaba sobre los hombros a una niña de más edad.

—Esas cartas —dijo ella con un gruñido—. Sabía que volverían para atormentarme.

—Para atormentarte no. Eras un encanto de niña. Cuando la cagaste en la Universidad de Los Ángeles, aceptaste tu responsabilidad. Reconociste lo que habías hecho mal y procuraste enmendarte. No podemos ser perfectos. Eso lo aprendí entrenando. La primera vez, nunca lo hago bien. Para hacerlo bien hace falta aprender, y luego no vaguear. Eso es lo que hiciste tú.

—Me concedes demasiado mérito.

—No. No fue solo lo de la universidad. Dejaste de escribirme cuando pensaste que Eric iba a pedirte que te casaras con él. No había nada entre nosotros, pero querías hacer lo correcto. Eso es muy respetable.

—No estaba segura de qué hacer —reconoció—. Es solo que cuando te escribía... —se encogió de hombros y sonrió—. Entonces, reconoces que las leías y que te gustaban.

—Sí, me gustaban. Me ayudaron a pasar algunos momentos difíciles —hizo una pausa y la besó—. Siempre me decías que me cuidara mucho.

—Estaba preocupada por ti. Nadie sabía dónde estabas ni qué hacías. Daba miedo. Para tu familia era peor, claro, pero aun así...

Ford recordó que solía decirse que no le interesaban sus cartas, pero en realidad siempre las esperaba con ilusión. Cuando llegaban, se las reservaba hasta que tenía un rato tranquilo y podía estar solo. Cuando le sucedía algo malo, siempre volvía a aquellas cartas. Tenía envueltas algunas en plástico y las guardaba en el fondo de su petate cuando iba a una misión.

–Salí con vida de aquello –dijo–. Y ahora estoy en casa.

–Todos nos alegramos de eso.

Una voz cortó la conversación.

–Sí, sé que es una elefanta.

Ford se paró y se volvió hacia la persona que había hablado. Vio a Felicia mirando con enojo a un hombre tatuado. Felicia se inclinó hacia él. Evidentemente, no se dejaba intimidar por la mirada del desconocido.

–Priscilla forma parte de este pueblo tanto como el que más. Heidi y su suegra han comprado una silla especial para que los niños puedan montar en ella. Esto es un festival. Lo lógico es que haya atracciones.

–Sí, pero ahora nadie quiere montarse en mis ponis.

–¿No preferiría usted montarse en un elefante antes que en un pony?

El hombre movió los pies.

–Sí. Puede ser.

–Entonces ¿de qué se sorprende? –Felicia respiró hondo–. Pero entiendo que también tiene que ganarse la vida. Voy a trasladarlo al otro lado del parque. Subiremos el precio de los tiques para montar en elefante e incluiremos en cada tique un paseo en sus ponis. Será un dos por uno. ¿Qué le parece?

El hombre, grandullón y tatuado, asintió con la cabeza y dio un zapatazo en la acera.

–Usted sabe que son buenos chicos. No es culpa suya ser tan pequeños.

–Lo entiendo –dijo Felicia, que sujetaba una tableta entre los brazos–. Voy a hacer esos cambios ahora mismo –se volvió y vio a Ford y a Isabel. Se acercó a ellos con paso enérgico–. Hola, Isabel. Ford. Por favor, no me digáis que vosotros también tenéis una queja.

–Ni una sola –le aseguró él–. Solo estábamos disfrutando del espectáculo.

Felicia respiró hondo.

–Os juro que le preocupa más que sus ponis no sean el centro de atención que el hecho de estar perdiendo dinero. Lo cual posiblemente es un buen síntoma de su carácter. Pero Priscilla también necesita que le presten atención –dejó escapar un gruñido–. Este pueblo no es normal. Sospecho que por eso encajo tan bien aquí, aunque haya retos constantes. Disculpadme, por favor –sin decir nada más, se alejó.

Ford se quedó mirándola.

–La he visto llevar a hombres y equipos a lugares donde todos los expertos aseguraban que no podían llevarse. Si la NASA quiere de verdad montar una colonia en la luna en la próxima década, debería hablar con ella.

–Me parece que no quiere mudarse –le dijo Isabel.

–Tienes razón. Vamos. Voy a comprarte un algodón de azúcar.

–Pero si acabamos de comernos una galleta de barquillo con chocolate.

–Te la has comido tú. Además, seguramente será el último algodón de azúcar que podamos comernos esta temporada.

–Pide uno para ti –dijo Isabel, apoyándose en él–. Yo le daré un mordisquito.

A Ford se le ocurrían multitud de sitios donde le gustaría que le diera un mordisquito, pero prefirió dejarlo para después. Tenía grandes planes para esa noche. Un fuego en la chimenea, un poco de vino... Tal vez un bote de nata batida...

Sonrió al imaginarse a Isabel desnuda sujetando el bote y preguntando: «¿Dónde va esto exactamente?».

—¿Sabes? —comentó ella mientras caminaban hacia los puestos de comida—, necesitamos una calabaza para el porche. Un par, quizá. Odio reconocerlo, pero hace años que no labro una calabaza. ¿Tú sabes hacerlo? No quiero ser la única que tenga calabazas espeluznantes en toda la calle.

—Dentro de poco es Halloween. Está bien que sean espeluznantes.

—Sí, pero temo que las mías lo sean demasiado.

—Sí que sé labrar una calabaza. Lo hacía de pequeño y, a veces, cuando estaba en el extranjero, nos traían calabazas.

—¿Para marcar el paso de las estaciones?

—Lo mejor que podían.

Fool's Gold estaba tan alejado de Irak o Afganistán como era posible. Ford había creído que le costaría adaptarse, pero no había sido así. En gran parte por Isabel, se dijo. Ella había actuado como amortiguador.

Mientras guardaban cola para comprar el algodón de azúcar, se descubrió deseando pedirle que se quedara. Pero no podía hacerlo. Nueva York era su sueño y, además, él no tenía nada que ofrecerle a cambio.

Tenía que dejarla marchar. Se lo debía. Isabel le había brindado el puerto de abrigo que él ignoraba necesitar.

19

Normalmente, la música en la tienda de novias era tranquila, aunque alegre. No se permitía ninguna canción de amor triste. Ese día, sin embargo, Isabel solo oía una melodía dentro de su cabeza: *Should I Stay or Should I Go?*, de los Clash: «¿Me quedo o me voy?». La oía una y otra vez, machaconamente, mientras hacía inventario y pedía muestras.

Era la pregunta del día. Había pasado un fin de semana divertidísimo con Ford. Era un hombre encantador, tierno y alegre, aunque estuviera un poco obsesionado con el algodón de azúcar. Estar con él era fácil. Quererlo... En fin, eso posiblemente era inevitable.

Estaba dispuesta a corroborar lo obvio: que se había enamorado perdidamente de él, de pies a cabeza. Había mil motivos, algunos relacionados con él y otros con su propio pasado. Durante años, Ford había sido la persona a la que le había abierto su corazón. Se lo había confesado todo y, le escuchara o no, siempre había recurrido a él instintivamente cuando las cosas le iban mal.

Había tenido dudas al pensar en verlo en persona. ¿Sería mejor o peor de lo que había imaginado? ¿Estaría a la altura de sus expectativas?

Había descubierto que sí, con creces. Ford era un hombre honorable y cariñoso. El hecho de que sintiera pavor por su madre solo aumentaba su encanto. Isabel lo comprendía, confiaba en él y se había enamorado. La pega era que él no se creía capaz de amar a nadie. Porque nunca lo había hecho.

Isabel quería demostrarle que se equivocaba. Agarrarlo y zarandearlo hasta que reconociera que era demasiado joven cuando se había comprometido con Maeve, y que desde entonces nunca había permanecido en un lugar el tiempo suficiente para enamorarse. Que tenía que intentarlo porque, sin él, a ella se le rompería el corazón en mil pedazos.

La música comenzó a sonar de nuevo en su cabeza. *¿Should I Stay or Should I Go?* «¿Me quedo o me voy?». Una pregunta que la gente llevaba haciéndose desde los tiempos más remotos de la humanidad. Porque no solo se estaba preguntando por su negocio; se estaba preguntando por Ford. ¿Debía arriesgarse y esperar a que él descubriera que ella era su verdadero amor? Porque ¿y si no lo era? ¿Y si de verdad no le interesaba en absoluto corresponder a su amor? ¿Y si se conocía mejor a sí mismo de lo que lo conocía ella?

Meneó la cabeza. Aquello no era ni productivo, ni alentador. Tenía que tomar una decisión basada en sus propios intereses. Si se quedaba en Fool's Gold y las cosas no salían bien con Ford, encontraría a otro hombre. O seguiría sin pareja. No todo el mundo tenía que casarse para encontrar la felicidad.

Se abrió la puerta de la tienda. Al volverse, Isabel vio entrar a Taryn.

—He recibido un mensaje avisándome de que tienes ropa nueva para mí –dijo la elegante morena–. Dellina dice que le da una envidia horrorosa lo de tus nuevas diseñadoras y me ha recordado que debo comprar producción local. ¿Tú sabes de qué está hablando?

–La semana pasada traje a un par de diseñadoras más –le contó Isabel–. Son jóvenes y muy atrevidas.

Taryn asintió con un gesto.

–Pero no son amigas de Dellina. Ya entiendo. Voy a tener que explicarle que no me dejo vencer por la culpa fácilmente.

–No creo que le sorprenda. Ven, la ropa está por aquí.

Se dirigieron hacia el almacén. Isabel se detuvo para señalarle el escaparate lateral.

–Eso es muy de tu estilo –dijo.

Taryn se acercó.

–Me encantan las cremalleras. Vale, voy a probármelo.

–¿Te has fijado en el traje de noche del escaparate? El de encaje y cuero.

–Sí, y me tienta, pero no sé dónde podría ponérmelo –sonrió–. Aunque no siempre necesito una razón para darme un gustazo. ¿Qué demonios? Sí, tráemelos todos.

Madeline no entraba a trabajar hasta esa tarde y no había más clientes, de modo que Taryn tenía la tienda para ella sola. Isabel la hizo pasar a un probador, quitó el traje al maniquí, recogió los otros dos vestidos y regresó a la zona de probadores. Taryn ya se había quitado su traje y sus tacones y estaba junto a la puerta del probador en sujetador y braguitas.

Isabel se sintió avergonzada al instante. Taryn tenía unos muslos perfectamente firmes y definidos; la cintura delgada y un poco musculosa y, con la larga melena suelta, parecía más una modelo de trajes de baño que una ejecutiva de treinta y cinco años.

Una cosa era que Consuelo tuviera un físico espectacular: ella entrenaba constantemente. Pero Taryn tenía el cuerpo de una diosa y se pasaba los días en un trabajo normal. No solo era cinco centímetros más alta que ella, sino que gastaba una talla treinta y ocho o treinta y seis, y ella... ella no.

Isabel no supo decidir si aquel momento de revelación significaba que debía apuntarse a una clase de Pilates o ir en busca de un dónut.

–Pruébate primero el traje –dijo al dárselo–. Yo voy a sacar el traje de noche del escaparate.

Cuando regresó al probador, Taryn estaba de pie delante del espejo grande.

–Me encanta –dijo, volviéndose a un lado y al otro.

Isabel tenía que reconocer que sabía llevar la ropa. El corte severo de la chaqueta le daba un aire más masculino, y las cremalleras eran un toque inesperado y vanguardista. Estaba increíblemente sexy con aquella chaqueta, y al mismo tiempo parecía peligrosa.

–Solo te falta un látigo –bromeó Isabel.

–Puedo mantener a los chicos a raya verbalmente, pero me gustaría tener un látigo de refuerzo. Pueden ser muy rebeldes –se volvió y miró a Isabel–. ¿Qué ocurre?

–¿Qué quieres decir?

–Estás un poco tristona. ¿Ha pasado algo?

Le disgustó que la gente se diera cuenta de que estaba deprimida.

–Perdona. Cosas personales.

Taryn se bajó del podio y se acercó a ella.

–¿Cuáles, por ejemplo? ¿Puedo ayudarte en algo?

–No, no puedes, pero te lo agradezco.

Taryn levantó sus cejas perfectamente depiladas

como si planeara quedarse allí hasta que Isabel confesara la verdad.

—Tenía una socia en Nueva York. Cuando me marchara de aquí, íbamos a abrir una tienda juntas. Una boutique de moda de lujo. La diseñadora era ella. Yo iba a aportar mis conocimientos de administración y mi experiencia comercial. Pero ella ha encontrado a otra y me ha dejado tirada.

—Odio las rupturas —le dijo Taryn compasivamente—. Lo siento. Pero a riesgo de parecer una mojigata, estás mejor sin ella. Si es capaz de hacer algo así ahora, también es capaz de hacerlo más adelante. Y entonces te habrías encontrado metida en un inmenso lío económico. Créeme. Tener socios tiene muchas repercusiones inesperadas.

—¿Como acabar en Fool's Gold?

Taryn se encogió de hombros.

—Exacto —tiró del bajo de la chaqueta—. Hay otros diseñadores por ahí. Mira esto. Dudo que tu amiga tuviera más talento que quien ha diseñado esta prenda.

Isabel no lo había pensado así.

—Tienes razón —dijo lentamente—. La verdad es que son dos diseñadoras. Hermanas.

—Mucho mejor aún. Además también está la que has conocido a través de Dellina. Así que, que le den a esa zorra. Puedes empezar con un grupo de diseñadoras con un talento increíble. Sé que es una frase hecha, pero el éxito es la mejor venganza —hizo una pausa—. ¿O es el sexo? Nunca me acuerdo.

Isabel se rio.

—Es el éxito.

—Ah, bien, imagino que las dos cosas son igual de placenteras —se quitó la chaqueta—. ¿Por qué no te quedas aquí? Ya tienes esta tienda, ingresos fijos con los que ampliar el negocio.

–He estado pensándolo –reconoció Isabel mientras Taryn se quitaba la falda–. Fool's Gold nunca será la capital mundial de la moda, pero los costes de apertura también serán menores. Todavía no estoy segura. Me preocupa que no volver a Nueva York sea como darme por vencida. La muerte de un sueño y todo eso.

–¿La muerte de un sueño? –preguntó Taryn, poniéndose el vestido de noche–. Eso es un poquito dramático, ¿no?

Isabel se rio.

–Tienes razón. He estado regodeándome en la autocompasión. Supongo que es hora de decidir.

–Este dichoso pueblecito tiene aspectos positivos –comentó Taryn–. Hasta yo puedo reconocerlo. A los chicos les encanta, y la población está aumentando. Están llegando muchas empresas. Podrías hablar con la gente del Lucky Lady, a ver si te dejan montar un expositor en la zona del hotel. Así vendría más gente a tu tienda.

A Isabel no se le había ocurrido. Pero lo que iba a decir se le borró de la mente al ver que Taryn se quitaba el sujetador, se lo daba y se subía las mangas del vestido.

No fue ver los pechos de otra mujer lo que la dejó asombrada, sino lo cómoda que parecía sentirse Taryn con su cuerpo. A ella no le importaba estar desnuda con Ford, sobre todo porque a él le gustaba a todas luces lo que veía. Pero ¿en un probador? Isabel era de las que se cambiaba siempre con la puerta cerrada.

Lo cual decía mucho de ella, se dijo. De sus miedos y de cómo se juzgaba a sí misma. A sus amigas, en cambio, no les habría importado.

Taryn le dio la espalda.

–No llego a la cremallera –dijo.

Isabel acabó de subírsela y le ajustó el escote de la espalda. Colgó el traje del respaldo de una silla y se volvió hacia su amiga.

El vestido era asombroso. Capas y más capas de encaje de color champán con inesperados rebordes de cuero negro. Las mangas con caída le daban un aire tierno y juvenil, pero el escote delantero llegaba casi hasta la cintura de Taryn, dejando al descubierto la cara interna de sus pechos. Alrededor de las caderas, en cambio, había demasiada tela.

—Conozco a alguien que hace arreglos —comentó. Observó a Taryn con mirada crítica y luego tomó su cajita de alfileres—. Si lo metemos de aquí y de aquí... —dijo, clavando alfileres mientras hablaba para ceñir el vestido a las costillas de Taryn, su cintura y su trasero. Miró el corpiño—. ¿El escote delantero te va bien?

Taryn miró hacia abajo.

—Es más ancho que bajo. Creo que en cualquier momento puedo sufrir un accidente embarazoso —se volvió a un lado y a otro y, efectivamente, se le salió un pecho.

—Eso te haría muy popular en cualquier evento —murmuró Isabel.

Taryn volvió a colocarse el pecho.

—¿Hace falta cinta adhesiva?

—No. Es un defecto de diseño. Voy a llamar a Misaki y a decirle que ponga una goma en la parte delantera, en algún sitio. Es necesario sujetar el vestido. Hay que poder llevarlo en el mundo real, no solo por una pasarela. Una tiene que poder moverse.

Taryn hizo un gesto afirmativo.

—Opino que una tira de cuero negro justo entre los pechos quedaría perfecta. ¿Te he mencionado ya que me encanta este vestido?

Se abrió la puerta y entró Dellina.

—Hola, traigo... —sus ojos se agrandaron—. ¡Dios santo! ¡Mira ese vestido! Es alucinante —arrugó la nariz—. Es de una de esas diseñadoras, ¿verdad? Maldita sea, qué buenas son. Aunque es un poco bajo por delante, ¿no? No, bajo no. Ancho, es demasiado ancho. Pero el escote es muy sexy.

—Deslumbro al público cuando me muevo —comentó Taryn—. Hay que hacerle un arreglo.

—Así que no son perfectas —le dijo Isabel a Dellina—. ¿No es un alivio?

—Un alivio enorme —Dellina agitó una gran carpeta y sonrió a Taryn—. Tengo unas ideas preliminares basadas en lo que me contaste.

—Estupendo —Taryn le dio la espalda a Isabel para que le bajara la cremallera—. Hemos reducido la lista a tres posibles localizaciones que encajan con nuestras necesidades —explicó mientras se quitaba el vestido y empezaba a vestirse—. Una de ellas es un almacén. Está justo al lado de CDS.

Isabel sonrió.

—¿Les hace ilusión oír disparos de vez en cuando?

—Eso parece —le pasó el vestido a Isabel—. Pero además los chicos quieren tener espacio suficiente para poner dentro una pista de baloncesto, a lo cual yo me opongo rotundamente, pero otra vez estoy en minoría —acabó de abrocharse el sujetador y levantó la mano—. No, me equivoco. Solo es media pista. Así que, ¿por qué voy a quejarme?

—¿Una pista de baloncesto? —Isabel colgó el vestido de una percha—. ¿No hará mucho ruido?

—Y será un fastidio. Imaginaos: intentar trabajar oyendo el ruido constante de una pelota botando sobre cemento. Voy a tener que matar por lo menos a uno de ellos. Ahora me doy cuenta.

Dellina se rio.

–Tengo una opción sin pista de baloncesto.

–Ojalá pudiera ser, pero no van a aceptarlo.

Dellina miró a Isabel.

–Me he enterado de lo que ha pasado con tu amiga, la de Nueva York. Lo siento.

–Yo también, pero ya se me está pasando.

Dellina sacó un par de hojas de su carpeta.

–Espero no haberme pasado de la raya, pero he hecho un par de bocetos rápidos para el local de aquí al lado. No sería una remodelación cara, y ahí dentro se puede meter mucho más de lo que parece a simple vista. Sobre todo si utilizas los probadores que tienes ya.

Isabel tomó las hojas y miró los bocetos. Enseguida vio su potencial y cómo se fundirían las dos tiendas.

–Me gustan –dijo–. Dame un tiempo para echarles un vistazo. Luego puede que hablemos. Todavía no sé qué voy a hacer, pero... –apretó los labios. Había dejado de oír la canción dentro de su cabeza, porque en realidad ya sabía qué iba a hacer. La respuesta era absurdamente sencilla. Fool's Gold le ofrecía todo lo que podía desear. Amigos, un negocio nuevo y un lugar en el que echar raíces.

–Voy a quedarme –dijo suavemente, sin saber si creerlo todavía–. Voy a quedarme –repitió con más firmeza.

–¡Cuánto me alegro! –exclamó Dellina, y le dio un abrazo–. Tenemos que hablar más adelante. Tengo mil ideas para la tienda.

Taryn las observó a ambas y luego miró a Isabel.

–Tú y yo también deberíamos hablar. Vas a necesitar capital. No sé cuánto dinero tendrás ahorrado, pero no es suficiente.

Isabel asintió despacio.

–Tienes razón. Pero puedo ir poco a poco.

–O puedes empezar con una inauguración por todo

lo alto. Me interesa ayudarte. Como socia en la sombra. He ganado mi dinero a la antigua usanza, y tengo bastante. Si voy a tener que quedarme en este pueblo, más vale que intente divertirme. Y trabajando contigo lo conseguiré.

«¡Qué inesperado!», pensó Isabel.

–Vamos a fijar una reunión –dijo, pensando que podía aprender mucho de aquella mujer. Y no solo sobre los negocios.

Kent no entendía qué había pasado. Al volver de su competición de matemáticas, había descubierto que Consuelo no respondía al teléfono cuando la llamaba. La noche anterior la había visto en el supermercado, pero se había escabullido antes de que le diera tiempo a alcanzarla.

El mensaje estaba claro: había cambiado de idea sobre él. Durante los tres días que había pasado fuera, había tenido tiempo de pensar y había llegado a la conclusión de que no le interesaba.

La verdad dolía, reconoció al entrar en el aparcamiento de CDS. Esa noche con ella había sido increíble. Había pensado... En fin, había pensado muchas cosas. No solo que entre ellos había química, sino que Consuelo sentía algo por él. Que le gustaba estar con él y que quería algo más.

Pero había estado engañándose. O ella había averiguado la verdad. Sobre Lorraine y él.

Consuelo era dulce y bondadosa a pesar de su fachada de dureza. Era demasiado amable para decirle qué había pasado, por eso le estaba evitando. Y aunque él quería mantener su orgullo intacto, sabía que lo correcto era afrontar las cosas. Le diría lo que tuviera que decirle y luego la dejaría seguir con su vida.

La encontró en su despacho, una habitación pequeña y práctica. Sin toques femeninos. Consuelo levantó la mirada cuando entró. Tenía una expresión indescifrable. Kent entró en el despacho y cerró la puerta a su espalda.

Se había imaginado aquel encuentro tantas veces mientras había estado fuera... Se la había imaginado corriendo a sus brazos y abrazándolo con fuerza. Se la había imaginado cenando con él y con Reese, y luego dándole unos cuantos besos furtivos, después de que la acompañara a casa. Había confiado en que ese fin de semana repitieran la actuación de la única noche que habían pasado juntos.

Quería enfadarse, pero sabía que la culpa era suya. Sus errores del pasado habían vuelto para atormentarlo.

–Hola –dijo al tomar asiento–. ¿Cómo te va?

–Bien.

Parecía cansada. O tal vez Kent estaba viendo lo que quería ver. Que no había dormido bien debido a la decisión que había tenido que tomar. La verdad era posiblemente mucho más amarga: que no le importaba lo suficiente para preocuparse por cuál fuera su reacción.

–Sé lo que quieres decirme –comentó, pensando que no tenía sentido fingir–. Que no te interesa un tipo normal como yo. Creías que sí, pero todo ese peligro y esa testosterona es más interesante que un tipo que enseña matemáticas a adolescentes.

Consuelo se levantó lentamente.

–¿De qué demonios estás hablando?

Kent arrugó el ceño.

–Pareces enfadada.

–Claro que estoy enfadada. Estoy dolida, y debería haberlo previsto, ¿no crees? La culpa es mía por pensar que eras distinto.

–Por lo de Lorraine.

Los ojos oscuros de Consuelo se dilataron.

–¿Quién es Lorraine? ¿Desapareces tres días y encima me pones los cuernos?

–¿Qué? No. Lorraine es mi exmujer.

–¿Has visto a tu ex?

–Claro que no. ¿De qué estás hablando?

–Aquí las preguntas las hago yo –le espetó ella–. ¿Dónde narices has estado?

–En un retiro de tres días con mis alumnos de matemáticas. Nuestra primera competición es el mes que viene –parpadeó–. Te lo decía en la tarjeta que te dejé. Me pasé por aquí al salir del pueblo. Con todo lo que había pasado esa noche, no me acordaba de si te lo había dicho o no. No quería que te preocuparas. Estábamos en Sacramento. Dieciséis chicos y otros tantos padres, más o menos.

Ella señaló su mesa casi vacía.

–Aquí no hay ninguna tarjeta.

Kent se quedó mirándola un segundo con la esperanza de que tal vez, solo tal vez, hubiera habido un malentendido. Algo que pudieran arreglar. Porque aquella mirada suya, mezcla de dolor y repulsión, le dolía más de lo que creía posible.

Se levantó y se acercó al tablón de anuncios que había junto a la puerta. Había dejado allí un sobrecito. Lo sacó y se lo dio.

Consuelo lo miró con los ojos como platos.

–¿Me dejaste una nota? –preguntó con voz extrañamente débil.

Kent hizo un gesto afirmativo.

–¿Cuándo?

–A la mañana siguiente.

Ella abrió despacio el sobre y miró la tarjeta de dentro. Kent sabía que el mensaje explicaba lo del retiro de matemáticas y le pedía que lo llamara cuando pudiera.

Consuelo tragó saliva.

–No lo sabía –murmuró–. Creía que habías desaparecido sin más. Pensaba que no querías... –apretó los labios–. Entonces, si no quieres romper conmigo, ¿de qué estabas hablando?

Él seguía procesando la noticia.

–¿Me estabas evitando porque pensabas que no te había llamado?

Ella asintió con la cabeza.

–Yo jamás haría eso.

–Eso pensaba yo. Así que no podía creer que me hubiera equivocado contigo.

Kent comenzó a avanzar hacia ella, pero Consuelo sacudió la cabeza.

–No. Dime qué ibas a decirme antes.

Él murmuró una maldición.

–Creía que estabas evitándome porque habías descubierto que no era tan interesante. Que te había decepcionado que hubiera tardado tanto en superar lo de mi exmujer. No podía afrontar que me había equivocado con ella. Tuvimos un hijo y luego ella se marchó. Nos dejó a Reese y a mí. Lo de separarse lo entiendo, pero ¿abandonar a tu hijo? –comenzó a darse la vuelta, pero sabía que tenía que mirarla a la cara. Debía ser completamente sincero–. Me di cuenta de que había sido un idiota desde el principio. De que en nuestro matrimonio todo era una farsa. Estaba dolido y avergonzado, y me costó acostumbrarme a ser un padre soltero. No quería afrontar mis errores, así que era más fácil decirle a todo el mundo que estaba esperando a que volviera Lorraine. Luego se convirtió en rutina, y no supe cómo romperla. No pude superarlo del todo hasta que estuve dispuesto a reconocer la verdad sobre ella. Sobre nosotros. Y tardé más de lo que debía.

–¿Cómo conseguiste superarlo por fin?

–Supongo que me cansé de lamentarme –reconoció–. Acepté que había tomado una decisión errónea, hice todo lo posible por aprender de mi error y me preparé para empezar a salir con mujeres. Para lo que no pude prepararme fue para salir contigo.

Consuelo no apartó la mirada de su cara. Respiró hondo, pero no dijo nada.

–Mírate –dijo Kent, sonriéndole–. Eres dura y tierna. Te preocupas por mi hijo. Eres justa. No dejas que nadie te toque las narices. Pero eres paciente con los niños. Reese me cuenta que en clase eres capaz de pasarte diez minutos enteros ayudando a un alumno que tiene miedo –logró esbozar una sonrisa–. Me gusta que puedas darle una paliza a mi hermano. Le vendría bien.

Ella tensó un poco la boca, pero no habló.

–Sé que tienes un pasado –continuó él–. Sé que has hecho cosas... algunas cosas inenarrables para ayudar a nuestro país, y que aunque estás orgullosa de ello te da miedo contarme los detalles –se encogió de hombros–. Siento que tuvieras que pasar por eso, pero si esperas que yo te juzgue, te equivocas de tío. No voy a hacerlo. Jamás.

Pensó en su pasado, en cómo había tomado el camino fácil. El camino sin riesgos, tal vez con el único fin de llegar a aquel momento.

–Sé que es pronto y que no tienes motivos para creerme, pero te quiero, Consuelo. Quiero compartir mi vida contigo. Quiero amarte y cuidar de ti todo el tiempo que tú quieras. Quiero que... –respiró hondo–. Está bien, es demasiado pronto para decir qué más cosas quiero, pero puedes hacerte una idea. Si te interesa.

Ella se quedó mirándolo un rato. Después rodeó bruscamente el escritorio y se lanzó en sus brazos. Kent la apretó y la levantó contra su pecho. Consuelo le rodeó el cuello con los brazos y la cintura con las piernas. Luego comenzó a besarlo.

–Creía que me habías dejado –reconoció–. No iba a enamorarme nunca, y me has partido el corazón.

–Lo siento.

–No. Ha sido culpa mía. Debería haberte llamado y haber hablado contigo. No debería haber tenido tanto miedo –lo miró a los ojos–. Es solo que nunca había conocido a nadie como tú. Me da tanto miedo que descubras que puedes encontrar a otra mejor y que te vayas...

–Nunca –prometió él, y la besó.

Consuelo le devolvió el beso, apretándolo con todas sus fuerzas. Levantó la cabeza. Tenía lágrimas en los ojos.

–Sí –susurró–. Sí, te quiero, y sí, cuando llegue el momento, tendremos esa otra conversación. Pero por ahora vamos a salir juntos y a hacer el amor sin parar.

Kent se echó a reír, porque ¿cómo era posible que un tipo como él hubiera encontrado a una mujer como ella? Había tenido suerte y pensaba pasar el resto de su vida dando las gracias por ello.

–Eres un desastre, no tienes remedio –dijo Isabel en voz baja al recoger una revista sobre camiones y dos tazas de café.

Estaban en el cuarto de estar, junto con muchas otras cosas pertenecientes a Ford. Puso la revista en la repisa de debajo de la mesa baja y llevó las tazas a la cocina.

Ford podía hacer barbacoas, podía hacerla reír y

podía hacerla flotar de placer en la cama, pero dejaba un reguero de desperdicios allí por donde pasaba. Un pequeño precio que había que pagar, se dijo, y estuvo a punto de tropezar con un par de botas que había junto al cuarto de baño.

Llevó las botas al dormitorio.

En algún momento durante las últimas semanas, Ford prácticamente se había mudado a su casa. Pasaban juntos las noches y de algún modo su ropa había comenzado a aparecer en los armarios y los cajones de Isabel. Tenía que reconocer, eso sí, que hacía la colada. Dos veces por semana, como mínimo, Isabel se encontraba al llegar a casa un montón de braguitas y sujetadores recién lavados y doblados. Sus toallas estaban siempre limpias, y también el cuarto de baño, pensándolo bien.

Dejó las botas en el armario y las empujó para poder cerrar la puerta. Pero no se movieron. Había algo en medio. Vio el petate de Ford y lo movió. La cremallera estaba abierta y de pronto cayó sobre la alfombra un fajo de cartas sujetas con una goma.

Isabel reconoció de inmediato su letra. Tomó las cartas y quitó la goma. Los sobres se desplegaron en abanico entre sus manos.

Eran de cuando estaba en el instituto, se dijo. Se agachó y vio tres fajos más de cartas en el petate. ¿Todas sus cartas? ¿Era posible que las hubiera guardado?

Se dejó caer en la alfombra y abrió la primera. Lo primero que notó era lo desgastado que estaba el papel. Algunas palabras se habían difuminado y en los márgenes, donde unas manos la habrían sujetado, había manchas.

Todas estaban igual. Gastadas y muy manoseadas. Como si Ford las hubiera leído decenas de veces. No, cientos de veces. Se había preguntado a menudo si le importaba que le escribiera, y ahora veía que, de algún modo, había logrado establecer una conexión con él.

Echó una ojeada al contenido de las páginas e hizo una mueca al ver corazones dibujados en los márgenes y una fotografía especialmente horrenda. Oyó pasos y levantó la vista. Ford estaba en el dormitorio.

–Qué cría era –comentó ella, agitando las cartas–. ¿Cómo lo soportabas?

–Me gustaban. Te veía crecer –le dedicó una lenta sonrisa–. Has salido bastante bien.

Se quedó allí, alto y fornido. Llevaba pantalones de faena y camiseta negra. Era duro y dulce a la vez, y ella se había enamorado de él hacía semanas. Después, solo había intentado eludir lo evidente.

Se levantó torpemente y guardó las cartas en su cómoda.

–Tengo noticias.

Ford se inclinó y le dio un beso.

–¿Brillo de labios nuevo? ¿De qué sabor?

Ella retrocedió.

–Hablo en serio.

–Tu brillo de labios es una cosa muy seria. ¿Es de piña colada?

–Sí, ahora escúchame. Voy a quedarme.

Él la miró como si no la entendiera.

–Voy a quedarme en Fool's Gold. Voy a ampliar Luna de Papel y añadirle una boutique –respiró hondo–. Evidentemente ha sido en gran parte por lo de Sonia, pero también por ti. Sé que se suponía que lo nuestro iba a ser solo fingido. Pero no lo es. Al menos para mí –se retorció los dedos–. Estoy enamorada de ti, Ford. Creo que lo estoy desde que tenía catorce años. Al menos, que he estado esperando a que volvieras. O a que nos encontráramos. En cualquier caso, te quiero.

Quería decirle más cosas, quería oír más cosas, pero no tuvo ocasión. El cariño desapareció instantáneamente de la cara de Ford y de pronto se descubrió mirando el semblante sorprendido de un desconocido que se sentía incómodo.

No dijo nada. Ni una sola palabra. Dio media vuelta y salió de la habitación. Segundos después, la puerta de la casa se cerró e Isabel se quedó sola.

20

Isabel no fue consciente del paso del tiempo. Pasó días y noches, se presentó a trabajar y se comportó con aparente normalidad, pero en realidad estaba ausente. Por suerte no tuvo que tomar grandes decisiones, ni hacer pedidos. Supervisaba varias pruebas de trajes, sugería velos y sonreía cuando Madeline le hablaba, pero era como si todo aquello le estuviera sucediendo a otra persona.

El viernes cerró la tienda a las seis y se fue a casa. Los días eran un poco más cortos. En varias casas del vecindario había luces encendidas. Vio familias felices reunidas en sus cocinas y sus cuartos de estar. Pero cuando llegó a su casa, estaba a oscuras. No había luces, ni un Jeep con llamas pintadas. Solo una casa silenciosa y vacía.

Ford se había ido. No había dicho nada y luego se había ido.

Ella había pronunciado las palabras que no quería oír, y lo había perdido para siempre.

Echó a andar por el camino de entrada a la casa, hacia la puerta trasera. Estaba abierta, como siempre. Porque aquello era Fool's Gold y allí nunca pasaba nada malo.

Entró en la cocina y dejó su bolso en la encimera. Tras ponerse unos vaqueros y una camiseta de manga larga, se digirió de nuevo a la cocina. Pero cuando llegó allí descubrió que no tenía ganas de comer. Suspiró. Quizá gracias a que tenía el corazón roto conseguiría librarse al fin de esos cinco kilos de más que siempre estaba intentando perder.

Alguien llamó a la puerta principal. Cruzó la casa sabiendo que no podía ser Ford. Él entraría por detrás, como hacía siempre. Otra cosa que no volvería a hacer. Otra cosa a la que tendría que acostumbrarse.

Abrió la puerta y vio a Jo allí parada, con una batidora debajo de cada brazo.

–Hola –dijo su amiga–. Nos hemos enterado y aquí estamos. Tengo una nueva receta de granizados de ron. Creo que van a ser un éxito.

Antes de que Isabel pudiera preguntarle qué estaba pasando, más de una docena de mujeres entraron en la casa llevando comida o alcohol.

A Felicia la siguieron Dellina y Annabelle. Charlie dio un empujón a Madeleine para que entrara.

–Se lo he dicho yo –confesó Madeline.

Charlie asintió.

–Madeline me llamó y me dijo lo que había pasado –sonrió a Madeline–. Habrías sido una bombera espantosa, pero tengo entendido que se te da de perlas vender vestidos y que eres una amiga estupenda.

Isabel miró a su empleada.

–¿Cómo te has enterado?

Madeline se encogió de hombros.

–Nunca te había visto tan triste y deprimida. No sabía qué hacer, así que llamé a Charlie. Ella ha sido quien ha organizado todo esto.

Isabel tuvo que contener las lágrimas. Se acercó a Madeline y la abrazó. Luego se volvió hacia Charlie e hizo lo mismo. Charlie la apretó con fuerza.

–Todos los hombres son unos gilipollas –le aseguró.

–Clay no.

–Clay es una excepción, pero no hemos venido a hablar de él.

Isabel dio un paso atrás y asintió con la cabeza. Sabía que la mayoría de las mujeres de la habitación afirmarían que sus maridos o novios eran una excepción, pero a Isabel no le importó. El hecho de que a ella le hubieran roto el corazón no significaba que los demás no pudieran ser felices.

Maeve entró tambaleándose. Cada vez que Isabel la veía parecía más embarazada.

–Es un idiota –afirmó su hermana al abrazarla–. Aquí me tienes.

–Gracias.

Como siempre, Jo montó el bar en la cocina. Se sirvieron bebidas y se repartió la comida. Había platos de brownies y montones de galletas y helado. Para las que preferían las cosas saladas, se repartieron cuencos con patatas fritas y salsa por el cuarto de estar. La batidora se ponía en marcha con regularidad y todo el mundo declaró que los granizados de ron eran la bomba.

Cuando se había tomado el segundo, Isabel empezó a sentirse hecha polvo, pero un poco achispada, lo cual era una notable mejoría. A eso de las siete y media llegaron Consuelo y Taryn.

Consuelo corrió a su lado.

–Lo siento –dijo al sentarse junto a ella en el sofá–. Acabo de recibir el mensaje. Tenía el teléfono apagado.

–¿Estabas disfrutando un poco de tu nuevo amor? –preguntó Dellina, y se tapó la boca con la mano–. Ay, perdón.

Isabel sacudió la cabeza y sonrió.

–No. No hace falta que te disculpes. Vamos a brindar por mi amiga y por su relación oficial con Kent. Porque te quiero y quiero que seas feliz.

Consuelo la abrazó.

–Puedo darle un buen escarmiento a Ford si quieres. Conozco sus puntos débiles.

–Puede que más adelante –respondió Isabel, decidida a acabar aquella noche sin ponerse en ridículo.

Su casa estaba llena de gente que la quería. De gente dispuesta a darle lo que necesitaba. Solo tenía que pedirlo. Estarían allí para ayudarla. Tenía suerte. Pero sabía que no le bastaba con eso.

Taryn, que estaba guapísima con unos vaqueros ceñidos, una blusa de seda y botas altas, se acercó a ella.

–Estoy un poco desconcertada. Me han dicho que viniera pero no tengo claro por qué.

–Ford la ha dejado plantada –dijo Charlie–. Es un cretino.

Taryn se sentó en la mesa baja, delante de Isabel.

–¿En serio? Os he visto juntos. Habría jurado que estaba loco por ti.

–Creo que lo estaba –repuso Isabel–. Lo estábamos pasando muy bien juntos. Fui yo quien cambió las reglas del juego.

–¿Se asustó cuando se enteró de que vas a quedarte? –preguntó Taryn–. Los hombres son tan delicados. No os creeríais los problemas que tengo con los chicos.

–En parte fue eso –Isabel respiró hondo. Tal vez, si les contaba lo ocurrido, empezaría a cerrarse el agujero que notaba en el pecho–. Le dije que lo quería.

La habitación quedó en silencio. Sintió que todas la miraban. Tomó aire y continuó:

–Estuve escribiéndole cartas desde los catorce años hasta los veinticuatro. Él estaba en el ejército y yo creía que lo amaba, así que le escribía. Eran una tontería. Yo era una cría, y él nunca me contestaba. Pero escribirle lo mantenía vivo en mi cabeza, si es que eso tiene algún sentido.

Patience asintió.

–Claro que tiene sentido. Estoy segura de que él te lo agradecía.

–No sé. Guardó las cartas. Las encontré el otro día. Estaban muy manoseadas, como si las hubiera leído cientos de veces.

Varias mujeres suspiraron.

–Me di cuenta de que era aquí donde quería estar. En Fool's Gold, con Ford. Así que le dije que no iba a marcharme y que estaba enamorada de él. Y entonces se marchó –sintió que la primera lágrima se deslizaba por su mejilla.

Consuelo agarró su mano libre.

–¿Qué dijo?

–Nada. Dio media vuelta y se fue sin decir palabra.

–No fue eso lo que yo le enseñé.

Isabel apartó la mano y se enjugó la cara. Luego levantó los ojos y vio a Denise Hendrix acercándose a ella. Las hermanas de Ford estaban con ella, y todas parecían tristes y preocupadas.

–Lo siento –dijo Denise–. Me he enterado de lo que ha pasado. Espero que no te importe que haya venido a verte.

–No, claro que no.

Denise se sentó en una silla cerca del sofá.

–Siento no haberte creído. Pensaba que Ford y tú no estabais saliendo de verdad. Que era una especie de estratagema para que dejara de darle la lata.

Isabel la miró con los ojos como platos.

–Y lo era –reconoció.

Denise pareció más complacida que molesta.

–¡Lo sabía! –suspiró–. Ahora ya sé por qué evitabas venir a tomar el té conmigo. Tus excusas empezaban a sonar muy complicadas –le dio unas palmaditas en el brazo–. Tengo seis hijos. No es fácil engañarme.

–Lo siento –murmuró Isabel, intentando contener las lágrimas–. Debería haber ido a verte. Ahora ya no estoy con Ford y... –contuvo un sollozo.

Denise la abrazó.

–Lamento que mi hijo sea tan idiota.

–Yo también.

–Nada de esto habría pasado si no le hubierais dado tanto la lata con que tenía que casarse –masculló Nevada–. Ahora Isabel está sufriendo y Ford se ha ido.

Isabel se volvió hacia Consuelo.

–¿Se ha ido?

Sus amiga se removió en el sofá.

–No para siempre. Se ha tomado un par de días libres. Dijo que necesitaba aclarar sus ideas –la miró–. Volverá.

–Es poco probable que deje el negocio –comentó Felicia–. Le gusta su trabajo. Está muy integrado en el pueblo. Me sorprende que vaya a dejarte. Basándome en la evidencia empírica, yo diría que te tenía mucho cariño –hizo una pausa–. ¿No estoy ayudando?

Isabel se echó a reír.

–Estás ayudando un montón. Igual que las demás.

Tenía aquello, se recordó. A sus amigas, que la querían. A su familia, un negocio que le encantaba. Y, en cuanto a Ford, conseguiría olvidarle. Con el tiempo.

La cabaña junto al lago Tahoe tenía las comodidades justas. Casi siempre había electricidad. La espaciosa habitación diáfana contenía dos literas extra largas, una mesa y sillas, una cocinita y un gran sofá. Había un amplio porche delantero con sillas y vistas al lago. Era una zona muy bonita, tranquila y apartada. A Ford solo le importaba esto último, pero las vistas eran agradables cuando se molestaba en fijarse en ellas.

Era dueño de la cabaña junto con varios excompañeros de trabajo. Subían allí cuando necesitaban alejarse de todo. Cuando su vida era demasiado estresante o después de una de esas misiones que dejaban tras de sí fantasmas. Pero habían pasado tres días y Ford no parecía capaz de encontrar lo que andaba buscando.

El que había sido en otro tiempo había desaparecido. Isabel lo había cambiado, y ya no podía volver atrás. Tampoco sabía cómo avanzar, de modo que se encontraba en un buen aprieto.

Sabía que la echaba de menos. La echaba de menos más de lo que creía posible. Más de lo que había echado de menos nunca a nadie. La necesitaba para respirar, y en ese momento sentía que se ahogaba.

Pero... Siempre «pero». ¿Cómo podía estar con ella? Isabel se merecía mucho más de lo que él podía ofrecerle. Necesitaba a alguien que la amara y la cuidara. Quería convencerse de que él podía hacerlo, pero nunca había amado de verdad a ninguna mujer. Nunca había querido sentar la cabeza. Cuando una mujer empezaba a tomarse las cosas en serio, él se marchaba.

Oyó el ruido de un motor a lo lejos. No le sorprendió del todo. Sabía que alguien acabaría por ir a buscarlo. Se levantó y se estiró, luego bajó los dos peldaños que llevaban al camino de grava y dobló la esquina.

Pero el que se bajó de la camioneta no era Angel, ni Gideon. Ni siquiera era Justice. El que estaba junto a la camioneta era Leonard, con una pequeña maleta en una mano.

«Qué inesperado», pensó, regresando a la cabaña. Sacó otra cerveza de la nevera y se la llevó a Leonard. Luego se sentó en su silla y apoyó los pies en la barandilla.

El lago era del azul más profundo que había visto nunca. Todas las hojas habían cambiado de color y casi la mitad se habían caído ya. Se acercaba el invierno.

Leonard dejó su maleta en la cabaña y se sentó a su lado. Tomó la cerveza y le quitó el tapón.

–¿Quieres que hablemos? –preguntó.

–No.

La tarde siguiente, Leonard estaba tan irritado que parecía a punto de estallar. A Ford le impresionó que hubiera aguantado tanto. Cuando había oscurecido, habían entrado y Ford había asado un par de filetes que había comprado en una tienda, junto a la carretera principal. Habían comido en silencio y luego habían escuchado la radio antes de irse a dormir.

Pero ahora Leonard se retorcía en su asiento.

–No voy a quedarme aquí sentado sin hacer nada más –dijo mirándolo con enfado–. Tengo que volver a casa con mi familia.

Ford señaló el camino con la cabeza.

–Yo no te estoy reteniendo.

–No voy a marcharme sin ti.

Ford se hundió más en la silla.

–Entonces tienes un problema.

Leonard se levantó. Ahora tenía más músculo, pero seguía siendo muy flaco. Aun así era un buen hombre, y Ford le agradecía el esfuerzo.

—Estoy bien —dijo—. No tienes que preocuparte por mí.

Leonard se subió las gafas y lo miró.

—No he venido por ti. He venido por Isabel.

Ford hizo lo posible por no dar un respingo al oír su nombre. Oírlo le hizo pensar en ella, lo cual le hizo sufrir. Aunque de todos modos no había podido olvidarla ni un segundo durante todo ese tiempo.

—Estás huyendo de lo mejor que te ha pasado en toda tu vida —le dijo Leonard—. Formar parte de algo importante, tener una familia, en eso consiste la vida. Podrías casarte con ella, ser padre. ¿Por qué quieres huir de eso?

Ford se quedó mirándolo. Leonard estaba afirmando la verdad, tal y como él la conocía. Para él, Maeve y los niños lo eran todo. Ford lo respetaba, aunque no lo quisiera para sí.

—Con Isabel tienes una oportunidad de verdad —continuó Leonard—. Pero no es solo ella quien me preocupa. Maeve no es feliz —Leonard sacó pecho—. Y estoy dispuesto a hacer cualquier cosa para hacer feliz a Maeve.

Ford se irguió en su asiento. Creía a Leonard. El amor le daba a uno valor.

—Eres mejor de lo que seré yo nunca —dijo al levantarse—. Pero no voy a volver.

—¿Por qué no?

—Yo no soy como tú. Tienes razón. Lo que tengo con Isabel es más de lo que merezco. Es un sueño hecho realidad. Es adorable, divertida y tierna, pero no la quiero. No puedo quererla. Nunca he estado enamorado de nadie. No tengo lo que hay que tener para sentir eso.

—Eso es una idiotez —su expresión se volvió compasiva—. ¿En serio no puedes hacerlo mejor?

—Es la verdad.

–No es la verdad. Eres capaz de amar y de muchas más cosas. No estás incapacitado emocionalmente. Fíjate en tu lealtad a tu equipo. Habrías muerto por ellos.

–Sí, pero eso era distinto.

–El principio es el mismo. ¿Y qué me dices de tu madre? Estabas dispuesto a hacer cualquier cosa para no herir sus sentimientos. La quieres. Quieres a tu familia.

–No lo entiendes. Querer a tu familia es muy distinto a querer a una mujer.

–No, no lo es. El sexo es distinto, pero el amor es el mismo. Se trata de entregarte, de querer que sean felices. De hacer lo correcto y de estar ahí día a día. Si puedes amar a una persona, puedes amar a Isabel.

Ford quería creerle. Ojalá fuera tan fácil.

–No he tenido una relación seria desde lo de Maeve –reconoció–. He estado con muchas mujeres, pero nunca he querido pasar más que un par de días con ellas, un par de semanas, como mucho. Ellas intentaban convencerme, pero yo no lo permitía. Siempre me largaba.

Leonard le dio una palmada en el hombro.

–Eso es porque estabas enamorado de otra. Las cartas. Las cartas de Isabel. No podías enamorarte de esas mujeres porque ya estabas enamorado de Isabel. Todo este tiempo ha sido ella. Volviste por ella. Por eso la elegiste para fingir que tenías novia. Pensaste que era lo más parecido a la verdad que podías conseguir, y querías tener eso con ella. Ha sido Isabel desde el principio.

Al principio, Ford sintió el impulso de aplastar a Leonard como a un gusano. Después respiró hondo y se dio cuenta de que tal vez estuviera diciendo la verdad.

¿De veras era tan sencillo?

***

Isabel acabó de limpiar la cocina. Por desgracia, a eso había quedado reducida su tarde de domingo. Sabía que podía llamar a alguna de sus amigas y salir a hacer algo, pero no le apetecía tener compañía.

La fiesta del viernes por la noche la había ayudado mucho. Además, la resaca había sido una distracción, pero, sobre todo, la fiesta había servido para recordarle todo el cariño y el apoyo que tenía en el pueblo.

Puso el lavavajillas y se sentó a la mesa de la cocina con un cuaderno. Ahora que iba a quedarse, debía hacer una lista de todo lo que tenía que hacer. Para empezar, sus padres volverían un par de semanas después. Les adoraba, pero quería vivir sola. Ya les había dicho que pensaba quedarse con la tienda, y se habían llevado una alegría. Lo que significaba que tenía que pedir presupuesto para saber cuánto iban a costarle las reformas.

Iba a reunirse con un abogado para redactar los papeles de su acuerdo con Taryn y los contratos de sus diseñadoras. Tal vez incluso buscara unas cuantas más. Había mil cosas que podían mantenerla ocupada. Por desgracia, ninguna de ellas impedía que echara de menos a Ford.

–Hola, Isabel.

Dio un brinco en la silla y se puso de pie. Ford estaba en el cuarto de estar, sin afeitar, un poco despeinado y tan guapo como siempre.

–Sé que he cerrado la puerta con llave –dijo. Había empezado a hacerlo el día anterior.

Él se encogió de hombros.

–Para mí las cerraduras no son problema. Tengo que enseñarte una cosa –echó a andar por el pasillo y entró en el cuarto de Isabel. Una vez allí, abrió el cajón de la cómoda y sacó las cartas.

Ella se detuvo en la puerta, decidida a no dejarle

ver cuánto daño le había hecho. Se pondría bien, se dijo. Superaría aquello, y al final se recuperaría.

Él buscó entre las cartas y por fin levantó una.

–Esta la recibí el día en que mataron a un compañero mío. Yo estaba a su lado cuando pasó. Si la bala se hubiera desviado veinte centímetros a la izquierda, me habría matado a mí –tiró el sobre a la cama y recogió otro–. Tres noches en un agujero de mierda, congelado y sin comida ni agua. Acababas de conocer a Billy y estabas aprendiendo a hacer surf. Leer tu carta me transportó a Los Ángeles, a un sitio mejor –desplegó las cartas y luego las dejó todas sobre la cama–. Si no hablo sobre las cosas que me han pasado, es porque ya lo hice. Hablaba contigo. Estabas allí, conmigo, cada paso del camino. Tú me recordabas por qué estaba luchando y, al final, fuiste tú quien me trajo a casa.

Isabel no sabía qué pensar, qué decir.

–Te vi crecer, Isabel –continuó Ford–. Te conozco mejor que a nadie. Ha hecho falta que ese flacucho de tu cuñado me obligara a ver la verdad. El motivo por el que nunca me he enamorado de nadie es que siempre he estado enamorado de ti. No sé si empezó con la primera carta, o con la segunda, pero te aseguro que para cuando le diste una patada en los huevos a Warren después del baile de promoción, ya era tuyo. Solo que era demasiado estúpido para darme cuenta por mí mismo –se encogió de hombros–. Me encantaría que siguieras enamorada de mí, porque yo, desde luego, estoy enamorado de ti.

Isabel no recordaba haberse movido, pero de pronto se encontró en sus brazos. Ford la abrazó tan fuerte que le pareció que no podía respirar, pero no le importó. Tenía a Ford y la quería.

Empezó a reírse, y la risa se convirtió en llanto.

Después él comenzó a besarla y ella le devolvió los besos.

—Te quiero —murmuró Ford sin apartar los labios de los de ella.

—Yo también a ti.

Él tomó su cara entre las manos y la miró a los ojos.

—Podemos quedarnos aquí si quieres, pero si necesitas estar en Nueva York, iré contigo.

Ella apoyó la mano sobre su ancho pecho.

—No. Quiero vivir en Fool's Gold —sorbió por la nariz y sonrió—. Por cierto, tu madre dice que sabía que lo nuestro era falso desde el principio.

—Imposible.

—Eso me ha dicho.

Ford sonrió y volvió a besarla.

—El caso es que, después de todo, yo no estaba fingiendo. Isabel, ¿quieres casarte conmigo?

Ella se sintió tan feliz que le pareció que flotaba.

—Sí.

Él señaló las cartas.

—Después de esto, voy a tener que escribir nuestros votos matrimoniales yo mismo.

Ella sonrió.

—Creo que estás preparado para hacerlo.

—Estoy preparado para cualquier cosa, si tú estás conmigo.

EL SEDUCTOR SEDUCIDO

SUSAN MALLERY

1

A Samantha Edwards nunca le habían disgustado los procesos de selección, ni siquiera cuando era ella la que buscaba trabajo. Sin embargo, haber visto desnudo al que podría ser su jefe complicaba un poco las cosas.

Lo bueno era que no era muy probable que Jack Hanson hablara de aquella noche que habían compartido. No solamente porque no venía al caso en una entrevista de trabajo sino porque había sido hacía casi diez años, así que seguramente ni se acordaría.

A diferencia de Samantha, que se acordaba perfectamente.

—¿Señorita Edwards? Pase, por favor, el señor Hanson la está esperando.

Samantha miró a la secretaria de sesenta y tantos años que estaba sentada detrás de una moderna mesa de metal y cristal.

—Gracias —le dijo poniéndose en pie y avanzando hacia la puerta.

Antes de entrar, se abrochó la chaqueta. Adrede, había elegido ropa de estilo tradicional. Bueno, lo que al menos para ella era ropa tradicional. A saber, pantalones anchos negros, chaqueta negra y beis y blusa beis.

No le gustaba nada vestir de manera tan seria, prefería los colores, pero recordaba que Jack Hanson era el colmo de la tradición y no creía que hubiera cambiado mucho en aquellos diez años.

El único sitio en el que no le había parecido tradicional había sido en la cama.

Aquel pensamiento se coló en su mente en el mismo instante en el que abría la puerta del despacho de Jack y tuvo que hacer un gran esfuerzo para controlarlo; tomó aire, se recordó lo mucho que le interesaba aquel trabajo y entró con paso seguro hacia el hombre que estaba sentado detrás de su mesa, que, al verla, se puso en pie.

–Hola, Jack –lo saludó estrechándole la mano–. Cuánto tiempo.

–Hola, Samantha. Me alegro de verte.

Jack se quedó mirándola tan intensamente que Samantha notó que el aire no le llegaba a los pulmones. Se preguntó si estaría pensando en lo que había habido entre ellos en el pasado o si la estaría estudiando como candidata al puesto vacante.

Samantha decidió que aquel juego podía ser cosa de dos y también se quedó mirándolo. Lo encontró más alto de lo que lo recordaba e igual de seguro de sí mismo. Le hubiera gustado poder pensar que eso era lo normal en una persona que había nacido con todo tipo de comodidades, pero tenía la sensación de que Jack habría sido así de todas maneras, aunque no hubiera nacido en un entorno privilegiado.

Aquel hombre había envejecido bien, el tiempo había sido benévolo con él y los rasgos de su rostro eran todavía más atractivos que diez años atrás. Samantha se preguntó si los que eran tan guapos no se aburrían de ver un rostro tan perfecto todas las mañanas en el espejo.

Mientras que Jack tenía una espalda ancha y una sonrisa que dejaba obnubilada a la mayoría de las féminas, Samantha tenía el pelo pelirrojo e indomable, un cuerpo muy delgado, pechos pequeños y un trasero huesudo.

No era justo.

—Por favor, siéntate —le indicó Jack.

—Gracias.

Tras esperar a que Samantha se sentara, Jack hizo lo mismo. Desde luego, el despacho le quedaba muy bien, pero Samantha sabía que no hacía mucho tiempo que lo ocupaba.

—Me enteré de la muerte de tu padre hace un par de meses. Lo siento —le dijo Samantha.

—Gracias —contestó Jack—. Por eso estoy trabajando aquí. Los consejeros delegados me pidieron que me hiciera cargo de la empresa durante un tiempo.

—Yo creía que estabas dedicándote al Derecho.

—Lo preferiría.

—Sin embargo, siempre se te dieron muy bien los negocios, tal y como demostraste en la carrera.

Y Samantha lo sabía muy bien porque siempre había habido entre ellos durante los estudios una competitividad por ser el primero de la clase. A menudo, habían trabajado juntos y habían formado un buen equipo, pues Jack era del tipo al que no se le pasaba un detalle, muy puntilloso con la organización, mientras que ella se había encargado de la parte creativa de los proyectos.

—No me gusta nada el mundo empresarial. Prefiero la abogacía —confesó Jack.

Recordó el día en el que le había dicho a su padre

que no iba a entrar en el negocio familiar. George Hanson se había quedado estupefacto, no podía entender que su primogénito no estuviera interesado en aprender cómo hacerse cargo de una empresa multimillonaria.

Se había enfadado muchísimo. Aquella vez había sido la única vez que Jack había hecho algo que no se esperaba de él. Era toda una ironía que hoy en día se encontrara exactamente en el lugar en el que su padre había querido verlo.

«No durante mucho tiempo», se recordó a sí mismo.

–Supongo que la muerte de tu padre cambiaría tus planes –comentó Samantha.

Jack asintió.

–He pedido una excedencia de tres meses en el bufete. Durante ese tiempo, estoy entregado en cuerpo y alma a Hanson Media Group.

–¿Estás seguro de que no querrás seguir emulando a Donald Trump transcurrido ese tiempo?

–Yo no soy un hombre de negocios.

Aquello hizo sonreír a Samantha.

–Pues yo diría que tienes un gran potencial. Según dicen por ahí, has conseguido hacer cosas muy buenas.

–Es cierto. A mi padre no le gustaba nada delegar, tal y como demuestra que a su edad siguiera siendo director de por lo menos tres departamentos. Con una compañía tan grande como esta, es imposible encargarse de tres departamentos y de la dirección general a la vez. Por eso, yo estoy intentando contratar a los mejores para que me ayuden.

–Me halagas.

–Es la verdad. Estás aquí porque eres buena. Necesito gente creativa. Ya sabes que no es mi punto fuerte.

–No es frecuente encontrar a un hombre capaz de admitir sus puntos débiles –sonrió Samantha.

–Samantha, aprobé márketing gracias a ti.

–Bueno, tú me ayudaste un montón con la contabilidad, así que estamos en paz.

Mientras hablaba, se había movido y Jack se fijó en cómo los pantalones le abrazaban las caderas. Las otras candidatas, que también tenían un currículum buenísimo, habían ido a la entrevista ataviadas con traje de chaqueta.

Samantha, no.

Aunque iba vestida de colores conservadores, no tenía nada de normal y corriente. A lo mejor era el broche en forma de loro verde que llevaba en la solapa de la chaqueta o los enormes pendientes en forma de aro que le colgaban casi hasta los hombros o, tal vez, que su melena pelirroja y salvaje parecía tener vida propia.

Lo que estaba claro era que no era la típica mujer de negocios. Era una mujer que siempre estaba a la última y que era increíblemente creativa. Además, era muy independiente, algo que le inspiraba mucha admiración a Jack.

–¿Por qué te fuiste de Nueva York? –le preguntó.

–Porque me apetecía cambiar un poco. Llevaba trabajando en esta ciudad desde que terminé la carrera.

Jack la estudió mientras hablaba, buscando detalles. Encontró muchos, pero ninguno que le preocupara. Sabía que se acababa de divorciar y que su anterior jefe había hecho todo lo que había estado en su mano para que no dejara su empresa.

–Supongo que sabrás que este es el trabajo soñado de mucha gente –comentó Samantha–. Lo que tú ofreces es tener el control creativo completo del departamento de desarrollo de Internet, con más de un millón de dólares de presupuesto. ¿Quién se podría resistir a una cosa así? Para mí, es el paraíso.

–Me alegro, porque para mí es el infierno –contestó Jack.

Samantha sonrió y Jack sintió que se tensaba.

–A ti nunca te gustaron las páginas en blanco –comentó.

–Y a ti nunca te gustaron las normas –contestó Jack.

–¿A mí? –dijo Samantha enarcando las cejas–. Pero si eras tú el que se las saltaba constantemente.

Jack se encogió de hombros.

–Ya sabes que yo hago lo que sea para conseguir lo que quiero. Lo que quiero en estos momentos es un equipo maravilloso para que la compañía vaya bien, así que pasemos a los detalles.

Dicho aquello, le pasó a Samantha la información de diferentes campañas llevadas a cabo en Internet. Samantha las estudió y, a continuación, hablaron de diferentes maneras de encarar nuevas campañas que redundaran en el aumento de beneficios de la empresa.

A medida que la conversación fue avanzando, Samantha se sintió cada vez más animada.

–Los niños son un filón que todavía está sin explotar –comentó–. Podríamos hacer un montón de cosas. Por ejemplo, programas de actividades extraescolares en la red, y no me refiero únicamente a la típica ayuda con los deberes, sino a programas interactivos que permitieran que niños de todo el país se pudieran poner en contacto –le explicó entusiasmada–. También podríamos ponernos de acuerdo para patrocinar determinados acontecimientos con los equipos de producción de películas famosas o de programas de televisión.

–Publicidad cruzada –comentó Jack.

–Sí. El potencial es enorme. Y eso en lo que se refiere a los niños pequeños, porque para los adolescentes tengo un montón de ideas más.

–Los adolescentes tienen dinero y tiempo para gastarlo –comentó Jack–. Como verás, he hecho los deberes.

–Ya veo. Como cada vez hay más familias monoparentales y más casas donde trabajan ambos miembros de la pareja, los adolescentes suelen ser los que eligen qué se compra. De hecho, influyen a los adultos a la hora de tomar decisiones, desde qué cereales a qué coche comprar. Además, están más que familiarizados con los ordenadores. Para ellos, bajarse información de Internet es la cosa más normal del mundo.

–Veo que te interesa el trabajo.

–Ya te dije al principio que para mí este trabajo sería como estar en el paraíso, y no lo decía como cumplido. Me encantaría ocuparme del departamento de Internet.

El entusiasmo de Samantha era palpable y contagioso y Jack estaba encantado. Sabía que Samantha era una persona que, cuando se ilusionaba con un proyecto, daba lo mejor de sí misma.

Le había sorprendido gratamente ver su nombre en la corta lista de candidatos para el puesto porque habían trabajado muy bien juntos durante la carrera y sabía que era una mujer con la que era fácil trabajar en equipo y en la que se podía confiar.

–Si lo quieres, el trabajo es tuyo –le dijo–. La oferta formal te llegará a través del departamento de recursos humanos mañana por la mañana.

Samantha lo miró con sus grandes ojos verdes muy abiertos.

–¿Hablas en serio?

–¿Por qué te sorprendes tanto? Eres una mujer de talento, cualificada y, además, me siento muy cómodo trabajando contigo.

–Por cómo lo dices, cualquiera diría que soy un perro de rescate.

Aquello hizo sonreír a Jack.

–Si encuentras alguno que sepa manejar un ordenador...

Samantha se rio.

–Está bien, sí. Me interesa el trabajo, pero te advierto que soy una persona muy creativa y que quiero completo control sobre mi equipo.

–Trato hecho.

–No vamos a ir vestidos de chaqueta y corbata.

–Por mí, como si lleváis trajes de neopreno. Mientras hagáis vuestro trabajo, vestid como os dé la gana.

Samantha no estaba del todo convencida.

–Esto no es como el Derecho, Jack. Las respuestas no siempre están en los libros.

–No hace falta que me vengas con ese sermón –contestó Jack divertido–. Sé perfectamente que la gente creativa sois diferente. No hay problema.

–Muy bien, veo que estamos de acuerdo.

Samantha se puso en pie y Jack hizo lo mismo. Con tacones, solamente era un par de centímetros más baja que él. Jack dio la vuelta a su mesa y le tendió la mano.

–Déjale tu número de teléfono a la señorita Wycliff. El departamento de recursos humanos te llamará mañana a primera hora.

Samantha le estrechó la mano y, tal y como le había ocurrido al llegar, Jack sintió un cosquilleo seguido de una sensación de calor en la anatomía que había debajo de su cinturón.

Diez años después de haberse acostado con ella,

Samantha Edwards tenía la capacidad de ponerlo de rodillas. Sexualmente hablando, claro. No tenía ninguna intención de que ella se diera cuenta. La relación que había entre ellos ahora era puramente laboral.

–¿Cuándo puedes empezar? –le preguntó acompañándola a la puerta.

–La semana que viene –contestó Samantha.

–Muy bien. Me gusta tener una reunión con los empleados todos los martes por la mañana. Espero contar contigo para la próxima.

–Jack, quiero que sepas que estoy encantada con esta oportunidad y que mi intención es que mi fichaje sea bueno para la empresa.

–No lo dudo.

Samantha lo miró a los ojos.

–Tenía mis dudas, no sabía si me ibas a considerar para el puesto. Por nuestro pasado.

Jack fingió que no sabía de lo que le estaba hablando.

–¿Lo dices porque nos conocemos de la universidad?

–No –contestó Samantha.

Jack esperó.

Samantha se sonrojó, pero no bajó la mirada.

–Lo digo por lo que sucedió aquella noche entre nosotros. Cuando... –carraspeó–. Bueno, ya sabes...

–Agua pasada –dijo Jack.

Lo cierto era que nunca había sido un hombre de estar constantemente rememorando el pasado. Ni siquiera las ocasiones especiales; ni siquiera si esa ocasión especial había sido una noche que le había hecho creer en los milagros.

Posiblemente, porque cuando había amanecido se había enterado de que los sueños eran para los tontos y de que los milagros no existían.

***

A las tres en punto de la tarde, la señorita Wycliff llamó a la puerta del despacho de Jack.

–Pasa –le dijo Jack guardando el archivo con el que estaba trabajando en el ordenador y mirando a la que fue secretaria de su padre.

–Los informes del día –anunció la mujer dejándole varias carpetas sobre la mesa.

–Gracias.

Jack frunció el ceño al ver la cantidad de papeles que iba a tener que leer. En teoría, lo sabía todo sobre cómo dirigir una empresa y tenía un máster que así lo acreditaba, pero la teoría y la realidad a menudo tenían poco que ver y el suyo era uno de sus casos.

–¿Qué tal está la gente? –quiso saber Jack.

–Por supuesto, echan de menos a tu padre. Era un hombre muy apreciado en la empresa. ¿Cómo no lo iba a ser? Era un hombre muy bueno.

Jack intentó poner cara de póquer pues sabía que su padre era un hombre de negocios que había vivido por y para su empresa y que nunca se había ocupado mucho de sus hijos.

Desde luego, eso no era lo que él entendía por ser una buena persona.

–Sí, han venido varias personas a mi despacho a decirme lo mucho que lo echan de menos –admitió Jack.

Había ido, por lo menos, una persona al día, y Jack nunca sabía qué contestar.

La secretaria sonrió.

–Estamos todos encantados con que hayas venido tú a hacerte cargo de la empresa. Muchos de nosotros llevamos aquí muchísimo tiempo y no nos gustaría que le ocurriera nada a la compañía.

Jack tan solo llevaba en su nuevo puesto un par de semanas, pero, por lo que había visto, la empresa iba maravillosamente bien y, en cuanto hubiera contratado a la gente apropiada, iría todavía mejor, así que no había motivo de preocupación.

—Tu padre estaba muy orgulloso de ti. ¿Lo sabías?

—Gracias —contestó Jack.

La señorita Wycliff sonrió.

—Solía decir que te iba estupendamente en tu bufete de abogados. Por supuesto, hubiera preferido que trabajaras en la empresa familiar, pero decía que tú preferías el Derecho, y que si el Derecho te hacía feliz, él también era feliz.

Jack recordó las desagradables conversaciones que solía tener frecuentemente con su padre sobre aquel tema.

George Hanson lo había intentado todo, desde el soborno a las amenazas y hacía tiempo que sospechaba que su padre era de una manera con él y de otra con el resto del mundo.

—Hicimos un trato —le explicó a la señorita Wycliff—. Después de terminar la carrera de Derecho, hice un máster en empresariales. La idea era que, una vez terminados ambos estudios, yo podía elegir —añadió encogiéndose de hombros—. Elegí el Derecho.

—Elegiste lo que el corazón te pedía y lo que mejor se te daba —contestó la señorita Wycliff—. Eso era lo que siempre decía tu padre —sonrió—. El día en el que te hicieron socio del bufete trajo champán para celebrarlo.

¿Champán? Aquel día, Jack no había podido localizar a su padre y le había dicho a Helen, su segunda mujer, que le diera la noticia de su ascenso. Por supuesto, Helen le había mandado una carta de felicitación y un maletín de cuero como regalo. Ella, siempre tan educada, había firmado por los dos, pero Jack era perfectamente consciente de que todo lo había hecho ella. Su padre ni siquiera se molestó en devolverle la llamada.

–Tu padre era un buen hombre –insistió la señorita Wycliff–. Pase lo que pase, no debes olvidarlo.

–Es la segunda vez en menos de diez minutos que me dices eso –se extrañó Jack–. ¿Por qué?

Desde luego, la señorita Wycliff tenía que haber sido una auténtica belleza en sus años jóvenes y, si Jack no la hubiera conocido bien, habría apostado que entre ella y su padre había habido algo, pero sabía perfectamente que, aunque George Hanson sí que podría haber intentado tontear con ella, la señorita Wycliff jamás lo habría consentido.

–No puedo decírtelo –contestó la señorita Wycliff bajando la voz.

–¿No puedes o no quieres?

–Yo no sé nada. Si supiera algo, te lo diría. Puedes contar con mi absoluta lealtad.

–Entonces, ¿hay algo?

La señorita Wycliff dudó.

–Es una corazonada. Lo siento. No puedo ser más explícita. No hay nada más que decir.

Jack se dio cuenta de que la señorita Wycliff no mentía. Era cierto que no sabía nada. Jack siempre se fiaba de las corazonadas porque, siempre que había cambiado de táctica en un juicio dejándose llevar por su intuición, había acertado.

–Si te enteras de algo...

–Te lo contaré –le aseguró la señorita Wycliff–. Me quedé viuda hace unos años y no tengo hijos. Esta empresa es todo lo que tengo y estoy dispuesta a hacer lo que sea para protegerla.

–Gracias.

La señorita Wycliff asintió y salió del despacho.

Jack no estaba para muchos misterios y, además,

aunque tenía en gran estima a la señorita Wycliff, ¿quién le decía a él que los intereses de ella eran los mismos que los suyos? La señorita Wycliff quería que la empresa durara para siempre y él se quería ir cuanto antes.

Si aquellas posiciones entraban algún día en conflicto, Jack tenía la corazonada de que su leal secretaria podía convertirse en su peor enemiga.

Siempre que te cambias de trabajo, hay que ver la cantidad de papeles que hay que hacer», pensó Samantha dos días después, sentada en un despacho vacío y rellenando su solicitud formal de trabajo, así como el seguro, la tarjeta de entrada, la tarjeta de aparcamiento y la información de contacto en caso de urgencia.

Lo hizo todo rápido, sin poder creerse todavía que hubiera conseguido el trabajo de sus sueños sin apenas esfuerzo. Estaba tan encantada por ponerse en marcha que había ido a la oficina incluso antes de lo previsto.

–Gracias, Helen –murmuró.

Samantha era consciente de que su amiga se las había arreglado para meter su nombre en la lista de candidatas al puesto y le hubiera gustado mencionárselo a Jack en la entrevista, pero no lo había hecho porque Helen se lo había pedido.

Por razones que a Samantha se le hacían del todo absurdas, tanto Jack como sus hermanos creían que Helen no era más que la mujer florero de su padre.

«Espero andar por aquí cuando se den cuenta de que detrás de esos enormes ojos hay un cerebro muy bien amueblado», pensó Samantha.

–Buenos días.

Samantha levantó la mirada y se encontró con Jack

en la puerta del pequeño despacho. Estaba terriblemente sensual, como si acabara de salir de la ducha. ¿Por qué siempre le habían gustado tanto los hombres recién afeitados?

–Hola –contestó Samantha.

–Me habían dicho que te habías pasado por la oficina para arreglar algunos detalles –comentó Jack apoyándose en el marco de la puerta–. Gracias por aceptar el trabajo.

–Soy yo quien te da las gracias –rio Samantha–. Me muero por empezar a trabajar. Me han dicho que, si entrego estos papeles antes de la hora de comer, me dan la tarjeta de identificación y las llaves de mi despacho esta tarde.

–Sí, mi secretaria me ha dicho que ya tenemos una reunión concertada.

–Sí, el lunes por la tarde –contestó Samantha–. Me voy a pasar todo el fin de semana trabajando, poniéndome al día. Quiero hablar de los parámetros contigo antes de ponerme manos a la obra con mi equipo.

–No espero que trabajes veinticuatro horas al día los siete días de la semana –le advirtió Jack.

–Ya lo sé, pero estoy encantada con el trabajo y, además, no tengo muchas cosas que hacer. Acabo de llegar a Chicago.

–Razón de más para que emplees el fin de semana en salir por ahí a explorar la ciudad.

–Vaya, vaya, vaya, esto de que el jefe te diga que no trabajes es nuevo para mí –bromeó Samantha.

–No quiero que te quemes en una semana de trabajo. Te voy a necesitar mucho tiempo.

Samantha estaba muy a gusto con el clima de confianza que había entre ellos y se alegraba sinceramente de que su amistad hubiera salido intacta después de una noche de pasión.

Entonces, ¿por qué se ponía tan nerviosa cuando estaba con él?

Aunque estaba bastante lejos de ella, era como si oyera su respiración en el oído, como si sintiera el calor que emanaba de su cuerpo.

Eso ya le había ocurrido antes.

En la universidad, se había pasado dos años en un estado constante de excitación sexual. En aquel entonces, necesitaba más su amistad que compartir su cama, así que había elegido ignorar la atracción física que había entre ellos.

Aquella noche no había podido seguir fingiendo.

–Te prometo que, cuando termine de trabajar, saldré a dar una vuelta por la ciudad –comentó.

–Está bien, me rindo. Esclavízate tú solita, yo no te voy a decir nada. ¿Ya te has instalado?

–Si a llevar dos maletas a la habitación del hotel se le puede llamar instalarse, sí –sonrió Samantha.

–¿No vas a buscar una casa?

–Sí, supongo que sí, pero ahora estoy muy ocupada y no tengo tiempo –mintió Samantha.

Lo cierto era que ir a buscar casa le daría demasiado tiempo para pensar y no quería meterse en introspecciones.

–En el edificio en el que yo vivo hay unos pisos amueblados preciosos que alquilan por meses. Yo empecé alquilando uno durante dos meses, me gustó y me lo compré.

–Muy interesante –contestó Samantha con prudencia.

Jack sonrió.

–No te preocupes, es un edificio enorme. No nos encontraríamos muy a menudo.

¿Acaso Jack creía que ella pensaba que sería un problema encontrarse? Bueno, sí, a lo mejor lo sería.

Samantha tenía la sensación de que encontrarse con Jack fuera del trabajo podría complicarle la vida e incluso resultar peligroso para su salud mental.

¿Pero acaso no se había prometido a sí misma que iba a dejar de huir de la vida? ¿Acaso no había decidido que se había terminado aquello de huir de la verdad?

–Gracias por la información. ¿Tienes un teléfono de contacto?

–Sí, lo tengo en mi despacho, ahora te lo traigo –contestó Jack.

Mientras Jack iba a su despacho, Samantha volvió a concentrarse en los papeles que tenía ante sí, pero no pudo evitar pensar en el piso vacío que había dejado en Nueva York semanas atrás.

Ella había creído que siempre viviría en Nueva York, creía que sabía lo que la vida le deparaba. Qué curioso que los sueños de una vida pudieran meterse en seis o siete cajas y que el hombre que ella creía que la iba a querer para siempre hubiera resultado ser un ladrón y un mentiroso.

2

-Estamos trabajando en, eh, las actualizaciones en estos momentos -dijo Arnie revolviéndose incómodo en su asiento-. Las primeras, eh, deberían estar listas, eh, para finales de mes.

Jack tuvo que hacer un gran esfuerzo para no hacer una mueca de compasión porque, en el bufete, los clientes estaban tan distraídos por los cargos de los que se les acusaba que no tenían energía para ponerse nerviosos y, en los juzgados, a Jack le importaba un bledo que sus preguntas molestaran a un testigo hostil.

Sin embargo, Arnie no era ni un cliente ni un testigo hostil sino un as de la informática del departamento de informática que, obviamente, estaba incómodo ante su nuevo jefe.

Jack hojeó el informe que tenía ante sí y miró a su empleado.

-Por lo que veo, vais según lo previsto -sonrió.

Arnie tragó saliva.

-Sí, la verdad es que nos lo hemos trabajado -contestó encantado-. Roger nos dijo que había que hacer las cosas bien.

A Jack le habría gustado que Roger, el jefe del departamento de informática, hubiera acudido a la reunión, pero no había podido ser.

–Vas a trabajar con Samantha Edwards. Se incorpora hoy. Es una mujer muy creativa y enérgica. Estoy seguro de que te impresionarán sus ideas –le dijo Jack a Arnie.

Y, acto seguido, se preguntó si también se impresionaría por su altura, su delgadez, su belleza y su sonrisa. Claro que, a juzgar por su aspecto pálido, su pelo muy fino y castaño, sus ojos claros, sus gafas, su camiseta, sus vaqueros y su postura de «por favor, no más daño», era obvio que Arnie era de esos chicos que jamás conquistaba a la chica.

–Había oído que íbamos a trabajar mucho con Internet –sonrió el chico–. Eso es bueno para mi departamento.

–Va a haber mucho trabajo –le advirtió Jack.

–No hay problema.

–Muy bien. En cuanto Samantha termine de organizar sus ideas, se pondrá en contacto con vosotros para explicároslas. Quiero que os coordinéis bien. Quiero una campaña agresiva, pero realista.

Arnie asintió.

–Está bien, puedo con todo eso, pero, eh, a su padre nunca le interesó Internet, siempre prefirió hacer publicidad de la empresa en la prensa.

Y esa era precisamente una de las razones por las que la empresa tenía problemas de publicidad, ya que los anuncios en prensa escrita eran mucho más caros que anunciarse en la red.

–A mí me parece que la publicidad en Internet es mucho más barata –opinó Jack–. Claro que supongo que tú, que trabajas en eso, lo sabrás mejor que yo.

–Sí, es mucho más barato y parece una idea fantástica, como a casi todo el equipo, pero... bueno, hay gente que no está tan de acuerdo...

–¿Ah, no? –se extrañó Jack.

Arnie bajó la cabeza.

–¿A quién te refieres exactamente? –insistió Jack.

–Bueno, mi jefe nunca ha sido muy amigo de los cambios –confesó Arnie.

–Aquí trabajamos en equipo.

Arnie bajó la cabeza un poco más y suspiró.

–Te prometo que no le hablaré de esta conversación a Roger, pero te agradezco que me lo hayas advertido.

–Gracias, se lo agradezco de verdad porque realmente me gusta mi trabajo y no me gustaría perderlo –dijo el chico sacudiendo la cabeza–. Eh, su padre era un gran hombre.

–Gracias –contestó Jack.

–Era un hombre paciente y amable que se interesaba realmente por todos sus empleados. Nos encantaba trabajar para él y fue un gran golpe para nosotros cuando murió.

Jack asintió. No sabía qué decir cuando la gente hablaba así sobre su padre. Describían a una persona a la que él no conocía.

En aquel momento llamaron a la puerta y, al levantar la mirada, Jack vio entrar a Samantha.

–¿Llego tarde o pronto? –preguntó sonriente.

–Llegas justo a tiempo –contestó Jack fijándose en que, ahora que ya sabía que el trabajo era suyo, había dejado los pantalones negros y las chaquetas convencionales y había vuelto a vestir como a ella le gustaba de verdad.

Ese día llevaba una falda larga en tonos rojos, verdes y violetas, un jersey oscuro que le caía sobre las caderas, un pañuelo sobre un hombro, muchísimas pulseras y unos pendientes que sonaban cuando caminaba.

–Te presento a Arnie –dijo Jack señalando al hombre que tenía sentado frente a él–. Es del departamento de informática y va a trabajar contigo en la ampliación de Internet. Tú le dices lo que quieres y él te dice si es posible. Arnie, esta es Samantha.

El otro hombre se levantó, se secó la palma de la mano en los vaqueros y, a continuación, se la tendió a Samantha, abrió la boca, la volvió a cerrar y la volvió a abrir.

–Eh, hola –dijo por fin sonrojándose levemente.

–Buenos días –contestó Samantha–. Así que tú y yo vamos a ser buenos amigos, ¿verdad? Presiento que nunca me vas a decir a nada que no.

Arnie se quedó mirándola con la boca abierta y volvió a sentarse. Jack tuvo que hacer un gran esfuerzo para no sonreír. Obviamente, Samantha había hecho otra conquista.

Lo que no le sorprendía en absoluto porque, cuando entraba en una habitación, todos los hombres se sentían inmediatamente atraídos por ella. Incluso él. No podía evitarlo. Le hubiera gustado estrecharla entre sus brazos y acariciarle el pelo, mirarse en sus ojos y sentirla temblar.

«No puede ser», se recordó.

Samantha no había estado interesada en él diez años atrás y seguro que seguía sin estarlo. Bueno, se había interesado por él en una ocasión, pero después había dejado muy claro que no quería que se repitiera.

–No dejes que Samantha te diga todo el rato lo que tienes que hacer –le advirtió a Arnie en tono de broma–. Si la dejas, no para de dar órdenes.

–¿Quién? ¿Yo? –se indignó Samantha en tono de

broma también–. Pero si soy el colmo de la cooperación, yo nunca doy órdenes.

–Ya, eso es hasta que alguien se mete en tu camino y, entonces, te lo llevas por delante como una locomotora.

Samantha se sentó junto a Arnie y le tocó la mano.

–No le hagas ni caso. Jack y yo fuimos juntos a la universidad y, por lo visto, él tiene un recuerdo de las cosas muy diferente al mío. Yo jamás he pasado sobre nadie como si fuera una locomotora –añadió sonriendo a continuación–. Bueno, solo en un par de ocasiones, pero eso es porque puedo resultar muy tenaz cuando quiero. En cualquier caso, Arnie, he estado leyendo los informes de tu departamento y veo que lleváis ya un tiempo apostando por esta ampliación.

Aquello sorprendió a Jack.

–No tenía ni idea.

Samantha lo miró.

–Su jefe se lo ha impedido. He leído los memorandos de Roger explicando por qué se negaba a la ampliación, por qué le parecía una mala idea. Por lo visto, tenía detrás a alguien gordo que respaldaba sus tesis.

Aunque Samantha no había dicho exactamente quién, Jack sospechaba que se trataba de su padre porque a George Hanson nunca le había interesado demasiado la tecnología.

–Eso fue en el pasado, vamos a centrarnos en el futuro –comentó–. Quiero que haya una relación muy fluida entre vosotros.

Samantha asintió.

–Estaremos en contacto continuamente vía correo electrónico, Arnie.

–Perfecto –contestó el chico encantado.

–Gracias por ayudar –lo despidió Jack.

–De nada –contestó Arnie poniéndose en pie y saliendo del despacho.

–Ya tienes un nuevo amigo –comentó Jack una vez a solas con Samantha.

–¿Arnie? Sí, es un encanto. Seguro que no tengo ningún problema en trabajar con él.

Jack se dijo que Samantha jamás se interesaría por un hombre como Arnie y que, en caso de que lo hiciera, tampoco era asunto suyo. Para convencerse, se repitió tres o cuatro veces que Samantha podía hacer con su vida lo que quisiera siempre y cuando hiciese bien su trabajo y estuvo a punto de creérselo.

–¿Y bien?

–¿Y bien? ¡Tengo un montón de ideas nuevas! –exclamó Samantha muy sonriente–. El fin de semana me ha cundido mucho. He estado mirando la página web y me ha parecido muy básica. Se puede mejorar mucho y quiero empezar por ahí. Quiero empezar por los niños de menos de doce años. Quiero dejarlos con la boca abierta –continuó Samantha dejando una carpeta abierta sobre la mesa–. Quiero que nuestra página web se convierta en la página con la que los niños sueñen nada más salir del colegio, quiero que estén deseando llegar a casa para conectarse. Quiero que tengamos la página web más interesante de la red. Podríamos poner cosas de deporte, de ropa y de música. También películas, series de televisión. También se me había ocurrido que podríamos tener una especie de columna tipo Pregúntale a Annie o algo así.

Jack se quedó mirándola confuso.

–¿Quién es Annie?

Samantha se rio.

–Es una columna de consejos –le explicó–. Alguien a quien los chicos le puedan preguntar sus cosas. Da igual que se llame Annie o Mark, eso es lo de menos.

Lo importante, lo que nos dará un montón de puntos, es que será en tiempo real e interactiva. Será como un chat. Tengo muchas ideas, pero lo que más me preocupa es la seguridad. Vamos a tener que emplear a los mejores para asegurarnos de que los niños estén completamente a salvo.

–Me gusta.

–Me alegro.

Samantha sonrió y Jack sintió una descarga. Deseo.

–No hace falta que me vengas a rendir cuentas, ¿sabes? –le dijo intentando ignorar las punzadas que estaba sintiendo en la entrepierna–. Me fío de ti y de cómo manejas tu departamento.

–Ya lo sé, pero estamos hablando de grandes cambios.

–Para eso precisamente te he contratado.

–¿De verdad confías tanto en mí?

–Por supuesto que sí.

–Vaya. Bueno, voy a hablar con mi equipo para ponernos manos a la obra y poder enseñaros una presentación cuanto antes.

–Muy bien. Quiero que sepas que yo trabajo así, hasta que una persona no la fastidia tiene mi total confianza y luz verde para hacer lo que quiera.

–Vaya, no eras así antes.

–¿Ah, no?

–No, en la universidad eras mucho más rígido –le recordó Samantha con una gran sonrisa.

–Bueno, eso era porque tenía que estudiar mucho.

–Sí...

–Tú, sin embargo, apenas estudiabas y sacabas unas notas estupendas.

–Lista que es una.

–Desde luego... ¿Te acuerdas aquellas navidades

que pasamos en un establo porque querías saber cómo era? –recordó Jack de repente.

–Sí –rio Samantha–. ¡Y tú no parabas de decirme que estábamos en mitad de Pensilvania en pleno invierno y no en Oriente Medio!

A pesar del intenso frío, lo habían pasado bien abrazados el uno al otro. Jack recordó que la deseaba con desesperación y temblaba más de excitación que de frío. A la mañana siguiente, la llevó al aeropuerto para que se reuniera con su madre para pasar el día de Navidad.

–Por cierto, ¿qué tal está tu madre?

–Murió hace tres años –contestó Samantha.

–Vaya, lo siento –dijo Jack sinceramente.

–Gracias. La echo de menos, ¿sabes? En fin, hacía tiempo que estaba enferma, así que no nos pilló por sorpresa. Pudimos despedirnos y eso nos hizo mucho bien a todos, a ella la primera –recordó–. Bueno, me voy –añadió recogiendo sus cosas–. Tengo muchas cosas que hacer. Ya verás, te va a encantar la presentación.

–No lo dudo.

Tras acompañar a Samantha a la puerta, Jack volvió a su mesa y se dijo que solo un loco deseaba lo que sabía que no podía tener.

A Arnie también lo había atrapado, con la diferencia de que el pobre loco de los ordenadores soñaría con casarse con ella y él solo la quería en su cama porque hacía mucho tiempo que había aprendido a concentrarse única y exclusivamente en lo físico, sin emociones ni sentimientos.

No merecía la pena entregar el corazón porque la gente que hablaba de amor pronto se olvidaba de sus promesas y se iba.

***

Cuando firmó el contrato de «casas para ejecutivos», Samantha no estaba muy segura de lo que había firmado, pero el ático que le dieron le sorprendió agradablemente, pues tenía un espacioso salón con unas vistas preciosas, comedor, una cocina grande, un dormitorio con una cama enorme y vestidor.

El baño era una maravilla y Samantha ya había estrenado la fantástica bañera. También había un despacho con muy buena luz y conexión de alta velocidad a Internet.

Lo único malo era los colores, blancos neutros e impersonales, pero, de momento, tenía que servir. Era el doble de grande que su apartamento de Nueva York. Mientras miraba por la ventana y decidía qué se iba a preparar de cena, se dio cuenta de que se sentía a gusto en Chicago.

Sí, había sido una buena idea irse de Nueva York porque allí había demasiados recuerdos de Vance.

Sí, en Chicago se olvidaría de él y podría empezar de nuevo, podría...

En aquel momento llamaron a la puerta.

–¿Jack? –se extrañó Samantha al mirar por la mirilla.

–He pensado que no tendrías nada de cena y te he traído comida china –contestó Jack desde el otro lado de la puerta–. También he traído vino. Te lo puedes tomar como una cena de bienvenida al edificio. ¿Te interesa?

Más que interesarla, estaba encantada, así que abrió la puerta para dejar pasar a Jack, pero el que entró fue un perro pastor blanco y negro.

–Te presento a Charlie –dijo Jack–. ¿Te gustan los perros?

–Me encantan –contestó Samantha acariciando al can–. ¿Quién es este chico tan guapo? –le dijo riéndose cuando Charlie intentó lamerle la cara.

–Le gustas –comentó Jack–. Qué perro más listo.

–Anda, pasad –le dijo Samantha guiándolos a la cocina.

Jack descorchó la botella de vino mientras ella disponía la cena en platos y, a continuación, se dirigieron al comedor.

–Bienvenida al barrio, espero que te guste –brindó Jack levantando su copa.

–Gracias –contestó Samantha brindando con él y probando el vino tinto–. Todo un detalle esto de traerme la cena a casa.

–Bueno, pensé que a lo mejor te sentías un poco fuera de lugar.

–Sí, la verdad es que sí. La casa es genial, pero me resulta extraño porque nada es mío. Ni siquiera los platos –comentó Samantha–. Yo nunca me hubiera comprado una vajilla así –añadió señalando los platos color crema.

–¿Demasiado normales?

–Aburridos.

–Estoy de acuerdo, pero ya podrás comprarte platos de colores cuando tengas tu casa.

–Sí, desde luego, pero de momento este lugar es maravilloso.

Cuando terminaron de cenar, pasaron al salón, donde Charlie se tumbó a los pies de Samantha.

–Sí, definitivamente, este lugar no te va nada –comentó Jack fijándose en los muebles y en la pintura de las paredes.

Samantha también las miró. Estaban pintadas de azul y verde claro.

–Son colores muy tranquilos –comentó.

–No te gusta nada.

–Hombre, yo no habría elegido colores tan...

–¿Normales?

Samantha sonrió.

–Todavía me acuerdo de aquel chal tan horrible que tenías sobre la mesa cuando estábamos en la universidad. Era la cosa más fea que he visto en mi vida –recordó Jack.

–Era precioso y tenía unos colores increíbles –contestó Samantha.

–Parecía sacado de una pesadilla de Dalí.

–Desde luego, qué poco gusto tienes.

–Era espantoso –sonrió Jack.

Samantha también sonrió.

Siempre había sido así. Pocas veces estaban de acuerdo en algo y aquello a ella le gustaba tanto como mirarlo.

Jack se había cambiado de ropa y ahora vestía unos vaqueros y camiseta de manga larga. Los pantalones ya eran viejos y, al estar desgastados, se ajustaban a sus piernas y a sus caderas de una manera muy sensual.

Una sensualidad muy controlada de todas maneras. Samantha siempre se había preguntado qué ocurriría cuando Jack diera rienda suelta a sus deseos y se olvidara del control.

Aquella noche que habían pasado juntos le había dejado claro que su potencial era estremecedor.

«Olvídate de aquello», se advirtió a sí misma.

Terreno pantanoso y peligroso.

–¿Y no te has traído nada tuyo de Nueva York? –le preguntó Jack.

–Muy pocas cosas –contestó Samantha.

En un intento por controlarla, Vance había luchado con uñas y dientes por cada cuadro y cada plato y para Samantha había resultado más fácil dárselo todo.

–Sé que te acabas de divorciar –comentó Jack mirándola a los ojos–. ¿Qué tal lo llevas?

No era ningún secreto, así que Samantha no se sorprendió de que lo supiera.

—Ahora, estoy bien. Al principio, me resultó duro porque caí en esa estupidez de que el divorcio es un fracaso, pero ya lo he superado.

—Debe de ser duro.

Samantha asintió.

—Yo creía que iba a estar casada con el mismo hombre toda la vida, creía que había elegido al hombre perfecto. Bueno, se entiende, no perfecto porque fuera perfecto sino porque era perfecto para mí. En cualquier caso, me equivoqué. Teníamos objetivos diferentes en la vida, no coincidíamos en casi nada, ¿sabes? Yo podría haber vivido con eso, pero, de repente, él cambió de opinión y decidió que no quería tener hijos.

—Vaya, pues a ti te encantan los niños si mal no recuerdo.

—Sí, todavía tengo unos cuantos buenos años por delante, así que no he perdido la esperanza de tenerlos algún día.

—Claro que no.

Samantha sonrió.

—Bueno, ya basta de hablar de mí. ¿A ti qué tal te ha tratado la vida en cuestiones de amor? —le preguntó.

—Bueno, no hay mucho que contar. No me he casado ni me he divorciado, aunque estuve prometido durante un tiempo.

—¿Y qué pasó? ¿No funcionó?

—Murió.

Samantha se quedó estupefacta.

—Lo siento mucho —se lamentó sinceramente.

—Gracias. Fue hace unos años, justo antes de Navidad. Shelby se salió de la carretera porque había helado y su coche cayó al río.

–Qué horror.

Jack sabía que a Samantha le hubiera gustado poder decir algo especial para consolarlo, pero no había nada que no hubiera oído ya. En cualquier caso, nada de lo que le habían dicho había cambiado el hecho de que Shelby hubiese muerto ni de que hubiera dejado aquella nota antes de morir.

–¿Y fue mucho antes de la boda?

–Una semana antes. Nos íbamos a casar el día de Fin de Año.

–Supongo que ahora no te gustará nada la Navidad –comentó Samantha mordiéndose el labio inferior.

–Bueno, en realidad, ya lo voy superando, pero los que me dan pena son sus padres.

Samantha asintió.

–Las relaciones nunca son fáciles –recapacitó.

–Hablando de algo más agradable –comentó Jack cambiando de tema–. ¿Te han dicho que dentro de unas semanas hay una gran fiesta?

Samantha negó con la cabeza.

–Es una fiesta que dan los grandes anunciantes y hay que ir de gala.

–¿De verdad? ¿Me estás diciendo que tengo excusa para comprarme un vestido nuevo y estar fabulosa?

–No es una excusa sino una orden.

–¿Y tú irás de esmoquin?

–Por supuesto.

–Madre mía, estarás guapísimo y todas las mujeres te adularán.

–Para variar –bromeó Jack.

–O sea que ligas mucho, ¿eh?

Jack se preguntó si Samantha estaba coqueteando con él y decidió no dejar que su mente siguiera por aquellos derroteros porque, siempre que se había planteado algo así con ella, se había llevado una gran decepción.

–Bueno, no me puedo quejar, salgo con alguna de vez en cuando...

–Estoy segura de que no sales más porque no quieres, porque eres guapo, divertido inteligente, tienes dinero y estás soltero. A mí me pareces bastante irresistible.

–Estoy de acuerdo con todo eso, pero, aun así, hay algunas que se me resisten –bromeó Jack–. ¿Y tú? ¿Tienes intención de empezar a salir con hombres pronto?

–No creo. Cuando te divorcias, tu autoestima se ve muy vapuleada y yo todavía me estoy recuperando.

Jack no se lo podía creer porque Samantha siempre había sido una mujer segura de sí misma, inteligente, divertida y preciosa.

–No se te nota.

–Gracias –sonrió Samantha–. Me lo estoy currando mucho.

–Pues sigue así.

A Jack le hubiera encantado decirle que estaba tan maravillosa como siempre, pero no se atrevió.

–En fin, Charlie y yo nos vamos a ir a dormir –se despidió llamando al perro.

–Gracias por haber venido –los despidió Samantha en el vestíbulo–. Me ha encantado cenar con vosotros –añadió agachándose y despidiéndose de Charlie–. A ver si nos volvemos a ver, ¿eh?

Charlie ladró encantado y le lamió la mano.

«Tendría gracia ahora que, después de tanto tiempo, se enamorara de mi perro», pensó Jack divertido.

3

Casi una semana después, Jack estaba sentado en su despacho, maldiciéndose a sí mismo por haber accedido a hacerse cargo de la empresa de su padre de manera temporal.

Cada día, surgía un problema nuevo.

Para empezar, los del departamento de informática le habían dicho que las páginas web estaban casi ya a su máxima capacidad y que, para llevar a cabo la ampliación, iban a tener que negociar con su servidor.

Las suscripciones a la revista habían bajado y el tren en el que iba un pedido de cientos de miles de ejemplares hacia la Costa Este había descarrilado.

Había tantísimas cosas que hacer que Jack se preguntó cómo demonios su padre era capaz de encargarse de todo aquello y, además, de varios departamentos a la vez.

Jack se echó hacia atrás en su butaca y se masajeó las sienes. Obviamente, George Hanson no lo había hecho bien y las cosas estaban empezando a desmoronarse.

A pesar de que había contratado a diferentes perso- nas para que dirigieran los diferentes departamentos, el volumen de trabajo que Jack tenía era tan abruma- dor que estaba agobiado.

Lo único que se le ocurría hacer si quería que la empresa sobreviviera era ponerse en contacto con sus hermanos, así que le preguntó a la señorita Wy- cliff sí sabía dónde estaban Evan y Andrew.

Jack no sabía si la antigua secretaria de su padre se habría sorprendido al ver que no tenía ni idea de dón- de encontrar a sus propios hermanos, pero le agrade- ció que disimulara y que se ofreciera a buscarlos.

Cuando la señorita Wycliff abandonó su despa- cho, Jack bajó a la planta de abajo decidido a hablar con su tío David. A diferencia de su padre, que vivía entregado al trabajo, su hermano había tenido tiem- po para sus sobrinos.

–¿Qué tal te va? –lo abrazó David al verlo entrar en su despacho.

–Bueno... la verdad es que no muy bien –contestó Jack–. Yo creía que la empresa estaba mucho mejor de lo que está en realidad.

–Al final de sus días, tu padre no era el mismo de siempre. No confiaba en nadie... ni siquiera en mí. ¿Cómo lo llevas?

–No muy bien.

–Siempre puedes irte.

–No, di mi palabra de quedarme tres meses y poner la empresa en marcha y la voy a cumplir. Le he dicho a la señorita Wycliff que busque a Evan y a Andrew.

–¿Y eso?

–Deberíamos estar aquí los tres, la empresa es de los tres.

–Nunca os habéis llevado bien. ¿Por qué crees que iban a venir ahora a ayudarte?

–No sé... oye, David, tú sabes mucho más de esta empresa que todos nosotros juntos, ¿por qué no te ocupas de ella?

–Aunque fuera verdad que sé tanto como dices, tendría que respetar el deseo de tu padre y él quería que uno de sus hijos se hiciera cargo de la compañía.

–Eso no lo sabremos hasta que leamos el testamento –se lamentó Jack–. ¿A quién se le ocurre decir que hay que esperar tres meses para leer su testamento? Es de locos. Hasta entonces, no podemos hacer nada. Solo espero que mis hermanos vengan a la lectura.

–Vendrán, por el dinero, pero no esperes que te ayuden –contestó David.

–Madre mía, en qué lío me ha metido mi padre. No sé por qué, él creía que yo era el único de sus hijos que podía hacerme cargo de la empresa y, de alguna manera, convenció a los consejeros delegados. ¿No se dan cuenta de que, en realidad, lo único que quería mi padre era controlarme incluso después de muerto?

–George te quería –comentó David–. A su manera, pero te quería.

–Eso es como decir que la hembra de viuda negra no tiene nada en contra del macho cuando lo mata –contestó Jack tomándose el café que la secretaria de su tío les había servido–. Tú siempre lo has defendido, incluso cuando tuviste que hacer de padre para nosotros.

David se encogió de hombros.

–Yo solo quería ayudar.

–Deberías haber tenido hijos.

–Tú, también. Por cierto, estaba confeccionando una nota de prensa sobre la gente nueva que has contratado y uno de los nombres se me hacía muy conocido.

–Samantha era la mejor candidata –contestó Jack sin ponerse a la defensiva.

–No lo dudo. Lo único que digo es que me pareció interesante volver a ver su nombre. Me acuerdo de ella, es la que se fue, ¿no?

–Entre nosotros nunca hubo nada.

–Pues hablabas de ella como si fuera tu novia.

–Eso fue hace mucho tiempo.

–¿Está casada?

–No.

–A lo mejor, la vida te está dando una segunda oportunidad.

–Yo no creo en segundas oportunidades –sonrió Jack.

David se puso serio.

–No todas las mujeres son como Shelby.

–Ya lo sé –contestó Jack terminándose el café y poniéndose en pie–. No te preocupes por mí. Estoy bien. En cuanto a Samantha, solamente somos compañeros de trabajo.

–Eres un mentiroso, pero te seguiré la corriente –sonrió su tío.

–Vaya, gracias. Si te enteras de algo de mis hermanos, llámame.

–Por supuesto.

–¡Cuánto me alegro de verte! –exclamó Helen abrazando a Samantha al llegar a casa de su amiga.

–Ante todo, gracias por todo lo que has hecho por mí. Necesitaba irme de Nueva York y, gracias a ti, he podido hacerlo –contestó Samantha.

Helen se sentó en un sofá e hizo un gesto con la mano en el aire como diciendo que no tenía importancia.

–Por favor, yo lo único que hice fue conseguirte una entrevista. Que te contratara ha sido todo mérito tuyo porque te aseguro que Jack jamás se fiaría de mi opinión.

Samantha se sentó junto a su amiga y le tocó el brazo.

–Pareces cansada. ¿Qué tal te encuentras?

–Exhausta –confesó Helen–. Han pasado ya dos meses. Supongo que tendría que haberme acostumbrado a su ausencia, pero... –añadió con lágrimas en los ojos–. Maldita sea, me había prometido que no iba a volver a llorar.

–El dolor no entiende de límites temporales.

–Gracias por preocuparte por mí –dijo Helen apretándole los dedos–. Estoy bien.

–No mientas.

–Bueno, es cierto, no estoy bien, pero intento convencerme de que sí lo estoy. Supongo que de algo me servirá... suelo conseguir estar un par de horas sin llorar, lo que ya es todo un logro porque al principio solo lograba estar unos minutos. Le echo terriblemente de menos y me siento muy sola.

Samantha no sabía qué decir, pues era cierto que Helen estaba realmente sola en todo aquello. No tenía familia y los hijos de George no la habían recibido precisamente con los brazos abiertos.

–¿Has intentado hablar con Jack? Es un hombre razonable –le propuso.

–Sí, ya lo sé –contestó Helen secándose las lágrimas–. Es un hombre muy educado, pero no nos llevamos bien. Te aseguro que lo he intentado todo con los hijos de George, pero no he conseguido nada. A veces, me digo que no ha sido por mi culpa, que lo que ha pasado es que, aunque George era un hombre maravilloso, no se llevaba bien con sus hijos. No sé por qué, pero cuando yo me casé con su padre, ya tenían ciertos problemas. Bueno, no he venido a preocuparte con mis problemas sino a ver qué tal te va todo.

Samantha aceptó de buen grado el cambio de tema y se lanzó a contarle a su amiga lo encantada que estaba con su nuevo trabajo.

–¿Y no echas de menos a Vance? –quiso saber Helen.

Samantha suspiró.

–No, la verdad es que no. Creía que lo iba a pasar mucho peor, pero supongo que la traición terminó con mi amor. Al principio, creí que jamás le perdonaría, pero últimamente ya ni siquiera pienso en él. Se ha portado realmente mal conmigo, así que no merece que me plantee siquiera si lo voy a perdonar o no, me tengo que preocupar única y exclusivamente de mí.

–Buen enfoque. Tienes toda la vida por delante. A lo mejor, te vuelves a enamorar algún día.

–No, gracias. No quiero volver a tener una relación con un hombre nunca.

–¿Nunca?

–Bueno, digamos que de momento no me apetece sufrir.

–Te recuerdo que no todos los hombres son como Vance. No le des la espalda al amor. Sería una pena –le recomendó su amiga–. ¿Y Jack?

–¿Qué pasa con Jack?

–¿Qué tal trabajando con él?

–Ah, muy bien.

–¿Y de lo otro?

–¿Eh?

–Que si queda algo de la química que había entre vosotros en la universidad. Recuerdo las conversaciones que teníamos entonces, recuerdo cómo te comías la cabeza intentando dilucidar si merecía la pena arriesgarse a tener una relación con él. Te aconsejé que te lanzaras y no me hiciste ni caso.

–No es mi tipo –contestó Samantha de manera ambigua, pues no quería confesar que seguía habiendo química entre ellos.

–Jack no es como Vance. Es un buen hombre y también ha sufrido mucho.

–¿Acaso nos quieres emparejar? Ni se te ocurra, ¿eh?

–No, claro que no, solo te estoy diciendo que Jack es un hombre maravilloso.

–Sí, pero para otra mujer.

–Si tú lo dices...

Jack terminó la última reunión a las cuatro de la tarde y volvió a su despacho, donde encontró unas cuantas cajas de cartón que, tal y como le había indicado, la señorita Wycliff había dejado allí para que fuera metiendo las cosas que su padre tenía en el despacho.

Así que comenzó con las agendas y los documentos antiguos. Cuando llegó a unas cuantas fotografías que su padre tenía con clientes, personalidades y empleados, no pudo evitar pensar que no tenía ninguna de su familia y aquello le dolió y le llevó a preguntarse por qué su familia nunca había estado unida, por qué ni siquiera ahora que habían perdido a su progenitor los tres hermanos no estaban unidos.

Jack estuvo buena parte de la tarde organizando las cosas de su padre y, cuando llegó el momento, también abrió la caja fuerte, pues iba a necesitar todo el espacio del que pudiera disponer.

Cuando ya la tenía vacía, intentó meter unas carpetas y comprobó extrañado que no cabían, así que las volvió a sacar y metió la mano para ver qué ocurría. Fue entonces cuando descubrió una especie de manivela en el suelo de la caja fuerte y, al levantarla, vio que había unos cuantos libros con cubierta de cuero.

Al principio, creyó que sería el diario de su padre y le sorprendió la curiosidad que aquella posibilidad le había provocado, pero, al abrir el primero de los libros, comprobó que era libros de contabilidad.

¡Del año anterior!

Precisamente, se había pasado todo el día en reuniones con el departamento de finanzas y se sabía aquellas cifras al dedillo. Sin embargo, las cifras que tenía en la cabeza y las que tenía ante sí no coincidían.

Jack sintió que la ira se apoderaba de él.

George Hanson había ocultado a todo el mundo la nefasta situación de la empresa, que estaba al borde de la quiebra.

Aquello era un desastre.

4

Jack revisó los libros una y otra vez con la esperanza de haberse equivocado, con la esperanza de que su padre no hubiera engañado a los empleados, a los accionistas y a su familia, pero, cuanto más miraba las cifras, más evidente se hacía la verdad.

Se puso en pie y se acercó al ventanal desde el que la ciudad de Chicago exhibía sus encantos nocturnos.

Sabía que, en cuanto el Consejo de Administración se enterara de lo ocurrido, le presionaría para que se quedara más tiempo al mando de la empresa.

En aquel momento, llamaron a la puerta y Jack se giró.

—Trabajas hasta muy tarde —comentó Samantha entrando en su despacho—. Desde luego, los ejecutivos siempre trabajando tanto. ¿No os cansáis de...? —se interrumpió al ver la cara de Jack—. ¿Qué pasa?

Jack había intentado disimular su zozobra, pero no había podido y se dijo que no servía de nada ocultarle la verdad a Samantha, pues iba a convocar una reunión de emergencia a primera hora de la mañana.

—He encontrado un segundo juego de libros de

contabilidad –dijo–. Mi padre los tenía guardados en la caja fuerte. He estado comparando las cifras con las que yo tengo y las diferencias son increíbles. La empresa hace aguas por todas partes.

–¿Fraude?– le preguntó Samantha con los ojos abiertos como platos.

–Sí, vamos a tener que hacer una auditoría interna completa, y no me extrañaría nada que la Asociación del Mercado de Valores quisiera hacer una investigación aparte, lo que nos va a acarrear muy mala prensa y una bajada increíble de nuestras acciones –contestó Jack volviendo a girarse hacia el ventanal.

–No sé qué decir.

–Yo, tampoco. Supongo que esto es lo último que esperarías oír de mí. Entenderé que quieras dejar el trabajo.

–Por supuesto que no –contestó Samantha–. ¿Estás bien?

–Bueno, he tenido momentos mejores –contestó Jack–. Menos mal que mi padre está muerto porque, de lo contrario, iría a la cárcel.

–Tu padre no era un mal hombre –intentó consolarlo Samantha.

–¿Vas a justificar lo que hizo?

–Por supuesto que no, pero, por lo que tengo entendido, tampoco era el diablo.

–Aunque no fuera el diablo no quiere decir que no se haya saltado la ley. Si quieres que te diga la verdad, no me sorprende que haya ocurrido algo así. Mi padre se encargaba de varios departamentos a la vez y ahora empiezo a entender por qué. Los números no cuadraban y eso no le gustaba, así que los cambió. Ahora entiendo por qué no quería grandes cambios a su alrededor. Por ejemplo, si hubiera introducido mucha tecnología la verdad habría saltado a la luz mucho antes.

–¿Crees que lo sabía alguien más?

–No sé, pero le voy a preguntar a todo el mundo –contestó Jack.

–¿No crees que lo hiciera solo?

–No.

–¿Por qué no le preguntas a Helen?

–¿Crees que estaría compinchada?

–¡Claro que no! –exclamó Samantha–. Helen no es así. Te lo decía porque, a lo mejor, ella te puede decir si tu padre cambió de repente o si estaba más estresado de lo normal.

–No necesito consejo sobre trapos.

Samantha se enfadó al oír cómo insultaba a su amiga.

–¿Te crees que Helen es una mujer sin cerebro a la que solamente le importan la ropa y las joyas?

–La verdad es que no la conozco –contestó Jack encogiéndose de hombros.

–¿Y eso? Forma parte de tu familia desde hace un tiempo. ¿Por qué no te has molestado en conocerla un poco?

–Porque conozco muy bien a las mujeres como ella.

–Helen es una persona que no tiene nada que ver con lo que tú te imaginas. Dices que tu padre hizo que la empresa fuera mal por tener ideas obsoletas en la cabeza, pero me parece que tú actúas exactamente igual.

Samantha terminó de tomar notas tras la presentación de un miembro de su equipo.

–Buen trabajo, Phil –lo felicitó sinceramente–. Me encanta la paleta de colores que has elegido para la nueva página.

–Sí, los niños pequeños responden mejor a los colores que a las instrucciones –sonrió su compañero–. Se me había ocurrido seguir el mismo esquema con niños de más edad e ir convirtiendo los colores claros en colores más oscuros.

–Buena idea –contestó Samantha mirando a Arnie–. ¿Sería muy difícil hacer eso?

–No, no hay problema –contestó el programador.

–Estupendo entonces.

–También podríais, eh, meter menús. Así, el niño puede hacer clic en el color que le guste y obtener no solo una pregunta sino una serie y, luego, dependiendo de la respuesta puede pasar a otro lugar de la página. Por ejemplo, si acierta la respuesta, podríamos meterle un pequeño juego –sugirió Arnie–. Ya sabéis, para motivarlos.

Samantha miró a su equipo, que parecía encantado con la idea.

–Estupendo –le dijo a Arnie–. Gracias.

Arnie se encogió de hombros y se sonrojó y Samantha se dio cuenta, por cómo la miraba, de que aquel hombre se había enamorado de ella, lo que era un incordio porque, además de que ella no estaba buscando pareja, Arnie no era su tipo en absoluto.

Justo en aquel momento, se abrió la puerta de la sala de conferencias y entró Jack, que no dijo nada y se limitó a sentarse en silencio.

Al instante, el cuerpo de Samantha se tensó, por si su cerebro se había dado cuenta de que Jack había llegado. Samantha odiaba que, a pesar de que seguía enfadada con él, su cuerpo reaccionara así ante su presencia.

Desde luego, el mundo siempre patas arriba. Arnie era un hombre soltero y agradable, inteligente y probablemente poco complicado, pero no le llamaba la atención lo más mínimo mientras que Jack, que la sacaba de quicio con sus prejuicios sobre Helen, era irresistiblemente sensual.

Haciendo un increíble esfuerzo, consiguió volver a concentrar su atención en la reunión.

–Los juegos de premio tendrían que ver con el tema de la pregunta –propuso Sandy.

–Sí, buena idea, la dificultad de los juegos iría en aumento dependiendo del curso en el que esté el niño –añadió Phil.

–Vamos a tener que pasar mucho tiempo confeccionando los contenidos, pero creo que merece la pena –comentó Samantha–. Tenemos que hablar con los de Investigación y Desarrollo para contarles estas ideas y que se pongan en marcha con las preguntas y las respuestas.

–Ojalá hubiera existido algo así cuando nosotros estábamos en el colegio –apuntó Jeff–. A mí me habría ayudado un montón con la Historia.

Y así transcurrió la reunión, en la que se aportaron y se debatieron un montón de buenas ideas. Samantha tuvo siempre mucho cuidado de no mirar a Jack porque eran compañeros de trabajo y sabía que tenía que dejar sus desavenencias personales a un lado.

–Bueno, chicos, estoy encantada con vuestro trabajo. Nos volvemos a ver el viernes –se despidió Samantha de su equipo.

Cuando sus compañeros se pusieron en pie, Arnie se percató de que Jack no se iba, miró a Samantha y se fue.

–Vamos muy bien –le dijo Samantha a Jack una vez a solas mientras recogía sus notas.

–Ya lo veo, formáis un buen equipo.

–Me alegro de que te lo parezca.

–¿Sigues enfadada conmigo?

–No entiendo por qué tienes tan mal concepto de Helen. Por lo que tengo entendido, apenas la conoces. Si hubieras pasado mucho tiempo con ella y se hubiera portado mal contigo, entendería que tuvieras una mala opinión de ella, pero solamente la has visto en un par de ocasiones y la tratas como si fuera la madrastra mala de los cuentos.

Aquello hizo sonreír a Jack.

–No es porque sea mi madrastra.

–Entonces, ¿por qué es?

Jack pareció dudar.

–Es mucho más joven que mi padre y mi padre no era un buen hombre.

Samantha se puso en pie.

–Ah, entiendo. Crees que se casó con él por el dinero, ¿no? –le espetó–. Conozco a Helen desde hace años. Para que lo sepas, me cuidaba cuando era pequeña y siempre hemos tenido una gran amistad. Es como una hermana para mí. Te puedo asegurar que estaba completamente enamorada de tu padre. A lo mejor tú no te llevabas bien con él y te cuesta entenderlo, pero es la verdad. Lo considera el amor de su vida. No puedo evitar defenderla porque es como si estuvieras atacando a mi hermana.

–Pareces muy sincera –contestó Jack poniéndose en pie.

–Así es.

Jack y Samantha se quedaron mirándose intensamente hasta que, por fin, él se encogió de hombros.

–Entonces, supongo que tienes razón.

Samantha se quedó estupefacta.

–¿Cómo?

–Nunca me has mentido. Te conozco hace tiempo y sé que me puedo fiar de tus juicios, así que respeto tu opinión sobre Helen.

–¿Y eso qué quiere decir exactamente?

–Que la respeto como persona. Es cierto que no he pasado mucho tiempo con ella, en eso tienes razón. Lo cierto es que no la conozco de nada. A lo mejor no es como yo creía.

¿Así de fácil? Samantha no se lo podía creer.

Samantha recordó que Jack tampoco mentía nunca y se dijo que podía fiarse de él.

–Bueno, estupendo.

–¿Ya no estamos enfadados? –preguntó Jack.

–Supongo que no.

–Parece que te fastidia.

–Será porque tengo un montón de energía dentro y no sé cómo quemarla –contestó Samantha.

En cuanto hubo pronunciado aquellas palabras, se dio cuenta de que se le tensaba todo el cuerpo, de que toda la sala de reuniones se llenaba de electricidad y no era porque no se llevaran bien sino porque Samantha no podía dejar de sentirse atraída por el hombre que tenía frente a sí.

Su mente le dijo que saliera corriendo de allí a toda velocidad, pero su cuerpo le suplicó que se quedara y disfrutara de la situación.

Al final, Jack rompió el hechizo al mirar el reloj.

–Tengo que preparar la reunión de mañana.

–¿Viene todo el mundo?

–Sí, más o menos. Un par de personas entrarán por videoconferencia o por teléfono. No va a ser nada agradable.

–He leído la prensa esta mañana y no decía nada.

Jack se encogió de hombros.

–Eso es porque a las ocho de la tarde de ayer solamente lo sabíamos tú y yo.

–Ah –contestó Samantha, que había creído que lo sabría más gente–. Yo no le he dicho nada a nadie.

–Ya lo sé –contestó Jack despidiéndose y yéndose.

Samantha se volvió a sentar y esperó a que el deseo que se había apoderado de todo su ser desapareciera.

¿Por qué aquel hombre le atraía tanto si tenía un montón de cosas que no le gustaban? Era orgulloso, controlador y poderoso y, sin embargo, acababa de reconocer con total naturalidad que se había equivocado con Helen.

En todos los años que había estado casada con Vance jamás le había visto hacer algo parecido. El pobre tipo se creía perfecto.

En eso, desde luego, ambos hombres eran completamente diferentes, pero no era suficiente. Samantha se dijo que no podía arriesgarse a cometer otro error como el de la última vez porque, si lo hacía, podría salir muy mal parada.

Tres de los miembros del Consejo de Administración vivían en Chicago, otros habían llegado en avión y otros dos iban a asistir a la reunión por teléfono.

Jack entró en la sala de reuniones exactamente a las once y media de la mañana y los allí reunidos tomaron asiento y escucharon las malas nuevas que tenía que comunicarles.

Por supuesto, todos estuvieron de acuerdo en preparar una nota de prensa para hacer público lo que había sucedido.

–Yo creo que lo mejor sería que te quedaras ocupando el puesto de tu padre de manera permanente –sugirió Baynes, el miembro de más edad del consejo.

–Dije que me quedaría tres meses y me quedaré tres meses –contestó Jack.

–Por favor, Jack, sé razonable, la empresa va a pasar

una crisis terrible. Piensa en los empleados y en los accionistas. Tenemos una responsabilidad hacia ellos.

—Yo, no.

—Tú eres el hijo mayor de George Hanson —le recordó la señora Keen, la única mujer del Consejo de Administración.

—Tengo dos hermanos más.

—¿Y dónde están? No tienen ni la experiencia ni la educación ni el temperamento para este tipo de trabajo.

—Tres meses —insistió Jack—. Tienen tres meses para encontrar a un presidente o presidenta.

—Pero...

Jack se puso en pie.

—No voy a cambiar de opinión —les advirtió—. Además, ni siquiera sabemos quién tiene la mayoría de la empresa porque las acciones de mi padre están en el limbo hasta que se abra su testamento. ¿Quién sabe? A lo mejor, su último deseo fue que se vendieran al mejor postor.

Todos los miembros del consejo palidecieron ante aquella posibilidad. Mientras recobraban el color, Jack aprovechó para salir de la sala. Una vez en el pasillo, se deshizo el nudo de la corbata, pero aquello no fue suficiente.

Se sentía completamente atrapado.

—Dentro —gritó Samantha tirando la bola—. ¡Dos más para nuestro equipo! —exclamó chocando las cinco con Patty—. Ganamos por seis.

Jugar al baloncesto en el pasillo a lo mejor no era muy propio de una empresa, pero a Samantha le parecía que ayudaba mucho a un equipo a relajarse después de un día entero haciendo *brainstorming*.

–Ahora veréis –dijo Phil lanzando.

La bola rebotó en la canasta y se perdió por el pasillo. Cuando Jack dobló la esquina con la bola en la mano, el equipo de Samantha se quedó en silencio y la miró.

–¿Puedo jugar? –preguntó Jack.

–Claro –contestó Samantha.

Jack se quitó la chaqueta y la corbata y se remangó la camisa mientras Phil le explicaba quién iba en cada equipo.

–¿Se te da bien jugar al baloncesto?

–Más o menos –sonrió Jack.

Diez minutos después, Samantha y todos los demás habían comprobado que no era que se le diera bien sino que era un as de la canasta. Se movía con la velocidad de un guepardo y llegaba a todas las bolas y a todos los rebotes.

Para colmo, cada vez que saltaba, se le subía la camisa y dejaba al descubierto unas abdominales fabulosas que Samantha no podía dejar de mirar.

«A lo mejor ha llegado el momento de buscarme una aventura para pasar el rato y olvidarme de Vance», pensó Samantha decidiendo que no estaba preparada para una relación seria.

–Gracias por dejarme jugar –se despidió Jack.

–De nada –contestó Phil.

–¿Os apetece que tomemos algo dentro de media hora en el bar de la esquina? –propuso Jack consultando el reloj.

–Estupendo –contestaron los demás volviendo a sus oficinas.

–Tú también te vienes, ¿no? –le preguntó Jack a Samantha una vez a solas.

Samantha sabía que no debería ir, que no era un movimiento inteligente por su parte, pero...

–Por supuesto –contestó.

–Bien –sonrió Jack.

Samantha sintió mariposas en el estómago y se metió a toda velocidad en su despacho.

«Un clavo con otro clavo se quita», se dijo.

Jack pidió bebidas y fuentes de aperitivos para todos y habló con cada miembro del equipo de Samantha.

–Has contratado a gente muy válida –le dijo sentándose a su lado al cabo de un rato.

–Gracias –contestó Samantha–. ¿Qué tal la reunión?

–Bueno, los miembros del consejo están más interesados en protegerse que en saber qué ha ocurrido. Vamos a hacerlo público mañana por la mañana.

–Buena suerte –dijo Samantha dando un trago a su refresco.

–¿Sabes? Lo que no entiendo es por qué mi padre no había nombrado a un sucesor. ¿Acaso creía que iba a vivir para siempre?

–A lo mejor, esperaba que uno de sus hijos quisiera hacerse cargo de la empresa.

–A lo mejor. Lo cierto es que no me imagino ni a Evan ni a Andrew instalados en Chicago y convertidos en hombres de negocios.

–Ya sabes que tú tampoco tienes que encargarte de la empresa si no quieres –dijo Samantha tocándole el brazo.

–Sí, ya sé que me puedo ir cuando quiera.

Samantha sabía que no lo haría, que Jack tenía un inmenso sentido de la responsabilidad.

De nuevo, su cuerpo le recordó que no se parecía en absoluto a Vance, pero su cabeza no estaba tan segura. Su exmarido también parecía ser un buen hombre, un profesional de éxito que quería convertirse en padre. Sí, eso había sido hasta después de la boda porque, luego, de la noche a la mañana, todo había cambiado.

Su padre había hecho exactamente lo mismo, había pasado en pocas semanas de ser un hombre cariñoso y agradable a abandonar a su mujer y querer hacerse cargo de su única hija.

Los hombres poderosos a menudo eran así y Samantha se dijo que, a pesar de que la atracción que sentía por Jack fuera muy fuerte, no debía dejar que su relación fuera más allá de los límites de lo estrictamente profesional.

No podía arriesgarse a sufrir otro revés emocional.

—Me tengo que ir —anunció colgándose el bolso del hombro.

—Yo también me voy —contestó Jack—. ¿Quieres que te lleve?

—No, gracias —contestó Samantha aunque la tentación era terrible—. Tengo que hacer unos cuantos recados antes de volver a casa y prefiero ir andando.

—¿Estás segura? No me importa llevarte.

—Gracias, pero prefiero ir sola —sonrió Samantha.

Sí, había aprendido que lo más seguro en la vida era estar sola.

5

Roger Arnet era un hombre alto, delgado y rubio de cincuenta y tantos años. Jack le estrechó la mano y le indicó que se sentara.

–¿Qué tal lo llevas? –le preguntó Roger–. No debe de ser fácil ocupar el lugar de tu padre porque tu padre era un hombre realmente magnífico, sí, un hombre realmente magnífico.

¿De verdad Roger seguía creyendo que George era un hombre magnífico después de todo lo que se había descubierto?

–Lo llevo como mejor puedo –contestó de manera ambigua–. Te he llamado porque quería comunicarte que estamos realizando grandes cambios.

–Sí, al volver de vacaciones, he notado que la oficina estaba bullendo de actividad –contestó Roger.

–Efectivamente, tenemos muchas cosas que hacer.

–Sí, Arnle me ha estado contando lo que queréis hacer. Muy ambicioso. Muy ambicioso. Para mi gusto, demasiado.

–¿Me estás diciendo que no podemos ampliar las páginas web?

–Expandirlas es una cosa y lo que vosotros queréis hacer es otra. Bueno, aunque ya sé que no eres tú sino esa chica nueva, esa Samantha no sé cuántos.

–Samantha Edwards –contestó Jack–. Quiero que sepas que tiene mi respaldo incondicional.

–Ya... Es una mujer con mucha energía. Yo prefiero ir más despacio. La tecnología está muy bien, pero esta empresa se fundó en papel.

–Las revistas son muy caras y, además, van muy despacio –objetó Jack–. Ninguna de nuestras publicaciones tiene más de un millón de ejemplares de tirada, así que estamos perdiendo dinero. Internet es una parte muy importante de nuestra cultura, cada vez va a más y sale muy barato.

Roger asintió.

–Arnie me ha contado todo. Es un buen chico, pero demasiado joven. A veces, se embala. Espero que no te haya llenado la cabeza de pájaros.

A Jack le gustaba ser respetuoso con sus mayores, pero tampoco estaba dispuesto a que lo trataran como a un idiota.

–Voy a ser muy claro –le dijo a Roger–. Esta empresa está al borde de la quiebra financiera y seguir actuando como en los viejos tiempos no nos va a sacar del bache. Vamos a llevar a cabo grandes cambios y lo vamos a hacer rápidamente. Estoy convencido de que la tecnología es nuestra mejor baza, así que tienes dos opciones: quedarte en la empresa y respaldar los cambios o buscarte otra que te guste más.

–A eso lo llamo yo ir directamente al grano –se indignó el director.

–Efectivamente, así soy yo. Me han hablado muy bien de ti y me gustaría que te quedaras, pero, si lo haces, quiero que tengas muy claro en qué dirección vamos a trabajar.

–No tengo nada en contra de la ampliación de la empresa vía Internet, pero creo que puede ser peligroso porque se va a trabajar con niños y vamos a tener que proceder con mucho cuidado con el tema de la seguridad.

–Estoy completamente de acuerdo. De hecho, Samantha y Arnie ya están trabajando en ello. Únete a su equipo, échale un vistazo a lo que han hecho hasta el momento y venme a ver siempre que quieras.

Roger asintió y salió de su despacho.

Intranquilo tras su reunión con Roger, Jack se dirigió al despacho de Samantha.

–¿Tienes un momento? –le preguntó al ver que colgaba el teléfono.

Samantha asintió y Jack entró y le contó la conversación que acababa de tener con el director del departamento de informática.

–Yo creo que lo más inteligente por nuestra parte sería admitirlo en tu equipo –le propuso.

Samantha lo miró horrorizada.

–¿No hay otra opción?

–Sí, por supuesto, podemos dejarlo fuera y crearnos un enemigo, pero todos los informes que tengo sobre él son excelentes. Lleva muchos años y conoce el trabajo. Podría sernos de ayuda.

–Está bien –cedió Samantha poniéndose en pie y sirviendo dos cafés.

Jack se quedó mirándola mientras lo hacía. Le gustaba cómo andaba, le gustaba el vaivén de sus caderas, le gustaba cómo olía el café antes de bebérselo.

Siempre lo hacía. De hecho, Jack solía tomarle el pelo en la universidad por ello. Sin embargo, en aquel momento se mordió la lengua ya que hacía dos noches, en el bar, Samantha le había dejado muy claro que no quería nada con él.

Jack creía que, normalmente, los asuntos de química sexual eran cosa de dos, pero parecía que Samantha era la excepción que confirmaba la regla. Aunque él la deseaba con todo su cuerpo, ella ni reparaba en él.

Había llegado el momento de asumirlo y de seguir adelante.

–¿Qué tal tu nueva casa?

–Muy bien. Tenías razón, la localización es fabulosa. ¿Has probado las pizzas del restaurante de enfrente?

–Sí, suelo pedirlas a menudo –contestó Jack.

–Madre mía, son las mejores que he comido en mi vida –se maravilló Samantha–. El otro día pedí una para cenar y estaba tan buena que me tomé para desayunar lo que me sobró. Nunca había hecho algo así.

–Pues ya verás cuando pruebes la pasta que hacen.

–¿Tan buena está? A lo mejor la pido esta noche para cenar. Este fin de semana me gustaría salir a dar una vuelta por el barrio porque, de momento, solamente me he dedicado a trabajar.

A Jack le hubiera encantado proponerse como guía, pero se mordió la lengua porque Samantha había dejado muy claro que no quería nada con él.

–Mira en Internet. Hay un montón de puntos de interés, itinerarios para pasear y un montón de cosas más.

–Ya –contestó Samantha sorprendida–. Bueno, yo había pensado que si tú no estás ocupado...

En aquel momento, la señorita Wycliff llamó a la puerta.

–Señor Hanson, el señor Baynes quiere hablar contigo.

–Te tengo que dejar –se despidió Jack.

Samantha asintió y Jack abandonó su despacho.

Se había dado cuenta de que Samantha le iba a proponer que hicieran algo durante el fin de semana y, aunque le hubiera encantado aceptar, sabía que habría sido un error pues llevaba mucho tiempo queriendo lo que no podía tener y debía olvidarse de Samantha.

El sábado, a Samantha le entraron unas terribles ganas de pasarse por casa de Jack para preguntarle si le apetecía irse con ella a dar un paseo, pero no lo hizo porque tenía la sensación de que le iba a contestar que no.

Lo que no era de extrañar porque le había mantenido a distancia y, por fin, se había dado por aludido. ¿No tendría que estar contenta por ello? Era mejor para los dos que simplemente fueran compañeros de trabajo.

Sí, era mejor porque, aunque Jack era un hombre maravilloso, también se parecía demasiado a su padre y a Vance. Los tres eran hombres a los que les gustaba tenerlo todo bajo control.

Tenía que encontrar a un hombre con el que tener una relación superficial. Si Jack no fuera tan sensual, tan inteligente y tan divertido...

Samantha salió a la calle y se dijo que se había terminado pensar en Jack, que durante el resto del día se lo iba a pasar bien ella sola y que...

De repente, algo le golpeó la pierna, Samantha se giró y se encontró con Charlie, que la saludó ladrando encantado.

—Buenos días —sonrió su dueño.

—Hola —contestó Samantha.

—¿Sales de exploración por el barrio?

–Efectivamente. Llevo agua, mapas y dinero para un taxi por si me pierdo –contestó Samantha mostrándole la mochila que llevaba colgada del hombro.

–Has elegido un buen día porque no hace mucho calor.

–¿Y vosotros dónde vais?

–Al parque, como todos los sábados.

Samantha acarició a Charlie. Lo más inteligente por su parte sería irse inmediatamente, pero se encontraba sola, le caía muy bien Jack y quería ser su amiga.

–¿Se aceptan personas que no tengan perro?

–Por supuesto –sonrió Jack tras unos segundos de duda–. Así, cuando ya no pueda más de lanzarle la pelota a Charlie, me podrás reemplazar tú.

–Con mucho gusto –sonrió Samantha–. ¿Cómo es que has terminado teniendo perro? ¿Venía con la casa o qué? –quiso saber Samantha mientras caminaban hacia el parque.

–No, un compañero de trabajo del bufete me invitó a cenar una noche a su casa y, al llegar allí, descubrí que había citado a unas cuantas personas más porque su perra había tenido seis cachorros y quería regalárselos a gente de confianza. Charlie y yo nos enamoramos nada más conocernos.

Aquello hizo reír a Samantha.

–Nunca hubiera dicho que un abogado tan duro como tú se fuera a derretir de manera tan fácil.

–No se lo digas a nadie. Me lo llevé a casa semanas después y fue espantoso porque mordía todo lo que encontraba. Cuando fue creciendo, fue haciéndose más juicioso y ahora nos llevamos de maravilla –le explicó–. La zona de los perros está en la otra punta del parque –añadió al llegar a la verja–. Espero que no te importe andar un poquito más.

–Me encanta hacer ejercicio –sonrió Samantha.

–¿Sabes que hay gimnasio en el edificio?

–Sí, me lo enseñaron cuando alquilé la casa.

–Yo voy todas las mañanas a las cinco.

–¿A las cinco? Supongo que estarás tú solo.

–Sí, eso es precisamente lo que quiero.

–A mí no me gusta mucho lo del gimnasio. Menos mal que no suelo engordar y no lo necesito.

–Hacer ejercicio no es solamente una cuestión de no engordar o de perder peso sino de salud.

–Sí, pero yo prefiero dormir, que también es muy importante para la salud. Además, camino mucho.

Habían atravesado una vereda de árboles y habían llegado a una inmensa pradera abierta donde ya había seis o siete personas con sus perros.

–¿Nos ponemos aquí? –dijo Jack sacando una manta de la mochila y extendiéndola sobre el césped.

Samantha asintió mientras observaba cómo Jack sacaba también una pelota para Charlie y se la lanzaba varias veces.

A continuación, se sentó en la manta y disfrutó del sol mientras escuchaba los ladridos de los perros y las risas de sus propietarios. A los quince o veinte minutos, Charlie se hartó de que le tirara la pelota y se tumbó junto a ellos a descansar.

–¿Echas de menos Nueva York? –le preguntó Jack.

–Sí, Nueva York es una gran ciudad y la echo de menos –contestó Samantha–. Sin embargo, aquí estoy más tranquila. En Nueva York siempre tenía la sensación de que tenía que hacer algo o ir a algún sitio y aquí no me ocurre eso.

–¿Echas de menos a tu exmarido?

–No, nuestro matrimonio se había acabado mucho antes de que yo me fuera. Por desgracia, Vance se había dado cuenta.

–Entonces, ¿no estuvo de acuerdo con el divorcio?

–No, no le hizo ninguna gracia que me fuera, pero yo ya no podía seguir viviendo con él porque ya no confiaba en él.

–¿Te engañó con otra?

–No –contestó Samantha–. Nos conocimos en el trabajo. Yo trabajaba consiguiendo fondos y él es cirujano. Todo el mundo que nos conocía decía que formábamos una pareja maravillosa y yo también lo creía. Él estaba divorciado, pero tenía muy buena relación con sus hijos y yo creí que eso era muy buena señal.

Jack frunció el ceño.

–Tú querías tener hijos.

–Me sorprende que te acuerdes.

Jack se encogió de hombros.

–Sí, recuerdo que tú decías que con dos era suficiente y yo decía que quería cuatro –rio Samantha–. Vance y yo hablamos mucho de ese tema, lo dejamos muy claro antes de casarnos. Los dos queríamos tener hijos. Incluso habíamos elegido ya los nombres.

–¿Y cambió de opinión?

–Me mintió. Me dejé engañar, ¿sabes? Me dijo que prefería no tenerlos inmediatamente, que era mejor disfrutar de nuestro matrimonio un poco antes de lanzarnos. A mí me pareció bien, pero, transcurrido un tiempo prudencial, decidí que había llegado el momento de ponernos manos a la obra. Siempre que se lo decía, él encontraba alguna excusa. Al final, conseguí que accediera y no pasó nada. Pasaron los meses y, al final, me fui a ver al médico. Me hicieron pruebas y me dijeron que estaba perfecta, que podía tener hijos. Cuando le tocó a él el turno, se negó a ir. Al final, me contó la verdad. Se había hecho la vasectomía después de que naciera el más pequeño de sus hijos. Me había mentido.

–Madre mía, lo siento mucho –dijo Jack sinceramente.

–Yo, también –contestó Samantha acariciando a Charlie–. Me puse furiosa, pero, sobre todo, me dolió mucho. No entendía entonces y sigo sin entender por qué no me contó la verdad desde el principio. Hubiera sido mucho más fácil.

Desde luego, la manera de actuar de su exmarido no era fácil de entender.

¿Por qué mentir sobre algo que, al final, se va a saber? ¿Por qué casarse con Samantha cuando tenía muy claro que ella quería tener hijos y él, no?

–¿Y qué te dijo?

–No mucho. Eso fue lo peor. Nunca se hizo responsable de sus actos. Según él, no ha hecho nada mal. Enterarme de la verdad me hizo ver que Vance no era el hombre especial que yo creía –contestó con dolor.

Jack sabía que su padre les había abandonado a ella y a su madre y ahora, con aquello que le había hecho su exmarido, no era de extrañar que Samantha fuera con pies de plomo con los hombres.

–Este tema es muy aburrido, así que vamos hablar de otra cosa –sonrió Samantha–. ¿Sabes que todavía me cuesta creer que trabajes como abogado?

–¿Por qué?

–No sé, me parece tan aburrido.

–A mí, no –sonrió Jack.

–Y, para colmo, aparte de tener que estudiar todos esos libros tan gordos tenéis que ir vestidos de esos colores terribles.

–Sí, ya supongo que eso para ti sería lo peor –sonrió Jack.

–¿Y qué quieres hacer en el futuro?

–Me gustaría llegar a ser juez –contestó Jack, a pesar de que no solía hablar con nadie de sus planes de futuro.

–Vaya, se te dará bien porque eres un hombre sereno al que le gusta razonar las cosas. Lo único malo es esa túnica negra... –bromeó Samantha–. Juez Hanson. Suena bien. Entonces, estarás deseando volver al bufete.

–Así es.

–Por eso precisamente te tomas muy a pecho los problemas que surgen en la empresa de tu padre, ¿verdad? No lo debes de estar pasando bien...

A Jack no le sorprendió que Samantha lo entendiera tan bien. En la universidad, su amistad se había basado, sobre todo, en largas noches hablando.

–Dije que me quedaría tres meses y me voy a quedar tres meses, pero, cuando transcurra ese tiempo, volveré a mi trabajo.

–La empresa no será la misma sin ti, pero entiendo perfectamente que te quieras ir.

En aquel momento, Charlie se estiró y Jack comprendió que quería seguir jugando, así que sacó el platillo volante de la mochila y se lo lanzó. El perro salió corriendo y lo agarró al vuelo.

–¡Toma ya! –se maravilló Samantha poniéndose en pie–. Este plan es genial para los sábados por la mañana.

–Sí, Charlie y yo hacemos un montón de cosas juntos. Ya verás, hay varias cosas interesantes para hacer. Puedes ir al lago, por ejemplo. Seguro que te lo pasas bien.

–Sí, ya –contestó Samantha de manera ausente mirando al perro–. Lo malo es que no voy a poder ir a muchos sitios porque no conduzco.

–¿No conduces? –se sorprendió Jack.

–No –contestó Samantha cruzándose de brazos. Nunca he tenido necesidad porque vivía en Manhattan y me movía en el transporte público y andando.

–¿Quieres que te enseñe? –se ofreció Jack sin pensárselo dos veces.

¿Pero qué le ocurría? ¿Por qué no aceptaba de una vez que Samantha no quería nada de él?

–Tienes un coche estupendo y no te lo quiero estropear –contestó Samantha.

¿Eso era un sí?

–Me podría hacer con uno más viejo si quieres.

–¿De verdad? ¿Y no me gritarías?

–No es mi estilo.

–Entonces, acepto tu oferta. La verdad es que hace ya tiempo que me apetece aprender a conducir. En cualquier caso, si cambias de opinión y no te apetece enseñarme, dímelo.

–No es mi estilo hacer cosas que no me apetece hacer.

Aquello hizo reír a Samantha.

–Te recuerdo que ahora mismo estás haciendo un trabajo que odias.

–Bueno, sin contar eso –dijo Jack chasqueando la lengua.

En aquel momento, Charlie trajo el platillo volante para que se lo lanzaran y tanto Jack como Samantha se dispusieron a hacerlo. Al agacharse para agarrar el objeto, se chocaron el uno contra el otro y cayeron al suelo.

Para amortiguar la caída de Samantha, Jack la tomó entre sus brazos y cayó con ella encima. Una vez en el suelo, sus miradas se encontraron. Jack sentía los pechos de Samantha sobre su torso y se moría por besarla.

Había muchas razones para no hacerlo y solo una para hacerlo, que le apetecía.

6

Samantha sintió los labios de Jack y se dijo que bastaría con apartarse o con decir algo para que dejara de besarla y que eso era lo que debería hacer, pero no se movió.

Al ver que no se movía, Jack le tomó el rostro entre las manos y volvió a besarla. Samantha sintió un tremendo calor por todo el cuerpo y la inmensa urgencia de apretarse contra él a pesar de que sus cuerpos ya estaban en contacto íntimo, pero no era suficiente.

Jack deslizó una mano hacia la nuca de Samantha y comenzó a acariciarle el pelo y a mordisquearle el labio inferior.

Samantha sintió que el deseo se apoderaba de ella por completo y deseó que aquellas manos que la estaban acariciando el pelo le acariciaran el cuerpo entero.

Mientras sus lenguas se entrelazaban, Samantha sintió que su cuerpo se derretía contra el de Jack y se percató de que ella lo estaba besando exactamente con la misma pasión.

Jack comenzó a acariciarle la espalda y Samantha

no pudo evitar hacer un movimiento instintivo con las caderas hacia delante, como invitándolo. Al hacerlo, su tripa entró contacto con algo duro, grueso y muy masculino.

Al instante, los recuerdos se apoderaron de su mente. Samantha se acordó de cómo Jack la había tocado y besado por todo el cuerpo, recordó verlo desnudo, recordó la cantidad de veces que habían hecho el amor durante aquella gloriosa noche.

Le hubiera gustado que la experiencia se repitiera, pero no se lo había permitido porque no había querido arriesgar el corazón.

¿Y qué había cambiado ahora?

Samantha no quería dejar que el meridiano izquierdo de su cerebro, aquel que regía la mente racional, estropeara aquellos maravillosos momentos en los que lo único que importaba era sentir.

Sin embargo, al oír ladrar a Charlie, abrió los ojos y se encontró al perro a pocos milímetros de su nariz.

—Tú y yo vamos a tener que tener una charla, amiguito —gruñó Jack.

Samantha aprovechó el momento para ponerse en pie.

—Estamos en un parque —dijo en voz alta, más para sí misma que para Jack—. Estamos en un lugar público.

Jack se puso también en pie, pero más lentamente, recogió el platillo volante y lo lanzó.

—No creo que nadie se haya dado cuenta.

—Aun así —insistió Samantha tapándose la cara con las manos.

Ella siempre había sido una persona de hacer el amor con las luces apagadas, pero tenía ante sí a la excepción que confirmaba la regla.

Tenía que resistirse a los encantos de Jack como fuera.

–Yo, eh... –dijo mirando su alrededor–. Bueno, creo que os voy a dejar.

–No hace falta que te vayas –contestó Jack mirándola con los ojos cargados de pasión.

–Es lo mejor.

–Ya veo. Para ti lo que acaba de suceder ha sido un error.

El tono de resignación con el que lo había dicho sorprendió Samantha. Jack esperaba aquella reacción porque era lo que Samantha siempre hacía y suponía que tendría sus razones, pero él no las sabía.

–Gracias por todo –se despidió Samantha intentando sonreír–. Nos vemos el lunes.

A continuación, dudó, pero, al ver que Jack no decía nada, se fue. Un extraño sentimiento de dolor la invadió mientras se alejaba de él caminando. ¿Acaso esperaba que Jack fuera corriendo detrás de ella? ¿Cómo iba a hacerlo con la cantidad de veces que le había dado calabazas?

Jack se quedó mirándola mientras se alejaba. De nuevo, no sabía qué pensar. Desde el principio, desde que se conocían, nunca había sabido a qué atenerse con Samantha.

¿Acaso por eso la deseaba tanto?

–No sería la mejor base para iniciar una buena relación –murmuró lanzándole el platillo a Charlie.

Lo bueno era que Samantha lo deseaba sexualmente, lo había visto por cómo lo había besado. Por alguna razón, no se dejaba llevar, pero, por lo menos, no lo encontraba repulsivo.

¿Había huido de él en particular o habría huido de cualquier hombre en aquellos momentos de su vida?

Jack no tenía respuesta a aquella pregunta, pero lo que era evidente era que debía dejarla marchar.

Sin embargo, tenía muy claro que volvería a intentarlo. No creía en absoluto que fueran almas gemelas porque, para empezar, no creía en esas cosas y, además, no quería una relación seria con ninguna mujer.

¿Entonces?

Entonces, lo que quería era sexo.

No una aventura de una noche, no, eso no era suficiente. Quería estar con ella unos cuantos meses, saciarse por completo y, luego, cuando uno de los dos o ambos estuvieran hartos, despedirse como buenos amigos.

Jack tenía la sensación de que a Samantha no le haría gracia aquella idea.

¿Entonces en qué punto se encontraba? Obviamente, deseando a una mujer que no lo deseaba a él. Preciosa manera de empezar el fin de semana. Lo mejor sería volver a su plan original, es decir, a olvidarse de ella.

No eran más que compañeros de trabajo.

Era más fácil decirlo que hacerlo, sobre todo recordando insistentemente su cuerpo, pero Jack se dijo que no sería imposible.

Samantha se había pasado buena parte del fin de semana diciéndose que una cosa era tener miedo y otra cosa comportarse como una idiota.

Tenía que tomar una decisión.

Tenía que decidir si le interesaba mantener una relación romántica con Jack o no.

No le gustaba nada cómo se comportaba con él cuando estaban juntos pues era perfectamente consciente de que enviaba señales ambiguas.

Jack le parecía un hombre sensual, divertido e inteligente, pero también era rico, poderoso, cabezota y estaba acostumbrado a que las cosas salieran como él quería, lo que la aterrorizaba.

Samantha tenía dos problemas. Para empezar, aunque se decía una y otra vez que no estaba interesada en él, que lo único que quería con él era una relación platónica, su cuerpo tenía otros planes.

Por mucho que su mente intentaba controlarse, el resto de su anatomía quería lanzarse a la piscina y disfrutar del momento. La atracción que había entre ellos era muy fuerte y, aunque habían transcurrido diez años desde la noche que habían pasado juntos, el deseo no se había evaporado.

En el segundo problema también estaba involucrada su mente. Por mucho que su cabeza daba una razón detrás de otra de que Jack no se parecía en nada a Vance ni a su padre, su corazón no terminaba de creérselo. Por eso, había reaccionado como lo había hecho, con miedo. Siempre le pasaba lo mismo con Jack. Estaban juntos, ocurría algo entre ellos, ella se moría de miedo y se retiraba.

Era un patrón de actuación espantoso, pero no sabía cómo romperlo como no fuera dejando de verlo para siempre.

Siempre se decía que identificar un problema era tener la mitad de la solución en la mano, pero Samantha no lo veía nada claro.

En cualquier caso, le debía a Jack una disculpa y se la iba a dar inmediatamente.

«Bueno, o dentro un rato», se dijo mientras se paseaba frente a su despacho.

La señorita Wycliff la miraba con curiosidad, pero no dijo nada. Por fin, Samantha tomó aire y reunió el valor suficiente para llamar a la puerta. A continuación, abrió y volvió a cerrar rápidamente, pues no quería testigos de su humillación.

–Hola, Jack –lo saludó preparándose a lanzar el discurso que llevaba preparado–. He venido a decirte que eh...

Al mirarlo, se dio cuenta de que algo no iba bien. Jack estaba sentado en la mesa, con el teléfono sin manos delante y un montón de notas ante él. Tenía un aspecto terrible.

–¿Qué pasa? ¿Estás bien?

Jack se encogió de hombros.

–He hablado con varios inversores y con algunos periodistas y no ha sido fácil.

–Lo siento mucho –contestó Samantha sentándose frente a él–. Supongo que te habrán hecho un montón de preguntas.

–Sí, me han hecho preguntas y muchas sugerencias y te aseguro que ninguna de ellas ha sido de ayuda pero, claro, para eso me pagan tanto dinero, ¿no? Para que me haga cargo de las situaciones difíciles.

–Menuda pesadilla –murmuró Samantha.

–Sí, y parece no tener fin. En cualquier caso, no creo que hayas venido a hablar de esto. ¿Qué querías?

–Bueno, quería pedirte perdón por lo que pasó...

–No, no hace falta que te disculpes.

–Prefiero darte una explicación. No es lo que tú piensas.

Jack enarcó las cejas.

Samantha suspiró.

–Bueno, a lo mejor sí es lo que piensas. Verás, me cuesta un poco decidir lo que quiero. Estoy intentándolo. La cosa es que no quiero que creas que es por ti porque no lo es. El problema es quién soy yo y, bueno, quién eres tú, que no es lo mismo que decidir que el problema eres tú.

Jack sonrió.

–No entiendo nada, pero está bien. Será mejor que olvidemos lo sucedido y que sigamos adelante. No te gusta lo que pasó y me parece bien.

Samantha abrió la boca para decirle que claro que

le había gustado lo que había sucedido, pero se mordió la lengua.

—Verás, tienes algunas cosas en común con mi exmarido —admitió.

Jack hizo una mueca de disgusto.

—Y me imagino que no serán las buenas, ¿verdad?

—Lo siento, pero no.

—Vaya, menuda suerte la mía —murmuró Jack mirando por la ventana—. La vida sería mucho más sencilla si no existieran las relaciones.

—Eso es imposible porque, de ser así, seríamos robots.

—O, tal vez, personas muy equilibradas... sin problemas...

—¿Demasiada presión?

—Sí, demasiada —admitió Jack—. ¿Sabes? Recuerdo cuando era joven y me llevaba bien con mis hermanos. Mi padre estaba todo el día trabajando, así que nosotros estábamos juntos con la niñera.

—Pobre niñera...

Jack sonrió.

—Sí, éramos niños muy dinámicos e imaginativos. Lo que quería decir es que no recuerdo cuándo dejamos de ser una familia. Mi tío me lo dice constantemente y tiene razón. Yo siempre le he echado la culpa a mi padre de que no estemos unidos, pero ahora que ya no está y que nosotros tres somos adultos nos vamos a tener que buscar otra excusa.

—Tal vez ha llegado el momento de cambiar las cosas. ¿Te gustaría tener una relación más estrecha con tus hermanos?

Jack asintió lentamente.

—Si estuviéramos juntos, a lo mejor dilucidaríamos la manera de arreglar este caos, pero no consigo ponerme en contacto con ellos. Los he llamado varias veces, pero no me devuelven las llamadas. Cuando llegue el momento de leer el testamento, los voy a tener que hacer venir por la fuerza. Es de locos.

–Convéncelos.

–No sé qué decirles. Qué triste, ¿verdad?

Desde luego, a Samantha le parecía una situación realmente triste. Si ella tuviera hermanos, no le gustaría haber perdido el contacto por completo con ellos.

–¿Y por qué no hablas con Helen? A lo mejor a ella se le ocurre algo.

–No, gracias.

Aquello no le hizo ninguna gracia a Samantha.

–¿Qué te pasa? ¿Por qué no le das una oportunidad? El otro día dijiste que te fiabas de mí y que, si me parecía una buena persona, estabas dispuesto a cambiar tu parecer sobre ella. Además, es una mujer muy inteligente y que podría ayudarte con la empresa.

–No creo que mi padre le contara nada de todo esto.

–¿Y tú qué sabes?

–Nunca hablaba de trabajo con nadie.

–Eso es lo que tú crees, pero, ¿no sé te ha ocurrido que a lo mejor se casó con Helen porque es una mujer inteligente y válida? A lo mejor, cuando las cosas empezaron a ir mal en los negocios, habló con ella. Yo no estoy diciendo que Helen vaya a saber algo, pero tú tampoco sabes nada. La tratas como si fuera una chica de veintiún años con la que tu padre se hubiera obsesionado con su cuerpo. Te advierto que estás dejando fuera una gran baza.

–Desde luego, eres una amiga muy leal.

–Con Helen no es difícil. ¿Por lo menos te vas a pensar lo que te he dicho?

–Sí –prometió Jack.

Samantha se preguntó por qué Jack, que era tan

razonable con otros asuntos, se mostraba tan intransigente con su madrastra.

Todas las familias tenían secretos, pero aquella parecía tener más que ninguna.

–Yo no tengo hermanos, ya sabes, éramos solamente mi madre y yo, así que no tengo ni idea de los problemas que surgen en una familia numerosa.

–¿Te gustaría que cambiáramos de familia durante un rato? –propuso Jack haciendo una mueca de disgusto a continuación–. Perdón, tú te llevabas muy bien con tu madre. Supongo que la echas de menos.

Samantha asintió.

–Siempre tuvimos una relación muy especial, pero nos unimos todavía más cuando mi padre se fue. Aquello de tener que estar pendientes de lo que íbamos a comer nos unía mucho.

–Desde luego, menudo canalla. ¿Has vuelto a saber algo de él?

–No, nunca quiso hablar conmigo. Cuando crecí, intenté varias veces ponerme en contacto con él, pero, al final, me di por vencida. No le interesaba lo más mínimo. Me enteré de que murió un par de años después que mi madre.

–Vaya...

–Las cosas podrían haber sido diferentes. A mí no me interesaba tener una relación con él para sacarle nada, yo lo único que quería era tener contacto con mi padre, pero él nunca lo entendió. ¿Por qué serán las relaciones entre humanos tan difíciles?

–No tengo ni idea.

Samantha se puso en pie.

–Bueno, ya te he quitado mucho tiempo. Lo único que quería era decirte que lo siento.

–No tienes nada que sentir.

–Gracias, Jack.

Mientras se iba, Samantha tuvo la sensación de no saber si había mejorado o empeorado las cosas entre ellos. Lo que tenía que hacer era tomar una decisión de una vez y mantenerse firme.

Si estaba decidida a que entre ellos solamente hubiera una relación de trabajo, no debía ir a su despacho a charlar. Claro que, si quería algo más, podía hacerlo sin problemas.

«Complicaciones», pensó.

Preguntas sin respuesta.

Al menos, su vida no era nunca aburrida.

Jack volvió de la reunión que había tenido a la hora de comer con el director del departamento de economía y se encontró con que su madrastra estaba esperándolo en su despacho.

Helen sonrió al verlo.

—Estaba por aquí y he pasado a verte —lo saludó.

En otras circunstancias, Jack se hubiera mostrado educado y hubiera intentado quitársela de encima cuanto antes, pero después de la última conversación que había mantenido con Samantha, le provocaba curiosidad descubrir qué era lo que quería Helen en realidad.

Le indicó que se sentara en el sofá y, mientras lo hacía, se quedó mirándola y se preguntó por qué le parecía diferente aquel día.

Seguía siendo guapa, rubia y tan solo unos años más joven que él.

Desde luego, una preciosa mujer florero.

—¿Qué necesitas? ¿Va todo bien por casa? —le preguntó.

Helen frunció el ceño.

—No entiendo.

–Estás sola en esa casa, que es muy grande, y me preguntaba si no se te caía encima.

Helen enarcó las cejas levemente.

–No me puedo creer que estés preocupado por mí.

Jack se encogió de hombros.

–Bueno, estoy bien, gracias por preguntar. Sí, es cierto que la casa es muy grande y ahora se me hace muy vacía, pero tu padre trabajaba mucho y estoy acostumbrada a estar sola.

Jack se revolvió incómodo en su butaca y deseó no haber comenzado jamás aquella conversación, pero ya no había marcha atrás.

–¿Duermes bien?

Helen suspiró.

–No –admitió–. Lo cierto es que todas las noches espero que George entre en la habitación y me pida disculpas por haber llegado tan tarde de trabajar, pero eso ya no sucederá –sonrió–. Bueno, basta ya de hablar de mí. No he venido para eso. Quería ver qué tal estabas tú. Sé que la empresa no está atravesando por sus mejores momentos.

–Veo que has estado leyendo la prensa.

–Sí, varios periódicos al día. Menos mal que la prensa nacional no se ha hecho eco porque con la local ya tenemos suficiente. Es espantoso, Jack. Ojalá pudiera ayudar en algo.

–¿Tú sabías de la existencia del segundo juego de libros de contabilidad?

–No, tu padre no me contaba mucho sobre la empresa a pesar de que yo le insistía porque me interesaba. De todas maneras, yo me daba cuenta de que estaba sometido a mucho estrés y supuse que estaba teniendo problemas de negocios, pero nunca se me ocurrió que fuera tan grave.

–¿Tú sabes lo que dejó dicho en su testamento?

–No, nunca me habló de ello tampoco.

–¿De qué hablabais entonces?

–De cosas cotidianas –contestó Helen cruzándose de piernas–. Jack, yo no soy tu enemigo. A mí me habría gustado que las cosas hubieran sido de otra manera y siempre he creído que, si tu padre, tus hermanos y tú os hubierais llevado bien y os hubierais reconciliado, todo habría sido mejor.

–Muy magnánimo por tu parte.

Helen tomó aire.

–Ya veo que sigo sin ser de tu agrado.

–No te conozco de nada.

–Porque no has querido. Yo hice todo lo que estuvo en mi mano para conoceros a ti y a tus hermanos. Os invité varias veces a casa, pero tú eras el único que venías.

Sí, y la última vez que había ido se había producido una desagradable discusión con su padre, que una vez más había insistido en que dedicarse a la abogacía en lugar de hacerse cargo de la empresa familiar era un error terrible.

En aquella ocasión, la velada había terminado cuando Jack se había marchado entre el primer y el segundo plato.

–No era un hombre fácil –comentó Jack.

–Ya lo sé, pero, por si te sirve de algo, yo creo que no lo hacía adrede. Simplemente, tendía a ver las cosas de una manera.

–Sí, de la suya.

–Tu padre quería que tú fueses feliz.

–Mi padre quería que me ocupara de su empresa, me apeteciera a mí hacerlo o no.

–Y aquí estás.

–Sí, menuda ironía.

–Ojalá no hubiera muerto y tú no tuvieras que

verte en esta situación, pero eres nuestra mejor baza. Siento mucho que no puedas estar dedicándote a lo que de verdad te gusta, pero la empresa es importante también. Todos tenemos que hacer sacrificios.

–De momento, me parece que el único que los estoy haciendo soy yo. Me gustaría saber qué pone en el testamento. A lo mejor, te lo ha dejado todo a ti y, si no te gusta cómo llevo la empresa, me puedes despedir.

Helen negó con la cabeza.

–No cuentes con ello. George nunca fue amigo de ese tipo de sorpresas. No creo que redactara un testamento tan aburrido.

–Te advierto que, si me ha dejado la empresa a mí, la vendo.

–¿Así? Tu padre le dedicó su vida.

–Lo sé perfectamente. Lo sé mejor que nadie. Mejor que nadie excepto tú, claro.

–Yo lo quería mucho y siempre le perdoné sus errores.

Jack tenía la sensación de que le estaba diciendo que él debería hacer lo mismo.

Le entraron ganas de preguntarle cómo era posible que le hubiera entregado el corazón a un hombre para el que siempre iba en segundo lugar, pero no lo hizo porque no le pareció que tuviera derecho a hacerlo.

La gente que te quería siempre se iba, de una u otra manera. A algunos se los tragaba el trabajo o las circunstancias de la vida, otros desaparecían y otros morían, pero, al final, todo el mundo estaba solo.

Lo había aprendido hacía tiempo y no tenía ninguna intención de olvidado.

7

Samantha creía que aquello de que Jack le diera clases de conducir no iba a salir bien. Para empezar, porque Jack podía enfadarse y, para seguir, porque la situación podía convertirse en un desastre total.

–¿Te arrepientes? –le preguntó Jack, sentado en el asiento del copiloto del viejo coche que habían llevado hasta un aparcamiento vacío.

–No, ya he pasado del remordimiento y estoy, más bien, aterrorizada.

–Lo vas a hacer muy bien –le aseguró Jack–. Es muy fácil. Piensa en toda la gente que está loca que conoces y que conduce.

–Desde luego, decirme que me voy a encontrar con todos esos locos al volante no es la mejor manera de hacerme sentir mejor –contestó Samantha–. Preferiría que habláramos de la gente que conduce con cabeza.

–Por supuesto, la hay y mucha. Tú vas a ser una de esas personas. Lo único que tienes que hacer es relajarte.

Samantha miró por la ventana y comprobó que no

había ni una sola nube en el cielo. Adiós a la excusa de la lluvia.

–No sé si sería mejor que contratara a un profesor profesional –comentó.

–¿Por qué? A mí me apetece mucho enseñarte a conducir. Va a ser divertido.

«Será para ti», pensó Samantha agarrando el volante con fuerza.

–No sé si voy a ser capaz –confesó.

–Por supuesto que vas a ser capaz. Lo único que pasa es que tienes miedo, que es normal. En cuanto lo venzas, todo irá sobre ruedas. Piensa en el objetivo final. Vas a aprender a conducir. Podrás ir adonde te dé la gana. No tendrás que depender de los autobuses ni de los trenes. Serás libre. Cierra los ojos.

Samantha lo miró.

–No sé mucho de la conducción, pero sé que se conduce con los ojos abiertos.

Aquello hizo reír a Jack.

–Por supuesto, pero, de momento, ciérralos.

Samantha así lo hizo.

–Ahora, imagínate conduciendo por una autopista. Los carriles son anchos y está dividida por una mediana, así que no tienes que preocuparte de que venga nadie de frente. Solamente hay unos cuantos coches y ninguno cerca de ti. Hace un día maravilloso y estás conduciendo hacia el norte, hacia Wisconsin. ¿Lo visualizas?

Samantha intentó ver la carretera y no los postes de la luz y los árboles con los que podía chocar. Se imaginó conduciendo con naturalidad, cambiándose de carril e incluso adelantando a alguien.

–Ahora, imagínate saliendo de la autopista. Al hacerlo, vas a parar en un restaurante. Estás encantada. Conduces con facilidad.

Samantha tomó aire y abrió los ojos.

–Está bien, estoy preparada.

–Bien. Ya te he explicado lo básico. Dime lo que recuerdas.

Samantha le dijo que sabía que tenía que colocar los retrovisores, poner el motor en marcha y meter primera y, antes de lo que a ella le hubiera gustado, Jack le dijo que había llegado el momento de pasar de la visualización a la práctica.

Así que Samantha puso el motor en marcha, metió primera después de haber colocado los retrovisores, y comprobó que, gracias a Dios, estaban solos en el aparcamiento.

–Allá voy –murmuró levantando el pie del freno y deslizándolo suavemente sobre el acelerador.

El coche se movió. No fue para tanto. Había conducido un par de veces en la universidad y parecía que lo estaba recordando.

–Pon el intermitente y gira a la derecha –le indicó Jack.

Samantha así lo hizo, pero la falta de práctica hizo que girara el volante demasiado rápido y el coche giró sobre sí mismo bruscamente, obligándola a frenar con fuerza.

–Perdón.

–No pasa nada. No te preocupes. Hemos venido a practicar. Si ya supieras conducir, no haría falta que te enseñara.

Desde luego, estaba siendo amable y paciente y Samantha se lo agradecía sobremanera porque era consciente de que en aquella situación Vance ya llevaría un buen rato gritándole.

–Vamos a intentarlo de nuevo.

–Muy bien –contestó Samantha poniendo el intermitente y girando el coche con más suavidad–. Vaya, me ha salido bien.

–¿Lo ves? –sonrió Jack–. Vamos a dar un par de vueltas más por el aparcamiento y, luego, salimos a la calle.

–¿A la calle? –gritó Samantha.

–No te puedes quedar en el aparcamiento para siempre –contestó Jack.

–¿Cómo que no? Es un aparcamiento precioso, me encanta, podría quedarme a vivir en él.

–Tranquila, no pasa nada. Venga, conduce. Por ahí.

Samantha estuvo conduciendo por el aparcamiento durante otros cinco minutos, girando, poniendo los intermitentes, parando y, al final, a pesar de sus protestas, Jack consiguió convencerla para salir a la calle.

–Estamos en un polígono industrial y es sábado, así que no va a haber casi coches. Venga, toma aire varias veces y a la calle.

Samantha dio un pequeño gritito y se lanzó, pero, al llegar a la salida de la autopista, decidió tomar la vía de servicio, seguridad en lugar de libertad, diciéndose que la autopista seguiría estando allí al día siguiente.

–¿Qué te ha parecido? –le preguntó Jack a Samantha al entrar en el supermercado.

–Ha estado fenomenal –contestó Samantha–. Has estado muy bien. Paciente, sereno y dispuesto a explicarme las cosas cincuenta veces.

–Gracias por los cumplidos, pero no preguntaba por eso. Admite que no ha sido tan difícil.

Lo cierto era que había sido más fácil de lo que Samantha creía. Después de una hora dando vueltas por el polígono industrial, se había atrevido a llevar el coche de vuelta a la ciudad.

–Eres un buen profesor.

–Y tú, una buena conductora.

–¿De verdad?

Jack asintió y Samantha sonrió encantada.

–En nada, te sacarás el carné y te comprarás un coche.

–Sí, creo que me compraré uno de esos híbridos nuevos, esos que no contaminan tanto.

–¿Te apetecen fresas? –le preguntó Jack al llegar a la fruta.

–Sí, me encantan las fresas –contestó Samantha.

–¿Sabes que esta tienda te lleva la compra a casa?

–Sí, pero me gusta venir a hacer yo la compra para ver el género –contestó Samantha.

Tras pagar, fueron hacia el coche, cargaron las bolsas y Jack le indicó que condujera ella hasta casa.

Mientras lo hacía, le entraron dudas. Le había dicho a Jack que lo invitaba a cenar por haberla enseñado a conducir, pero ahora se preguntaba si a él le apetecería.

–Oye, si no te apetece venir a cenar a casa, no te sientas obligado, ¿eh? –le dijo con confianza.

–Somos amigos, ¿no?

Samantha asintió.

–Entonces, cuenta conmigo.

Amigos.

Samantha no sabía si lo había dicho para recordárselo a sí mismo o para dejárselo claro a ella. A lo mejor, le estaba dando a entender que no estaba dispuesto a intentar nada más.

Jack llegó a casa de Samantha a las siete en punto. Se llevó a Charlie porque, aunque el perro estaba cansado y solo quería dormir, pensó que, si la conversación se hacía difícil, siempre podían hablar de él.

«Patético» se dijo.

Quería hacer lo correcto con Samantha, es decir, ser su amigo y su jefe y nada más, pero, por mucho que se lo repetía y por muchas veces que ella le decía que no, la seguía deseando.

Llamó a la puerta prometiéndose que, cuando volviera a casa, dilucidaría la manera de olvidarse de ella, pero mientras tanto... no había nada de malo en soñar un rato.

–Veo que has venido –lo saludó Samantha al abrir la puerta.

–¿Dudabas de que viniera?

–Esperaba que lo hicieras –contestó ella–. Pasad.

Jack así lo hizo y, mientras la seguía por el pasillo, se fijó en que se había puesto una camisola de flores que se deslizaba por uno de sus hombros, dejando al descubierto su cremosa piel, y en que iba descalza.

–Has vuelto a ser tú –comentó.

–¿Cómo? –se extrañó Samantha.

–Desde que has llegado, te has mostrado un poco conservadora. Es cierto que juegas al baloncesto en el pasillo y que vistes de colores vivos, pero no como antes. Esta es la primera vez que eres de verdad, tal y como eras en la universidad.

–Gracias, es lo más bonito que me has dicho nunca –sonrió Samantha–. Ven, he comprado vino y te voy a dejar que hagas de machito de la casa y que lo abras.

–Vaya, todo un honor –bromeó Jack.

A continuación, tras abrir la botella de vino y servir dos copas, pasaron al salón se sentaron a tomárselo con un aperitivo.

–He estado viendo la prensa y parece que las cosas se están apaciguando –comentó Samantha.

–Sí, David está trabajando mucho en ello y lo está haciendo muy bien.

–Te llevas muy bien con él, ¿verdad?

–Sí, a veces ha sido más padre para mí que mi propio padre. En realidad, podría haber sido mi hermano mayor porque no nos llevamos mucha diferencia de edad. Él también viajaba mucho pero, a diferencia de mi padre, por lo menos nos llamaba. Con eso era suficiente.

–Tienes razón –contestó Samantha mordisqueando un trozo de apio–. Cuando mi padre se fue, lo echaba mucho de menos. Por supuesto, fue un gran trauma pasar de ser una princesita rica a una niña que llevaba ropa de segunda mano, pero era mucho más que eso. Si hubiera tenido que elegir entre el dinero o mi padre, lo habría elegido a él, pero no lo entendió o no le importó.

–Él se lo perdió –la consoló Jack.

–Gracias. Yo me decía lo mismo. Así fue como me convertí en una mujer decidida a que no me pasara lo mismo que a mi madre. No me importaba enamorarme de un hombre que no tuviera dinero, lo importante para mí era saber que era importante para él y que los dos queríamos hacer las mismas cosas.

Aquellas palabras le llegaron a Jack al corazón porque él estaba convencido de haber sido ese hombre diez años atrás, pero era obvio que Samantha no lo había visto así o, tal vez, nunca lo había tenido por nada más que por un amigo.

–¿Y así era Vance?

–Eso creí yo. Había estado casado antes y se mostraba muy prudente, lo que a mí me gustaba. Me decía que era obvio que yo le gustaba, pero que quería ir despacio y eso le hacía ganar muchos puntos a mis ojos. Ahora comprendo que me comporté como una imbécil.

–Eso nos suele parecer a todos cuando pasa el tiempo.

–Sí, supongo que tienes razón. Hablaba mucho de su primera mujer y me decía que estaba obsesionada con tener mucho dinero, así que yo, no queriendo parecerme a ella en absoluto, no pedí absolutamente nada. Me costó un tiempo darme cuenta de que me había engañado.

–¿Por qué dices eso?

–Bueno, Vance era un cirujano, le iba muy bien, tenía consulta propia y ganaba mucho dinero. Cuando hablamos de casarnos, se mostró preocupado por arriesgarse a perder aquello y yo no quería que tuviera la más mínima duda, así que...

–¿Firmaste un contrato prenupcial? –preguntó Jack haciendo una mueca de disgusto.

–Sí. Me leí el contrato entero, pero no contraté a un abogado. Luego, me di cuenta de que me había engañado. Al firmar aquel contrato, renuncié a sus ingresos, pero eso no fue lo peor, lo peor fue que mi propiedad y mi sueldo pasaron a ser bienes gananciales. Menos mal que yo no tenía mucho que me pudiera quitar.

–Lo siento –dijo Jack acariciándole la mano.

–Yo, no. He aprendido una lección importante. Mi madre solía decir que lo difícil era casarse con un hombre rico y mantenerlo a tu lado y yo me he dado cuenta de que lo importante es no necesitar a un hombre en absoluto –contestó Samantha.

–Llegados a este punto, me gustaría romper una lanza en favor de los hombres y decir que no todos somos iguales.

–Ya lo sé –sonrió Samantha–. Yo tuve tanta culpa como Vance. Me cegué, no quise ver cómo era en realidad y pagué las consecuencias.

–¿Quieres que le eche un vistazo al contrato por si acaso? –se ofreció Jack.

–No, gracias, estoy intentando dejar el pasado atrás y prefiero no removerlo. No porque esté enfadada con él sino porque me engañó como a una niña cuando yo creía que iba a cumplirse mi sueño.

–Supongo que ahora andarás con pies de plomo con los hombres.

–Sí. Entre Vance y mi padre, estoy convencida de que cada vez que conozco a un hombre, de que no va a salir nada bueno.

–Ahora se supone que tienes que decir aquello de «salvando lo presente».

–Por supuesto, tú eres un hombre maravilloso y soy consciente de ello.

–¿Pero?

–Pero eres rico y poderoso y me cuesta asimilarlo.

–Te entiendo. Resulta que tú crees que cualquier hombre con el que salgas terminará abandonándote y yo estoy convencido de que cualquier mujer a la que quiera me dejará. Desde luego, no somos una pareja normal.

Samantha sonrió.

–No puedo pasarme así la vida entera, tengo que superar mis temores. Ahora que sabes la historia de mi patético divorcio, espero que entiendas por qué me he comportado de manera tan extraña contigo. Ya sé que mi pasado no excusa mis actos presentes, pero espero que me entiendas y que me disculpes.

Jack se quedó mirándola fijamente. Hasta aquel momento, nunca se le había pasado por la cabeza que la razón del comportamiento de Samantha tuviera nada que ver con él.

–¿Qué te pasa?

–Creía que te comportabas tan prudentemente conmigo por algo que te pasaba a ti, no sabía que fuera por mí. Yo no puedo hacer nada para cambiar lo que soy. Provengo de una familia con dinero y me va muy bien profesionalmente, así que parece que tengo todo lo que a ti no te gusta.

–Exacto.

¡Viva la sinceridad!

–Me parece que debería tirar la toalla –bromeó Jack.

–Me siento fatal porque tú has sido siempre maravilloso conmigo. Me encantaba ser tu amiga en la universidad. Te aseguro que siempre supe que jamás me harías daño.

–No pareces muy convencida.

–Da igual. Tengo que superar mis miedos.

–No hace falta que te obligues.

–Eso es lo que haría una persona madura y yo quiero ser madura. Quiero que seamos amigos.

–Somos amigos.

Samantha se mordió el labio inferior y se quedó mirando a Jack a los ojos. Si hubiera sido cualquier otra mujer, Jack habría tomado aquel gesto como una invitación, pero con Samantha no estaba seguro, así que decidió no arriesgarse.

Sin embargo, había algo en su sonrisa y en el brillo de sus ojos, una promesa y un deseo, que lo hizo inclinarse hacia delante y acariciarle la mejilla.

Jack decidió darle tiempo más que de sobra para que se retirara, pero, al comprobar que no lo hacía, la besó.

A continuación, esperó.

Quería que Samantha le devolviera el beso.

Siguió esperando.

Por fin, Samantha le rozó el labio inferior con la punta de la lengua.

Fue como si le hubiera prendido fuego a un barril de gasolina. Jack sintió que el deseo se apoderaba de su cuerpo. Le hubiera apetecido tomarla entre sus brazos, acariciarla con maestría hasta haberla excitado por completo, haberla desnudado y haberla hecho gozar, pero no se movió, se quedó allí sentado, dejando que Samantha lo besara, dejando que tomara ella la iniciativa.

Cuando volvió a pasarle la lengua por el labio inferior, Jack abrió la boca y Samantha se adentró en la concavidad de su boca y la exploró.

Jack estaba cada vez más excitado, pero consiguió controlarse. Cuando Samantha entrelazó su lengua con la suya, tuvo que hacer un esfuerzo sobrehumano para no abalanzarse sobre ella.

Cuando Samantha se apartó, puso cara de póquer para que no se diera cuenta de la pasión que se había apoderado de él.

—Me ha gustado —sonrió Samantha.

—A mí, también —contestó Jack.

—Soy una mujer adulta y acepto responsabilidad total por lo que acaba de suceder.

¿Eso quería decir que no iba a salir corriendo de nuevo?

—¿Y?

—Y nada —contestó Samantha—. Gracias por tu paciencia.

—Ha sido un placer —contestó Jack alargando el brazo para comerse una alita de pollo.

Lo cierto era que placer, placer, lo que se decía placer... le dolía tanto la entrepierna que no era precisamente placer lo que sentía, pero se dijo que, cuando pasara un rato, se encontraría mucho mejor.

Dentro de un momento la erección dejaría de latirle al mismo ritmo que el corazón y la temperatura corporal volvería a ser normal, pero, hasta entonces, aquello era un infierno.

–Cuando empiece la temporada, podríamos ir a ver jugar a los Cubs –propuso.

–Menudo cambio de tema –sonrió Samantha.

–Sí –admitió Jack.

–¿Para que no nos sintamos mal ninguno de los dos?

–Más o menos.

Más bien, porque pensar en béisbol le impedía pensar en sexo.

–Cuéntame todo lo que sepas de los Cubs –sonrió Samantha.

–Helen vino a verme el otro día –le contó Jack a su tío David–. Me pareció que... estaba preocupada por mí...

–¿Tanto te extraña?

–Sí, la verdad es que sí.

–¿Por qué?

–No entiendo por qué se tendría que preocupar por mí.

–¿Y por qué no?

–¿Tú la conoces bien?

–No, tu padre y yo no nos llevábamos muy bien últimamente. Sin embargo, he hablado con ella varias veces e incluso hemos comido juntos y me parece una mujer inteligente y razonable. Tal vez, deberías hacer el esfuerzo de conocerla.

–Eso mismo dice Samantha.

David sonrió.

–¿Qué?

–Por cómo dices su nombre, veo que las cosas progresan entre vosotros.

–De eso, nada. Simplemente, somos compañeros de trabajo.

—Ya.

—Es verdad. Acaba de salir de un divorcio y no me interesa meterme en eso.

—Pero si ya te has metido.

«¿Ah, sí?», pensó Jack.

A continuación, recordó el fin de semana que habían pasado juntos, hablando del pasado y de sí mismos, volviéndose a conocer y a comprender.

¡Pero eso no quería decir que estuviera interesado en ella! Bueno, lo estaba, pero solo a nivel sexual.

—No quiero nada serio con ella —se defendió.

—Tú dite eso todos los días mil veces y, a lo mejor, al final, te lo crees y todo.

8

La fiesta que la empresa daba en honor de sus anunciantes estaba siendo algo realmente impresionante.

Como era la primera vez que Samantha acudía a aquella fiesta, no sabía si era normal tal dispendio y lujo o en aquella ocasión, dada la situación, se había hecho un esfuerzo extra para tranquilizar a los clientes.

Fuera como fuese, estaba encantada de estar allí y se sentía como la Cenicienta del baile.

Por una vez, había decidido dejar la ropa suelta en el armario y se había puesto un vestido sin tirantes en un precioso todo verde manzana. La maravillosa tela era casi del mismo tono de sus ojos. Solo llevaba unos pendientes antiguos que parecían de diamantes, aunque no lo eran, y que le favorecían un montón.

Para terminar, se había pasado casi dos horas peinándose, pero había merecido la pena porque había conseguido que sus rizos, que normalmente no había quien domara, cayeran en cascada sobre sus hombros de manera sensual.

Se sentía bien y sabía que estaba guapa, pero no sabía si lo suficiente como para impresionar a Jack.

–No es que me importe mucho –murmuró mientras se acercaba a la barra a pedir una copa de vino.

Lo cierto era que le apetecía dejar a Jack con la boca abierta.

Al ver a David, se acercó a él. Todavía era pronto y la mayoría de los invitados no habían llegado aún.

–Estás muy guapa –sonrió David.

–Gracias –contestó Samantha–. Este lugar es precioso. Desde aquí, hay una vista maravillosa –añadió sinceramente, pues por un lado se veía un maravilloso lago y por el otro las luces la ciudad.

–Sí, nos jugamos mucho –sonrió David–. Por cierto, la semana que viene me gustaría tener una reunión para hablar de la publicidad con la que vamos a lanzar la nueva página web que estáis diseñando. Hoy he reservado espacio en un par de revistas infantiles y también vamos a salir los sábados por la mañana en televisión.

Samantha se quedó mirándolo con los ojos como platos.

–¿Nos vamos a anunciar en televisión? –exclamó, sabiendo cuánto costaba aquello.

–Jack me ha dicho que ibas a salvar la empresa y que no reparara en gastos contigo.

Samantha dudaba mucho de que Jack hubiera dicho exactamente aquellas palabras, pero sí era consciente de que su proyecto le iba a dar un buen empujón a la empresa ahora que tanto lo necesitaba, y agradecía mucho su respaldo.

–Te llamaré antes de la reunión porque tengo un montón de ideas para los anuncios.

–¿Tú ideas? ¡Qué raro! –bromeó David.

Samantha se rio.

–Sí, la verdad es que tengo ideas para casi todo.

–Eso dice Jack.

Hubo algo en cómo lo había dicho que hizo que Samantha se preguntara qué le habría contado Jack a su tío David sobre ella, pero no se lo iba a preguntar, claro.

En aquel momento, comenzaron a llegar clientes y David le indicó que debían ir a saludar. Así comenzaron las presentaciones y las conversaciones de negocios en las que Samantha estaba tan versada.

Aproximadamente, una hora después, Samantha sintió un escalofrío por la espalda y, al girarse disimuladamente, comprobó que había sido porque Jack estaba detrás de ella, hablando junto al ventanal con dos hombres mayores.

Intentando no perder el hilo de la conversación que estaba manteniendo, sintió que la sangre le corría más rápidamente por las venas de lo normal, que la piel le quemaba y que le costaba respirar.

Jack estaba realmente guapo ataviado con un esmoquin.

«Está para comérselo», pensó recordando cómo se habían besado la última vez.

A pesar del miedo que le había quedado como regalo de su matrimonio y del temor que le inspiraban los hombres como Jack, Samantha se encontró deseando con todas sus fuerzas que se repitiera su último encuentro, pero con el tiempo necesario como para llegar hasta el final.

Haciendo un gran esfuerzo, consiguió dejar de mirarlo y concentrarse de nuevo en la conversación pero, transcurridos unos minutos, sintió de nuevo el escalofrío y comprobó que Jack se había acercado y lo tenía a su lado.

–¿Os lo estáis pasando bien? –preguntó Jack al llegar al grupo.

–Una fiesta maravillosa –contestó Melinda Myers, la presidenta de la empresa de concesionarios de coches más importante del Midwest–. Tu padre se habría sentido muy orgulloso de ti, Jack.

–Gracias –contestó Jack tensándose levemente–. A pesar de lo que ha pasado, no quería romper la tradición de esta fiesta.

–Una buena idea. Hanson Media Group siempre ha sabido hacer las cosas bien, siempre ha sido un gran socio para mí y no quiero que esto cambie.

–Yo, tampoco –sonrió Jack.

–Samantha me ha estado contando la cantidad de cosas que quiere hacer en Internet. Estoy sinceramente impresionada. Me ha ofrecido pasar a formar parte del proyecto de ampliación y me lo estoy pensando seriamente.

–Fíate de ella, sabe lo que dice –sonrió Jack.

–Ya se nota.

Samantha hizo un gran esfuerzo para estar pendiente de lo que decía la mujer de negocios, pero le resultaba muy difícil porque Jack le había colocado al llegar la mano en las lumbares y sentía el calor que emanaba de su piel.

Aquel calor, que se estaba apoderando de todo su cuerpo, se había concentrado sobre todo en sus pechos.

En un momento dado, otro invitado se acercó a Melinda y la invitó a bailar y en un abrir y cerrar de ojos el grupo se había disuelto y Samantha y Jack se habían quedado a solas.

–¿Qué te parece? –le preguntó Jack.

–Todo está saliendo fenomenal –contestó Samantha–. Estaba preocupada por la reacción de los anunciantes ante la actual crisis de la empresa, pero parece que todos se lo han tomado bastante bien. Mucho de ese mérito es tuyo. Lo siento mucho, porque sé que no

te hace gracia, pero es la verdad. Te ven como al sustituto perfecto de tu padre.

–Lo que no es decir mucho teniendo en cuenta
que mi padre los ha engañado.

–No lo decía en ese sentido.

–Ya lo sé –dijo Jack dejando su copa en la bandeja
de un camarero que pasaba–. ¿Quieres bailar?

Samantha sabía que aquello iba a ser dos partes de
placer y una de tortura, pero no pudo resistirse.

–Claro que sí –contestó dejando su copa también.

Jack la tomó de la mano y la llevó a la pista de baile, donde la estrechó entre sus brazos. Samantha se
dejó llevar y le pareció que llevaba toda la vida bailando con él.

¿Sería porque ya había bailado con él antes? ¿En
la universidad?

–Estás frunciendo el ceño –comentó Jack–. ¿Tan
mal bailo?

–No, no es por eso –sonrió Samantha–. Estaba intentando recordar si ya he bailado contigo antes.

–No, nunca.

–¿Cómo estás tan seguro?

–Porque me acordaría.

¿Y eso qué quería decir?

Samantha prefirió no preguntarlo, así que se relajó, apoyó la cabeza en su hombro y se dejó llevar por
la música.

–¿Te he dicho que estás espectacular? –le dijo Jack
al oído.

–No, así que en prenda me lo vas a tener que repetir.

–Estás espectacular –repitió Jack–. Ese vestido te queda de maravilla, es casi tan increíble coma la percha.

¡Toma cumplido!

–La verdad es que no me arreglo casi nunca, pero
de vez en cuando me parece muy divertido.

–Merece la pena que lo hagas.

Cuando terminó la canción, Samantha se quedó con la sensación de que quería más. Mucho más. Sin embargo, aquella fiesta era una fiesta de trabajo y había que seguir hablando con los invitados.

–Gracias por el baile –se despidió de Jack.

–De nada.

Jack se quedó mirándola a los ojos un segundo más de lo estrictamente necesario y en aquel momento Samantha sintió que todo su cuerpo explotaba de deseo.

Jack se giró y se perdió entre la multitud.

Samantha se quedó mirándolo, intentando recordar cuándo había sido la última vez que había deseado a un hombre.

Durante los dos últimos años de su matrimonio se había acostado con su marido por rutina, pero no había disfrutado en absoluto porque estaba tan dolida que no podía sentir nada.

¿Acaso el tiempo estaba curando sus heridas o era porque se trataba de Jack? Sabía lo que era hacer el amor con él, recordaba perfectamente sus besos y las sensaciones que le provocaba sentirlo dentro.

Un mes atrás, habría jurado y perjurado que no tenía ningún interés en un encuentro sexual con un hombre, pero las cosas habían cambiado.

Desde luego, no se quería acostar con cualquiera, solo con Jack.

Jack había perdido ya la cuenta de la cantidad de veces que lo habían comparado con su padre y de la cantidad de gente que le había dicho lo buena persona que era George Hanson.

A las once, estaba cansado y se quería ir a casa,

pero todavía le quedaba mucha gente por saludar y con la que charlar.

Formaba parte de su trabajo.

Helen se acercó a él y le ofreció un vaso de whisky.

—¿Qué tal lo llevas? —le preguntó.

—No es la idea que yo tengo de pasarlo bien precisamente, pero bueno... —contestó Jack—. ¿Y tú?

Helen miró a su alrededor y se encogió de hombros.

—El año pasado vine con tu padre, así que no me está resultando fácil —admitió.

Jack se dio cuenta de que le brillaban los ojos de emoción y una vez más tuvo la sensación de que no había juzgado bien a aquella mujer.

—Estabas realmente enamorada de él.

—Sí, pero no hace falta que lo digas en tono tan sorprendido —contestó Helen—. Jack, te aseguro que soy una mujer muy inteligente y muy válida profesionalmente. No necesito casarme con un hombre para conseguir lo que quiero porque eso lo puedo hacer yo sola —le advirtió—. Te he visto bailando con Samantha. Hacéis una pareja muy bonita —añadió cambiando de tema.

—Eso es porque ella es muy bonita —contestó Jack.

—Somos muy amigas, ya lo sabes. Eres un hombre maravilloso, Jack, pero sé cómo eres. La monogamia en serie es maravillosa en teoría, pero a veces alguien no sale bien parado.

Desde luego, se lo estaba diciendo bien clarito, más imposible.

—Y a ti no te gustaría que ese alguien fuera Samantha.

—Ya ha tenido bastante con lo que le ha tocado pasar.

—Me ha contado lo de su divorcio.

–Dudo mucho que te lo haya contado todo.

–¿A qué te refieres?

–Trátala bien.

–Hago lo que puedo –contestó Jack–. Ahora entiendo quién puso su nombre en la lista de candidatas. No tenía ni idea de cómo había llegado allí.

–Sabía que era buena para el trabajo y que, además, tú confiarías en ella.

Por cómo lo había dicho, Jack sospechó que Helen sabía más de lo que parecía. ¿Qué le habría contado Samantha?

–Una buena idea –le agradeció sinceramente.

–Tengo mis momentos –bromeó Helen–. Bueno, aunque no te apetezca mucho, tenemos que volver con los demás –sonrió.

–Así es –sonrió Jack despidiéndose a continuación.

Samantha era consciente de que estaba hablando por hablar, pero era tarde, tenía hambre, estaba cansada y no podía callar.

–La fiesta ha sido una gran idea, todo ha salido fenomenal y los anunciantes se han ido encantados. Se me han ocurrido un par de ideas geniales para la próxima reunión con los creativos –comentó cuando Jack paró en un semáforo.

Jack asintió. Era obvio que a ninguno de los dos le interesaba aquella conversación.

–La orquesta era muy buena –añadió Samantha con una gran sonrisa–. Ha bailado mucha gente, lo que no es nada normal en una fiesta de trabajo. Sí, la verdad es que ha estado todo fenomenal.

–No hace falta que me des conversación –contestó Jack–. No pasa nada porque vayamos en silencio.

Vaya, lo estaba aburriendo con su cháchara.

Fantástico.

Samantha cerró la boca, apretó los labios y se prometió no volver a decir nada hasta llegar a casa, pero le fue imposible.

–Me gusta tu coche. ¿Es nuevo?

–No, lo tengo desde hace dos años. ¿Por qué estás tan nerviosa?

–¿Quién? ¿Yo? Yo no estoy nerviosa. Estoy bien. Estoy perfectamente. Me lo he pasado estupendamente esta noche.

–Desde luego, no has bebido nada. Y, por lo que he visto, tampoco has comido. ¿Qué te pasa?

–Nada. Estoy muy bien. Estoy perfectamente. ¿Lo ves? Estoy perfectamente.

Jack metió el coche en el aparcamiento del edificio y se dirigió hacia su plaza de garaje. Tras apagar el motor, se giró hacia Samantha.

–¿Estás preocupada porque crees que voy a intentar algo contigo? –le preguntó.

Samantha se quedó estupefacta. Desde luego, qué ironía. Llevaba unas cuantas semanas cruzando los dedos para que Jack no se fijara en ella y no la tuviera más que por una compañera de trabajo, pero ahora le gustaría que la encontrara deseable.

Si le acababa de decir que si creía que iba intentar algo con ella, obviamente era porque no lo iba a intentar.

–¿Por qué iba a estar preocupada por eso? –contestó sin poder mirarlo a los ojos.

–Por lo que pasó la última vez que estuvimos a solas.

Ah, sí.

Lo debía de decir por aquel beso mágico.

–A mí me gustó –murmuró Samantha.

–A mí, también –contestó Jack abriéndole la puerta–. Venga, te acompaño a casa –le dijo tomándola de la mano y conduciéndola hacia el ascensor.

A Samantha le hubiera gustado decir algo, invitarlo a pasar o, por lo menos, quedar bien haciéndose la mujer sofisticada y mundana, pero no se le ocurría cómo indicarle que no quería que la velada terminara.

Cuando el ascensor llegó a su planta, se giró para despedirse y se encontró con que Jack también salía del ascensor y la acompañaba hacia su puerta.

Al llegar frente a su casa, le tomó el rostro entre las manos y sonrió.

–Me has dicho que no muchas veces, pero esta noche hay algo diferente en tus ojos. ¿Qué debo creer, tu mirada o tus palabras?

Samantha sintió que el corazón le daba un vuelco. ¿Qué quería hacer? ¿Qué quería tener con Jack?

–Las palabras se las lleva el viento –contestó.

–Me alegro –dijo Jack abriendo la puerta y dejándola entrar en su propia casa.

Una vez dentro, cerró la puerta y la besó y Samantha se apretó contra él y le pasó los brazos por el cuello.

Mientras se besaban, no podía evitar que su mente recordara imágenes de ellos dos desnudos, juntos, pletóricos de deseo.

Jack le mordisqueó el labio inferior e introdujo la lengua en su boca con una fuerza que hizo que a Samantha le temblaran las piernas.

Sentía sus manos por todas partes, en los hombros, en los brazos, en la espalda. Ella también le tocó y le quitó la chaqueta. Jack la dejó caer al suelo y allí fue a parar también la corbata.

–Los gemelos –le dijo Jack colocándose detrás de ella y alargando los brazos.

Mientras Samantha luchaba con los gemelos de oro y diamantes, que se le resistían tontamente, Jack le mordisqueó el hombro, haciendo que se le pusiera la carne de gallina.

Samantha sintió que los pezones se le endurecían y que mojaba las braguitas. Por fin, consiguió quitarle los gemelos y, cuando se disponía a darse la vuelta para besarlo de nuevo, Jack la mantuvo de espaldas a él y comenzó a frotarse contra su trasero.

Al instante, Samantha percibió que estaba completamente excitado y sintió que se derretía. Jack le agarró los pechos por detrás y, al sentir sus pulgares jugueteando con sus pezones, Samantha se dijo que aquello era maravilloso.

–Llevo toda la noche queriendo hacer esto –murmuró Jack con la respiración entrecortada–. Ese vestido me estaba volviendo loco. No sabía qué me parecía más erótico, si agarrarte por detrás y tocarte como estoy haciendo o meterte la mano por debajo del dobladillo.

A Samantha le parecían bien cualquiera de las dos opciones.

–Desnúdate –murmuró Jack besándola por el cuello–. Quiero tocarte de arriba abajo hasta dejarte exhausta y, luego, volver a empezar.

Samantha recordaba que la otra vez que se había acostado con él Jack también le había dicho aquel tipo de cosas. De todos los hombres con los que se había acostado, él era el único que hablaba y a Samantha le encantaba, pues la excitaba sobremanera.

Samantha se giró y lo besó y Jack aprovechó para bajarle la cremallera del vestido, que cayó al suelo, y para acariciarle de nuevo los pechos, pero esta vez sin nada que se interpusiera entre sus dedos y la piel de Samantha, pues no llevaba sujetador.

Samantha sintió que le faltaba el aire y, de repente, vio salir volando tres libros, el correo y una carpeta de plástico y cuando se quiso dar cuenta estaba tumbada sobre la mesa de madera con Jack encima lamiéndole los pezones.

–Más –le pidió–. No pares.

Jack no paró sino que se dirigió al otro pecho. Samantha sentía su otra mano entre las piernas y maldijo en silencio porque todavía llevaba puestas las braguitas.

–Quítamelas –le dijo.

Jack así lo hizo y, cuando la tuvo desnuda junto a él, deslizó una mano entre sus piernas e introdujo sus dedos en el centro de su feminidad, que lo esperaba húmedo y caliente.

«Qué maravilla», pensó Samantha al borde del éxtasis.

Jack encontró con facilidad el lugar preferido de Samantha y comenzó a acariciarlo con el dedo pulgar mientras introducía rítmicamente el índice y el corazón en su cuerpo.

Samantha sintió que todo su cuerpo se tensaba y, aunque había sido muy rápido, supuso que iba a tener un orgasmo.

–Jack –gritó sintiendo que todo le daba vueltas.

Jack siguió lamiéndole los pechos. El placer era tan intenso que Samantha no podía soportarlo y cuando, por fin, la oleada de placer hubo pasado, lo miró a los ojos y sonrió.

–Guau –exclamó.

Jack sonrió y la tomó en brazos.

–¿Qué haces?

–Llevar a la cama a esta mujer desnuda que me he encontrado.

–Buena idea.

Una vez en su dormitorio, Jack la depositó sobre la cama y se desnudó, dejando al descubierto su maravilloso cuerpo y su increíble erección.

–¿Preservativo? –preguntó.

Samantha le señaló la mesilla de noche y no creyó que fuera necesario explicarle por qué la caja estaba sin abrir. Los había comprado al día siguiente de que se hubieran besado.

Jack sacó un preservativo de la caja, pero no se lo puso sino que se colocó entre las piernas de Samantha y se arrodilló sobre ella.

–Te deseo –le dijo.

–Yo, también –contestó Samantha.

–Bien.

Se inclinó sobre ella y comenzó a besarle por la tripa. Samantha sabía lo que iba a hacer y sintió que una excitación sobrecogedora se apoderaba de ella porque recordaba lo increíble que había sido la última vez.

Sintió la punta de su lengua sobre el clítoris, sintió cómo Jack dibujaba círculos un par de veces alrededor de aquel punto tan sensible antes de lamerlo con la lengua entera.

Samantha se sintió perdida. Aquello era demasiado. Sin pensárselo dos veces, separó las rodillas e hincó los talones en el colchón para prepararse a disfrutar. Aquello era lo más íntimo que había compartido jamás con un hombre y Jack era el único con el que había tenido la confianza porque, aunque con Vance la había tenido, su exmarido decía que era asqueroso... aunque bien que le gustaba a él que ella se lo hiciera.

De repente, Samantha sintió que todo el cuerpo le temblaba y perdió el control como jamás lo había perdido. Jack siguió besándola y lamiéndola, acariciándola con la lengua y con los dedos hasta hacerla gritar de placer.

Samantha perdió la noción del tiempo y de la realidad y solo sentía oleadas de placer por todo el cuerpo. Cuando recobró el sentido, sintió a Jack tumbado sobre ella y, en un abrir y cerrar de ojos, lo percibió dentro de su cuerpo.

La deliciosa sensación hizo que se estremeciera de placer con cada embestida. Jack se agarró al cabecero de la cama y le hizo el amor sin parar de mirarla a los ojos, a lo que Samantha contestó abrazándole la cintura con las piernas hasta que sintió que él también alcanzaba el orgasmo, momento que aprovechó para acompañarlo contrayendo los músculos vaginales.

9

Jack corrió las cortinas y volvió a la cama para ver el amanecer. Al volverse a tumbar, le apartó a Samantha un rizo de la cara para observar lo bonita que era.

No era que no se hubiera dado cuenta antes de su belleza, pero esta mañana se había vuelto a maravillar de ella.

Estaba tumbada entre las sábanas revueltas, desnuda, y le bastó ver su pezón para volverla a desear, pero se dijo que con tres veces ya había estado bien.

Volvió a acariciarle el pelo, maravillándose de su suavidad, recordando cómo había sido la segunda vez, cuando Samantha se había sentado a horcajadas sobre él y le había hecho el amor como una amazona salvaje.

Desde luego, se complementaban bien en la cama.

¿Opinaría ella lo mismo cuando se despertara o le daría por decir que todo aquello había sido un error que nunca tendría que haber sucedido?

Samantha se estiró levemente y abrió los ojos. Al girarse y tenderse boca arriba, quedó con los pechos al descubierto y no se molestó en taparse.

—¿Has dormido? —le preguntó.

Jack asintió.

Samantha sonrió.

—Estás muy serio. ¿Qué te pasa?

—Nada —contestó Jack.

Samantha se acercó a él y le acarició el torso desnudo.

—¿Qué te pasa? ¿Te arrepientes de lo de anoche? —le preguntó preocupada.

—Yo no, pero supongo que tú sí —contestó Jack.

—Oh —exclamó Samantha dolida.

—Perdona, no tendría que haber sido tan bruto.

Samantha se incorporó y se tapó con las sábanas.

—No pasa nada, es normal que te haya salido así después de cómo me he comportado. Llevo mucho tiempo diciéndote que no y actuando como que sí. No te creas que para mí ha sido fácil, he querido pararlo pero no he sabido cómo. No te creas que no lo he intentado, me he repetido una y otra vez que tenía que vivir el presente sin pensar en el futuro, sobre todo porque te has portado de maravilla conmigo desde que he llegado a Chicago. Eres un hombre maravilloso y no me arrepiento en absoluto de lo de anoche —le explicó Samantha—. Bueno, solo me arrepiento de una cosa, de haber tardado tanto tiempo en acostarme contigo.

—¿No te arrepientes? —dijo Jack sorprendido.

—No. ¿Y tú?

Jack sonrió.

—¿Estás de broma? Lo de anoche fue increíble.

—Sí, es que tengo un talento especial para estas cosas —bromeó Samantha—. Bueno, ¿cuáles son tus reglas del juego?

—¿Por qué das por hecho que tengo reglas?

—Porque todos los hombres las tenéis. Dime cuáles son y ya veremos si yo estoy de acuerdo.

«Territorio peligroso», pensó Jack.

Aunque, tal vez, no porque Samantha acababa de divorciarse y Jack no creía que quisiera una relación seria.

–Monogamia en serie –le propuso–. Estamos juntos lo que dure, no para siempre y, cuando se termine, seremos buenos amigos.

–¿Eso quiere decir que serías como mi novio? –sonrió Samantha.

–Si lo quieres llamar así...

–¿Y nos haríamos tatuajes cada uno con el nombre del otro? –bromeó.

–Por supuesto que no.

–¿Haríamos el amor?

–Constantemente.

–¿Y qué te hace pensar que te deseo?

–Anoche gritabas como una loca.

–Yo no me acuerdo de eso –se sonrojó Samantha.

–Pues te lo digo yo, gritabas como una loca.

Samantha se puso seria.

–Jack, has tenido mucha paciencia conmigo. Tenía mucho miedo de que me hicieras daño y pensé que era mejor evitar cualquier tipo de relación contigo, pero esa no es forma de vivir. Mi reacción ante ti consistía en complicar la situación.

–¿De qué reacción hablas? –dijo Jack acariciándole la mano.

–Yo... ya sabes, mis reacciones.

–Como no seas un poco más explícita, no me entero.

Samantha suspiró.

–Analicemos la situación de manera lógica. Si no quería nada contigo, ¿por qué no permanecía alejada de ti? ¿Por qué siempre volvía por más? –se preguntó en voz alta encogiéndose de hombros a continuación–. La respuesta es bien sencilla. Siempre has sido una tentación para mí.

A Jack le encantó aquello.

–¿Desde cuándo?

–Desde la universidad.

–Pero si me diste calabazas diciendo que lo nuestro había sido un error.

–Estaba asustada.

–¿De mí? ¡Pero si yo nunca te hice nada!

–Efectivamente. No era por ti, sino por mí. Estaba asustada de mí y de que te parecieras tanto a mi padre.

Eso quería decir que también se parecía a su exmarido, lo que hizo que Jack se preguntara qué méritos habría hecho al final para convencerla de que no tenía que temer nada de él.

–Nunca he olvidado aquella noche que pasamos juntos –continuó Samantha–. Transcurrido el tiempo, me convencí de que la había mitificado, de que era imposible que hubiera sido de tan buena calidad, pero después de lo de anoche, sé que eres realmente especial.

A Jack le hubiera gustado decirle que se entendían tan bien en la cama por una cuestión puramente química, pero no lo hizo porque a su ego le encantaba que Samantha lo tuviera por alguien especial.

–Bueno, no todo el mérito ha sido mío –contestó–. La mitad es tuyo.

–Bueno, entonces, ¿somos novios?

Jack asintió.

–Me encanta –rio Samantha–. La verdad es que poner un poco de normalidad en mi vida ahora mismo me va a venir muy bien.

–¿Normalidad? No creo que te parezca que haya nada de normal en unas cuantas fantasías que tengo en mente –dijo Jack mordisqueándole el lóbulo de la oreja.

–¿Ah, sí? A ver –rio Samantha–. Cuéntamelas.

***

La reunión en la que el nuevo equipo presentó la ampliación de Internet ante el Consejo de Administración fue larguísima y, para colmo, cuando terminó, Jack y Helen tuvieron que quedarse.

Jack sabía lo que venía a continuación, era inevitable. Baynes esperó a que la puerta se cerrara cuando los demás se hubieron ido para mirar a Jack.

–Buen equipo –lo congratuló.

Jack asintió.

–Obviamente, nuestro objetivo es conseguir que esta empresa salga adelante. Entre lo que está publicando la prensa y los problemas internos, no nos va ser fácil, pero lo estás haciendo bien de momento. Las nuevas propuestas son realmente buenas, pero necesitamos más, necesitamos estabilidad.

Varios miembros del consejo asintieron, pero Helen negó con la cabeza.

–De momento, todo está bien como está –comentó–. Sé por dónde vas y es demasiado pronto. No podemos anunciar que Jack va ser el nuevo presidente, hay que dejarlo correr un tiempo.

Por muy bien que hablara Samantha de su amiga, era evidente que Helen también estaba dispuesta a venderlo si fuera necesario para salvar la empresa.

–Helen, sí es necesario –insistió Baynes–. ¿Quieres que el legado de George vaya a la quiebra o, lo que sería todavía peor, se viera absorbido por una multinacional? Yo, desde luego, no y la única solución que se me ocurre para mantener a flote a Hanson Media Group es anunciar que Jack es el nuevo presidente. Jack, sé que tú quieres volver a tu bufete, pero todos tenemos que hacer sacrificios en esta vida y a ti te ha llegado el turno ahora. Te pido que aceptes el trabajo.

–Me gustaría saber qué sacrificios estáis haciendo los demás –contestó Jack con mucha calma.

–Bueno, ya sabes a lo que me refiero –contestó Baynes.

–No, la verdad es que no tengo ni idea –insistió Jack–. No me interesa en absoluto quedarme en esta empresa, así que no estoy dispuesto a quedarme más de los tres meses que ofrecí al principio.

–Recuerda que estamos hablando de tu empresa familiar. Se lo debes a tu padre –dijo otro miembro del consejo.

«Desde luego, no era lo mejor que me podías decir para convencerme», pensó Jack con ironía.

–Piensa en los accionistas.

–Eres el mejor candidato para el trabajo, el único que tenemos.

Baynes hizo callar a los demás.

–Jack, tu familia tiene la mayoría de las acciones, pero, aun así, tenemos una obligación hacia la comunidad financiera.

–Me cuesta creer que no seáis capaces de encontrar una persona cualificada que se haga cargo de la empresa –contestó Jack–. ¿Os habéis molestado siquiera en buscar?

–Te queremos a ti.

–¿No se os ha ocurrido pensar que obligar a Jack a quedarse haciendo un trabajo que no le gusta es una estupidez? –sugirió Helen–. Sería una locura. Otra cosa sería que él quisiera quedarse...

–No, no quiero –insistió Jack.

–Suponía que tú, precisamente, Helen, ibas a querer que Jack se quedara al cargo de la empresa –se asombró Baynes.

–Me encantaría, pero no por obligación. Sería una solución a corto plazo y no es eso lo que yo quiero. De momento, estamos bien. Vamos a dejar que Jack siga haciendo su trabajo y, mientras tanto, nosotros vamos buscando a un sustituto adecuado.

–No me parece buena idea –insistió Baynes.

–Ya, pero te recuerdo que, hasta que se lea el testamento de George, yo hablo por él, y eso quiere decir que tengo la última palabra –contestó Helen.

Samantha llevaba ya un rato paseándose por el despacho de Jack, exactamente el mismo tiempo que Jack llevaba reunido con el Consejo de Administración.

Cuando, por fin, lo vio aparecer, corrió hacia él.

–¿Qué tal? ¿Te han insistido para que te quedes?

Jack la tomó entre sus brazos y la besó en la frente.

–Estás preocupada por mí.

–Pues sí –admitió Samantha–. ¿Han intentado convencerte para que te quedes?

–Sí. Menos mal que Helen ha salido en mi defensa y me ha conseguido un poco de tiempo.

Samantha sonrió.

–De todas formas, también ha dejado clara su postura. A ella lo que más le interesa es la empresa y, si no encuentran un sustituto adecuado, no dudará en hacer valer el contrato que firmé para obligarme a quedarme más de tres meses.

–No quiero discutir por Helen.

–Yo, tampoco –contestó Jack positivo–. Me pregunto cuándo empezaron a ir mal las cosas entre mi padre y nosotros, qué es lo que pasó, por qué no nos llevamos bien.

–Tal vez, nunca lo sabrás. Hay familias en las que las relaciones no son fáciles.

–Si mi madre no hubiera muerto... –recapacitó Jack encogiéndose de hombros.

Samantha se quedó mirándolo a los ojos y vio que había algo diferente en él. Jack estaba sufriendo y el dolor lo hacía vulnerable. Jamás lo había visto así, siempre lo había visto fuerte y poderoso y aquel lado de él la sorprendió.

–Has hecho todo lo que has podido –lo tranquilizó abrazándolo.

–¿Te importaría que cambiáramos de tema?

–Claro que no. ¿Sabes que tenías razón con lo de ensayar las presentaciones que vamos a hacer ante el consejo? Es una idea genial.

–Yo tengo razón en muchas cosas –bromeó Jack–. Por ejemplo, aposté por ti y no me he equivocado.

–¿Quieres que hagamos una lista con todas las cosas que haces bien? –rio Samantha.

–Si quieres, tengo tiempo.

–¿Ah, sí? ¿Tienes tiempo? –sonrió Samantha mirando hacia la puerta, que estaba cerrada–. Se me ocurre otra cosa que podríamos hacer.

Jack enarcó las cejas.

–Señorita Edwards, estamos trabajando.

–¿Y?

–¿Me estás provocando?

–La verdad es que me estaba fijando en lo grande que es tu mesa. Siempre me han gustado las mesas grandes.

10

Has intentado ponerte en contacto con ellos a través del correo electrónico? –preguntó Jack frustrado.

–En varias ocasiones –contestó la señorita Wycliff–. También les he mandado cartas certificadas y sé que las han recibido porque han tenido que firmar los recibos y los he pedido.

Sus hermanos estaban ignorando sus intentos de ponerse en contacto con ellos. Jack suponía que se habrían enterado de que la empresa no iba bien y que ninguno de los dos tenía intención de aparecer por allí hasta que las cosas se hubieran solucionado o hasta que hubiera llegado el momento de abrir el testamento.

En aquel momento, alguien llamó a la puerta. Jack levantó la cabeza y vio que se trataba de su tío David.

–¿Has oído lo que me estaba diciendo la señorita Wycliff?

–Sí –contestó su tío–. Evan y Andrew no se han puesto en contacto contigo.

–¿Tú sabes algo de ellos?

–No.

–Llevamos años sin hablar –se lamentó Jack–. ¿Cómo puede ser? ¿Cuándo se fue esta familia al garete?

–Yo creo que después de la muerte de tu madre.

–Eso era exactamente lo que yo estaba pensando hace unos días.

–Tu padre tampoco ayudó –admitió David–. Le interesaban más los negocios que sus hijos.

Jack asintió.

–Cuando era más joven todo el mundo me decía que me parecía mucho a él y eso me daba mucho miedo porque, aunque lo quería, no me quería parecer a él porque tenía claro que yo quería algo más con mis hijos.

–Pero si tú no tienes hijos –le recordó su tío.

–Ya lo sé. Después de lo de Shelby... bueno, prefiero no recordar aquello. Me parece que no he querido tener hijos precisamente para no cometer los mismos errores que mi padre.

–Eso es como cortarte el brazo para no tener un uñero.

–¿Soy demasiado exagerado?

David se encogió de hombros.

–Sabes lo que tu padre hizo mal y lo que no te gusta, así que basta con que no lo repitas.

Así dicho, sonaba sencillo.

–Llevo años sin hablar con mis hermanos y desde que trabajo en esta empresa los echo de menos. Por supuesto, me interesa que vuelvan a echarme una mano, pero también me apetece charlar con ellos, salir y divertirnos como solíamos hacer. Hubo un tiempo en el que éramos una familia de verdad.

–A lo mejor, ha llegado el momento de plantear un acercamiento –contestó David.

–Lo estoy intentando, pero no parece que me esté dando muy buenos resultados. ¿Se te ocurre algo?

–No, la verdad es que no.

–A mí, tampoco.

Pero, tal vez, a cierta persona sí se le ocurriera la manera de hacer que Evan y Andrew volvieran.

–¿Se te ocurre qué puedo hacer para que mis hermanos vuelvan?

Helen enarcó las cejas.

–¿Por qué crees que yo voy a tener respuesta a esa pregunta?

–Porque me he dado cuenta de que nos conoces mucho mejor de lo que nosotros te conocemos a ti. Necesito que vengan a Chicago.

–Muy bien. ¿Por quién quieres que empecemos?

–Elige tú.

Helen se quedó pensativa.

–Andrew volverá por dinero. Vas a tener que ser muy claro con él. Le dices que, o viene o le cortas el grifo. Para que te tome en serio, anúlale una tarjeta de crédito inmediatamente.

–Muy bien –asintió Jack–. ¿Y Evan?

Helen suspiró.

–Vendrá cuando se lea el testamento. Siempre quiso llevarse bien con tu padre y necesita poner punto final a esa relación.

–¿Quieres decir que espera que mi padre le haya dejado algo como prueba de que lo quería?

–Algo así.

–Espero que no sufra una decepción –murmuró Jack.

–Yo, también.

–Ya sé que estabas enamorada de mi padre, pero no era precisamente el mejor padre del mundo.

Helen asintió.

–Lo intentaba, a su manera. Os quería mucho a los tres.

–Quería más a sus negocios.

–No, es una clase de amor diferente. Entregarse a una empresa es más fácil porque sabes que siempre va a estar ahí para ti, pero con los hijos es distinto, con los hijos tienes que saber aceptar que ellos tienen sus vidas y que toman sus decisiones aunque a ti no te gusten y eso a tu padre le costaba mucho.

–Dímelo a mí –sonrió Jack–. ¿Nunca pensasteis en tener hijos?

Helen bajó la mirada.

–Yo, eh...

–¿No quiso él? Supongo que te diría que no quería tener otra familia.

Helen suspiró.

–En aquel momento, me pareció lo correcto.

–¿Y ahora?

–Ahora, no hay marcha atrás.

–Siempre fue un egoísta.

–No digas eso. Yo también tomé mi decisión. Amaba profundamente a tu padre y te aseguro que, si tuviera que volver a hacer lo mismo, lo haría. Soy plenamente consciente de que no volveré a amar a ningún hombre como lo he amado a él.

Había una certidumbre en sus palabras que hizo que, por primera vez en su vida, Jack sintiera envidia de su padre. Su padre había conseguido que una mujer lo amara por completo. Jack había creído tener lo mismo con Shelby, pero se había equivocado.

Samantha llegó a casa de Jack aquella noche muy contenta porque habían dado una clase de conducir en la que había aprendido a aparcar.

Habían quedado para cenar y llevaba ensalada y dos buenas porciones de tarta de chocolate. Al llegar, Jack ya tenía la chimenea encendida y le sirvió una copa de vino.

–¿Estás a gusto? –le preguntó cuando se hubieron instalado frente al fuego.

Samantha asintió.

–Estaba pensando que siempre hablamos de mí y de mi pasado, pero yo no sé nada del tuyo.

–¿Qué quieres saber? –contestó Jack.

–¿Qué ha sido de tu vida amorosa durante estos últimos diez años?

–Bueno, la relación seria que he tenido fue con Shelby y ya sabes lo que ocurrió.

–Sé que murió, pero nada más. Debió de ser horrible.

–Desde luego, no fue una fiesta. Después de aquello, estuve mucho tiempo sin salir con nadie.

–¿Porque seguías enamorado de ella?

Jack apretó las mandíbulas, pero eso no le daba ninguna pista a Samantha de lo que estaba pensando. Intentó leer en sus ojos, pero las emociones pasaban demasiado rápidamente.

–No sé si era amor o que yo no quería abordar el tema. No me sentía a gusto teniendo que decirle a la persona con la que salía que mi prometida había muerto poco antes de la boda. Si se lo contaba demasiado pronto, era como si quisiera darle pena y, si tardaba demasiado en compartirlo con ella, me acusaban de guardar secretos, así que era más fácil no salir con nadie.

A Samantha le parecía que aquella excusa tenía lógica, pero no acababa de convencerla. ¿No salía con mujeres porque le resultaba difícil explicar su pasado? Tal vez, a otra persona le hubiera ocurrido, pero no a Jack porque él estaba acostumbrado, se ganaba la vida así, a dar argumentos convincentes.

—Entonces, ¿evitabas cualquier tipo de relación?

—Las serias, sí. Entré en un patrón de monogamia y me va bien así.

—¿Y no te sientes solo? ¿No quieres más? Te lo pregunto desde el punto de vista intelectual, ¿eh? No quiero ser cotilla.

—¿Te refieres al «y fueron felices y comieron perdices»? No creo en eso. ¿Y tú?

—Después del divorcio, debería decir que yo tampoco, pero lo cierto es que sé que el amor existe. Yo amaba profundamente a Vance y Helen amaba con todo su corazón a tu padre.

—A los mejor es que a las mujeres se os da mejor.

—¿Y a los hombres no? A eso lo llamo yo querer escaquearse de las responsabilidades.

—No conozco a muchos hombres a los que les vaya bien en su relación amorosa. ¿De verdad, por ejemplo, mi padre estaba enamorado de Helen? Espero, por el bien de ella, que así fuera, pero lo dudo mucho. Mis hermanos han huido siempre de las relaciones serias. Incluso David, que es el más normal de nosotros, el hombre más centrado que conozco, ha evitado el matrimonio.

—¿Me estás diciendo que el matrimonio no va con los hombres?

—No, lo que te estoy diciendo es que los hombres siempre la fastidian. No conozco a ninguno que tenga intención de entregar el corazón por completo. En mi mundo, las personas a las que amas terminan yéndose.

—Incluso Shelby.

—Shelby especialmente.

Samantha se preguntó por qué Jack echaba la

culpa a su prometida de algo que no había podido controlar. Al fin y al cabo, ella se había ido porque se había muerto...

–¿Por eso no tienes fotos de ella, porque estás enfadado con ella?

–No, dejé de estar enfadado con ella hace mucho tiempo. No es por eso sino porque quiero olvidar el pasado.

Samantha dio un trago al vino y suspiró.

–Es curioso que precisamente yo me dedique a rebatirte tu teoría de no entregar el corazón y de no enamorarse de verdad cuando sé que Vance nunca me quiso. No como yo lo quería a él. No sé lo qué sentía por mí. Desde luego, si le preguntaras a él, juraría que me amaba y te contaría todo lo que hacía para demostrármelo, pero eso no era amor de verdad.

–¿Qué era?

–Control.

Jack enarcó las cejas.

–No era así antes de casarnos –le explicó Samantha–. Bueno, tal vez, un poco. Me hacía alguna sugerencia sobre mi ropa o preguntaba lo que iba a hacer de cenar, pero yo creía que lo hacía porque le interesaba y me dije que era algo bueno.

–¿No lo era?

–No, una vez casados comenzó controlar mi vida por completo. Quería saber cuánto tiempo pasaba en el trabajo, cuánto tiempo tardaba en volver a casa, no le gustaba que me pusiera determinada ropa porque me hacía demasiado sensual y llegó a acusarme de que me interesaban un par de compañeros de trabajo, lo que era de locos, porque jamás me fijé en otro hombre. Luego, comenzó a decirme que le daba igual que a mí me gustara otro hombre porque nadie... –Samantha tragó saliva.

¿Cómo demonios había terminado hablando de aquello?

–¿Porque nadie qué? –quiso saber Jack.

Samantha bajó la mirada.

–Vance decía que ningún hombre se interesaría por mí, que tenía suerte de que él me deseara.

–Eso es maltrato psicológico –afirmó Jack.

–Nunca me pegó –le aclaró Samantha–. Es horrible, ¿verdad? Me pasé dos años diciéndome que, si no me pegaba, era imposible que fuera maltrato. Me decía que simplemente estaba cansado o que se había enfadado por mi culpa. Lo cierto es que me chillaba y me hacía sentir inútil. Me decía que lo que me ocurría era porque yo dejaba que ocurriera, que yo tenía la última palabra y podía hacer con mi vida lo que quisiera, pero no sabía cómo salir de todo aquello. Una locura. Creí que, como Vance estaba continuamente muy pendiente de mí, me amaba, pero lo que ocurrió en realidad fue que su excesiva atención me separó de mis amigos e incluso de mi madre. Me di cuenta de en lo que me había convertido y no me gustaba nada, pero no sabía qué hacer.

–Así que te fuiste.

Samantha asintió.

–No sé cómo lo hice. Un día llegué a casa y me lo encontré quejándose de mi ropa y de mi cuerpo. Empezó a decirme que era una idiota y salté. Le tiré un florero y se puso a gritar como un loco. Fue como si fuera mi padre y yo fuera niña de nuevo. De repente, me di cuenta de que no tenía necesidad de aguantar todo aquello y me fui.

Jack no dijo nada.

–Me estás juzgando –dijo Samantha a la defensiva.

–No, en absoluto. Te fuiste y eso requiere mucho valor.

Sí, las palabras de siempre, pero la estaba mirando de una manera extraña.

–¿Pero?

–Pero me sorprende que te haya podido suceder una cosa así a ti, que eres una mujer fuerte. Jamás hubiera dicho que un hombre así iba a poder contigo.

–¿Me estás diciendo que debería haberlo visto venir?

–No, confiabas en él. Si hubieras visto algo extraño...

–¿Algo extraño?

Jack se revolvió incómodo.

–Bueno, nadie cambia de la noche a la mañana.

–Ya, lo que me estás diciendo es que yo tengo tanta culpa como él.

–No, no te digo eso en absoluto. ¿Cómo ibas a haber previsto lo que iba a suceder si nunca antes habías estado en esa situación? Lo importante es que luchaste y que conseguiste salir.

Samantha se puso en pie.

Se sentía fatal por haber mantenido aquella conversación con Jack, por haberle hablado de su pasado. Ahora, se sentía expuesta, vulnerable y juzgada.

–No todos somos capaces de tomar decisiones perfectas –le espetó–. Me costó mucho tomar la decisión de irme, y eso me hacía sufrir todavía más, porque tenía claro que me estaba haciendo la vida imposible y yo era incapaz de cortar por lo sano, pero, claro, ¿qué vas a entender tú que no te arriesgas, que no te comprometes con nadie? Tu vida es mucho más sencilla. Blanco o negro.

–Samantha –dijo Jack poniéndose también en pie y yendo hacia ella.

Samantha dejó su copa de vino sobre la mesa y dio un paso atrás.

–Me voy –anunció.

–Espera. Deberíamos hablar.

De repente, Samantha era incapaz de hablar. El pasado la había alcanzado y la había abatido.

Jack se equivocaba.

Vance había cambiado por completo de la noche a la mañana. No había habido ninguna advertencia ni ningún signo premonitorio.

Vance se parecía mucho a él antes de haberse empezado a comportar de manera tan extraña y agobiante.

Samantha salió a toda velocidad hacia el ascensor y Jack la siguió.

–Espera, Samantha –insistió.

Pero Samantha se metió en el ascensor sin mirar atrás y Jack decidió no seguirla.

11

Jack no tenía ni idea de lo que había ido mal y repasó mentalmente su conversación varias veces sin hallar solución. ¿Qué había dicho que la había disgustado tanto?

¿Acaso no creía que admiraba su valor para irse? Claro que la admiraba por ello porque era consciente de que muchas mujeres que sufrían abusos no eran capaces de separarse de sus maridos.

Jack se concentró en el ordenador con la esperanza de que el trabajo lo distrajera, pero, desgraciadamente, no fue así. No paraba de ver el dolor reflejado en los ojos de Samantha, aquella expresión de zozobra mientras huía de él como si huyera del mismísimo Vance.

Llevaba un par de días sin saber nada de ella y no tenía ni idea de cómo reabrir las vías de comunicación.

En otras circunstancias, si se tratara de otra mujer, decidiría que la relación no podía seguir adelante porque no eran compatibles y se olvidaría, pero con Samantha era imposible, quería saber qué tal estaba, quería que entendiera que él jamás le haría daño y quería que las cosas entre ellos se arreglaran.

Jack consultó el reloj. La última reunión de personal antes del lanzamiento de la nueva página web empezaba dentro de diez minutos, así que su deseo de hablar con Samantha se iba a hacer realidad.

Por desgracia, iba a ser delante de todo su equipo y del departamento de informática.

Jack recogió sus notas y se dirigió a la sala de reuniones, donde ya estaban Samantha y su equipo, preparándose para la exposición que iban a llevar a cabo.

Jack saludó y se sentó, intentando no fijarse en lo femenina y maravillosa que estaba con aquella blusa suelta y una falda larga.

–Buenos días –contestó Samantha con una media sonrisa–. En un minuto empezamos.

–Muy bien.

Efectivamente, al poco rato Samantha dio la bienvenida a todos los presentes y comenzó su presentación.

–Hoy les vamos a mostrar la nueva página web infantil de Hanson Media Group. La voy a ir recorriendo con ustedes y les voy a explicar lo que hay de nuevo y lo que vamos a ir metiendo durante los próximos seis meses. Por favor, mantengan la atención en la pantalla.

Durante una hora y media, Samantha procedió a explicar lo que su equipo y ella habían diseñado con tanto esfuerzo y, al terminar, invitó a todos los presentes a la fiesta que iba a tener lugar el miércoles por la tarde tras el lanzamiento de la página.

Cuando todo el mundo se hubo ido, Jack y Samantha se quedaron a solas.

–Buen trabajo –la felicitó Jack.

–Gracias –contestó Samantha recogiendo su ordenador–. Bueno, te tengo que dejar porque tengo otra reunión –añadió saliendo a toda velocidad de la habitación.

Y Jack se quedó solo.

No era la primera vez que Samantha hacía algo así. De hecho, siempre hacía lo mismo. Diez años atrás, cuando Jack había querido algo más con ella, Samantha se había resistido y, luego, al final, había desaparecido.

Jack se dijo que debería olvidarla, que era lo más inteligente y que era lo que tendría que hacer. Sí, claro, en cuanto dilucidara cómo quitársela de la cabeza... y del corazón.

–¿Qué ha pasado? –quiso saber Helen.

–Nada –contestó Samantha tapándose el rostro con las manos y sentándose en el sofá.

–Por cómo lo dices, no te creo. ¿Ya la has fastidiado con Jack?

–¿Tienes que ser tan directa?

–Parece que sí. ¿Qué ha pasado? ¿Se ha fastidiado todo? Sé que no es por nada del trabajo, porque todo lo que oigo de ti son halagos, así que...

–Sí, la he fastidiado –admitió Samantha–. Te lo voy a contar.

A continuación, le contó a su amiga la conversación que había tenido con Jack unos días atrás.

–Me morí de miedo –concluyó–. La verdad es que él no dijo nada del otro mundo, fue todo cosa mía. Me sentí culpable, avergonzada y estúpida, como si le hubiera decepcionado de alguna manera, como si fuera culpa mía y no me gusta sentirme así, no sabía qué hacer con mis emociones y tuve una salida de tono. Bueno, fue bastante peor, lo que hice fue culparlo a él.

–Yo creo que lo peor que pudiste hacer fue no darle una explicación.

–Desde luego, no me estás ayudando nada.

–Claro que te estoy ayudando. Te estoy diciendo la verdad. El problema no fue que Jack no pudiera lidiar con tu pasado sino que tú eres la que sigue sin poder lidiar con él. Lo que te pasa es que no quieres aceptar que te comportaste como una estúpida –sonrió Helen–. Ya sabes que todo esto te lo digo desde el respeto y desde el amor.

–Ya lo sé... sé que soy yo, me siento avergonzada, me siento como una idiota. Soy una mujer fuerte, tal y como dijo Jack, y no entiendo cómo pude dejar que un hombre me maltratara, no entiendo cómo dejé que me alejara de todo lo que era importante para mí. ¿Por qué no me di cuenta a tiempo de lo que iba a pasar?

–Porque estabas enamorada, que no es ningún delito.

–Ya, pero tendría que haber tenido la mente más despejada y haber visto cómo era Vance en realidad.

–Completamente de acuerdo contigo, pero eso no me lo tienes que decir a mí sino a Jack.

–¿Tú crees que tendría que hablar con él?

–No se me ocurre otra manera de arreglar la situación.

–¿Y si me odia?

–Por favor, no seas tan melodramática.

Samantha sonrió.

–¿Y si ya no quiere nada conmigo?

–¿Y si sí que quiere algo contigo? Solo hay una manera de averiguarlo.

–Me pregunto cuándo me va a tocar a mí ser la madura de la relación.

–La próxima vez.

–No sé... para ti es muy fácil porque has tenido

un matrimonio maravilloso. Eso es lo que yo quiero, quiero alguien que me ame, que se preocupe por mí y que me vea como a una igual.

–Si eso es lo que tú quieres, eso es lo que tendrás.

Samantha pensó en Jack y se preguntó si quería estar con él.

–La relación que hay entre nosotros no es para siempre. Hemos dejado claro desde el principio que los dos estamos de acuerdo en la monogamia en serie.

–Muy bien, entonces, después de Jack, con el próximo. Ya, después.

¿Habría posibilidades de encontrar a alguien mejor que Jack, a un hombre más sincero, más divertido, más encantador y más estupendo en la cama?

–Jack no quiere nada más, eso me ha dicho.

–¿Sabes por qué?

–Más o menos. Por lo visto, no cree en que la gente vaya a estar ahí para siempre.

–Eso es porque un montón de gente lo ha abandonado, incluso tú.

–No quiero pensar en eso.

–A lo mejor, ha llegado el momento de que te lo plantees. ¿Por qué te fuiste?

–Porque creí que me haría daño, porque creí que se parecía demasiado a mi padre, pero no es cierto. Claro que Vance sí que se parecía. No sé, estoy hecha un lío. Lo único que tengo claro es que le tengo que pedir perdón.

–Pues ya sabes dónde tienes que ir –sonrió Helen.

Jack estaba en casa y abrió la puerta inmediatamente y Samantha, que creía que iba a tener más tiempo para prepararse, se sorprendió.

–Hola, pasa –la saludó.

Así de sencillo. Sin recriminaciones, sin preguntas.

—Gracias —contestó Samantha—. ¿Te pillo ocupado? —añadió entrando y buscando a Charlie para ganar tiempo.

—No. ¿Qué te trae por aquí?

Estaba tan guapo que a Samantha le entraron ganas de decirle que lo que tenía que contarle podía esperar y que ahora lo más importante era irse directamente a su habitación.

—Quiero hablarte de un par de cosas —le dijo sin embargo.

—Muy bien —contestó Jack guiándola hasta el salón—. Siéntate.

—Quería pedirle perdón por lo del otro día —dijo Samantha sentándose—. Se me fue la cabeza.

—Te enfadaste mucho.

—Sí, también me sentí dolida y avergonzada y lo pagué contigo. Tuve la sensación de que me estabas juzgando.

—Claro que no, sabes que jamás haría algo así.

—Me di cuenta más tarde. Mira, no me siento especialmente orgullosa de cómo me comporté con mi exmarido, sigo sin entender cómo permití que me controlara, pero aprendí la lección. Es cierto que siempre fue un hombre controlador, pero al principio eran sugerencias muy leves. Lo que quiero decir es que lo que dijiste de que me tendría que haber dado cuenta es verdad. Lo que pasa es que la mera idea de que pudieras tener mal concepto de mí se me hizo insoportable.

—¿Cómo voy a tener mal concepto de ti? —dijo Jack tomándole las manos entre las suyas—. Te admiro por lo que hiciste. Te encontrabas en una situación espantosa y luchaste. No como Shelby.

¿Cómo?

–¿Qué tiene que ver tu prometida con que yo no sepa juzgar a los hombres?

Jack le soltó las manos y se puso en pie.

–Te dije que Shelby murió poco antes de la boda, pero hay algo más. Llevaba deprimida un tiempo. Ahora que lo pienso, creo que llevaba deprimida toda la vida. Nos conocimos en un periodo en el que se encontraba bien, pero no duró mucho –le explicó Jack acercándose al ventanal–. Yo no entendía lo que le ocurría. Estaba muy triste. Creía que era culpa mía, que estaba haciendo algo mal, pero, de repente, la depresión desapareció y se puso bien. Comenzó a ir a un terapeuta y a tomar una medicación que la ayudó mucho. Cuando vi que mejorada, le propuse que se casara conmigo. Supuse que era una enfermedad manejable, como la diabetes, pero me equivoqué.

A Samantha le costaba imaginarse a Jack con una persona deprimida porque él estaba lleno de vida.

–Organizar la boda fue demasiado para ella, pero me di cuenta demasiado tarde. Su madre intentó ayudarnos. Helen también se ofreció, aunque yo no se lo permití. Un día estalló una gran tormenta y Shelby perdió el control del coche. Por lo menos, eso es lo que dijo la policía, que fue un accidente.

–Pero no lo fue, ¿verdad?

Jack negó con la cabeza.

–Me dejó una nota. La quemé en cuanto la leí. Sabía que lo único que haría la verdad sería hacer sufrir a sus padres. Ellos creían que estaba mejor, que, por fin, iba a ser feliz. De hecho, me dieron las gracias por ello en el entierro –contestó Jack girándose hacia ella–. Decidí que era mejor que creyeran eso, que era inútil que sufrieran ahora que Shelby había muerto. ¿De qué servía que supieran que prefería morir a casarse conmigo?

Samantha se puso en pie rápidamente y fue hacia él.

—No digas eso, Jack. No es cierto. Estaba enferma. Tú mismo lo acabas decir, que tenía una enfermedad. Echarte la culpa de su depresión es de locos, es como echarme a mí la culpa de que Vance me maltratara. La ayudaste, estuviste a su lado, pero, al final ella no pudo soportarlo y decidió quitarse la vida, pero eso no tuvo nada que ver contigo —insistió Samantha vehementemente—. Debes creerlo.

—Quiero creerlo, no te puedes ni imaginar cuánto. Hace ya tiempo de eso y, más o menos, lo he olvidado, pero de vez en cuando me pregunto si no podría haberla salvado.

—Tú no puedes salvar a una persona que no quiere que la salven.

Jack se giró hacia ella.

—Tú te has salvado a ti misma, eso es lo que estaba pensando la otra noche, que te has salvado a ti misma.

Entonces, se quedaron mirándose a los ojos y ambos se dieron cuenta de que habían bajado por completo las barreras y se estaban mostrando tal cual eran, de que el dolor circulaba alrededor de ellos y los unía en un momento de intimidad emocional muy intenso.

El primer instinto de Samantha fue huir. Si se quedaba, si entraban en aquellos temas juntos, corría el riesgo de empezar a preocuparse en demasía por Jack, se arriesgaba a perderse dentro de él.

Sin embargo, no podía negar la verdad. Se habían contado el uno al otro su secreto más íntimo, ahora se sabían la experiencia de cada uno.

¿Y adónde les conducía aquello?

Jack leyó la pregunta en sus ojos, la tomó entre sus brazos y la besó. Samantha notó que la abrazaba con fuerza, como si no quisiera separarse jamás de ella. Los besos de Jack le dejaron muy claro que era importante para él y que la necesitaba a su lado en aquellos momentos.

Samantha sintió que el deseo se apoderaba de ella y le acarició los hombros. Le encantaban sus músculos. Cuando Jack deslizó las manos por sus caderas y se apretó contra ella, Samantha se arqueó y, satisfecha, percibió su erección.

–Más –murmuró.

Jack le acarició los pechos jugando con sus pezones, haciendo que Samantha jadeara y echara la cabeza hacia atrás para disfrutar de sus maravillosas caricias.

Jack continuó acariciándola y, a través de la blusa y del sujetador, Samantha sintió sus exquisitos dedos mientras Jack la besaba por el cuello.

De repente, Samantha sintió la necesidad de encontrarse desnuda a su lado, dio un paso atrás y comenzó a desnudarlo.

–Ahora –le ordenó.

Jack le quitó la blusa mientras Samantha le quitaba el jersey, le desabrochó el cinturón, le abrió los pantalones y le quitó los calzoncillos mientras Jack se deshacía de su falda y de sus braguitas.

Por fin desnudos, se acariciaron con pasión. Jack no paraba de besarla y de acariciarle los pechos y Samantha deslizó sus manos por su espalda hasta encontrarse con su trasero, que empujó hacia delante. Al hacerlo, se encontró con su potente erección, prueba inequívoca de lo mucho que la deseaba.

Jack se percató de que ella también estaba húmeda, así que la condujo hasta el sofá, donde Samantha quedó tendida con las piernas abiertas. Jack se arrodilló ante ella y su lengua se dirigió directamente al centro de su feminidad.

Samantha se rindió a la magia de su lengua y Jack

continuó dándole placer hasta que la hizo llegar a un orgasmo que perduró en el tiempo pues, después de verla contraerse por las oleadas de placer, siguió acariciándola hasta que todas las células de su cuerpo suspiraron de éxtasis.

–Eres increíble –le dijo–. Podría estar haciéndote esto todo el día –sonrió Jack.

Con aquellas sencillas palabras, Samantha se sintió una mujer especial, abrió los brazos y lo abrazó, momento que Jack aprovechó para introducirse en su cuerpo.

A continuación, colocó las manos en las caderas de Samantha y comenzó moverse en su interior mientras ella le rodeaba las caderas con las piernas y lo recibía gustosa, deseosa de perderse en él como él se estaba perdiendo en ella.

Al cabo de un rato, sintió que Jack paraba de moverse, se tensaba y la miraba a los ojos. Samantha se quedó mirándolo también y sintió que aquel momento de conexión era muy especial.

Desde luego, estaba completamente compenetrada con aquel hombre y... enamorada de él.

La revelación la sorprendió, pero, una vez admitida la verdad, la asimiló con naturalidad.

Estaba enamorada de Jack.

No sabía si era un sentimiento nuevo o se trataba de un sentimiento que había permanecido oculto durante los últimos diez años, pero lo cierto era que lo amaba y que no tenía ni idea de lo que iba a hacer a partir de ese momento.

12

–¿A que te ha ido bien? –preguntó Samantha entrando en el despacho de Jack para comer juntos.

–Bueno, desde luego, mis jefes tienen grandes planes para mí –contestó Jack.

Samantha se acercó y sonrió.

–Qué bien –dijo poniéndose de puntillas y besándolo en la boca–. Eso es porque están impresionados contigo, como yo.

Como de costumbre, tenerla tan cerca hacía que Jack la deseara sobremanera. Por muchas veces que hacían el amor, el deseo nunca desaparecía.

Samantha se sentó en el sofá y sacó dos sándwiches de una bolsa de papel.

–¿Pavo o jamón?

–Me da igual –contestó Jack.

Samantha le entregó el de jamón y, a continuación, sacó una ensalada, dos bolsas de patatas fritas y servilletas. Jack sacó dos refrescos de la nevera que tenía en un rincón del despacho y se sentó a su lado.

–Cuéntame –le dijo Samantha.

–Verás, los socios del bufete lo tienen todo pensado –contestó Jack desenvolviendo su sándwich–. Me apoyan para que me presente a juez.

–Eso es maravilloso.

–Sí, por lo visto, les está gustando lo que estoy haciendo aquí.

–¡Genial!

–Sí, pero hay una cosa...

–No hace falta que me lo digas, sé que no sabes qué hacer, que no sabes si seguir tu propio camino o quedarte haciéndote cargo de la empresa familiar.

–Qué bien me conoces. Todavía no lo he decidido. Por una parte, me dan ganas de decirle al Consejo de Administración que dimito porque esta empresa no me importa nada.

–Eso no es verdad –contestó Samantha acariciándole el brazo–. Te importan los empleados y no quieres que se queden sin trabajo y, además, hay una pequeña parte de ti que se niega a perder la empresa por la que tu padre luchó tanto.

–Eso no es así –contestó Jack tensándose.

Pero Samantha no se achantó.

Al final, Jack suspiró.

–Tienes razón. Mi padre me importa un bledo, pero no quiero que esta empresa se vaya al garete.

Samantha sonrió.

–La verdad es que no entiendo cómo podía tenerte miedo en la universidad. Entonces, creía que te parecías a mi padre, pero ahora veo que no eres como él en absoluto.

–¿Por qué me tenías miedo?

–Porque creía que me harías daño y que terminarías abandonándome.

«Al final, fuiste tú la que me abandonaste a mí», pensó Jack.

–No me parezco ni a tu padre ni a Vance.

–Ahora lo sé.

«Mejor tarde que nunca», pensó Jack.

En los diez años que habían pasado separados, los dos habían aprendido su lección. Por desgracia, la de Jack había sido que no debía fiarse de nadie porque todo el mundo acaba yéndose.

–Voy a hablar con Helen –anunció Samantha–. Ella se puede hacer cargo de la empresa para que tú puedas volver a tu bufete.

–¿Por qué te preocupas por mí? –quiso saber Jack encantado de que lo hiciera.

–Porque me importas –sonrió Samantha–. Anda, venga, cómete el sándwich –añadió cambiando de tema.

Jack así lo hizo, pero no pudo evitar pensar que las palabras y las acciones de Samantha indicaban claramente que estaba comenzando a sentir algo por él. Había ansiado aquello durante mucho tiempo y, por fin, parecía que estaba sucediendo.

¿Podía fiarse de ella? ¿De verdad no lo iba a abandonar?

¿De verdad quería abrirse a otra persona después de lo que había pasado con Shelby?

–Voy a vomitar –bromeó Samantha intentando tranquilizarse.

–No te preocupes, todo va bien –contestó Arnie.

–¿Ah, sí? Pues tú estás pálido como la pared. Ojalá fuera ya mañana, ojalá ya hubiera pasado el lanzamiento de la página.

–Sí, pero es ahora.

Efectivamente. Allí estaban, en un colegio del centro de la ciudad donde habían montado un laboratorio informático que ahora mismo estaba lleno de niños y periodistas.

Varias conversaciones se mezclaban con las risas y la música, había globos de todos los colores, muñecos y una tarta enorme.

Llevaban dieciocho minutos de lanzamiento y a Samantha le daba miedo salir a ver qué tal iba todo.

–Es mi trabajo –se dijo a sí misma acercándose a uno de los ordenadores y comenzando a hablar con los niños que estaban probando la página–. ¿Qué os parece?

–A mí me encanta –contestó un pelirrojo de pecas–. Puedo hacer los deberes de matemáticas y, además, jugar a la vez.

Samantha tomó nota y pasó al siguiente internauta.

Media hora después, David Hanson fue a buscarla.

–La prensa quiere hablar contigo.

–Estoy nerviosa.

–No se te nota.

A continuación, tuvo lugar una pequeña rueda de prensa y, al final, Samantha sonrió encantada porque su sueño se había hecho realidad. Detrás de ella compareció la directora del centro.

–Me gustaría darle las gracias a Hanson Media Group, no solo por la maravillosa página web, también por los ordenadores nuevos y los accesos a Internet que han donado a nuestro centro –agradeció la mujer.

Samantha aplaudió, pero no tenía ni idea de lo que estaba hablando aquella mujer. En cuanto terminó la rueda de prensa, fue hacia David.

–¿Qué es eso de que la empresa ha donado ordenadores al colegio?

–Fue idea de Jack –asintió David–. No le parecía bien utilizar el centro para hacernos publicidad sin dar algo a cambio. Tenían unos ordenadores muy viejos.

Samantha buscó a Jack con la mirada. Lo halló sentado ante un ordenador con una niña sentada en el regazo y otras dos al lado, todos pendientes de una pantalla.

–Pero ayer por la noche estuve repasando todo el informe y no se decía nada de la donación –insistió Samantha.

David se encogió de hombros.

–Jack no quería estropear el momento. Le dije que era una locura, pero no me escuchó. Ya sabes lo cabezota que es.

Samantha sabía que no lo había hecho por ella, que había donado miles de dólares en ordenadores porque era lo que debía hacer, porque él era así.

Diez años atrás, había huido de él porque había tenido miedo... pero no de él, se dio cuenta de repente, sino de sí misma, de su reacción, de cómo cambiaría su mundo; le había dado miedo depender de alguien, correr el riesgo de que alguien desapareciera de su vida y no poder soportarlo.

Diez años atrás, había dejado escapar a Jack, pero no por quién era él, sino por quién era ella.

Se acercó a él y sintió que el corazón se le henchía al verlo sentado con aquellas niñas, explorando pacientemente la nueva página con ellas. Una de ellas señaló a un loro que hablaba y se rio y Jack sonrió y asintió.

Entonces, Samantha lo vio claro, percibió su aceptación, su cariño, su bondad y se dijo que ella siempre había querido tener hijos, que había esperado por Vance y que había perdido mucho tiempo.

Ahora, tenía otra oportunidad. ¿La iba a dejar pasar o iba a luchar por la felicidad que tan cerca tenía?

***

El viernes por la noche la página resplandecía de colorido y funcionaba a las mil maravillas.

Un hombre tecleaba frente al ordenador a toda velocidad. Aquello no estaba bien. Nada bien. A George no le hubiera gustado. A George le gustaba que las cosas no cambiaran. Jamás habría aprobado tanta tecnología nueva.

Aquella dirección que había tomado la empresa no era la adecuada. ¿Cuántas veces había dicho George que Hanson Media Group era una empresa basada en las revistas?

Para colmo, Jack se estaba llevando todos los méritos, él que nunca se había preocupado por su padre e incluso le había roto el corazón al no haber querido entrar en la empresa familiar.

¡Y ahora el Consejo de Administración andaba diciendo que era poco menos que un héroe!

El hombre mecanografió todavía más deprisa, cambiando los vínculos del programa de software, colocando cosas donde no debían estar, donde nadie las buscaría.

Ahora, lo único que tenía que hacer era que se cayera el sistema. En cuanto los técnicos lo volvieron a reactivar, creerían que la página estaba funcionando adecuadamente, no se darían cuenta de que había sido vinculada automáticamente a una página porno.

Así aprendería Jack.

Así aprenderían todos.

El fuego estaba encendido en la chimenea y Jack sentía el calor en las piernas, pero estaba mucho más pendiente de quitarle el sujetador a Samantha.

—Quiero verte desnuda —le dijo.

Samantha rio y lo besó.

—No tengo nada que objetar.

Jack se quedó mirándola a los ojos y se encontró queriéndose perder en ellos. Así era como debía ser, aquello era lo que importaba, estar con una mujer a la que quería, alguien en quien se podía confiar.

Una voz dentro de su cabeza le advirtió que Samantha ya había huido de él una vez y que, probablemente, volvería a hacerlo, pero Jack se negó a escucharla.

Lo último que quería en aquellos momentos era pensar en la posibilidad de que Samantha no estuviera a su lado.

¿Y qué podía hacer para convencerla de que se quedara? Él no era la persona que más creía en que una relación pudiera funcionar porque nunca le había ido bien en aquel terreno.

¿Acaso aquella vez iba a ser diferente?

«A lo mejor, esta vez la diferencia es que yo quiero que funcione», pensó mientras la besaba.

—Samantha —suspiró tumbándose sobre ella.

De repente, los interrumpió el timbre del teléfono. Jack maldijo en silencio y pensó en no contestar porque era sábado y más de las once de la noche. ¿Quién llamaba a aquellas horas? Solo podía ser una urgencia, así que decidió responder.

—¿Sí?

—¿Jack? ¿Eres tú? ¿Has visto los informativos?

—¿Señorita Wycliff? ¿Qué pasa?

—Pon la televisión. Lo están dando en todas las cadenas. Oh, Jack, esto es horrible. Esto es el fin. La empresa no sobrevivirá a esto.

Jack se apresuró a encender el televisor con el mando de control remoto y al instante apareció una pantalla en la que se veía claramente lo que estaban haciendo dos personas, aunque tenían ciertas partes de su anatomía tapadas.

Jack subió el volumen.

–No hemos podido ponernos en contacto todavía con nadie de Hanson Media Group –estaba diciendo el presentador–, pero parece ser que la nueva página infantil de esta empresa lleva toda la tarde vinculada a una página porno. Padres de todo el país están furiosos y nadie sabe exactamente cuántos niños han estado expuestos a este tipo de basura.

13

–Han pasado doce horas –dijo Jack con ganas de gritar a las personas reunidas en su despacho.

Allí se encontraba la mayor parte del equipo de Samantha, el personal del departamento de informática, David y la señorita Wycliff.

–Doce horas desde que se ha caído la página y a nadie se le ha ocurrido llamarme –insistió furioso.

A sus palabras siguió un incómodo silencio.

–Todo el mundo tiene el número de teléfono de mi casa, pero si no llega a ser por la señorita Wycliff no me entero de lo que estaba sucediendo. ¿Se puede saber cuándo me lo ibais a contar?

–La página se cayó ayer por la mañana y no estamos seguros de por qué –le explicó Roger–. Tengo un equipo investigando. Son buenos, saben lo que hacen, consiguieron volver a poner la página en marcha en tan solo dos horas...

–¿Vinculada a una página porno? –contestó Jack de manera sarcástica–. Tal vez, habría sido mejor esperar hasta que nuestros contenidos hubieran estado listos, ¿no te parece?

Roger tragó saliva.

—Se podía acceder a nuestros contenidos, el problema no es ese, el problema es que cuando una persona pone la dirección de nuestra página va directamente a la página porno que tú dices. Nuestra página web está perfecta.

—Yo no la describiría así en estos momentos —dijo Jack girándose hacia Arnie—. ¿Has tomado medidas?

—Sí, en cuando me enteré de lo que estaba pasando me vine para acá y, ahora, cuando una persona se mete en nuestra página web sale mensaje de error.

Menos mal.

—¿Sabemos qué es lo que ha pasado?

Nadie contestó.

—¿Sabemos cuánto nos va a afectar esto? —le preguntó a su tío.

—Todavía es demasiado pronto para saberlo —contestó David—. Así, por encima, yo diría que unos dos millones de niños habrán visto la página porno.

—¿Dos millones? —se lamentó Jack—. Madre mía, se suponía que nuestra página era algo para ayudarlos y hemos hecho todo lo contrario.

—Puede que nuestras acciones en Bolsa se resientan levemente, pero nos recuperaremos —se le ocurrió decir a alguien.

—¿Y a mí qué me importan las acciones? —gritó Jack—. Por mí, como si la empresa sale de Bolsa mañana mismo. ¿Qué han dicho nuestros abogados? Supongo que el lunes por la mañana vamos a tener unas cuantas demandas sobre la mesa —añadió mirando a David.

—Ya he hablado con ellos y están trabajando.

—Bien.

—Jack, me gustaría dar mi opinión al respecto —sugirió Arnie—. Yo no creo que lo que ha pasado haya sido culpa nuestra. Es cierto que nuestra página se cayó, pero, cuando conseguimos que el servidor volviera a trabajar, funcionaba bien. Los técnicos que se ocuparon no vieron la página porno porque no estaba. Alguien ha entrado en nuestro servidor.

–¿Me estás diciendo que alguien ha estropeado la página desde fuera?

Arnie se encogió de hombros.

–Deberíamos contemplar esa posibilidad.

Una hora después, tras haberle indicado a todo su equipo que los quería allí a las seis de mañana, Jack dio por finalizada la reunión.

Samantha no se podía mover del sofá.

–Esto es un desastre –comentó Jack dejándose caer en una butaca.

–Me siento fatal –contestó Samantha completamente abatida–. No me puedo creer que haya sucedido una cosa así. Habíamos revisado el sistema de seguridad una y otra vez y, de hecho, no ha sido eso lo que ha fallado. La página era segura, han entrado por el servidor.

–Da igual por dónde hayan entrado, el problema es que Hanson Media Group es responsable de lo que ha sucedido.

–Ya lo sé –suspiró Samantha–. ¿Quién habrá sido? ¿Por qué lo habrá hecho?

–No tengo ni idea, pero lo voy a averiguar y el culpable será juzgado, de eso me encargo yo personalmente.

Samantha sintió unas terribles ganas de llorar, pero se controló.

–A mí todo esto me huele a venganza personal.

–A mí, también –contestó Jack–. ¿Quién me odiará tanto?

–¿Tiene que ser a ti? Podría ser un empleado que hubiera sido despedido y odiara a la empresa. A lo mejor es un enemigo de tu padre o de alguno de tus hermanos. ¿Se te ocurre alguien?

–No –contestó Jack bajando la mirada.

–Lo siento mucho, Jack. Yo creía que la nueva página web iba a ser la respuesta a todos los problemas de la empresa y mira lo que ha pasado.

–Tú has hecho un trabajo maravilloso.

–Sí, pero se me ha pasado por alto que alguien podía entrar en nuestro servidor –se lamentó Samantha.

En aquel momento, llamaron a la puerta.

–Está aquí la policía –anunció la señorita Wycliff.

–¿La policía? –exclamó Samantha.

–Sí, era de suponer –suspiró Jack–. Anda, vete al despacho de David y dile que te lleve a casa.

–No, prefiero quedarme contigo. No quiero que tengas que enfrentarte a la policía tú solo.

–No te preocupes –contestó Jack acariciándole la mejilla–. Ya tendrás ocasión de contestar a sus preguntas mañana por la mañana. Vete a casa y descansa un poco.

Samantha salió del despacho de Jack y vio a varios agentes de policía en el vestíbulo. Mientras iba hacia el despacho de David, se dijo que era imposible que estuviera sucediendo aquello, que era una pesadilla.

Jack durmió un par de horas la noche del domingo, pero volvió a la oficina antes de las cinco de la mañana del lunes porque, además del desastre de la página web, tenía que seguir encargándose de la empresa.

La reunión de emergencia del Consejo de Admi-

nistración era a las nueve y también tenía que reunirse con el departamento jurídico porque era de prever
que hubiera más de cien demandas interpuestas contra ellos.

Si aquello no hundía la empresa, poco iba a faltar.

Le sorprendió ver a Roger esperándolo en la puerta de su despacho.

–¿Has venido a confesar? –le espetó arrepintiéndose al instante.

–Yo no he sido –contestó Roger–. Si es necesario,
estoy dispuesto a pasar por el detector de mentiras.

–Perdón –se disculpó Jack–. No debería haber dicho eso, no tengo razón para sospechar de ti.

–Supongo que todos los que tenemos conocimientos técnicos somos sospechosos en estos momentos –
contestó Roger entregándole un vaso de café.

A Jack le sorprendieron tanto el café como sus palabras.

–Yo tenía la impresión de que eras más un gestor
que un técnico.

Roger probó el café y se encogió de hombros.

–La primera experiencia que tuve con un ordenador fue para hacer solitarios de cartas, pero desde entonces ha llovido mucho y ahora soy perfectamente
capaz de programar exactamente igual que cualquiera de los chicos.

Jack intentó dilucidar por qué se había hecho la
idea de que Roger no tenía conocimientos técnicos.

–Llevamos toda la semana investigando. Como
sospechaba desde el principio, no ha sido nuestra
página web la que ha fallado, los contenidos nunca
han cambiado y no han secuestrado la dirección. Lo
que ha sucedido es que alguien se ha metido en el servidor y lo ha puesto patas arriba. Cuando el servidor
empezó a redirigir a los usuarios una vez puesta en

marcha de nuevo nuestra página, fue directo a una página porno.

–¿Sabemos quién lo ha hecho?

–Todavía no, pero yo creo que ha sido algo personal.

–¿Algo más?

–El agente de policía que se está encargado del caso me ha dicho que a lo mejor los federales también se interesan.

«Lo que nos faltaba», pensó Jack.

–Muchas gracias por todo, Roger –le dijo–. No te vayas muy lejos porque, aunque ahora tengo una reunión de emergencia con el Consejo de Administración, a lo mejor, luego te necesito.

Una vez a solas, Jack se preguntó por qué de repente Roger, que había permanecido en un más que discreto segundo plano desde que él había llegado, daba un paso al frente para ayudar en una crisis.

¿Sería por remordimientos o porque era de aquellas personas que necesitaban una situación difícil para demostrar lo que valían?

La reunión con el Consejo de Administración fue espantosa.

Al terminar, Jack se dirigió a su despacho a comer algo porque en menos de una hora tenía que entrevistarse con los abogados de la empresa.

–Dile a Samantha que quiero hablar con ella ahora mismo –le indicó a su secretaria al entrar.

Mientras Jack se tomaba un sándwich que le había llevado la señorita Wycliff, apareció Samantha.

–¿Qué tal? –quiso saber.

–No muy bien –contestó Jack sinceramente–. Están como locos, quieren hablar con todo el mundo, incluso contigo.

Samantha asintió.

–Lo suponía. Yo soy la responsable del proyecto. ¿Cuándo me quieren ver?

–Esta tarde.

–Muy bien.

Jack la miró y se dio cuenta de que estaba cansada, claro que todos lo estaban porque habían sido un par de días muy duros.

–Te van a hacer un montón de preguntas –dijo Jack tomándola de la mano y sentándose a su lado en el sofá–. Estate tranquila y contéstalas lo mejor que puedas. Sería de gran ayuda tener cierta información para respaldar tus respuestas.

Samantha lo miró con el ceño fruncido.

–¿Qué tipo de información?

–Tus notas. Tienes que explicarles cómo se te ocurrió la idea de la página web, vas a tener que hablarles en detalle de todas las reuniones que tuviste con tu equipo y con el departamento de informática, incluso si tienes las transcripciones de las reuniones...

–No tengo nada de eso. No es nuestra manera de trabajar. Somos un equipo de creativos. A veces, se nos ocurren las ideas jugando al baloncesto en el pasillo, ya lo sabes.

–Sí, pero los del Consejo de Administración no son nada creativos, te lo aseguro, así que les vas a tener que justificar muchas cosas. Por ejemplo, estaría bien que pudieras presentar los correos electrónicos en los que asignabas a cada miembro del equipo su tarea.

–Imposible, nunca hemos funcionado así.

–Bueno, olvídate de lo que te he dicho –recapituló Jack acariciándole la mano–. Te van a freír a preguntas, pero no te dejes intimidar.

–No tengo nada que ocultar... ¿Acaso creen que he sido yo? –preguntó nerviosa.

–Creen que ha sido cualquiera –contestó Jack–. Lo

que pasa es que, como tú eres la encargada del proyecto, se han fijado en ti. Yo confío en ti por completo.

–Ya sabes que yo nunca...

Jack la interrumpió con un beso.

–No hace falta que lo digas. Sospecharía antes de mí que de ti. Simplemente, ten en cuenta que el Consejo de Administración está furioso y que van a ir por ti, pero nada más.

–Va a ser un encuentro de lo más agradable –intentó sonreír Samantha.

–Si las cosas se ponen muy desagradables, ven a buscarme. No dejes que te intimiden, son los miembros del Consejo de Administración, pero eso no quiere decir nada, son gente normal.

–Lo tendré en mente.

–¿Cómo se le ocurrió la idea de ampliar la página web, señorita Edwards?

–Cuando me enteré de que esta empresa estaba buscando a una persona para hacerse cargo del departamento creativo de Internet, estuve varios días investigando sobre su actual estado en el mercado y me di cuenta de que los beneficios no habían sido tan buenos como en otros momentos y fue entonces cuando vi claro que lanzar otra revista no sería la solución. Lo mejor era una expansión vía Internet, porque es mucho más barato y mucho más rápido.

–¿Se había encargado antes del lanzamiento de una página web? –le preguntó un hombre.

–Había formado parte del equipo de lanzamiento, pero nunca había estado a la cabeza –admitió Samantha.

–¿Cómo llegó usted a trabajar en esta empresa? –quiso saber Baynes.

–Me enteré de que estaban buscando una persona para hacerse cargo de mi departamento y me interesó el trabajo.

–¿Cómo se enteró?

–Por Helen Hanson –contestó Samantha rezando para que no metieran a Helen en todo aquello.

–¿Desde cuándo conoce a Helen?

–La conozco hace más de veinte años.

Los miembros del consejo se miraron atónitos.

–¿Tenía celos de ella? –le preguntó una mujer elegantemente vestida–. ¿Le daba envidia su matrimonio y el dinero que tenía?

–¿Cómo? –se extrañó Samantha–. ¿Qué tiene que ver mi relación con Helen con la página web?

–Estamos buscando un motivo, señorita Edwards.

–Yo no he sido –se defendió Samantha–. Me encanta mi trabajo y jamás pondría en peligro a los niños. De hecho, esa ha sido la prioridad absoluta de mi equipo, que los niños estuvieran siempre en una página segura. Quiero que sepan que la página estaba perfectamente diseñada y que lo que ha ocurrido ha sido porque alguien ha entrado en el servidor. Ha sido un ataque desde fuera, no podíamos evitarlo.

–¿Cómo que no? Tendría que haber pensado en ello, señorita Edwards –le espetó Baynes–. Claro, si no hubiera estado usted tan pendiente de hacerse famosa...

–¿Qué?

–Sí, ya hemos visto lo mucho que le gusta a usted tener contacto con la prensa.

–De eso, nada. No me gustaba nada, pero era la directora del proyecto y no me quedaba más remedio que representar a la empresa.

–Algo de lo que normalmente se encarga David Hanson.

–Trabajamos juntos.

–Eso dice usted.

Samantha vio claro de repente que aquellas personas habían decidido que necesitaban una cabeza de turco y que iba a ser ella.

–Por mucho que busquen, no van a encontrar ningún motivo que me ha llevado a sabotear esta empresa, porque yo no he tenido nada que ver con lo que ha sucedido. No tengo absolutamente nada en contra de esta empresa ni de ninguno de sus empleados. Me contrataron para hacer un trabajo y lo he hecho lo mejor que he podido.

–Hemos hablado con su exmarido, señorita Edwards. Nos ha dicho que es usted una persona emocionalmente muy inestable y nos ha contado cómo, después de separarse de él sin razón aparente, pidió el divorcio y luego cambió de opinión y le dijo que quería volver con él. Además, por lo visto, ha amenazado usted a sus hijos.

Samantha se sintió como si le hubieran dado un tiro en el corazón. Maldito Vance. Le había jurado que algún día se vengaría de ella y ahora Baynes se lo había puesto en bandeja.

–Mi exmarido miente, pero da igual lo que yo les diga porque no están dispuestos a creerme –contestó intentando mantener la calma–. ¿Qué quieren de mí?

–Su dimisión –contestó Baynes.

Claro, así podrían publicar que habían encontrado al culpable y habían depurado responsabilidades. Al Consejo de Administración no le importaba en absoluto averiguar quién había sido el verdadero culpable, solamente querían salvar el precio de las acciones de la empresa en Bolsa.

–Quieren que dimita porque no tienen ninguna razón para despedirme.

–Ya se nos ocurrirá alguna, le aseguro que no tardaremos mucho. Sin embargo, si se va usted por las buenas, no filtraremos a la prensa lo que nos ha dicho su exmarido.

Samantha no sabía qué hacer. Su instinto le decía que luchara, pero sospechaba que, si se quedaba, no haría sino complicarle las cosas todavía más a Jack.

Podría vérselas con las mentiras y las amenazas, pero no quería hacerle daño a Jack.

–Está bien, presentaré mi dimisión.

14

El equipo legal y Jack hicieron un descanso a las tres y Jack se dirigió a su despacho por si había nuevas noticias.

En el camino, se encontró con David.

—El Consejo sigue reunido, pero ya han encontrado a una víctima —le informó su tío.

—Vaya, qué rápido trabajan —se sorprendió Jack.

—Se trata de Samantha.

Jack no desaceleró el paso, pero, en lugar de dirigirse a su despacho, bajó al piso donde estaba reunido el Consejo de Administración.

—Jack, piensa antes de actuar —le aconsejó su tío.

—¿Por qué? Ellos no lo han hecho. La han entrevistado durante ¿cuánto? ¿Un cuarto de hora? Tú y yo sabemos que Samantha es incapaz de hacer algo así. El responsable pagará por ello. No pienso consentir que Samantha cargue con el mochuelo.

—¿Qué vas a hacer?

—Poner a cada uno en su sitio.

Jack entró en la sala de reuniones sin llamar a la puerta. El Consejo estaba interrogando a tres empleados del departamento de informática. Jack les hizo una señal con la cabeza y los tres abandonaron de inmediato la sala.

A continuación, Jack se acercó a la mesa a la que estaban sentadas aquellas siete personas que querían regir su destino.

–Me han dicho que alguien ha admitido su culpabilidad –comentó–. ¿Por qué nadie me ha informado de ello?

–No te pases de listo, Jack –le advirtió Baynes.

–Aquí el único listo eres tú –le espetó Jack–. ¿No te gusta mi manera de hacer las cosas? ¿Y qué vas a hacer? ¿Me vas a despedir? Sería el mejor favor que me podrías hacer. ¿Cómo habéis conseguido esa confesión?

–La señorita Edwards no ha confesado, pero, siendo la responsable del proyecto, hemos pensado que lo mejor sería que...

–El responsable del proyecto soy yo –lo interrumpió Jack dando un puñetazo sobre la mesa–. Os recuerdo que yo estoy al mando de esta empresa, así que no tenéis derecho alguno a despedir a mis empleados a mis espaldas sin razón.

–Tienen una razón, ¿verdad? Anda, Baynes, díselo –lo urgió David.

El presidente del Consejo de Administración no abrió la boca.

–Quieren sacarlo en los informativos, que la gente se crea que ya está todo resuelto para que los precios de las acciones no bajen –continuó David.

–Nos preocupamos por esta empresa, no como vosotros –lo atacó Baynes.

–Hemos hecho todo lo que hemos podido para que esta empresa vaya bien, hemos trabajado como locos. Os gustaba el nuevo proyecto –le recordó Jack.

–Sí, hasta que han aparecido problemas –contestó Baynes–. Obviamente, has contratado a gente incompetente. La señorita Edwards es una persona problemática que...

–¿Cómo? ¿Qué demonios estás diciendo?

–Hemos hablado con el exmarido de la señorita Edwards –contestó Baynes–. Nos ha sido de gran ayuda.

–Ya me imagino –se lamentó Jack.

A continuación, dio un paso atrás porque sabía que, si seguía allí, lo único que iba a conseguir iba a ser enfadarse todavía más.

Necesitaba encontrar a Samantha, hablar con ella, asegurarse de que estaba bien.

–Si queréis echarle la culpa alguien, echádmela a mí –se despidió–. Dimito.

Baynes se puso en pie.

–No puedes dimitir. Firmamos un contrato. Si no lo cumples, te demandaremos. Piensa en qué sería de tu carrera judicial.

Jack se quedó mirando fijamente al presidente del Consejo de Administración y David le tiró con suavidad del brazo.

–Venga, vámonos, aquí no se nos ha perdido nada –le dijo.

–Tienes razón –contestó Jack yendo hacia los ascensores–. ¿Dónde está Samantha?

–Estoy aquí, llorando en tu sofá, como de costumbre últimamente –le dijo Samantha a Helen.

–Bueno, lo bueno es que cada vez es por una razón diferente –intentó bromear su amiga–. Te aseguro que, si George me ha dejado el control de sus acciones, voy a considerar seriamente la posibilidad de despedir al

Consejo de Administración –añadió mirando seriamente a Samantha.

–No sé qué hacer –admitió Samantha–. No quiero empeorar las cosas, no quiero que Jack tenga problemas por mi culpa.

–¿Has hablado con él?

–No, he venido directamente aquí.

–Seguro que te está buscando –sonrió Helen.

–¿Tú crees?

Helen asintió y Samantha pensó en la cantidad de veces que Jack había demostrado su afecto y su preocupación por ella, en la cantidad de ocasiones en las que se había mostrado paciente y comprensivo con ella.

–Sí, tienes razón. Supongo que, cuando se haya enterado de lo que ha pasado con el Consejo de Administración, se habrá enfadado mucho... Es verdad, se preocupa por mí... yo también por él... así ha sido siempre... ya era así en la universidad... –recapacitó.

–Sí, cuando te moriste de miedo, saliste corriendo y te perdiste al hombre de tu vida.

–¿Y si se cree que me he ido otra vez? –dijo Samantha poniéndose en pie–. ¿Y si no se da cuenta de que estoy dispuesta a dimitir para ayudarlo?

–¿Te he dicho que hablar las cosas en una pareja suele ser muy útil?

–Sí, en un par de ocasiones –admitió Samantha inclinándose sobre su amiga y besándola en la mejilla–. ¡Eres la mejor! –exclamó saliendo al trote de su casa.

–Voy a avisar a la señorita Wycliff para que localice a Jack y le diga que lo estás buscando y que te espere en su despacho.

***

–¡No me iba a ir! –gritó Samantha al entrar en el despacho de Jack–. Bueno, me iba de la empresa, pero no de tu lado –le aclaró–. Lo he hecho porque he creído que mi dimisión te pondría las cosas más fáciles.

–No quiero que dejes que esos bestias te echen la culpa de algo que no has hecho –dijo Jack tomándola entre sus brazos–. ¿Y crees que irte de mi lado me iba a ayudar en algo?

Samantha sonrió encantada.

–Madre mía, Jack, esto es un lío.

–Sí, pero lo vamos a arreglar. Para empezar, me he negado a aceptar tu dimisión.

–Bien, me alegro, porque en el taxi que me ha traído desde casa de Helen se me ha ocurrido una cosa. Verás, la página web se cayó, ¿verdad? Los técnicos la arreglaron y la pusieron en funcionamiento de nuevo. Eso quiere decir que la página estaba bien. Sin embargo, cuando volvió a funcionar, todo el mundo que se metía en ella iba a parar a la página porno. Yo creo que los dos incidentes están relacionados. Eso querría decir que se ha hecho desde dentro de la empresa.

–Tienes razón –contestó Jack viéndolo claro también–. Eso que dices tiene mucha lógica. Llevamos todo este tiempo diciendo que todo esto tiene cierto tufillo de venganza personal... claro, tiene que haber sido desde dentro.

–¿Y ahora qué hacemos?

–Vamos a llamar a un amigo –contestó Jack marcando un número–. ¿Roger? Soy Jack. A Samantha y a mí se nos ha ocurrido una posibilidad. Te la voy a contar para que me digas quién tiene los conocimientos técnicos como para hacerlo.

El otro hombre escuchó atento.

–¿Y bien? –preguntó Samantha en cuanto Jack hubo colgado el teléfono.

–Roger me ha dado dos nombres y uno es Arnie.

En menos de diez minutos, los dos hombres estaban en el despacho de Jack. En cuanto Samantha vio a Arnie, supo que era el culpable, porque no la miraba a los ojos.

–¿Por qué lo has hecho? –le preguntó–. Tú y yo éramos amigos. Hemos trabajado codo con codo, hemos pasado largas noches juntos diseñando la página web. Confiaba en ti.

–No ha sido por ti, Samantha –intervino Jack–. Ha sido por mí, ¿verdad? Ha sido por mi padre y por la empresa.

–¡Exacto! ¡No te mereces estar al cargo de todo esto después de lo mal que te has portado siempre con tu padre! –exclamó Arnie poniéndose en pie–. Tu padre era un gran hombre y tú no le llegas ni a la suela de los zapatos.

–¿Lo tenías todo pensado desde el principio? –se lamentó Samantha.

–Sí, ha sido muy fácil engañaros a todos –admitió Arnie–. Me importa un bledo lo que me pase porque mi satisfacción personal es que la empresa está arruinada. Jamás te recuperarás de esto, Jack, y me alegro –añadió con desprecio.

En aquel momento, se abrió la puerta y entró la señorita Wycliff acompañada por la policía, que esposó a Arnie, le leyó sus derechos y se lo llevó.

Matt, el otro hombre, que había permanecido sentado y mudo, se excusó y se fue, apesadumbrado.

Una vez a solas, Samantha y Jack se sentaron en el sofá.

–Ha sido horrible –se lamentó Samantha.

Jack la besó en la frente.

–A lo mejor lo más fácil sería darle al Consejo de Administración lo que quiere porque es verdad que vamos a tardar años en relanzar la empresa.

–No digas eso. En serio, Jack. Si tú quieres que esta empresa vuelva a funcionar, lo conseguirás. Tú siempre consigues lo que te propones.

–¿Y si lo que quiero eres tú?

Samantha sintió que el corazón le daba un vuelco y sonrió.

–Te diría que es maravilloso porque tú también eres lo que yo quiero.

Jack la miró a los ojos con intensidad.

–¿De verdad?

–Sí. Llevo toda la vida huyendo de las cosas que me daban miedo y nunca me había parado a pensar lo que me estaba perdiendo.

–A mí me ha pasado lo mismo –murmuró Jack tomándola de las manos–. Siempre me he negado a creer que el amor duraba. Mi experiencia era otra. Ahora me pregunto si la razón por la que nunca he podido entregarle mi corazón a una mujer es que ya le pertenecía a otra, a ti. Samantha, te quiero.

–Yo también te quiero.

–¿Te das cuenta de que hemos perdido diez años?

–No, no los hemos perdido. Era necesario que estuviéramos separados ese tiempo para convertirnos en estas personas que somos ahora y volvernos a encontrar.

–Me gusta cómo suena eso –sonrió Jack besándola.

–Ya verás, juntos haremos que esta empresa salga adelante y, luego, podrás volver a ejercer la abogacía y acabarás siendo un juez maravilloso. Incluso te quedará bien el traje negro.

Aquello hizo reír a Jack.

–Me gusta cómo piensas. La verdad es que me gusta todo de ti.

–A mí me pasa lo mismo contigo.

–¿Te apetece casarte?

–Sí.

–¿Así? ¿Sin preguntas?

Samantha lo miró a los ojos.

–Jack, te quiero. Confío en ti y quiero pasar mi vida contigo. No tengo preguntas.

–Te prometo que haré todo lo que esté en mi mano para que seas feliz. Estaré siempre a tu lado.

Samantha sabía que así sería porque así había sido siempre.

–He estado pensando en mis hermanos. Quiero que vuelvan a casa, no solamente por la empresa sino porque quiero que volvamos a ser una familia. ¿Tú crees que con la excusa de la boda vendrán?

–Por supuesto que sí –suspiró Samantha perdiéndose entre sus brazos–. Y, si no quieren venir por las buenas, iremos a buscarlos –sonrió.

–Eso me encanta de ti, qué siempre sabes qué hacer.

–Es una de mis mejores cualidades.

–¿Es la que más te gusta de ti misma?

–No, lo que más gusta de mí misma es cuánto te quiero.

–Lo mismo te digo, Samantha. Para siempre.

TÍTULOS PUBLICADOS EN TIFFANY

Susan Mallery

Dulces palabras de amor

Isabel Beebe estaba convencida de que tenía mala suerte en el terreno amoroso. Ford Hendrix, su amor de adolescencia, había ignorado sus cartas. Su marido la había dejado..., por un hombre. De modo que Isabel había vuelto a Fool's Gold para regentar la tienda de su familia hasta que sus padres la vendieran. Después se marcharía..., pero volvió Ford, tan sexy y encantador como siempre, y ella se sintió de nuevo como una chica de catorce años.

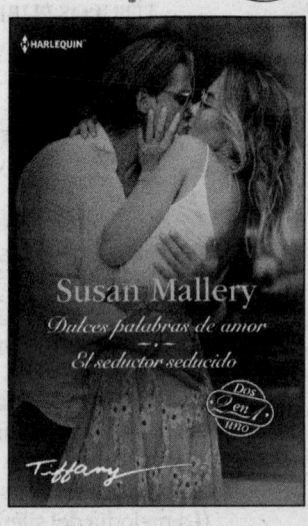

Ver a Isabel fue para Ford como un gancho directo a la mandíbula. Años atrás, cuando se había enrolado en el ejército impulsado por un desengaño amoroso, las dulces cartas de Isabel habían impedido que se volviera loco. Ahora no podía apartar los ojos… ni los labios de ella. Y tenía de pronto una razón para quedarse en Fool's Gold, si pudiera convencer a Isabel de que hiciera lo mismo.

El seductor seducido

Jack Hanson no deseaba que nada lo alejara de su bufete de abogados, pero la muerte de su padre lo obligaba a volver a casa. Por eso contrató a su vieja amiga de la universidad, Samantha Edwards. Ella era una excelente trabajadora…, y entre ellos había una evidente atracción. Samantha había sufrido mucho con el amor…, aunque quizá fuera la mujer perfecta para enseñarle a vivir.

BIANCA™

*Lo prohibido tiene
un sabor más dulce...*

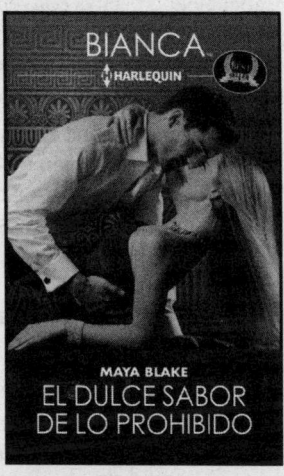

EL DULCE SABOR
DE LO PROHIBIDO

MAYA BLAKE

N.° 3127

Sakis Pantelides, magnate del petróleo, siempre conseguía lo que quería. Al fin y al cabo, era atractivo, poderoso y muy rico. Sin embargo, no podía tener a Brianna Moneypenny, su secretaria, porque era la única mujer en la que podía confiar. Cuando una crisis internacional hizo que trabajaran juntos las veinticuatro horas, la intrigante y recatada Brianna resultó tener una voracidad sensual que solo podía compararse con la de él mismo y se dio cuenta de lo que había estado negándose demasiado tiempo. Sin embargo, ¿pagaría el precio por tomar lo que quería cuando se desvelara el secreto de su secretaria perfecta?

¡YA EN TU PUNTO DE VENTA!

BIANCA.

SARAH MORGAN

SIEMPRE EL AMOR

Laurel Ferrara no tenía suerte en el amor; su matrimonio había sido un desastre. Y no había bastado con irse sin más. Desde el momento en que habían reclamado su vuelta a Sicilia, los escalofríos de aprensión la asolaban…

La orden procedía del famoso millonario Cristiano Ferrara, el esposo al que no podía olvidar, pero habría dado igual que proviniera del mismo diablo…

UNA NOCHE CON EL ENEMIGO

Para su frustración, Santo Ferrara nunca olvidó la noche que tuvo entre sus brazos a la ardiente Fia Baracchi. Cuando un acuerdo millonario les volvió a unir, mantener las distancias dejó de ser una opción.

Pero Fia estaba viviendo una mentira. Si se llegara a descubrir que su precioso hijo era el heredero de Santo sería repudiada. El conflicto entre sus familias era legendario, pero su verdadero miedo era no poder olvidar los ardientes recuerdos de la única noche que pasó con su enemigo.

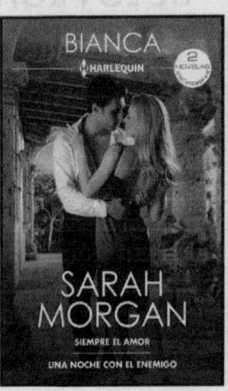

N.º 487